주인공의 구원자가 될 운명입니다

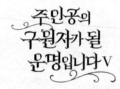

은소로 장편소설

초판 1쇄 찍은 날 | 2024년 3월 25일
초판 1쇄 펴낸 날 | 2024년 4월   1일

지은이 | 은소로
발행인 | 이진수
펴낸이 | 황현수

펴낸곳 | 주식회사 카카오엔터테인먼트
등록번호 | 제2015-000037호
등록일자 | 2010년 8월 16일
주소 | 경기도 성남시 분당구 판교역로 221 6(일부)층

제작·감수 | KW북스
E-mail | paperbook@kwbooks.co.kr

ISBN 979-11-385-0878-0 04810
        979-11-385-0873-5 (set)

THE HERO'S SAVIOR

주인공의
구원자가 될
운명입니다

은소로 장편소설

Yeondam

CONTENTS

8

대미궁(2)

아리아드네가 악셀의 품에 단단히 매달리자마자 벼락이 급격히 속도를 높였다.

눈을 제대로 뜰 수도 없을 정도로 강한 바람이 몰아쳤다. 그녀는 실눈을 뜬 채 앞을 보았다. 이 정도로 빠르게 쫓아가고 있는데도 검은 문양은 점점 멀어지고 있었다.

'이대로면 놓치겠는데⋯⋯.'

시력이 좋은 악셀은 보다 확실하게 상황을 파악했다. 이렇게 거리가 벌어지면 얼마 지나지 않아 문양이 시야 바깥으로 사라질 것이다.

하지만 그는 그다지 걱정하지 않았다. 본래 번개의 정령수는 바람의 정령수와 속도 싸움을 할 수 있는 유일한 정령수다. 그리고 특정한 조건이 갖춰지면 더 빠른 속도를 낼 수도 있다. 바람의 정령수와도 비교할 수 없을 정도로 압도적인, 진짜 번개와 다름없는 속도를.

악셀의 시야 끝에 제단이 어렴풋이 보였다. 그는 즉시 인벤토리에서 얇은 단검을 꺼냈다. 황금빛 용이 입을 벌렸다. 번개가 숨결처럼 그 입에 모여들었다.

악셀이 단검을 던지는 것과 동시에 벼락에게 모여 있던 번개가 튀어 나갔다. 던져진 단검은 용이 토해 낸 번개와 함께 제단 근처에 내리꽂혔다. 황금빛 전류에 휘감긴 단검은 번개를 유도하는 피뢰침과 같은 역할을 했다.

문양이 제단 근처에 닿기 직전. 악셀은 아리아드네를 망토로 덮고 완전히 품속에 감춘 다음, 등을 돌려 정면에 노출되지 않게 만들었다. 그러곤 벼락의 정령력을 한껏 끌어올렸다.

벼락의 전신이 빛으로 타올랐다. 정령수는 이름처럼 한 줄기 벼락이 되어 본질대로 움직였다. 번개가 전류를 잎맥처럼 뿌리며 날아가는 문양을 앞질러 피뢰침에 내리꽂혔다.

어마어마한 번개를 직격으로 맞은 단검은 순식간에 재가 되었다. 제단 주변으로 뇌전이 튀어 오르며 불이 붙었다. 우레는 한발 늦게 사방을 울렸다.

디메토르로부터 받은 기억 속에 있던 정령 기술. 목적지에 피뢰침을 먼저 꽂아야 하고 피뢰침 부근이 문자 그대로 벼락 맞은 꼴이 되기에 쉽사리 쓸 수는 없지만, 조건만 갖춰지면 속도 하나만큼은 발군이었다.

단번에 문양을 앞지른 악셀이 벼락의 갈기를 쥐고 있던 손으로 검을 뽑아 재빠르게 휘둘렀다. 뒤늦게 날아오던 문양은 피할 틈도 없이 불타는 검에 반으로 갈렸다. 새까만 문양이 붉은 불꽃에 휘감긴 채 기괴한 소리를 내며 허공에서 발광했다.

악셀은 문양을 베자마자 사방으로 튀는 전류와 타오르는 불을 피해 벼락을 이동시켰다. 안전한 곳에 착륙한 뒤에야 그는 아리아드네를 감싸고 있던 망토를 젖히고 그녀에게 문양을 가리켜 보였다.

"잡았습니다."

"어? 정말?"

아리아드네는 깜짝 놀라 제단 쪽을 보았다. 불붙은 채로 이리저리 뒤틀리던 문양이 재가 되어 떨어지는 것이 보였다. 저게 마지막 문양이었으니 늦지기가 부활할 우려는 완전히 사라진 셈이다. 이제 굳이 제단을 환상 도서관으로 가져가는 위험을 감수할 필요도 없다.

'솔직히 놓칠 줄 알았는데.'

아리아드네로서는 단단한 품에 파묻혀 잠깐 눈을 감았다 뜨니 갑자기 상황이 해결된 꼴이었다. 저절로 입이 벌어졌다.

"세상에, 어떻게 잡았어?"

"제가 놓칠 리 없다고 했잖습니까."

악셀이 은근히 뿌듯한 어투로 대꾸하더니 무언가 기대하는 얼굴로 그녀에게 고개를 숙였다. 아리아드네는 가까워진 그의 머리를 칭찬하듯 쓱쓱 쓰다듬었다.

"잘했어, 악셀."

"……."

기대했던 것과 달랐는지 악셀은 약간 실망하는 듯했다가, 그녀가 쓰다듬는 손길에 금세 표정이 풀렸다. 그가 어리광을 부리듯 머리를 기대 왔다. 아리아드네는 웃음이 터지려는 것을 간신히 참았다.

'빤히 보이는 게 귀여워.'

악셀이 그녀의 목가에 이마를 비비며 한숨처럼 이름을 불렀다.

"아리아."

"응."

"아리아, 아리아……."

"응, 왜?"

"당신이 그대로 일어나지 않을까 봐…… 얼마나 걱정했는지 아십니까?"

"미안해. 예상치 못한 사태였어."

"그 예상치 못한 사태는 이제 끝난 겁니까?"

"그래, 끝났어. 이제 괜찮아. 늪지기도 죽었고……."

그녀는 산만 한 덩치를 한껏 웅크리며 달라붙는 악셀을 계속 쓰다듬어 주며 정령술을 하나씩 거두었다. 폭포가 사라지고, 꺼졌던 땅이 되돌아오고, 태풍이 잦아들었다.

아름다운 공포가 끌어안고 있는 그들을 굽어보고 웃더니 손키스를 보내며 사라졌다.

아리아드네의 영토에는 이제 새파란 하늘과 지상의 신록만이 남았다. 줄루트가 떠난 하늘에서 하얀 재가 함박눈처럼 조용히 떨어져 내렸다.

아리아드네는 그것의 정체를 금세 깨달았다.

'태풍에 휩쓸려서 떠올랐던, 썩지도 못하고 강제로 살아 있던 시체들……. 늪지기가 소멸하면서 풀려났구나.'

20여 년 만에 비로소 죽을 자유를 되찾은 제국민들의 몸이 재가 되어 떨어지고 있었다. 구름 한 점 없는 하늘에 흩날리는 눈송이 같은 재는 기묘하게 아름다워서 더욱 씁쓸했다.

그녀는 잠깐 눈을 감았다.

부디 다음 생에는 모두 행복하기를.

토벌대는 처음 캠프를 쳤던 그릇 지형으로 돌아가 다시 캠프를 쳤다. 밤새도록 전투를 치르느라 지친 일행은 막사가 완성되자마자 다들 쓰러져 잠들었다.

다음 날 느지막이 일어난 뒤, 아리아드네는 환상 도서관에 갇혀 있었던 동안 무슨 일이 있었는지 루드빅으로부터 대강 들었다.

"다들 정말……."

그녀는 말을 잇지 못하고 마른세수를 하다가 심호흡을 하며 베로니카와 루드빅에게 손을 내밀었다.

"둘 다 손 내밀어 봐."

"방금, 치료받았어요."

"다 계산하고 한 일입니다. 지금은 멀쩡합니다."

베로니카와 루드빅의 말에도 아리아드네는 꿋꿋했다. 그녀는 결국 그들의 손을 확인했다.

"……."

두 기사의 왼손 새끼손가락에 붕대가 감겨 있었다. 신성력이 아무리 만능이라지만 절단된 상처를 단번에 치료할 순 없다. 그나마 낙인이 회복을 북돋운 덕에 이 정도였다.

아리아드네는 입 안쪽 살을 깨물며 울컥하는 심정을 가라앉힌 다음, 천천히 물었다.

"이래야만 했던 거지?"

"네."

베로니카가 망설임 없이 고개를 끄덕였다. 아리아드네는 차오르는 말들로 입술을 달싹이다가 그냥 그들을 끌어안았다.

"……고생 많았어, 다들."

무슨 각오로 이런 짓을 했는지 알기에 몸을 아끼라고 화낼 수가 없었다. 결과가 좋다고 마냥 감탄할 수도 없었다.

'빌어먹을 마왕……'

다 마왕이 파 둔 함정 탓이다. 이번엔 정말로 위험했다. 감정을 좀 가라앉힌 후에 아리아드네는 베로니카의 방패와 루드빅의 활을 살펴보았다.

"늪지기가 죽었는데…… 이거, 안 사라졌어요."

"그러게. 아마 숙주에게 의존해서 버티는 거 같은데……. 나중에 에리히 오라버니한테 분석 맡겨 보자. 낙인이 아직 있는데 어지럽진 않아?"

"네, 신기하게…… 아무렇지도 않아요. 이거…… 되도록 계속 쓸 수 있으면, 좋겠네요."

베로니카가 방패를 쓰다듬으며 미미하게 웃었다. 루드빅 역시 변화한 아르테미스가 마음에 든 듯했다. 그가 장난스레 말했다.

"대미궁을 닫고 귀환하면 이 활, 엄청 유명해지겠지요?"

"전설이 될걸? 대미궁의 영웅 루드빅 블레이르가 자기 손가락까지 희생하면서 만들어 낸 무기라고."

아리아드네가 웃으며 받아 준 말에 루드빅은 진심으로 설레는 얼굴이 되었다.

"아무래도 좀 더 잘 다룰 수 있도록 훈련해야겠습니다."

그는 근질근질한 듯 활을 들고 자리에서 일어났다. 아리아드네가 급히 그를 붙잡았다.

"상처 덧나면 어떡하려고! 다들 완치될 때까지 여기서 쉴 거니까 무리하지 마."

루드빅이 아쉬운 얼굴로 주저앉았다.

묵묵히 듣고 있던 악셀은 제 팔뚝을 힐끔 바라보았다. 그의 팔에도 낙인이 아직 남아 있었다. 늪지기가 죽었으니 이대로 두면 얼마 지나지 않아 자연히 사라지겠지만.

'무기라……. 의미 없는 짓일 줄 알았는데.'

디메토르에게 전해 받은 기억 속에서는 낙인을 제압해 만든 아이템이 큰 쓸모가 없었다. 그러나 이 토벌대에는 그것을 유용하게 바꾼 사람이 셋이나 있었다. 에리히 위버라면 낙인으로 만들어진 아이템의 단점을 제거하는 법 정도는 쉽사리 알아낼 것이다.

'어차피 한동안 쉬게 될 테니, 이참에 만들어 볼까.'

경험자들의 조언과 마법사의 도움을 받으면 제법 괜찮은 게 나올지도 모른다.

'블레이르처럼 아리아에게 선물 받은 검에 덮어씌우면 좋을 것 같은데……. 자세히 물어봐야겠군.'

그는 제 사고방식이 제법 바뀌었다는 것을 깨닫지 못했다. 그에 비해 악셀이 먼저 루드빅과 베로니카에게 말을 걸고 도움을 요청하는 것을 지켜본 아리아드네는 그의 변화를 알아차렸다.

'사람들과 어울릴 수 있게 되었구나.'

순순히 악셀에게 경험을 풀어놓는 베로니카와, 못마땅한 얼굴로도 어쨌든 알려 주긴 하는 루드빅을 보니 동료들과 악셀의 사이도 나아진 것이 느껴졌다.

'지금이라면 악셀의 출생을 알게 되어도 다들 그를 받아들이겠지.'

그가 근원에 대한 진실을 감추고 싶어 한다면 계속 숨겨 주겠지만, 아리아드네는 이제 그의 출생이 알려져도 별 상관없으리라는 걸 확신했다. 다들 그런 이유로 다른 누구를 꺼릴 사람이 아니니까.

'악셀, 너는 환각 속의 악셀처럼…… 디메토르처럼 고립되지 않을 거야.'

아리아드네는 기사들 사이에 있는 악셀을 흐뭇하게 바라보다가 문득 생각했다.

'디메토르는 그럼 계속 고립된 채였던 걸까? '아리아드네' 외에는 곁에 아무도 없이?'

수없이 회귀하는 동안 줄곧 그랬을까. 그런 삶을 반복한 끝에 지금은 마왕의 안에서 악셀에게 죽기 위해 홀로 버티고 있는 걸까.

어쩐지 입맛이 썼다.

거대해진 이카로스가 에리히의 막사 옆에 둥지를 틀고 앉아 졸고 있었다. 아리아드네는 이카로스에게 간식 삼아 정령석을 두어 개 던져주고 막사 안으로 들어갔다.

에리히는 창백한 얼굴로 침대에 기대앉아 수첩을 뒤적거리는 중이었다. 사실 토벌대에서 현재 가장 상태가 좋지 않은 게 그였다. 외상은 없지만 마력을 일부러 오염시킨 후유증이 꽤 심했다.

베로니카와 루드빅은 손가락 외에는 큰 부상이 없었고, 악셀은 자잘한 부상들이 많았으나 워낙 튼튼한 데다 회복까지 빨라서 괜찮았다.

뤼르는 다친 곳이 신성력으로 만들어진 날개라 그런지 상처 자체가 그리 심각하지 않았다. 잘린 날개가 다시 회복되지 않고 있는 것만 빼면 몸 상태 자체는 뤼르가 가장 나았다. 정신은 어떤지 몰라도.

'이따가 뤼르하고도 제대로 얘기를 해 봐야겠어.'

입구에 멈춰 있는 그녀를 향해 에리히가 입을 열었다.

"몸은 좀 괜찮냐? 내상 입었다며."

시큰둥한 얼굴로 은근히 걱정하는 투였다. 아리아드네는 그의 침대 곁 의자에 앉으며 대꾸했다.

"지금 누가 누굴 걱정하는 거예요? 전 이렇게 멀쩡한데."

"넌 네가 멀쩡한지 아닌지도 모르는 애잖아."

"아예 모르진 않아요. 그나저나, 이제 말해 봐요."

"뭘?"

"저 깨우다가 오라버니가 이 꼴 된 거라면서요. 대체 무슨 짓을 한 거예요?"

에리히가 뒤적이던 수첩을 덮었다.

"야, 해골."

"왜요, 귀염둥이 오라버니."

"귀, 뭐?"

"니카의 귀염둥이잖아요, 오라버니는."

"······."

"아니에요?"

말문이 막힌 에리히는 얼굴을 손으로 덮고 신음을 흘리다가 고개를 내저었다.

"됐다, 그건 나중에 따지고······ 어쨌든 아리아, 너."

"네, 말해 봐요."

아리아드네의 재촉에도 에리히는 무언가 망설이는 것처럼 입을 열었다 다물기를 반복했다. 그러다 마침내 결심한 듯, 연둣빛에 가까운 녹색 눈동자가 아리아드네를 똑바로 응시했다.

"너, 네가 환상 도서관이란 곳에 들어갈 때 네 몸이 어떻게 되는지 알고 있어?"

"잠든다고 했었잖아요. 갑자기 그건 왜요?"

"넌 잠드는 게 아니야."

에리히는 심호흡을 한 후에 말을 이었다.

"잠깐 죽는 거야."

"……네?"

"그곳에 들어갈 때마다 네 몸이 가사 상태가 된다고."

"그게 무슨……."

"네가 환상 도서관이라고 부르는 그곳, 일종의 사후 세계다. 강령술로 너를 깨우는 데 성공하면서 더욱 확실해졌어."

"강령술이라고요? 강령술로 절 깨운 거예요? 죽은 자를 일으켜 세우는 그 흑마법?"

"그래, 그거. 네가 반쯤 죽은 상태라 가능했던 짓이지. 네 몸, 숨을 쉬지도 않고 심장도 멈춰 있었거든."

아리아드네의 표정이 멍해졌다. 에리히는 미간을 찌푸린 채 덧붙였다.

"환상 도서관에 드나들 때마다 너는 일시적으로 죽었다가 깨어나는 거야."

"……."

"부작용이 없을 리가 없어. 내 생각엔…… 네 통각이 마비되어 가는 거, 단순히 어릴 때 실험당한 후유증 때문만이 아닌 것 같다."

"……!"

"그 시절의 후유증이라기엔 한참 지난 지금도 계속 진행되고 있는 게 좀 이상하다 싶었어. 아무리 정령술을 사용하느라 무리를 한다지만…… 그게 다른 문제도 아니고 감각 마비로 나타나는 것도, 진행이

지나치게 빠른 것도 솔직히 수상했거든."

에리히는 제 머리칼을 마구 헤집더니 한숨을 내쉬었다.

"사후 세계에 드나들기 위해 죽음을 반복하는 게 네 마비의 원인이 맞다면, 통각 마비는 시작에 불과할지도 몰라. 계속하다간 다른 감각도 점차 사라질 수도 있어. 치료해 봤자 의미가 없겠지. 다시 망가질 테니."

아리아드네는 아무 말도 할 수 없었다. 그녀의 안색을 살핀 에리히가 잠깐 머뭇거리더니 결심한 듯 강하게 말했다.

"알겠어? 거기에 자꾸 드나들다가는 다른 감각도 느낄 수 없게 될지도 모른단 소리야. 통각을 다 잃은 다음에는 시각이나 청각일지도 몰라."

"그런…… 그럴 리가……."

"물론 아직 증명되지 않은 가설이야. 하지만 난 거의 확신해. 임사 체험을 하는 게 몸에 좋을 리가 없잖아."

"……."

"가사 상태가 되는 걸 반복하면서 몸이 점점 죽음에 익숙해지면 결국엔 시체처럼 아무것도 느끼지 못하게 되겠지. 그러다 진짜 죽을 수도 있어."

깊게 가라앉은 눈동자가 아리아드네를 응시했다. 그가 무겁게 말했다.

"아리아, 그러니 되도록 환상 도서관에 들어가지 마. 대미궁을 닫을 때까지는 필요하니까 어쩔 수 없다고 해도……. 닫고 나서는 아예 영원히 들어가지 않는 게 나을 것 같다."

파이는 채널을 통해 아리아드네와 에리히가 나누는 대화를 들었다. 그는 피아노가 있는 서재의 책장에 기대앉아 머리를 풀었다. 그러곤 습관적으로 노란 리본을 매만졌다.

"사후 세계의 일종이라……."

어렴풋이 알고는 있었다. 무의식적으로 깊게 생각하지 않으려 했을 뿐.

가만히 눈을 감고 도서관과 감각을 일치시키면 지금 이 순간에도 새로운 서재가 만들어지는 것이 느껴진다. 새로운 망자가 환상 도서관에 들어와 제 영혼에 새겨진 모든 정보를 털어 내고, 새로운 서재가 생기고, 깨끗해진 영혼이 다른 어딘가로 이동하며 사라지는 것이.

그러한 망자들은 서재를 만드는 것 외에는 아무런 행동도 하지 않고, 파이에게 반응하지도 않는다. 그저 이곳을 거쳐 가는 찰나의 혼령들.

이곳은 인간이 자신이 살아온 생애를 기록하는 곳. 전생을 정리하고 새로운 생으로 나아가는 징검다리. 아름답게 포장하자면 추억의 보관소이자 영혼의 정거장. 실상은 기억의 무덤이자 정보의 쓰레기장.

이런 곳에 살아 있는 사람이 드나드는 게 좋을 리가 없다.

충분히 추리할 수 있었으나 파이는 그러지 않았다. 일부러 깊게 생각하지 않았다. 결론에 닿고 싶지 않았으므로.

다시는 이곳에 들어오지 말라는 말을, 다시는 만나지 말자는 말을, 어떻게 제 스스로 할 수 있겠는가.

그의 유일한 사람에게.

파이는 노란 리본을 양손으로 그러쥐고 고개를 숙였다. 심장이 아프게 뛰고 낙인이 박힌 이마가 뜨거워졌다.

눈을 감았다 뜨자 환각 속에 들어와 있었다. 눈부시게 아름다운 아리아드네가 주저앉은 그의 앞에 서서 햇빛처럼 웃고 있었다.

〈파이, 같이 네가 나갈 방법을 찾아보자. 다른 사람을 만날 수 있도록.〉

〈평생이 걸리더라도 포기하지 않을게.〉

〈나는 영원히 네 곁에 있을 순 없어. 언젠가 죽어 버려. 사람이니까.〉

그녀가 무릎을 굽히며 그와 눈높이를 맞췄다. 부드러운 손이 그의 뺨을 감싸 쥐며 얼굴을 들어 올렸다.

〈사실 필요 없구나? 나갈 방법 따위는.〉

〈내가 아닌 다른 사람은 싫어? 내가 언젠가 죽는다는 것도 싫어?〉

파이는 그늘진 눈으로 그녀를 올려다보았다. 요사스러울 정도로 반짝거리는 푸른 눈이 곱게 휘어졌다.

〈파이, 내가 네 곁에 있었으면 좋겠어?〉

〈인간이길 포기하고, 삶을 버리고, 다른 모든 사람을 외면하고……오직 너만 보면서 여기에 있어 줄까?〉

아리아드네가 눈을 감고 고개를 숙였다. 그녀의 입술이 그의 입술에 닿았다. 파이는 눈을 감지 않았다. 환각인 것을 알고 있는데도 닿는 감촉이 생생히 느껴졌다.

그는 무표정하게 제게 입 맞추는 아리아드네의 환영을 바라보았다. 입술을 뗀 환영이 화사하게 웃었다.

〈영원히.〉

〈오직 네 곁에.〉

〈그걸 원하지?〉

파이의 손이 가만히 환영의 뺨을 감쌌다. 아리아드네의 환영은 행복한 표정으로 그 손에 제 뺨을 기댔다. 파이는 그 달콤한 광경을 바라보며 생각했다.

이것은 트라우마가 아니다. 트라우마보다 더 치명적인 것. 숙주의 영혼을 파헤치는 낙인이 가장 깊은 곳에 있는 그의 욕망을 자극하고 있었다.

'영혼이 있긴 했군.'

그는 생글생글 웃고 있는 아리아드네의 환영을 당겨서 품에 꽉 안았다. 실제 아리아드네에게는 늘 조심스러웠지만, 이것은 환각일 뿐이니 마음껏 힘주어 품에 가두었다. 그리고 그 귓가에 속삭였다.

"파이에게 지금 가장 필요한 것이 무엇인지 알고 있겠지?"

환영이 그의 가슴팍에서 고개를 갸웃거렸다. 파이는 그녀의 뒷머리를 움켜잡아 품에서 약간 떼어 냈다. 황금색 눈동자가 금속처럼 날카로운 빛을 띤 채 환영을 응시했다. 그의 입가에 느른한 미소가 걸렸다.

"알고 있잖아."

⟨으응?⟩

"늪지기도, 자정의 문양도 죽었다. 자정의 낙인인 너도 이대로면 오늘 자정 즈음에 저절로 사라지겠지."

⟨……⟩

"죽기 싫으면 협조해."

그는 환영의 뒷머리를 움켜쥔 손을 다시 당겼다. 턱을 붙잡고 입술을 집어삼켰다. 가짜를 상대로 배려할 필요는 없었다. 미움받을까 봐 걱정할 필요도 없었다. 그저 탐욕스럽게 욕망을 채웠다.

잠깐 버둥거리던 환영은 곧 움직임을 멈추고 순응했다. 그러자 바닥에 황금빛 마법진이 생겨났다. 허공에도 마법진이 연달아 떠올랐다. 파이가 책을 보고 흉내 낸 마법진들이었다. 그것들은 겹겹이 겹쳐져 파이의 품에 갇힌 환영 위를 뒤덮었다.

황금빛이 사슬처럼 검은빛을 옭아매고 휘황하게 빛났다. 이카로스가 낙인을 집어삼킨 것과, 베로니카가 방패를 만들어 낸 것에 착안하여 파이는 낙인의 주도권을 빼앗아 삼키면서 제게 필요한 것을 만들어 냈다.

마법진의 빛이 사그라든 곳에는 환영 대신 책이 한 권 놓여 있었다.

"……책이라니."

상상한 형태와 달랐다. 파이는 떨떠름한 얼굴로 그것을 집어 들었다. 새까만 표지는 수정을 깎아 만든 것처럼 단단한 재질이었다. 녹인 금을 부어 그린 듯한 복잡한 무늬가 그 위에 새겨져 있었다.

펼쳐 보니 안은 완전히 백지였다. 파이는 그것을 만지작거리다가 그 안에 담긴 기능들을 알아차렸다. 과연, 지금 그에게 가장 절실히 필요한 기능이었다.

창백한 얼굴로 에리히의 막사에서 나온 아리아드네는 바로 제 막사로 들어갔다. 침대에 걸터앉아 파이부터 불렀다.

"파이."

파이는 응답이 없었다. 잠시 기다리던 그녀는 재차 그를 불렀다.

"파이?"

[아, 아리아. 죄송합니다. 잠깐 살펴볼 것이 있어서.]

"……오라버니랑 나눈 대화, 들었…… 아니다. 지금 바로 들어갈게."

얼굴을 보면서 이야기를 해야 할 것 같았다. 아리아드네는 침대에 편히 누워 눈을 감았다.

'방금 그런 얘기를 들었는데, 잘 될까.'

걱정스러웠지만 우려와 달리 눈을 감았다 뜨자 바로 익숙한 그녀의 서재가 보였다. 파이는 처음 보는 검은 책을 펼쳐 들고 있다가 그녀가 들어오자 자리에서 일어났다.

"아리아."

"파이, 방금……."

"예, 압니다."

파이는 웃는 얼굴로 그녀의 말을 끊었다. 그리고 손에 들고 있던 책을 내밀었다.

"선물이에요."

"응?"

"아리아의 사람들이 낙인을 써먹은 방식을 조금 흉내 내어 봤습니다."

그가 낙인이 사라진 제 이마를 가리켜 보였다. 얼결에 책을 받아 든 아리아드네가 그의 이마와 검은 책을 번갈아 보았다.

"설마 이거, 낙인으로 만들어 낸 거야?"

"예, 낙인을 재료로 만들어진 새로운 아이템입니다. '카론'이라고 이름 붙였습니다."

파이는 부드러운 어조로 말을 이었다.

"카론은 파이의 일부나 다름없습니다. 그러므로 그 책을 밖으로 가

저가시면, 파이도 이제 환상 도서관 밖에서 활동할 수 있습니다."

아리아드네는 깜짝 놀라 눈을 치떴다.

"환상 도서관 밖으로 나올 수 있게 된 거야?"

"엄밀히 따지면 나간다기보다는……."

파이가 손을 움직였다. 꼭두각시 인형을 조종하는 듯한 손놀림이었다. 그러자 아리아드네의 손안에 있던 책이 실에 매달린 것처럼 공중으로 떠오르더니 저절로 펼쳐지며 이리저리 뭉쳐졌다.

그것은 곧 파이와 똑같은 모습의 인형으로 변했다. 새하얀 머리카락 대신 표지와 같은 재질의 검은 수정으로 만들어진 머리카락을 늘어뜨리고 있는 것과 책과 비슷한 크기라는 것만 빼면 완벽하게 똑같았다.

물끄러미 제 축소판이나 다름없는 것을 보던 파이가 손가락으로 딱 소리를 냈다. 그러자 인형이 종이에 휘감기더니 형태가 약간 변했다. 아리아드네와 처음 만났을 때와 비슷한 어린 파이의 모습으로.

어려진 인형을 확인한 파이는 장난스럽게 웃으며 손짓했다.

"자, 당신의 가이드이자 사서가 될, 파이의 분신입니다."

손끝에서 팔꿈치 정도 길이의 키를 가진 파이 인형이 사뿐히 책상 위에 내려서더니 아리아드네를 향해 꾸벅 인사를 했다.

파이는 인형의 검은 머리를 가볍게 쓰다듬고는 말을 이었다.

"이제 환상 도서관 밖에서도 '카론'이 있다면 파이와 대화하거나 환상 도서관 안의 물건을 꺼내는 것 모두 가능합니다."

"……파이, 그 말은."

"이곳에 오지 않으셔도 됩니다."

파이가 미소 지었다. 아리아드네는 그 다정한 미소 아래에 무언가

가라앉아 있다는 느낌을 받았다.

"여기에 드나드는 건 아리아에게 위험한 일이니까요. 앞으로는 카론을 통해 주세요."

파이의 손짓에 따라 카론이 아장아장 책상 위를 걷더니 아리아드네에게 안아 달라는 듯 손을 내밀었다. 조그맣고 어린 검은 머리의 파이. 아리아드네는 그것을 멀거니 내려다보며 물었다.

"진심이야?"

"네?"

"이걸로 충분해?"

"필요한 기능은 모두 있습니다. 보세요."

파이가 다시 보이지 않는 실을 조종하는 것처럼 손을 움직였다. 카론이 몸을 둥글게 웅크리더니 도로 책으로 변했다.

공중에 떠올라 저절로 펼쳐진 책 위로 대정령 번역 마법진과 채널 내 정령력 현황을 분석하는 마법진 등이 보기 좋게 떠올랐다.

"이렇게 가이드 역할도 가능하고, 또⋯⋯."

파이의 손놀림에 따라 마법진들이 사라지더니 비어 있던 종이에 인쇄한 것처럼 글자들이 생겨났다.

-하얀 잔이 정화의 성물이 아니라고?

악셀은 분노하여 성자의 멱살을 잡고 흔들었다.

-'엘께서 하얀 잔에 자신의 피를 담아 뿌리시니, 엘리시움에 가득하던 삿된 것들이 씻기어 사라지고 정결한 땅만 남았도다.' 이것이 너희가 그렇게 떠받드는 경전의 문구 아닌가? 신이 하얀 잔으로 이 세계를 정화했다는⋯⋯.

-세, 세계를 정화한 건 하얀 잔이 아니라 신의 피입니다, 형제님.

성자가 제 멱살을 쥔 악셀의 손을 붙잡고 헐떡이며 말했다. 그러자 악셀은 성자의 멱살 대신 목을 틀어쥐었다.

-그럼 하얀 잔은 대체 뭐지? 아무 의미가 없나? 똑바로 말해라.

-하얀 잔은 성장의 성물입니다. 신의 피를 담을 만한 물건이 세상에 존재하지 않아 엘께서 '가능성'을 재료로 직접 빚어내신 잔으로…….

백지에 나타난 건 원작 소설의 한 단락이었다. 늪지기의 영역에서 막힌 악셀이 정화의 성물인 줄 알고 하얀 잔을 찾아다녔던 에피소드.

"이처럼, 환상 도서관에 있는 책 중 필요한 부분을 찾아 보여 드리는 것도 가능합니다."

파이가 다시 손가락을 튕겼다. 책이 공처럼 우그러지더니 펼쳐지며 인형으로 바뀌었다. 대여섯 살 남짓한 어린 파이의 모습을 한 인형이 방긋방긋 귀엽게 웃으며 양손을 벌렸다.

파이가 책상 위에 있던 찻잔을 쥐자, 카론의 손 위에도 조그마한 찻잔이 환영처럼 생겨났다. 카론은 반투명한 찻잔을 든 손을 아리아드네에게 내밀었다.

"받아 보세요, 아리아."

아리아드네는 무어라 말을 하려다 말고 일단 찻잔을 받았다. 카론의 손안에선 작고 반투명하던 찻잔이 그녀가 받아 들자 정상적인 크기의 실물로 바뀌었다.

동시에 파이의 손에 쥐여 있던 찻잔이 사라졌다. 파이가 빈손을 펴 보였다.

"이런 식으로 환상 도서관에 보관해 두신 물건을 카론을 이용해 꺼낼 수도 있습니다. 도로 넣을 수도 있고요. 완벽하지요? 그러니 이걸로 충분할 겁니다."

파이가 부드럽게 웃었다. 아리아드네는 입술을 깨물며 찻잔을 내려
놓았다.

"파이, 난 그런 걸 물은 게 아니야."

"네?"

"카론이라고 했지? 이 인형이 보고 듣는 걸 너도 알 수 있어?"

"예, 카론을 통해 파이가 직접 보는 것처럼 볼 수 있습니다."

"그건 좋네. 너한테 보여 주고 싶은 게 많았으니까. 방금 보여 준 기
능들도 굉장하고. 하지만……."

그녀가 파이와 시선을 마주쳤다.

"너는 정말 이걸로 충분해?"

"……."

"다시는 만나지 못해도 괜찮아?"

"……카론이 있으니 여기서도 언제든 아리아를 볼 수 있고, 대화를
나눌 수도 있잖습니까."

"다르잖아."

"……."

"그걸로는 충분하지 않잖아."

말끝이 떨렸다. 아리아드네는 손으로 얼굴을 덮고 심호흡을 했다.
잠시 후에 그녀는 차분해진 얼굴로 말했다.

"앞으로도 계속 만나러 올게."

"몸에 나쁩니다, 아리아."

"오라버니가 가설이라고 했어. 아직 확실하지 않아."

"……아리아."

"만에 하나 그게 다 사실이더라도…… 난 널 만나러 올 거야. 자주는 못 오겠지만, 가끔은 괜찮을 테니까."

"위험합니다. 에리히 위버의 가설대로 다른 감각까지 망가지게 될지도 모릅니다."

"알아! 그래도!"

그녀의 푸른 눈에 물기가 어렸다. 아리아드네는 침착하려 애쓰며 말을 이었다.

"파이, 이런 인형으로 널 대체할 순 없어. 기능의 문제가 아니야. 난 너랑 다시는 못 만나는 거, 싫어."

"……."

"널 위해서가 아니라 날 위해서야, 파이. 내게 네가 얼마나 소중한지 알잖아……."

전생을 자각한 순간부터 모든 비밀을 공유하며 함께해 온 10년이 넘는 세월.

고통을 위로했던 시간들. 별다른 목적 없이 노닥거렸던 시간들. 위기를 넘어서기 위해 같이 고민하고 노력했던 시간들. 켜켜이 쌓인 추억과 애정이 그녀의 울먹이는 눈동자 안에 담겨 있었다.

파이는 속으로만 되물었다.

아리아. 그렇게 파이가 소중하다면, 바깥으로 나가지 않고 여기에 계속 머무실 수 있겠습니까?

……그러지 못하시리라는 것을 압니다. 이것이 당신을 상처입힐 질문이라는 것도.

선택을 강요하면 결국에는 그쪽으로 가시겠지요. 알고 있습니다. 이해합니다. 이해하기에…… 원망하기조차 어려워서.

아리아. 당신은 파이를 위해 최선을 다하실 거고, 진심으로 파이를 사랑하시지만.

파이를 위해 모든 걸 버릴 수는 없으시잖아요.

당신이 사랑해야 할 것이 저 밖에도 너무나 많으니까. 당신의 사랑은 파이의 사랑과 다르니까.

차라리 당신이 진심으로 파이를 대하지 않았다면, 그냥 편리한 도구로 대했다면, 좀 더 나쁜 사람이었다면, 파이도 좀 더 나빠질 수 있었을 텐데요.

"……아리아, 카론이 있으니 당신이 굳이 위험을 감수하며 여기에 들어오실 이유가 없습니다."

"지금까지 뭘 들은 거야? 그런 문제가 아니라고 했잖아! 여기에 너만 계속 혼자 남겨 두라고? 넌 정말 그게 괜찮아? 안 괜찮잖아! 안 괜찮은데 그냥 참으려는 거잖아!"

아리아드네가 화를 냈다. 파이는 물끄러미 그런 그녀를 내려다보았다.

카론을 건네면서 그녀가 이렇게 말해 주길 바랐다. 이렇게 다정하리라는 것을 알고 있었다.

그러나 한편으로는 미련 없이 떠나 돌아오지 않길 바랐다. 아리아드네가 저런 사람이 아니었다면, 그녀가 이런 사랑이나마 주지 않았다면, 어차피 외면당할 거라면, 미움받을 용기가 생겼을 테니까.

'그랬다면 당신을 가두어서라도 가졌겠지요.'

하지만 아리아드네가 여전히 그에게 애정을 주고 있어서.

"아리아."

파이는 그린 듯한 미소를 띠며 팔을 뻗었다. 아리아드네를 조심스럽게 끌어안고 그녀의 머리카락에 코를 묻었다. 그녀에게선 신록과 닮은 향기가 났다. 늘 펼치고 있는 영토의 향이 밴 걸까.

"파이는 괜찮습니다. 파이에게는 당신이 무사한 것이 더욱 중요합니다. 아예 대화조차 나누지 못하게 되는 것도 아니잖아요."

아리아드네가 그를 마주 안았다. 체온을 느끼고 싶은 것처럼 바짝 붙은 채로 그녀가 속삭였다.

"그래도 만나러 올 거야. 약속할게."

"파이는 그러다 아리아를 잃게 되는 것이 두렵습니다."

"지금까지는 괜찮았잖아."

"괜찮았던 게 아닙니다. 통각이 급속도로 마비되고 있잖아요."

"가끔 오면 돼. 마비는 치료하면 되고. 그게 정말 환상 도서관 탓인지도 확신할 수 없어."

"아리아."

"어차피 아직 가설이야. 더 연구해야 하고 분석해 봐야 해."

그녀가 그의 품에서 고개를 들었다. 구름 없는 하늘처럼 새파란 눈동자가 선명했다.

"그러면서 방법을 찾아볼게. 내가 들어오기 힘들다면, 네가 나오는 방법이라도."

"……."

"난 포기 안 해. 그러니까 너도 벌써 포기하지 마."

파이는 홀린 듯이 아리아드네를 내려다보다가 문득 생각했다.

이런 기분이었나, 악셀 발렌타인?

그녀가 손을 잡아 주었을 때, 널 살리겠다고 했을 때, 이렇게 황홀하고 행복했나? 속절없이 믿고 싶어지고, 모든 것을 바치고 싶어졌나?

심장이 썩어 들어가는 것처럼 쓰렸다. 파이는 화사하게 웃었다.

"네, 아리아."

아리아드네는 검은 책 형태로 돌아간 카론을 들고 환상 도서관에서 나왔다.

눈을 뜨자 잘생긴 얼굴이 새파랗게 질린 채로 그녀를 내려다보고 있었다. 이어 단단하고 넓은 가슴팍이 느껴졌다. 그녀는 그의 품에 완전히 안긴 상태였다.

"……악셀?"

악셀이 그녀의 부름에 겨우 숨통이 트인 것처럼 길게 호흡을 토해 냈다. 거의 숨을 쉬지 않고 있었던 듯했다. 넋이 나가 있던 붉은 눈에 서서히 초점이 돌아왔다.

"아리아."

"응, 왜 그래?"

"당신이…… 당신이 또 숨을 쉬지 않아서."

"환상 도서관에 들어갔다 나온 것뿐이야. 오라버니한테 설명 들었지?"

"대충 듣긴 했습니다만."

"그래, 별일 아니야."

악셀이 뭔가 할 말이 많은 얼굴로 입술을 달싹였다. 아리아드네는 급히 화제를 돌렸다.

"그런데 내 막사엔 무슨 일로 왔어?"

"……낙인으로 무기를 만들어 보려는데, 환각을 재현하기 전에 당신의 무사함을 확인해야만 할 것 같았습니다."

"아……."

악셀이 본 트라우마가 뭔지 아니 금방 납득이 되었다. 그녀는 장난스럽게 한 손을 들어 보였다.

"손잡고 있어 줄까? 내 거울상 처리할 때처럼."

반쯤 농담으로 던진 말이었는데 악셀이 냉큼 대답했다.

"네, 좀 잡아 주십시오."

"……그렇게 무서워?"

"무서워서 죽을 것 같습니다."

악셀이 무서워서 죽는 게 아니라 누굴 죽일 것 같은 얼굴로 진지하게 말했다. 실제로도 그는 지금 마왕을 찢어 죽이는 상상을 하고 있었다.

아리아드네는 그런 그가 안쓰러웠다. 므네모시네로 본 기억들 탓에 애처롭게까지 느껴졌다.

"그래, 얼마든지 도와줄……."

몸을 일으키던 아리아드네가 흠칫했다. 악셀도 동시에 흠칫했다.

그녀는 그의 허벅지 위에 앉아 가슴팍에 기댄 자세로 안겨 있었다. 그 상태에서 일어나려니 자연히 그의 허벅지를 짚게 되었다. 그런데 짚은 손에 탄탄한 근육 대신 다른 게 만져졌다.

아리아드네는 잠시간 대체 이 커다란 게 뭘까, 주머니에 물병이라도 든 건가, 물병을 왜 주머니에 넣고 다니지, 인벤토리에 문제가 생겼나까지 고민하다가 순식간에 시뻘게진 악셀의 얼굴을 보고 정체를 깨달아 버렸다.

그녀는 기겁해서 손을 떼고 벌떡 일어났다.

"미안!"

아리아드네가 갑작스레 일어나는 바람에 검은 책이 침대 위로 떨어졌지만, 둘 다 정신이 없어서 그것을 알아차리지도 못했다.

아리아드네는 주춤주춤 물러나며 악셀과 거리를 벌렸다. 벌겋게 달아오른 얼굴을 손으로 문지르던 악셀이 어쩔 줄 몰라 하는 아리아드네를 보더니 설핏 웃었다.

"왜 그런 표정이십니까? 죄지은 것도 아니시잖습니까."

"죄지은 거 맞는 것 같아……. 미안해. 고의는 아니었어."

"그게 왜 죄가 됩니까? 어차피 당신 것인데."

"……응?"

"저를 가지기로 하셨잖습니까. 그러니 전부 아리아의 것이지요. 마음대로 하셔도 됩니다."

아리아드네는 뭔가 부끄러운 말을 들은 듯한 기분이 들었다.

'악셀이 저번에 했던 말이랑 똑같은 말인데, 왜…….'

어쩐지 더워지는 기분에 그녀는 손부채질을 했다. 그러자 악셀이 뜬금없이 물었다.

"벗을까요?"

"뭐?"

아리아드네는 너무 놀라서 그대로 막사 밖으로 튀어 나갈 뻔했다. 간신히 막사 기둥을 부여잡는 선에서 멈춘 그녀를 향해 악셀이 태연히 말했다.

"시선을 피하시는 걸 보니 그 환각이 또 떠오르셨나 해서."

"그게 왜 그렇게 연결돼? 아니, 그리고 결론은 왜 또 벗는 게 되는 건데?"

"그나마 제게 있는 장점이니 적극적으로 이용해야지요."

"그건 또 무슨 소리야? 그나마 있는 장점?"

"아리아, 솔직히 저는……."

악셀은 잠시 머뭇거리다가 한층 작아진 목소리로 말을 이었다.

"당신이 왜 절 좋아해 주시는지 잘 모르겠습니다."

"……응?"

"그날 이후 줄곧 고민해 봤지만 답이 나오지 않더군요. 그래도 제 몸은 마음에 들어 하시니까, 몸으로라도 어떻게든."

"잠깐, 잠깐만. 진정해, 악셀."

아리아드네는 정말로 셔츠를 벗어 던질 기세인 악셀에게 손을 내저었다.

"진정하고 대화로 하자, 우리. 대체 왜 그런 생각을 하게 된 거야?"

"당신이 저를 선택해 준 것이 믿기지 않아서 제 스스로를 객관적으로 살펴봤습니다. 당신께 제가 무엇으로 보답할 수 있는지를."

악셀이 음울하게 눈을 내리깔았다.

"저는 저주받은 출생에, 가족도 없고, 온전한 인간도 아니며, 미래조차 불투명합니다."

"악셀, 그건."

"그렇다고 성격이 좋은 것도 아니고, 가진 것이 많지도 않고, 그나마 잘하는 건 칼질 정도뿐이잖습니까."

아리아드네는 새삼 놀랐다.

강하지 않으면 사람 취급도 안 하고 자기 성격이 어떻든 관심도 없던 애가 언제 이렇게 바뀌었지.

그녀의 놀람을 아는지 모르는지 악셀은 더 심각해진 얼굴로 땅굴을 파고 있었다.

"제가 당신에게 드릴 수 있는 건 고작 저 자신뿐입니다. 그런데 저는 이 정도밖에 안 되는, 평범한 인간조차 못 되는 놈이지요. 생각하면 할수록 대체 왜 아리아가 제게 마음을 허락하신 건지 모르겠습니다."

"저기, 악셀."

"짐작 가는 게 몸뿐인데, 그렇다기엔 당신이 제 몸에 그리 관심이 있으신 것 같지도 않고……. 오히려 갈수록 저만 안달이 나는 것 같아서."

악셀이 말끝을 삼키며 고개를 숙였다. 기죽은 모양새가 정말이지 그와는 어울리지 않았다.

왜 너를 좋아하냐고?

많은 장면들이 뇌리에 떠올랐다. 한 발자국씩, 조금씩 더, 그를 좋아하게 만들어 준 순간들이.

아리아드네는 그에게 다가가 옆자리에 걸터앉았다.

"악셀."

"……예."

"나를 사랑해?"

고개를 숙이고 있는 그의 목덜미가 붉어지더니 금세 귀까지 빨갛게 물들었다. 그는 양손을 꽉 맞잡은 채 대답했다.

"아닌 것 같습니다."

"……응?"

"그 말로는 아무래도 부족한 느낌이라."

저게 무슨 소리지.

그녀는 멍하니 눈을 깜박였다. 악셀이 고개를 들고 열기 어린 붉은 눈으로 그녀를 바라보았다.

"당신은…… 제 하늘입니다."

"……?"

"말주변이 부족해서 잘 설명하진 못하겠지만."

그가 깊게 숨을 들이쉬더니 덧붙였다.

"당신은 제가 사랑하고 말고를 논할 수 있는 존재가 아닙니다. 그냥…… 당신이 제 모든 것입니다. 그냥, 그냥 사랑한다는 말로 표현하기엔, 당신은 제게 너무 귀해서…… 그 말로는 부족합니다."

생각지도 못했던 대답이었다. 기묘하게 간질간질하고 떨리는 기분에 아리아드네는 침대 시트를 움켜쥐며 되물었다.

"왜?"

"예?"

"왜 내가 너한테 그런 존재인 건데?"

"그건……"

악셀이 진땀을 흘리며 횡설수설하기 시작했다.

목적, 목표, 빛, 지지, 의미, 살아갈 자격, 뿌리, 소속, 하늘, 그리고 다시 하늘. 중구난방으로 단어들이 튀어나왔지만 명확한 문장으로 만들어지진 못했다.

"그러니까, 오직 당신만이…… 젠장."

악셀은 신음을 흘리며 제 머리를 쓸어넘기고는 한숨을 내쉬었다.

"기물 시절에 문학 수업을 좀 더 열심히 들을 걸 그랬습니다. 말로 설명하기가……:"

"어려워?"

"예."

"나도 그래."

"예?"

"왜 너를 좋아하냐고 물으면, 간단하게 대답할 수가 없어."

아리아드네는 장난스럽게 웃고는 입을 열었다.

"음, 일단…… 악셀, 넌 정말 잘생겼어. 네 눈동자는 맑고 짙은 붉은 빛이라 석양을 굳혀 놓은 것처럼 예뻐. 물론 몸도 멋지고……. 게다가 너, 귀여울 때는 진짜 귀여워. 커다란 강아지 같아."

"……."

"검술은 발군이고, 정령 기술은 기사의 역사를 새로 쓰는 수준이지. 대정령과 계약한 최초의 기사잖아."

"그건 근원 덕분입니다."

"근원 덕분이건 뭐건 어쨌든 그것도 네 실력이야. 너는 전투 중 판단이 빠르고, 대담하고, 위기 앞에서 더 강해지고, 실패에도 굴하지 않아. 천재적인 재능이 있으면서도 노력가고, 책임감이 있고, 끈기가 있고, 변화할 줄도 알지."

"……."

"너는 모든 인간을 증오해도 이상하지 않은 운명을 타고났으면서도 그러지 않았고, 네게 주어진 불합리한 고난들에 굴복하지도 않았어."

"……."

그녀의 칭찬이 이어질수록 악셀의 얼굴이 점점 더 붉어졌다. 아리아드네가 미소 지으며 말했다.

"너는 장점이 많은 사람이야, 악셀."

"절 그렇게 보시는 건 당신뿐일 겁니다."

"글쎄, 아닐걸? 나중에 다른 사람들한테도 한번 물어봐. 에리히 오라버니는 솔직하지 못해서 제대로 대답 안 해 주겠지만, 뤼르나 니카라면 솔직하게 말해 줄 거야. 루드빅은, 음, 먼저 칭찬해 주면 솔직해질 거고."

"……."

"어쨌든 나는 그런 네 장점들을 좋아하지만, 널 좋아하게 된 건 그 장점들 때문만은 아니야."

"……."

"말로 설명하기 어려운 것도 있고…… 논리 없이 그냥 마음에 와닿았던 순간들도 있으니까."

그녀는 새빨개진 채로 시선도 못 마주치고 있는 악셀의 얼굴을 양손으로 잡아당기며 말을 이었다.

"그게 전부 모여서 너를 향한 감정이 된 거지."

아리아드네는 그의 입술에 가볍게 입을 맞추고 눈을 휘며 웃었다.

"좋아해, 악셀."

"……!"

"그래도 모르겠으면 앞으로 매일 말해 줄까?"

악셀은 멍청해진 얼굴로 그녀를 바라보았다. 살짝 젖은 붉은 눈이 느리게 깜박였다. 눈앞에 있는 사람이 기적 같아서 믿기지가 않는 듯이.

그가 신음처럼 중얼거렸다.

"……제게 불합리한 고난이 주어졌다고 하셨지요. 그건 아닌 것 같습니다."

"무슨 소리야, 네가 겪은 일들은 대부분……."

"아리아, 당신이 있잖습니까."

"응?"

이번에는 그가 그녀의 허리를 감싸 쥐고 제게로 당겼다. 품에 그녀를 그러안은 채 황홀한 미소를 띠며 속삭였다.

"그게 모두 당신을 만나기 위해 치른 대가라면, 오히려 제게 지나치게 이득일 겁니다."

아리아드네가 기가 막혀 입을 약간 벌리자 악셀이 냉큼 파고들었다. 반박은 안 듣겠다는 태도였다.

단단한 가슴팍을 짚은 그녀의 손 아래로 악셀의 심장이 터질 듯이 뛰고 있었다. 그녀를 감싸 안은 체온이 뜨거웠다. 와 닿는 입술에서 주체할 수 없는 떨림이 느껴졌다.

'온몸으로 좋다고 외치는 것 같아.'

아리아드네는 문득 지금 그가 어떤 얼굴을 하고 있을지 궁금해졌다. 그래서 처음으로 키스 도중에 눈을 살짝 떠 보았다.

'아.'

꾹 감긴 그의 속눈썹이 눈앞에서 파르르 떨리고 있었다. 상기된 눈매, 열중하는 얼굴.

시선을 느꼈는지 악셀이 그녀의 뺨을 감싸 쥐며 눈을 떴다. 가늘게 열린 눈꺼풀 사이로 보이는 붉은 눈동자가 열기로 몽롱했다.

좋아서 미치겠다는 눈빛. 부서질까 두려운 것처럼 조심스럽게 뺨을 어루만지는 거친 손끝. 달뜬 숨결.

'보고 있으니까 뭔가…….'

취하는 듯한 기분.

맞닿는 감촉이 점점 더 아찔해졌다. 왜 악셀이 그녀와 입 맞출 때마다 정신을 못 차리는지 이제야 이해가 된다. 지금은 다른 아무것도 떠오르지 않았다. 그저 좀 더 가까이, 좀 더 깊게 닿고 싶다.

악셀의 목에 팔을 두르고 더 밀착하려는 찰나, 아리아드네는 두꺼운 그의 어깨 너머로 오도카니 앉아 있는 인형을 발견했다. 어린 파이의 모습을 한 카론이 말똥말똥한 눈으로 그들을 보고 있었다.

"……!"

그녀는 화들짝 놀라 악셀을 밀쳤다. 악셀이 꿈에서 깨어난 것처럼 멍한 얼굴로 그녀를 불렀다.

"아리아?"

"아니, 음, 그게."

파이는 이미 악셀과 그녀가 키스하는 것을 열려 있는 채널로 감지한 적이 있다. 악셀이 낙인을 받은 직후에도 그랬으니까.

하지만 채널로 감지하는 것과, 파이와 연결된 인형이 지켜보는 건 아무래도 많이 다른 느낌이었다. 어리고 순진한 동생에게 못 볼 꼴을 보여 준 기분이랄까.

그녀는 급히 화제를 돌렸다.

"낙인이 사라질 시간이 된 것 같아서. 무기 만들 거면 그 전에 만들어야 하지 않아?"

말하고 나서 시간을 확인해 보니 정말로 정오에 가까워졌다. 악셀이 달고 있는 정오의 낙인은 정오가 지나면 사라질 터였다.

"이런, 시간을 잊고 있었습니다."

악셀이 서둘러 소매를 걷어 낙인을 드러내더니 아리아드네에게 손을 내밀었다.

"잡아 주시겠습니까?"

"응, 얼마든지."

그의 손 위에 그녀가 손을 올렸다. 악셀이 눈을 감았다.

식은땀을 흠뻑 흘리긴 했으나 그는 곧 무사히 제 검에 낙인을 뒤집어씌웠다. 아리아드네가 선물했던 미스릴 검에 붉은 무늬가 불꽃처럼 새겨졌다.

부상이 완치될 때까지 늪지기의 영역에서 쉬는 동안, 일행은 낙인을 이용해 만들어 낸 아이템에 익숙해지는 데에 집중했다.

낙인의 부작용을 분석하고 제거하는 건 에리히가 맡았다. 모두 스스로 낙인을 길들였고, 제물을 바칠 늪지기가 없는 상태라 대체로 큰 문제는 없었다.

아이템에 깃든 낙인이 오염수를 요구하는 게 유일한 문제였는데, 이 점은 에리히가 마법진을 새겨서 정령석을 원료로 삼도록 바꾸는 것으로 해결했다.

다들 그가 며칠 만에 문제를 해결한 것을 당연하게 여기자 에리히는 계속 툴툴거렸다.

"보기엔 간단해 보이지? 이거 들고 나가서 마법사들 보여 주면 미쳤다고 다들 뒤집어질 거다. 너넨 이게 얼마나 위대한 업적인지 몰라, 젠장."

그가 손대지 않은 낙인은 아리아드네의 '카론'뿐이었다. 파이가 이미 모든 부작용을 처리해 놓아서 손댈 것이 없었기 때문이다.

한편 뤼르는 자신의 낙인을 자연 소멸시키려 했으나, 에리히에게 저지당했다.

"신관님, 이런 유용하고 특별한 재료를 그냥 없애긴 좀 아깝잖아요. 다룰 방법도 생겼는데."

에리히는 마물 시체에 낙인을 기생시킨 다음 봉인해서 따로 챙겼다.

뤼르의 잘린 날개는 새로 돋아나지 않고 계속 그대로였다. 아리아드네는 그동안 몇 차례 그와 대화를 시도했지만 제대로 된 속내를 듣지 못했다. 신관은 온화한 얼굴로 괜찮다는 말과 죄송하다는 말만 반복했다.

그렇게 휴식을 취한 뒤, 토벌대는 마지막 군주가 있는 은둔자의 영역으로 출발했다.

기괴하고 역겨운 늪지대 속에 싱그러운 초원이 외딴섬처럼 떠 있었다. 신록의 그릇이 구현된 영토였다. 토벌대는 그 영토 속에서 천천히 전진했다.

혹시 모를 사태를 대비해 베로니카가 가장 앞서서 걸었고, 그 뒤로 에리히, 뤼르, 아리아드네가, 후방은 악셀과 루드빅이 맡았다.

거대해졌던 이카로스는 에리히가 무슨 짓을 했는지 다시 작게 변해서 그의 어깨 위에 앉아 있었다. 작아졌다지만 주먹만 했을 때보다는 훨씬 커져서 주머니에 들어가진 않는 모양이었다.

사소한 잡담을 나누며 걷다 보니 일행은 얼마 지나지 않아 늪지대의 끝에 도달했다. 늪지기가 살아 있을 때는 아득한 지평선뿐이던 곳에 지금은 까마득하게 높고 이질적일 정도로 매끄러운 벽이 있었다.

벽의 중앙 부근에는 사람 하나가 간신히 통과할 수 있을 만한 작은 문이 보였다. 아리아드네는 그 앞에 서서 주변을 둘러보았다.

'포크 미궁에서 본 환각과…… 완전히 똑같은 풍경.'

환각 속 악셀과 '아리아드네'가 바로 이곳에서 대화를 나눴었다. 선두에 선 베로니카가 아리아드네를 돌아보았다.

"열까요?"

"잠깐만."

아리아드네는 동료들을 돌아보았다.

"다들 지도는 외웠어?"

은둔자는 미궁을 만드는 군주. 따라서 은둔자의 영역은 미궁이라는 단어에 걸맞게 함정과 미로의 연속이었다. 소설 속 주인공이 가장 많이 죽은 구간이기도 했다.

늪지기의 영역에선 전장이 불리해서 막힌 거라면, 은둔자의 영역에선 길을 찾아 나아가는 것이 힘들어서 계속해서 죽어야 했다.

미로를 헤매다가 보급품이 떨어져서 굶어 죽기도 했고, 복도에 숨어 있는 함정에 걸려 어이없이 죽기도 했고, '불신의 방' 같은 악랄한 방에 걸려서 동료들끼리 살육도 벌였고, '열차의 방' 같은 곳에서 탈출법을 제대로 찾지 못해 죽기도 했었다.

모르면 죽을 수밖에 없는 덫으로 가득한 구역. 반대로 말하면 그 모든 정보를 알고 있는 아리아드네에겐 가장 쉬운 구역이란 뜻이다.

미궁 구조는 문으로 연결된 방과 복도의 반복이었다. 문을 열었을 때 어떤 복도나 방이 나올지는 은둔자가 살아 있는 한 계속해서 무작위로 바뀐다. 즉, 은둔자를 찾아내 죽이기 전까지는 영원히 출구를 찾을 수 없다.

'대신 은둔자 자체는 약해.'

미궁 속에서 찾아내기가 어려울 뿐 찾기만 하면 은둔자를 쓰러뜨리는 건 간단했다. 그리고 미궁이 아무리 무작위로 바뀌어도 은둔자가 숨어 있는 곳을 찾아내는 방법은 바뀌지 않았다.

'은둔자가 미궁을 만들어 내는 존재인 이상 변할 수 없는 법칙이니까.'

아리아드네가 일행에게 나눠 준 '지도'는 바로 그 법칙과 미궁에서 나올 수 있는 모든 복도와 방, 함정을 공략법과 함께 정리한 기록이었다. 당연히 분량이 어마어마했다. 어지간한 책 한 권보다 많은 양이었다.

"예, 전부 외웠습니다."

"그쯤이야 기본이지."

악셀과 에리히는 망설임 없이 대답했다.

"핵심은 다 파악했지요."

"전체적으로 숙지하긴 했으나, 통째로 외우진 못했습니다. 죄송합니다."

루드빅은 웃으며 얼버무렸고, 뤼르는 난감한 얼굴로 사죄했다. 아리아드네는 웃으며 고개를 끄덕였다.

"그 정도면 충분해."

베로니카는 말이 없다가 아리아드네가 쳐다보자 슬그머니 시선을 피했다.

"저, 절반 정도는…… 외운 거 같아요."

에리히가 끼어들어 물었다.

"너 내가 만들어 준 요약표는? 그건 다 외웠지?"

"……아, 아마도?"

"……방에 들어갔을 때 호화로운 만찬이 차려져 있으면 무슨 방이고, 어떻게 대응해야 하는지 대답해 봐."

"음…… 어…… 도, 독? 그냥 안 먹고, 지나가면……?"

베로니카가 드물게 쩔쩔맸다. 에리히는 한숨을 내쉬며 이마를 짚었다.

"틀렸어. 야, 이거 네 목숨이 달린 문제야. 아무리 귀찮고 싫어도 대충 넘어갈 일이 아니라고."

"아, 알아. 노력했어, 노력했는데……. 잘 안 된단 말이야."

울상이 된 베로니카를 본 아리아드네가 얼른 나섰다.

"니카, 가장 앞 장에 있던 기본적인 행동 방침은 기억해?"

"네…… 무엇인지 모를 때는…… 절대 선공하거나, 먼저 건드리지 않는다……. 만에 하나 혼자, 일행과 떨어지게 되면……."

아리아드네는 더듬더듬 외는 베로니카의 말을 끝까지 들은 후에 빙그레 웃었다.

"그래, 그것만 기억하면 됐어. 나머진 우리가 기억하고 있으니까."

"죄, 죄송해요, 아가씨."

베로니카가 한껏 풀이 죽은 채로 사과했다. 아리아드네는 고개를 저었다.

"부족한 점을 서로 메꿀 수 있어서 동료인 거잖아. 괜찮아."

사실 모두가 정보를 숙지할 필요는 없다. 지휘를 해야 하는 그녀와 에리히 정도만 알아도 충분했다. 그럼에도 모두에게 지도를 외우게 한 건 조금의 위험이라도 막기 위해서였다. 앞선 구역들처럼 마왕이 또 무슨 수작을 부려 놓았을지 모르므로.

'이건 재도전할 수 있는 게임이 아니니까.'

아리아드네는 일행들을 돌아보며 다시 입을 열었다.

"다들 준비됐죠?"

토벌대원들을 살펴본 그녀는 검은 책 형태인 카론을 펼쳐 들었다.

'파이, 준비됐어?'

[예, 아리아.]

빈 종이 위로 잉크가 질주하며 글자들이 떠올랐다. 파이가 띄운 미궁의 지도 목차였다.

"그럼 출발하죠. 니카, 문 열어."

"네, 아가씨."

베로니카가 문을 열었다. 은둔자의 영역이 검게 입을 벌렸다.

그로부터 약 이틀 후.

"다 알고 진행하는데도 지랄맞네. 망할, 개 같아."

에리히가 욕설을 줄줄이 내뱉으며 망토에 붙은 진득한 액체를 엘릭서로 닦아 냈다.

"안 다친 게, 어디야."

베로니카가 같은 액체로 범벅이 된 방패를 닦으면서 대꾸했다. 루드빅은 주저앉아 물을 꺼내 마셨고, 뤼르는 돌아다니며 일행의 상태를 점검했다.

악셀은 검을 닦은 후 아리아드네에게 다가갔다. 그녀는 그들에게 잠깐 휴식하라 한 뒤, 방금 도착한 공간 내부를 멍하니 바라보고 있었다.

미궁은 엘릭서를 쓰지 않으면 부서지지도 않고, 혹여 부서지더라도 곧바로 복구된다. 은둔자의 권능이었다. 바로 그 점을 이용해 이 무작위로 바뀌는 미궁 내에서도 은둔자를 찾아갈 수 있다.

방에 있는 문마다 동시에 엘릭서를 부어 흠집을 내고 복구되는 시간을 잰다. 빠르게 복구될수록 은둔자와 가까운 문이라는 뜻이다. 그런 식으로 가장 빨리 복구되는 문을 골라 이동하면 언젠가는 반드시 은둔자와 만나게 된다.

그 와중에 아주 높은 확률로 마주치는 곳이 이 공간이었다.

오염된 예배당.

은둔자가 최우선으로 복구하고, 누군가 침입했을 경우 방어 시스템까지 작동시키는 곳. 그렇기에 은둔자를 찾으려고 빠르게 복구되는 문을 고르다 보면 거의 항상 거쳐 가게 되는 곳.

그럼에도 소설에서는 아예 등장하지 않는 장소다.

'하지만 악셀이 알려 준 디메토르의 기억 속에는 있었지. 그리고 내가 봤던 환각 속에도······.'

[이곳이 맞습니까? 아리아가 보았다는······ 신이 잠든 관이 있는 곳이.]

채널을 통해 파이가 나직이 물었다. 아리아드네는 속으로 대답했다.

'그래, 그대로야.'

환각과 완벽히 똑같은 풍경.

아리아드네는 괴물의 살점과 혈관 같은 것들로 뒤덮인 아치를 올려다보다가 깨진 스테인드글라스가 있는 벽으로 시선을 돌렸다.

'저 아래에서······.'

악셀과 '아리아드네'가 나눴던 대화가 귓가에 맴돈다.

〈이건 무슨 뜻인데?〉

〈팔이 움직이지 않는다고 했잖나.〉

〈······그래서 닦아 준 것뿐이라고?〉

〈싫은가?〉

〈아니.〉

그녀는 복잡한 기분으로 그 자리를 응시했다. 피 웅덩이도, 죽어 가는 악셀과 '아리아드네'도 없는 빈자리를.

무심코 입술 위로 손을 올렸다. 입안에 피 맛이 도는 듯한 착각이 들었다. 어느새 다가온 악셀의 목소리가 들렸다.

"무엇을 보고 계십니까?"

"……아무것도."

오염된 예배당과 이곳의 방어 시스템에 대한 건 악셀이 알려 주었다. 그러나 그가 아는 것은 이 방에 관한 정보뿐, 그에겐 아리아드네가 보았던 환각과 관련된 기억은 없었다.

'그게 가짜 기억이거나…… 디메토르가 일부러 숨겼거나.'

아리아드네는 입가에서 손을 뗐다. 어쩐지 악셀을 돌아볼 수가 없어서 강단 쪽으로 시선을 옮겼다. 벌레의 알이 그득한 강단 뒤에서 일렁이고 있는 아지랑이 벽. 그녀의 시선을 따라간 악셀이 말했다.

"말씀드렸다시피, 저것을 건드리면 은둔자의 방어 시스템이 발동할 겁니다."

"응, 그렇겠지."

아리아드네는 작게 고개를 끄덕였다.

그녀가 본 환각에서 신의 관을 찾아냈던 토벌대가 전멸한 건 그 방어 시스템 탓이 확실했다. 강단 위의 알들이 모조리 부화하고, 대정령과의 연결이 차단되고, 방 전체에 저주가 발동되고, 함정들이 튀어나오며, 출구가 막히는.

"그런데도 저 벽 내부를 보실 겁니까?"

"봐야 해."

"디메토르는 저곳에서 얻을 것이 아무것도 없다고 했었습니다."

"아니, 반드시 뭔가 있을 거야."

아리아드네는 물끄러미 그 아지랑이를 바라보며 중얼거렸다.

"함정이라면 함정이라는 것을 확인해야 하고, 함정이 아니라면……
더더욱 확인해야 해."

"그럼 방어 시스템에 대한 대비를 해야겠군요."

그녀는 돌아서며 악셀을 바라보았다.

"왜 저길 굳이 보려 하는지는 안 물어봐?"

"이유가 있으시겠지요. 물어보면 알려 주실 겁니까?"

"……확인하고 나서."

"그럼 됐습니다. 방어 시스템은…… 알들을 부화하기 전에 부수고,
저주는 발동시키는 마법진을 없애고, 함정은 미리 망가뜨리면 될 겁
니다."

"그래, 대정령과 연결이 끊기는 건 정령석을 꺼내 놓으면 해결되고."

"마왕이 수작을 부렸을 가능성도 고려해야 합니다."

"정령술로 벽을 허물고 나서 뤼르에게 성역 설치를 부탁할 거야. 그
러면 어지간한 건 막힐 테니까. 문제는 퇴로 확보인데……."

"다른 사람들과 함께 예배당을 정리하고 계십시오. 그동안 제가 퇴
로를 확보해 두겠습니다."

"어떻게? 문 닫힐 때마다 구조가 바뀌어서 미리 정리해 놔 봤자 소
용이 없잖아."

"살아 있는 마물을 문틈에 걸쳐 놓으면 문이 닫히지 않고 고정됩니
다. 그 상태로 다음 방을 정리해 두겠습니다. 저기 널린 알을 쓰면 되

겠군요."

강단 위의 벌레알들을 살펴보던 악셀은 아리아드네의 묘한 시선을 느꼈다.

"왜 그러십니까?"

"그냥, 새삼…… 네가 '악셀 발렌타인'이구나 싶어서."

"예? 그게 무슨……."

"든든하다는 뜻이야."

그녀는 가볍게 웃고는 그의 어깨를 두드렸다.

"그럼 부탁할게, 악셀."

모든 방어 시스템을 찾아내고 무력화하는 데 꼬박 하루가 걸렸다. 이런 상황에서 가장 활약하게 되는 건 마법사다. 하루 종일 바쁘게 움직인 에리히는 완전히 녹초가 되어 드러누웠다.

토벌대는 예배당 내에 임시로 캠프를 만들고 쉬면서 피로를 회복했다.

아리아드네는 잠들기 전에 뤼르와 함께 내일 설치할 성역에 관해 마지막 논의를 했다. 영토와 성역이 중첩되지 않으니 미리 맞춰 놓는 건 필수였다.

"……이렇게 하는 걸로 해요. 괜찮겠어요?"

"네, 성녀님. 충분히 가능합니다."

"그럼 끝이네요. 이제 얼른 쉬죠, 우리도."

아리아드네는 논의하며 메모했던 종이들을 챙기다가 뤼르의 날개를 힐끗 바라보았다. 한쪽을 잃은 새하얀 날개. 아리아드네의 시선을 알아차린 뤼르가 미안한 표정을 지었다.

"이상하게 회복되지가 않네요. 신께서도 응답이 없으시고……. 신성력의 총량이 줄어 버렸습니다. 죄송합니다."

"뤼르한테 날개가 없을 때도 신성력은 괜찮았는걸요. 그게 문제가 아니라…… 불편하거나 아프진 않아요?"

"원래 없던 것이니 사라졌다고 새삼 불편하진 않습니다."

아리아드네는 입을 열었다가 다물었다. 지금까지 어떤 식으로 묻든 뤼르는 괜찮다거나 죄송하다는 말만 반복했다. 낙인에 홀렸을 때 분명 뭔가 좋지 못한 경험을 했을 텐데도.

'말하지 않기로 했다면 아무리 물어봐도 대답해 주지 않겠지. 사도들을 상대로도 혼자서 몇 년을 버텼던 사람이니.'

무엇이 그녀의 수호성인을 무너뜨렸을까. 사실 답은 뻔히 나와 있었다. 늘 온화하고 평온한 신관이 때때로 내비치던 깊은 증오.

"당신이 제게 손을 내미셨을 때, 저는 대미궁에서 죽기 위해 그 손을 잡았었습니다."

그녀의 수호성인이 되기 직전 뤼르가 흘렸던 진심.

"죽여 버리고 싶습니다, 모조리."

에이미의 마을에서 일어났던 일을 듣고 보였던 반응.

'……뤼르는 여전히 살아갈 의지가 없는 거야. 낙인에 홀렸던 것도

아마⋯⋯.'

그녀의 수호성인이 되었으니 자살하진 않겠지만 마왕을 죽이고 복수가 끝나면 정말 유령처럼 살지도 모른다. 아리아드네는 뤼르가 그녀의 그림자처럼 지내는 것도, 죽지 못해 사는 것도 싫었다.

'뤼르가 살아갈 목적이라. 원래 대미궁을 닫고 나서 하려던 제안인데⋯⋯.'

그녀는 차분히 입을 열었다.

"뤼르, 에이미랑 에이든이랑 소피아, 기억하죠?"

"물론 기억합니다. 저주받은 땅 바깥까지 데려다준 아이들이잖습니까."

"저, 그 애들을 후원할 장학 재단을 만들 예정이거든요."

"예?"

"그때 비서한테 보내는 편지에 재단이랑 고아원, 학교 설립 준비 끝내 놓으라고 시켰었어요. 아마 돌아가면 얼개 정도는 세워져 있겠죠. 이자벨은 유능하니까."

뤼르가 멀거니 눈을 깜박였다. 아리아드네는 종이를 주섬주섬 챙겨 넣으며 말을 이었다.

"그 애들처럼 검은 잔을 받은 자들이나 마물에 의해 고아가 된 아이들을 받아들여서 장학생으로 삼을 거예요. 기본적으로 재단의 학교는 모두 다니게 해 주고, 열의와 재능이 있는 아이는 대학까지 지원해 주려고요."

"⋯⋯비용이 어마어마하게 들어갈 텐데요."

"돈은 걱정 안 해도 돼요. 저 엘디어 공작이잖아요."

"⋯⋯."

뤼르는 말을 잃었다. 조그만 시골 마을 출신의 가난한 신관으로선 상상하기 어려운 스케일이었다. 아리아드네가 어깨를 으쓱였다.

"학교까지 세우면 재단 규모가 꽤 커지긴 하겠죠. 자선 사업이니 비리가 발생하기도 쉽고……. 그래서 그거 뤼르한테 맡기려고요."

"예에?"

되묻는 뤼르의 음성이 쩍 갈라졌다. 그녀는 방긋 웃었다.

"제 비서들은 다 바쁘고, 그렇다고 용병들이나 기사들한테 맡길 순 없잖아요. 뤼르라면 믿을 수 있는 데다 잘할 것 같아서……."

"서, 성녀님, 저는 그럴 만한 인재가 못 됩니다. 재단이라니요."

"괜찮아요. 세부적인 건 전문가 고용해서 시키면 되거든요. 날개 달린 수호성인이 이사장이면 아랫사람들이 어지간해선 헛짓거리 못 할 테니 관리하기도 편할 거예요."

"그런, 저는……."

"그러니까 지금부터 틈틈이 구상해 봐요."

"예? 구상이라니요?"

"돌아가서 그 아이들에게 뭘 해 줄지 생각해 보란 뜻이에요."

뤼르가 얼빠진 얼굴로 그녀를 바라보았다. 아리아드네는 부드럽게 말을 이었다.

"뤼르와 비슷한 아픔을 겪은 아이들이잖아요. 당신이라면 그 애들에게 무엇이 필요할지 잘 알겠죠."

"……."

"그 애들의 후원자가 되어 주세요, 뤼르."

"……."

"저는 에이미나 에이든이나 소피아가 어른이 되어서 행복하게 사는 걸 꼭 보고 싶거든요. 뤼르는 궁금하지 않아요? 그 애들이 어떻게 자랄지."

"성녀님……."

"예산은 걱정 말고, 마음껏 상상해 둬요. 알겠죠?"

아리아드네는 통보하듯 말하고는 자리에서 일어났다.

'이걸로 조금이나마 살아갈 의욕이 생겼으면 좋겠는데.'

그녀는 무어라 횡설수설하는 뤼르를 내버려 두고 재빨리 그의 막사에서 나갔다. 홀로 남은 뤼르는 한참 동안 아리아드네가 떠난 빈자리를 보며 멍하니 앉아 있었다.

"아이들이라니……."

신관은 직접 치료하고 동료들과 함께 저주받은 땅 밖으로 데려다주었던 아이들을 떠올렸다.

일찍 철든 에이미. 동생을 목숨 걸고 구하려던 에이든. 영리한 소피아. 자신처럼, 사도에게 가족과 고향을 모두 잃은 아이들.

그 아이들에게 해 주고 싶은 것을 마음껏 상상해 보라고. 그 애들이 어른이 되어 행복해지는 걸 보고 싶지 않냐고.

한 번도 꿈꿔 보지 않은 미래. 새로이 마음 붙일 곳.

무너져 있던 폐허 한구석에 작은 싹이 돋아났다. 뤼르는 천천히 무릎을 꿇고 손을 모았다. 무의식적으로 기도를 올렸다.

'엘이시여, 제게 그런 삶을 누릴 자격이 있나이까. 저는…….'

신관은 무척 오랜만에 신의 응답을 들었다. 언어가 아닌 기적으로.

아침 식사 자리에 나타난 뤼르의 등에는 한 쌍의 날개가 돋아 있었다.

"와…… 다행이에요, 신관님."

"어, 뭐야? 깜짝이야. 언제 나았어요?"

"드디어 회복되셨군요! 축하드립니다."

"마침 잘됐군."

일행들의 놀람과 축하에 뤼르는 부드러운 미소를 지었다.

"엘께서 다시 은총을 허락해 주셨습니다. 모두 성녀님 덕분입니다."

"아리아가?"

대체 뭘 한 거냐는 시선이 쏟아졌다. 아리아드네는 모른 척 식사에 집중했다.

'안색도 좀 밝아진 것 같네. 그 제안이 나름 도움이 된 걸까? 다행이야.'

수호성인의 날개가 회복되자 토벌대의 분위기도 한층 고무되었다. 그들은 식사를 마치고 캠프를 정리한 뒤 재차 예배당 내부와 퇴로를 점검했다.

이제 드디어 아지랑이 벽 너머를 확인할 시간이었다. 아리아드네는 깨진 알의 파편들 사이를 가로질러 벽 앞에 섰다.

환각 속에서 '아리아드네'가 신록의 그릇을 강림시켜 점령했던 벽. 그러나 그녀는 굳이 대정령까지 불러낼 필요가 없었다. 영토 주도권 다툼에는 자신이 있으므로.

'채널 규모가 커져서 쓸 수 있는 정령력의 양도 다르니까.'

눈을 감고 정령력을 끌어 올렸다. 실내인데도 바람이 부는 것처럼 올려 묶은 백금발이 허공에 휘날렸다. 그와 동시에 그녀의 발밑에서 부터 숲이 전진했다.

잔디가 빠른 속도로 퍼져 나가고 나팔꽃 덩굴이 뻗어 나가며 녹음이 우거졌다. 싱그러운 초록빛이 아지랑이에 닿았다. 숲은 자라나는 덩굴처럼 일렁이는 벽을 타고 올랐다. 동시에 사도의 영토를 억지로 점령하는 듯한 반발이 일었다.

'제법 반발이 심한걸. 예전이라면 나도 대정령을 불러내야 했겠어.'

아리아드네는 더 많은 정령력을 쏟아부으며 반발을 힘으로 찍어 눌렀다. 아지랑이와 맞닿아 멈칫하던 숲이 급속도로 세를 불렸다. 황무지에도 기어이 돋아나는 풀처럼, 신록이 끝내 아지랑이를 점령했다.

승리를 직감한 그녀가 눈을 떴다. 그러자 아지랑이 대신 이끼와 덩굴이 늘어진 풍경이 보였다. 아리아드네는 일행을 돌아보며 손짓했다.

"끝났어요. 들어가죠."

늘 그렇듯 베로니카가 앞장섰다. 그녀는 방패로 이끼와 덩굴을 걷어내며 안으로 향했다. 나머지 사람들도 차례로 걸음을 옮겼다. 곧 바닥과 벽, 천장까지 마법진이 빽빽한 작고 둥근 방이 나타났다.

'똑같아.'

아리아드네는 방 안에 발을 들이는 순간부터 심장이 미친 듯이 뛰었다. 긴장으로 입안이 바짝 말랐다.

"흑마법이네. 뭔가 봉인해 둔 것 같은데?"

마법진을 본 에리히가 환각 속의 에리히와 비슷한 말을 중얼거렸다.

아리아드네는 마법진이 아니라 방의 중앙에 시선을 주었다. 마물의 내장 같은 것들이 휘감겨 있는 새카만 관.

'……정말 똑같아.'

꿈인 줄 알았던 것이 현실로 튀어나온 듯한 기분.

오싹 소름이 돋으며 심장이 뛰는 소리가 귀에까지 들리는 듯했다.

그녀는 떨리는 손으로 관을 가리켰다.

"악셀, 저거 열어 봐."

"그냥은 못 열걸? 마법진부터 파훼해야 해."

에리히가 끼어들었다. 이마저도 환각과 같았다. 아리아드네는 약간 현기증이 이는 것을 느끼며 고개를 내저었다.

"그냥 힘으로도 돼요."

"뭐? 저걸 힘으로 연다고?"

마법사가 기막혀하건 말건 악셀은 즉시 아리아드네의 명을 따랐다. 그는 검으로 창자 같은 것들을 베어 치우고 관 뚜껑을 움켜쥐었다. 팔 근육이 부풀어 오를 정도로 힘을 주어도 뚜껑이 움직이지 않자 에리히가 거 보라며 투덜거렸다.

"안 된다니까. 이것 봐, 봉인이 몇 겹인데……."

악셀이 말없이 정령력을 끌어올렸다. 작은 태양이 떠오르며 광채가 그의 몸을 타고 흘렀다. 곧이어 관에서 우드득 하는 소리가 났다. 그러자 사방의 마법진들이 발광하듯 빛나다가 금세 사그라들었다.

악셀은 어둠 살해자를 거두고 박살 난 관 뚜껑 파편들을 옆으로 치웠다.

"……저게 되네, 미친."

바로 옆에서 에리히가 허탈하게 중얼거렸으나 아리아드네는 듣지 못했다.

그녀는 뚜껑이 열리며 드러난 관 속을 뚫어져라 보고 있었다. 새하얗고 풍성한 머리카락. 잠든 것처럼 감고 있는 하얀 속눈썹. 섬세하고 아름다운 얼굴.

'파이.'

환각과 똑같이 여성형 파이의 모습을 한 육체가 그곳에 누워 있었다. 그녀가 동요하자 그녀의 손에 들려 있던 검은 책이 저절로 떠오르더니 인형으로 변해 어깨에 걸터앉았다.

환상 도서관 속의 파이는 카론의 눈을 통해 관 속에 누운 여자를 목격했다.

"⋯⋯!"

그는 눈을 부릅뜬 채 숨을 멈췄다.

아리아드네는 제 어깨를 쥔 인형의 조그만 손에 힘이 바짝 들어가는 것을 느꼈다.

"사람⋯⋯?"

"시체인가?"

의아해하는 일행 가운데에서 아리아드네와 카론만이 창백하게 질려 있었다. 그리고 신관은 다른 의미로 놀랐다.

신관의 날개와 눈동자가 무언가와 감응하듯 은은히 빛나고 있었다. 뤼르는 넋이 나간 것처럼 관 속의 존재를 불렀다.

"엘이시여⋯⋯?"

"뭐? 엘? 신? 신이 여기서 왜 나와?"

에리히가 눈썹을 치켜올렸다. 아리아드네는 휘청거리며 관으로 다가갔다. 관 근처에 있던 악셀이 그런 그녀를 제지했다.

"위험할 수도 있으니 제가 먼저 확인하겠습니다, 아리아."

"아니⋯⋯ 괜찮아. 뤼르가 반응하고 있잖아."

아리아드네는 관에서 눈을 떼지 않은 채 악셀을 밀어 냈다. 어딘가 이상한 그녀의 태도에 그는 불안한 낯이 되었다.

"그게 무슨 뜻입니까?"

"저게 가짜가 아니라는 뜻이지. 비켜 봐."

악셀이 망설이다 물러났다. 아리아드네는 관 속에 있는 사람을 향해 손을 뻗었다.

'환각 속에서 갑작스럽게 끊겼던 부분.'

에리히 위버가 이게 정말 신인지, 신이라면 무슨 상태인지 확인해 보자며 정령사인 '아리아드네'를 부르던 장면. 그 지점에서 갑자기 모든 것이 암전되었었다.

'그런 상황에서 신관이 아니라 정령사를 불렀다면 시도했을 일은 뻔해.'

신에게 채널을 연결해 보는 것.

대정령의 영토에서 위기에 처한 인간이 간절히 기원하고, 대정령이 그에 응답한 것이 정령술의 시작이다. 같은 요령으로.

아리아드네는 관 속에 누운 여자의 손을 양손으로 감싸 쥐었다. 시체처럼 차가운 손이었으나 피부에서 묘한 생기와 탄력이 느껴졌다.

"아가씨?"

"공작님, 뭘 하시려는 겁니까?"

일행들이 의아하게 그녀를 불렀다. 아리아드네는 대답하지 않고 눈을 감았다.

'처음 만년설 왕관을 불러냈을 때처럼, 절실히 기도하듯이…… 아.'

기도하듯이 아니라 이것은 기도 그 자체다. 대상이 진짜 신이기 때문에.

그녀의 채널이 신을 향해 뻗어 나갔다. 막연히 사방으로 신호를 보낼 필요도 없다. 바로 앞에 있는 신의 몸, 신의 영토로 채널이 연결된다.

접속을 시도한다. 실패. 다시 시도한다. 실패. 좀 더 간절하게.

아리아드네는 여자의 손을 쥔 채 기도했다.

'당신은 정말 신이신가요?'

정말 신이시라면, 왜 이런 곳에 이런 모습으로 계시는 건가요. 당신의 의식과 영혼은 어디에 있나요.

'혹시 당신은…… 당신의 영혼은.'

환상 도서관이 사후 세계의 일종이라던 에리히의 가설이 떠올랐다. 그래서 그곳에 들어갈 때 그녀의 육체가 가사 상태가 된다고.

여기에 있는 관 속의 여자, 신의 육체도 가사 상태다. 그렇다면 신의 영혼은 지금 그녀 자신이 그러하듯이 환상 도서관 안에 있는 걸까? 그래서 이런 상태인 걸까?

'……당신이 바로 그 아이인가요?'

환상 도서관에서 그녀가 만난 첫 번째 존재이자 유일한 존재. 이 여자와 똑같은 하얀 머리와 황금빛 눈동자를 한, 신비하고 특별한, 인간이 아닌 그 아이가 설마…….

'……!'

돌연 응답이 왔다. 채널이 연결되었다.

일순 하늘보다 더 넓은 무언가가 느껴졌다. 까마득한 존재감. 도저히 채널에 담을 수 있는 존재가 아니었다. 그것은 그녀의 채널에 들어오는 것이 아니라 채널을 이용해 그녀를 제게로 불러들였다.

어딘가로 훅 당겨지는 느낌이 들었다. 아리아드네는 질끈 눈을 감았다가, 떴다.

천장부터 바닥까지 모두 유리로 이루어진 방. 그 방을 채우고 있는 황금 책장. 유리 벽 너머로, 유리 천장 너머로, 유리 바닥 너머로, 무한히 이어지는 무수한 책장과 무수한 서재들. 무한한 기억들.

익숙한 그곳에서 익숙한 존재가 그녀를 맞이했다. 하얀 머리칼을 노란 리본으로 묶은 아름다운 남자가.

파이는 떨리는 눈으로 갑작스레 나타난 그녀를 바라보았다. 그는 방금 아리아드네가 무엇을 했는지 잘 알고 있었다. 그녀는 신에게 채널을 연결했고, 그 결과 파이의 앞에 나타났다. 이는 무엇을 의미하는가.

심장이 쿵 뛰었다. 귀가 먹먹해졌다. 아리아드네는 멀거니 파이를 바라보았다. 그녀의 입이 천천히 열렸다.

"파이."

"……."

"네가……."

"……."

"신이었구나."

줄곧 품고 있던 의심이 확신으로 바뀌었다. 그녀는 뤼르와 같은, 다른 모든 신관들과 같은, 신이 베푼 은총의 증거이자 신의 상징인 황금빛 눈동자를 올려다보며 다시금 확언했다.

"너는 신이야, 파이."

네가 바로, 너야말로 전능한 신이라고. 스스로도 알지 못하고 있었겠지만 너는 정말로 신이었다고.

그래서 너는 먹거나 자지 않아도 살 수 있고, 이 환상 도서관을 자유롭게 돌아다니며, 이곳의 모든 것을 마음대로 활용할 수 있었던 거야.

너는 이곳의 주인이자 신이니까.

그 믿음이 파이를 향하는 순간.

이 세계에서 최초의 신앙이 탄생했다.

세계를 육체에 비유한다면 신은 세계의 영혼이다. 신은 신앙으로부터 태어난다. 그 세계가, 구체적으로는 그 세계의 자아 있는 생물들 모두가 신이라 믿는 것이 신이 된다.

환상 도서관이라는 세계에서.

아리아드네 엘디어라는, 유일하게 '살아서' 이 세계에 존재하는 생명이.

'파이'라는 존재를, 신이라고 믿는다.

마왕이 그토록 간절히 원했으나 달성하지 못했던 모든 조건이 완벽하게 갖춰진 순간.

새로운 신이 태어났다.

아리아드네의 확언과 동시에 환상 도서관 전체가 눈부신 빛에 휩싸였다. 그녀는 손으로 눈가를 가리고 손가락 틈으로 간신히 실눈을 뜬 채 상황을 살폈다. 파이가 빛에 파묻혔다. 노란 리본이 스르륵 풀리며 흘러 떨어졌다.

이어 별이 폭발하는 듯한 빛과 함께 기이한 굉음이 울려 퍼졌다. 그것은 수천수만이 합창하는 화음처럼 들렸다. 도저히 맨눈으로 마주할 수 없는 빛이었다. 아리아드네는 결국 눈을 감았다.

환상 도서관 전체가 떨리고 있었다. 강렬한 파동이 사방을 휩쓸었다. 환상 도서관이라 불리던 세계가 처음으로 영혼을, 자신을 관장할 신을 얻었다.

죽어 있던 세계가 깨어난다. 사자(死者)의 세계가 숨을 쉬기 시작한다. 세계는 환희로 가득 차 새로이 태어난 자신의 신을 맞이했다.

엘리시움의 신이 아닌, 환상 도서관의 신을.

빛과 화음이 사그라들었다. 아리아드네는 어지러움에 비틀거렸다.

그런 그녀의 팔을 누군가가 부드럽게 감싸 쥐며 부축했다. 그녀는 눈을 뜨고 자신을 붙잡은 존재를 보았다. 백지처럼 새하얀 머리칼을 늘어뜨린 파이가 은은한 빛에 휩싸인 채 그녀를 바라보고 있었다.

그가 변했다. 달라졌다. 외관상의 변화는 거의 없는데도 깨달을 수밖에 없었다. 그녀의 앞에 있는 파이는 무언가 다른 존재로 바뀌어 있었다.

아리아드네는 멍하니 그의 이름을 불렀다.

"……파이?"

"예, 파이입니다."

그는 미소 짓고 있었으나 동시에 눈물을 뚝뚝 흘리고 있었다. 그가 조용히 대답했다.

"당신이 키워 낸 신이 여기 있습니다."

"……응?"

"이제야 모든 것을 알겠군요. 제가 원래 무엇이었는지를. 무엇이 되기 위해 존재했고, 무엇을 위해 이 모든 것이 예비되었으며, 왜 당신이 기억을 잃어야 했는지."

"뭐?"

"모든 것은 오직 이 순간을 위해. 당신이 저를 신으로 키워 내기 위해. 새로운 신을 만들어 내기 위해. 그것을 위해 당신은 자기 자신조차 속이며 이 순간을 준비했습니다."

"내가 나를 속였다고?"

"당신이 제 정체를 몰라야지만 저를 신으로 믿을 테니까요. 그 착각이, 그 믿음이 있어야지만 가능성에 불과했던 제가 진짜 신이 될 수 있으니까."

"그게 무슨······. 잠깐만, 넌 원래 신이 아니었다는 거야? 내가, 내가 너를 신이라고 믿어서······ 착각해서, 그래서 신이 아니었는데 방금 신이 되었다고?"

"정확하십니다. 이 신앙을 만들어 내기 위해, 자기 자신을 속이기 위해, 당신은 기억을 잃어야만 했지요. 당신에겐 새로운 신이······ 마왕이 가진 신의 권능을 빼앗아 올 수 있는 존재가 필요했으니까."

파이가 문득 손을 뻗었다. 그는 부드럽게 그녀의 뺨을 감싸 쥐며 말을 이었다.

"아리아, 지금까지 우리가 제 정체를 알아낼 수 없었던 건 당연한 일이었습니다. 저는 원래 아무것도 아닌 존재였으니까요. 처음부터 제게는 정체랄 것이 없었습니다. 백지였지요."

아리아드네는 파이가 지금 자기 자신을 '파이'가 아니라 '저'라고 칭하고 있다는 것을 깨달았다. 처음이었다.

"또한 저는 아무것도 아니기에 무엇이든 될 수 있는 존재이기도 합니다. 태초의 세계에 흩뿌려져 있던 가능성의 결정체. 엘은 저를 '하얀 잔'이라고 불렀지요."

하얀 잔. 소설 속에 나오던, 엘의 경전에 등장하는, 성장의 성물.

그게 파이였다고?

아리아드네는 충격에 얼어붙은 채로 파이를 올려다보았다.

"아리아, 당신이 그런 저를 지금 '신'으로 만들었습니다. 환상 도서관의 유일한 생명으로서, 당신이 저를 이곳의 신으로 선택한 겁니다."

"······!"

투명한 눈물이 그의 뺨을 타고 보석처럼 흘러 떨어졌다. 그는 속삭이듯 조그맣게 중얼거렸다.

"……당신은 파이에게 정말로 잔인하십니다."

"어……?"

"뜻하던 바를 이루셨으니, 이제 곧 당신은."

지진이 난 것처럼 주위가 진동했다. 유리로 둘러싸인 서재들이 움직이며 큐브 퍼즐처럼 새로 맞춰졌다. 그러면서 그녀의 서재 바로 옆에 처음 보는 서재가 나타났다.

그쪽으로 고개를 돌리는 그녀의 귀에 파이의 말이 운명처럼 파고들었다.

"잊었던 모든 기억을 되찾으실 겁니다."

아리아드네의 전생 서재와 새롭게 맞닿은 서재에는 흰 천으로 덮인 커다란 황금 관이 있었다. 그 관 곁에 걸터앉아 있던 여자가 자리에서 벌떡 일어났다. 그녀는 정신없이 달려와서 유리 벽에 달라붙은 채로 아리아드네를 바라보았다.

연한 갈색의 긴 머리카락. 부드럽고 다정한 눈매. 기억 속과 다르게 보라색이 아니라 금빛 눈동자였지만, 몰라볼 리가 없었다.

"……엄마?"

아리아드네의 말에 그녀가 고개를 끄덕였다. 그녀는 눈물이 그렁그렁한 눈으로 유리 벽을 쓰다듬었다. 벽 너머의 아리아드네를 쓰다듬듯이.

아리아드네는 휘청휘청 벽으로 다가갔다. 파이가 붙들고 있던 그녀의 팔을 느릿하게 놓아 주었다.

그녀가 유리 벽에 붙어 선 엄마를 향해 손을 뻗었다. 글로리아를 가로막았던 벽이 아리아드네는 막지 않았다. 그녀의 손이 거침없이 나아가 글로리아의 손에 닿았다.

맞잡았다.

글로리아가 그녀를 와락 당겨 안았다. 따뜻한 품. 비로소 목소리가 들렸다.

"아리아!"

울음을 터뜨리는 듯한 부름이.

아리아드네는 호흡을 멈췄다. 생각도 멈췄다. 이해하기도 포기했다. 그녀는 그저 주어진 행운에 감사하기로 했다. 떨리는 손으로 엄마를 마주 안았다.

그리운 향기가 났다. 절로 울음 섞인 목소리가 흘러나왔다.

"엄마……."

보고 싶었어요. 정말로.

아리아드네가 글로리아에게 안기며 그녀의 서재에 완전히 들어서는 순간. 글로리아가 있던 서재의 책장에 꽂혀 있던 책들 중 몇 권이 공중으로 떠오르더니 빛에 휘감기며 낱장으로 나뉘었다.

빛나는 페이지들이 글로리아의 품에 안긴 아리아드네의 위로 눈처럼 떨어져 내렸다. 그것은 그녀의 몸에 닿자 흡수되듯 사라졌다. 종이 한 장 한 장마다 하나씩의 기억이 담겨 있었다. 정신없이 울먹이던 아리아드네는 갑작스럽게 떠오르는 기억들에 놀랐다.

"이건……."

"놀라지 말렴."

글로리아가 애틋하게 그녀의 머리를 쓰다듬으며 속삭였다.

"원래 네 것이란다. 엄마가 잠시 맡아 두고 있었어."

흡수된 기억들이 그녀의 안에서 순차적으로 정렬되며 되살아났다. 그녀가 잊고 있었던 모든 것이.

—아리아드네의 기억, 0페이지

　어린 아리아드네는 텅 빈 황금 책장 앞에 멍하니 서 있었다. 무심코 고개를 돌렸다. 유리 벽 너머의 다른 서재에서 황금 책장을 채우고 있던 글로리아와 눈이 마주쳤다.

　죽음을 맞이해 환상 도서관에 온 자들은 영혼에 새겨진 기억을 털어 내 서재를 채우는 것 외에는 아무것도 하지 않는다. 그 탓에 아는 영혼을 마주치더라도 알아보지 못하고 반응하지도 않는다.

　그래야만 하는데, 글로리아는 어린 제 딸을 알아보았다. 아마도 숨이 멎는 순간까지 정령술을 펼치며 딸을 구해 내려 했던 그녀의 간절함이 만들어 낸 기적이었을 것이다.

　아리아드네를 발견한 글로리아의 눈에 빛이 돌아왔다. 그녀는 눈을 부릅뜨고 아리아드네를 향해 달려오다가 유리 벽에 부딪혀 나동그라졌다.

　곧바로 일어난 글로리아가 엉금엉금 기어 유리 벽으로 다가왔다. 그녀는 믿을 수 없다는 눈으로 아리아드네를 보다가 울부짖으며 유리 벽을 두드렸다.

　그녀의 목소리는 벽을 넘지 못했다. 어린 아리아드네는 엄마의 말을 들을 수 없었다. 망자에 가까운 상태였기에 아무런 반응도 하지 못했다.

　아리아드네는 책장으로 다시 시선을 돌렸다. 어린 몸이 부스러지며 빛나는 파편 같은 것들이 떨어져 나왔다. 그것이 저절로 책의 모습으로 바뀌려는 찰나.

획, 시야가 바뀌었다.

익숙한 공부방의 천장이었다. 익숙한 고통이 몰려왔다. 아리아드네는 비명을 지르다가 기절했다. 그러곤 환상 도서관에서 무엇을 보았는지 고스란히 잊어버렸다. 그 뒤로 엘릭서 실험 도중에 그곳을 몇 번이나 들락거리면서도 아리아드네는 아무것도 기억하지 못했다.

죽었다 살아난 사람들이 죽음 뒤에 무엇이 있었는지 모르는 것처럼.

산 자는 망자의 세계에서 있었던 일을 기억할 수 없다. 그 법칙이 지켜지고 있었다.

―글로리아의 기억, 0페이지

글로리아는 아리아드네를 본 뒤로 자신의 서재를 만드는 것을 중지했다. 망자가 된 그녀는 방금 자신이 본 광경이 무엇을 의미하는지 본능적으로 알 수 있었다.

그녀의 어린 딸은 조금 전 생사의 기로에 서 있었다. 완전히 죽기 직전에 아슬아슬하게 되살아난 덕에 서재를 완성하지 않고 여기서 사라진 것이다.

글로리아는 아리아드네가 무슨 짓을 당하는 중인지 알고 있었다. 그 아이는 이번에 처음으로 생사의 기로에 선 것도 아닐 것이고, 이번이 마지막도 아닐 것이다. 프란츠 엘디어가 그녀의 딸을 오염시켰다가 회복시키길 반복하고 있으므로.

'아리아가 또 여기에 오게 될지도 몰라.'

그 아이는 이곳에 오기에는 너무나 어린데.

글로리아는 유리 벽 앞을 서성였다. 서재가 완성되면 이곳에서 저절로 떠나게 되기에 그녀는 책을 만들지 않고 계속 버텼다.

시간이 흐르자 졸린 듯한 감각이 글로리아의 전신을 지배했다. 그 감각을 이기지 못하고 깜빡 졸았다 깨면 어느새 그녀는 기억을 덜어 내 책으로 만들고 있었다.

죽은 자의 본능.

글로리아는 그것을 이겨 내기 위해 애썼다. 그리 어렵지는 않았다. 그녀의 어린 딸이 너무나도 자주 나타났기에.

'역시, 또……!'

유리 벽 너머, 비어 있는 황금 책장 앞에 어린 아리아드네의 모습이 유령처럼 나타났다.

"아리아!"

글로리아는 비명을 지르며 유리 벽에 달라붙었다. 목소리가 들리지 않는다는 것을 알지만 외칠 수밖에 없었다.

"아리아! 너는 여기에 있으면 안 돼! 여기 오기엔 너무 일러!"

어린 아리아드네는 멍한 눈으로 책장을 바라보며 빛나는 책을 만들어 냈다. 글로리아는 주먹에 피가 맺히도록 유리 벽을 내리쳤다.

"책을 만들지 마! 넌 돌아가야 해! 제발, 제발……!"

너는 겨우 일곱 살밖에 안 되었는데. 죽기에는 너무 이른데.

문득 어린 아리아드네가 글로리아 쪽을 바라보았다. 아이는 엄마를 알아보지 못했고, 그녀가 무어라 외치는지도 알아듣지 못하는 듯했지만, 글로리아를 멀거니 바라보는 동안에는 책을 만들어 내지 않았다. 아마 눈앞에 펼쳐지는 상황을 이해할 수가 없어서 잠깐 멈추는 듯했다.

글로리아에게는 그걸로도 충분했다. 잠깐이라도 서재를 만드는 것을 늦추면 아리아드네가 완전한 죽음에 가까워지는 것을 늦출 수 있을 테니까.

그러다 보면 아이의 모습이 흐려졌다. 그때마다 글로리아는 울면서 외쳤다.

"아리아! 돌아가면 프란츠를, 아빠를 믿지 마! 알겠니? 아빠 말 들으면 안 돼! 거기서 도망쳐!"

들리지 않을 것을 알면서도. 아무 소용 없는 짓임을 알면서도. 외칠 수밖에 없는.

아리아드네가 그렇게 사라지고 나면 글로리아는 유리 벽 앞에 주저앉아 생각하고 또 생각했다. 불같은 분노와 얼어붙을 듯한 절박함에 휩싸인 채로.

이번에는 아리아드네가 무사히 되살아났다. 하지만 다음에는? 또 그다음에는? 이곳에 들어올 때마다 저 애는 얼마나 끔찍한 고통을 겪고 있는 거지? 차라리 죽어서 그 고통에서 벗어나는 게 낫지 않을까?

그렇게 생각하면서도 글로리아는 아리아드네가 나타나면 돌아가라고 울부짖을 수밖에 없었다. 열 살도 안 된 딸아이가 이대로 죽기를 바랄 수는 없었다. 생사를 넘나드는 딸을 두고 홀로 다음 생으로 떠나갈 수도 없었다.

그렇게 글로리아는 버텼다. 죽은 몸으로는 시간의 흐름을 느낄 수 없었으나, 시간이 제법 흘렀다는 것은 알 수 있었다. 아이가 자랐으므로.

글로리아는 아리아드네가 나타날 때마다 키를 쟀다. 최악의 상황에서도 아이는 조금씩 자랐다.

'어느새 내 허리를 넘겼구나.'

성장하는 딸을 보는 게 기쁘면서도 절망적이었다. 저 애가 여전히 이곳에 드나들고 있으니까. 상황이 아무것도 변하지 않았으니까. 끝없이 이어지는 지옥 같았다.

글로리아는 딸을 보는 기쁨으로 버텼으며, 딸을 볼 때마다 절망했다. 그렇게 시간이 얼마나 흘렀을까.

어느 날, 두 번째 기적이 찾아왔다.

{너는 몇 년째 이곳에 머물러 있구나.}

돌연 신성한 목소리가 들려왔다. 유리 벽 너머를 하염없이 보고 있던 글로리아는 깜짝 놀라 뒤를 돌아보았다. 새하얀 머리카락을 구름처럼 늘어뜨린 여자가 그곳에 서 있었다.

그녀의 아름다운 얼굴에는 병색이 완연했고 제대로 서 있기조차 힘들어 보였다. 그럼에도 불구하고 그녀 주위에선 신성한 위엄이 빛무리처럼 흘러나왔다. 신이라는 것을 한눈에 알아볼 수밖에 없을 정도로.

"당신은…… 엘이십니까?"

{무엇을 원해 이곳에 있느냐? 네게는 다음 생이 준비되어 있거늘.}

엘이라 불리는 신이 물었다. 글로리아가 입을 열기도 전에, 엘은 이미 그녀의 대답을 알고 있었다.

{딸을 두고 떠날 수가 없었던 게로구나.}

글로리아는 고개를 번쩍 들었다. 그대로 달려가 발치에 매달렸다.

"엘이시여! 부디 가여운 제 딸을……!"

글로리아는 가볍고 마른 편이었으며 힘이 세지도 않았다. 그런데 엘은 그녀의 매달림조차 버티지 못하고 휘청 넘어졌다. 글로리아는 당황하여 쓰러진 신을 보다가 그녀를 부축해 일으켜 앉혔다.

엘이 쓰게 웃었다.

{보았느냐. 내게는 지금 힘이 없느니라. 부끄럽게도 망자의 세계에 숨어 겨우 버티고 있는 신세이니.}

"어째서 그런⋯⋯."

{샤이탄이⋯⋯ 마왕이라 불리는 자가 엘리시움으로 넘어온 것은 알고 있겠지.}

크레타 제국이 멸망한 건 글로리아가 아리아드네를 낳기 전이었다. 당연히 알고 있었다.

그녀가 고개를 끄덕이자 엘이 나직이 말했다.

{그자는 제 세계의 신을 죽인 자고, 엘리시움의 신이 되기 위해 온 자다. 그자가 오자마자 가장 먼저 무엇을 했을 것 같으냐?}

"⋯⋯설마."

{네가 떠올린 것이 사실과 그리 다르지 않느니라.}

{나는 그자에게 습격당했다. 엘리시움이 오염된 만큼 내 권능도 약해져 있었으므로⋯⋯ 아마 그자가 나를 죽이려 들었으면 죽었을 것이다.}

{그러나 그자는 스스로 신이 되기 전에는 나를 죽일 수 없기에, 가두어 두고 힘을 빼앗으려 했느니라.}

{그래서 나는 육신을 버리고 이곳으로⋯⋯ 기억의 무덤으로 도망쳐 왔다. 엘리시움을 다스릴 권능을 그자에게 빼앗기지 않을 길이 이뿐이었으니.}

{그러나 이로써 나 또한 엘리시움에 간섭하기 어려워졌다.}

{내가 기적을 일으켜 네 딸을 구해 줄 수는 없다는 뜻이니라.}

글로리아의 낯빛이 창백해졌다. 신이 말을 이었다.

{하지만 네 딸에게 내 권능을 빌려줄 수는 있다.}

"권능이라니요?"

{살아서 이곳에 드나들 권능을 그 아이에게 주겠노라.}

{네 딸은 죽은 자의 세계를 넘나들어도 죽지 않으리라. 원하면 언제든지 이곳에 올 수 있고, 원하면 언제든지 돌아갈 수도 있으리라. 산 자를 덮치는 망각도 그 아이를 피해 가리라.}

{본래 인간에게 허락되어선 안 되는, 법칙을 어기는 권능이니.}

글로리아는 신이 말하는 권능이 정확히 어떤 의미인지, 딸에게 얼마나 도움이 될지 알 수 없었다. 그러나 그저 지켜보고만 있어야 했던 딸에게 무엇이라도 해 줄 수 있다는 것만으로도, 이런 기적이 주어졌다는 것만으로도 글로리아는 감격했다.

"신이시여, 감사합······!"

{그 대신.}

엘이 그녀의 말을 끊었다. 신은 무표정하게 그녀를 바라보았다.

{내게 너를 바치거라.}

"······예?"

{이곳은 다양한 세계들 사이에 존재하는 틈이자 죽은 자들이 전생의 흔적을 버리는 무덤. 이곳에 있는 공간들은 모두 소유주가 있다.}

{나는 이곳의 신이 아니며 망자들의 신도 아니므로 이곳의 공간을 허락 없이 점유할 수 없느니라.}

{또한 나는 오래 깨어 있기도 힘들 만큼 약해져 있으며, 내 기존 권속들은 살아있기에 이곳으로 오지 못한다.}

{그러므로 지금 내게는 안전히 숨을 곳과 나를 대신해 줄 권속이 필

요하다. 네가 그리해 줄 수 있겠느냐?}

"네? 제겐 그럴 능력이……."

{있다.}

신이 단언했다.

{내가 어찌하여 무수한 망자들 중에 너를 찾아왔겠느냐?}

{이곳에서 생각할 수 있는 망자는 오직 너뿐이니.}

{너는 죽은 자의 본능을 거스르면서까지 버틸 만큼 강인한 의지와 인내심을 가진 선한 영혼이다. 나를 돕기에 너 이상의 적격자는 없으리라. 내게는 너와 같은 권속이 필요하다.}

{그러니 네게 예비된 다음 삶을, 환생을 포기하고, 나에게 소속되어 내 권속으로서의 영생을 받아들일 수 있겠느냐?}

글로리아는 멍하니 눈을 깜박이다가 되물었다.

"영생토록 당신의 권속이 된다는 건…… 천사가 된다는 뜻인가요?"

엘이 미소 지었다.

{크게 틀린 말은 아니구나. 그래, 내 천사가 되어 다오.}

{그리하면 네 딸에게 죽음을 넘나들 권능을 빌려주마. 그 아이에게 그 힘이 필요 없어질 때까지.}

{엘의 이름으로 약속하겠다.}

글로리아는 오래 고민하지 않았다. 그리고 신은 글로리아가 입을 열기 전에 이미 그녀의 대답을 알아차렸다.

{고맙구나, 아이야.}

엘이 그녀의 머리 위에 손을 올렸다. 그 손으로부터 황금빛이 글로리아에게 세례처럼 흘러내렸다.

{네 이름은 글로리아.}

{이제 너를 나의 권속으로 삼겠나니.}

글로리아는 전신을 타고 흐르는 빛을 느꼈다. 새로 태어나는 듯한 감각이었다.

신이 선언했다.

{너는 내 뜻을 전하는 천상의 나팔이 되리라.}

그녀는 느릿하게 눈을 떴다. 보라색이던 그녀의 눈동자가 서서히 아침의 햇빛을 닮은 금빛으로 물들었다.

인간으로 태어난 자가 천사가 된 최초의 사례였다.

−아리아드네의 기억, 1페이지

어느 날 갑자기 아리아드네는 낯선 공간에서 눈을 떴다. 유리로 된 방. 제목 없는 책이 빼곡하게 꽂힌 황금빛 책장.

아리아드네는 책장으로 다가가 책을 뽑아 보았다. 낯선 글자들. 그런데도 모국어처럼 쉽사리 읽혔다.

'처음 보는 내용인데…… 뭔가 익숙하네.'

그녀는 책을 팔락팔락 넘겨 보다가 도로 꽂아 넣은 다음, 유리 벽으로 다가갔다. 매끄러운 유리의 감촉. 벽 너머로 그녀가 있는 곳과 비슷한 방들이 무수하게 이어져 있었다. 문 같은 건 보이지 않았다.

'꿈일까?'

이상한 꿈. 꿈에서 깨고 싶다고 생각하며 눈을 깜박였다.

다음 순간, 그녀는 제 방 침대에서 눈을 떴다.

얼마 지나지 않아 아리아드네는 그 일이 평범한 꿈이 아니라는 것을 알게 되었다. 눈을 감았다 뜨는 것만으로도 원할 때면 언제든 그곳으로 갈 수 있었다. 다만 처음 갔던 그 서재 외의 다른 방으로는 갈 수 없었다.

그곳에서는 그녀를 늘 괴롭히는 통증이 느껴지지 않았다. 책장에 있는 책들은 낯선 글자로 낯선 세계의 이야기를 담고 있었지만 하나같이 재미있었다.

아리아드네는 그곳을 환상 도서관이라고 부르기로 했다.

어린 아리아드네의 일상은 고통스러운 실험과 다시 실험당하기 위한 회복 기간으로 채워져 있었다. 공작 부인이 죽은 뒤로는 교육도 제대로 받지 못했다. 그런 그녀에게 환상 도서관은 유일한 도피처였다.

시간이 흐르며 아리아드네는 그곳의 책들을 통해 비로소 자신이 처한 상황이 비정상적이라는 것을 깨달았다.

'다른 아이들은 나처럼 갇혀 살지 않아. 아빠가 하는 말은 죄다 거짓말이야. 아빠는 날 사랑하는 게 아니야.'

처음으로 탈출을 시도했다. 나름대로 계획까지 세워 가며 준비한 탈출이었으나 그녀는 공작성조차 벗어나지 못하고 허무하게 붙잡혔다.

전생의 기억이나 미래의 정보도 없고, 오랜 기간 갇혀서 실험을 당한 탓에 쇠약해진 소녀의 몸으로는 공작의 손아귀에서 벗어날 방법이 없었다. 그녀는 거대한 공작성의 구조조차 제대로 알지 못했고, 아직 정령술도 쓸 수 없었으므로.

"도망을 치다니. 아빠는 네게 실망했다. 벌을 주어야겠구나."

프란츠는 감각을 차단하는 마법이 걸린 사슬을 아리아드네의 목에 달았다. 인간이 보지도, 듣지도, 말하지도 못하는 상태로 오래 있으면 정신이 나갈 수밖에 없다. 그는 그걸 알면서도 아리아드네에게 구속구를 채웠다.

이때쯤 프란츠 엘디어는 이미 사생아인 헬레네를 공작가의 후계자로 삼을 생각을 하고 있었다.

아리아드네의 압도적인 정령술 재능을 아이템에 옮겨 담을 방법이 있다는 흑마법사의 조언을 들었기 때문에. 그리고 어린 시절부터 줄곧 엘릭서 실험을 당한 아리아드네의 몸은 후계자로 내보이기 어려울 정도로 만신창이였기에.

게다가 도망칠 시도까지 한 그녀는 앞으로 점점 더 통제하기 어려워질 터였다.

그렇다고 프란츠가 지금 아리아드네를 죽일 수는 없었다. 실험은 거의 끝났지만, 아리아드네의 영혼을 옮겨 담을 '글라무스'가 아직 완성되지 않았으므로.

당분간 살려 놓긴 해야 하니 미쳐 버리면 차라리 더 다루기 쉽겠지. 나중에 처리하기도 편할 테고.

프란츠는 그런 생각을 하며 감각이 차단된 아리아드네를 공부방에 방치했다. 그러나 아리아드네는 그로부터 2년이 지나도록 미치지 않고 버텼다.

환상 도서관 덕분이었다. 그 안에서는 볼 수도, 들을 수도, 말할 수도 있었으니까. 물론 대화를 나눌 대상 같은 건 없었으나, 그곳에는 책이 잔뜩 있었다.

그녀는 하루의 대부분을 황금 책장 앞에서 보냈다. 낯선 문자로 된 책들을 읽을수록 이 책장의 주인이 어떤 사람인지 짐작이 갔다.

전혀 다른 세계에서 살았던 사람.

그리고 아마도 그녀의 전생이었을 사람.

아리아드네는 그 안에서 많은 지식을 얻었고, 나이를 먹으며 머리도 굵어졌다. 그럼에도 그녀가 처한 지옥에서 스스로 벗어날 방법은 보이지 않았다.

이미 쇠약해질 대로 쇠약해진 몸에 감각을 차단하는 구속구까지 채워진 채로 공부방에 갇혀 있는 상황.

정령술에 대한 지식이라도 익힐 수 있으면 좋았겠지만, 이 서재에는 그런 지식이 전혀 없었다. 판타지 소설들이 꽤 있긴 했다. 하지만 그녀가 살고 있는 세계와 관련이 있어 보이는 내용은 없었다.

그래서 2년 후, 16살이 되었을 때. 글라무스가 마침내 완성되었던 날.

아리아드네는 영혼을 빼앗기고 죽음을 맞이했다.

─글로리아의 기억, 1페이지.

"약속과 다르잖아요!"

글로리아는 관에 누워 있는 신에게 매달려 울부짖었다.

"아리아가, 아리아가……!"

잠든 듯이 누워 있던 엘이 느리게 눈을 떴다. 신이 조용히 말했다.

{내가 네게 약속한 건 그 아이의 구원이 아니었다. 나는 약속을 지켰느니라.}

"그래도 이건 아니에요. 이건 아니라고요."

그녀는 울면서 도리질했다.

아리아드네가 환상 도서관에 드나들 수 있게 되고, 자신이 엘의 권속이 되면 이곳에서 딸을 만나 돌봐 줄 수 있을 줄 알았다. 하지만 그럴 수 없었다.

글로리아는 엘의 권속이 됨과 동시에 망자에서 벗어났다. 따라서 그녀가 만들다 만 서재도 이제 환상 도서관에 속하지 않는 독자적인 영역이 되었다. 덕분에 엘은 제 권속의 서재에서 안전하게 회복에 전념할 수 있었다.

그러나 글로리아는 여전히 자신의 서재에서 벗어날 수 없었다. 그녀에겐 망자의 세계를 활보할 권능이나 자격이 없었기 때문이다. 당연히 아리아드네가 있는 서재로 갈 수도 없었다.

게다가 아리아드네는 더 이상 전처럼 바로 옆의 서재에 나타나지 않았다. 죽지 않고도 망자의 세계에 출입할 권능이 주어지자 아리아드네는 '현생의 서재'가 아닌 '전생의 서재'에 나타나게 되었다.

아리아드네가 왜 옆의 서재에 나타나지 않느냐는 글로리아의 물음에 신은 담담히 설명했다.

{이곳에 살아 있는 자의 무덤은 존재할 수 없다. 옆에 있는 방은 이미 그 아이의 무덤이 아니니라. 존재하지 않는 곳에 그 아이가 드나들 수는 없지 않느냐.}

{그렇다고 다른 자의 무덤에 침범하도록 해 줄 수도 없다. 내게 그런 권한이 있었다면 너에게 내 쉴 곳을 내어 달라고 하지도 않았을 것이다.}

{그러니 그 아이가 드나들 수 있는 곳은 당연히 이미 만들어져 있는 무덤이면서 그 아이의 소유인, 전생의 무덤 아니겠느냐.}

{그 아이는 제 전생들 중 현재의 자신과 가장 비슷한 생의 무덤과 연결되었을 것이다.}

{설령 살았던 세계가 다를지라도…… 종족, 성별, 가치관, 사고방식, 성장환경, 성격 등의 개성이 유사하여 가장 이질감이 덜한 전생으로.}

신의 설명을 들은 글로리아는 아리아드네를 다시 볼 수도, 돌봐 줄 수도 없다는 사실에 절망했다.

엘은 슬퍼하는 제 권속을 위해 자신의 힘을 빌려주었다. 엘리시움에 소속된 생명을 관측할 수 있는 권능을.

엘이 약해진 탓에 엘리시움에 개입하기는 어려워도 보는 것만은 자유로웠다. 신이 잠든 채 회복에 전념하는 동안 글로리아는 줄곧 아리아드네를 지켜보았다. 망자일 때 책을 만들던 경험을 살려 신이 빌려준 권능을 책처럼 만들어서.

그녀는 신이 잠든 관에 기대앉아 내내 스스로 만들어 낸 커다란 책을 들여다보았다. 책 속에는 아리아드네의 모습이 영상처럼 비쳤다.

어린 딸은 여전히 끔찍한 상황에 처해 있었지만, 환상 도서관이 존재했기에 미치거나 망가지지는 않았다. 글로리아는 그 사실을 위안으로 삼았다.

아리아드네는 제 전생의 서재에서 책을 보다가 시름을 잊고 웃기도 했다. 그럴 때면 글로리아도 웃었다. 언젠가는 아리아드네가 프란츠의 손아귀에서 탈출할 수 있으리라 믿었다. 어떻게든 도와줄 방법이 없을지 궁리하며 시간을 보냈다.

그러나 결말은 이러했다. 아리아드네는 끝내 살해당했고, 영혼이 아이템에 묶이는 바람에 죽고 나서 망자의 세계로 오지도 못했다.

어떻게 이럴 수 있는가. 죄 없는 내 딸에게 주어진 운명이 어찌 이리도 잔인하고 끔찍한가. 글로리아는 눈물에 흠뻑 젖은 얼굴로 엘을 바라보았다.

"신이시여, 제발. 이건 너무하지 않습니까. 저는 납득할 수 없어요. 저는……!"

{네가 어떤 심정인지 알고 있느니라.}

"저도 당신께서 어떤 상태이신지 압니다. 엘리시움의 신으로서 지켜야 할 원칙이 있다는 것도 압니다. 저는 이제 당신의 권속이니까요. 하지만 그렇기에 더……."

{나비의 날갯짓이로구나.}

애원하는 글로리아를 바라보던 신이 뜬금없이 중얼거렸다.

"예?"

{내가 네 아이에게 권능을 빌려준 것은 너를 보아서였고, 나를 위해서였다. 그 아이에게 무언가 기대하고 한 일이 아니었느니.}

{그럼에도 불구하고 그 일이…… 네 딸이, 새로운 미래를 만들어 낼 수도 있겠구나. 어쩌면 그 아이는…….}

엘은 엘리시움의 전능한 신이다.

그녀의 권능 중 가장 강한 것은 약속으로, 누군가와 조건을 걸고 예정한 일이 반드시 일어나도록 만드는 힘이었다. 물론 그 외에 다른 권능들도 많았다. 예를 들면, 가능한 미래들을 내다보는 예지의 권능 같은.

신은 한동안 생각에 잠겨 있다가 차분히 말했다.

{약속을 하겠느니라.}

"무슨 약속을요?"

{만약 '아리아드네 엘디어'가 나를 찾아낸다면.}

"네? 아리아는 이미 죽었어요!"

{보답으로 그 아이에게 내 권속인 '글로리아'를 붙여 주리니, 그리하면 너는 최선을 다해 네 딸을 도울 수 있게 되리라.}

황금빛 눈동자가 신성하게 빛났다. 글로리아는 지금 엘이 상당히 무리해서 권능을 쓰고 있다는 것을 알아차렸다. 신으로서 지켜야 할 원칙을 넘어서는, 세계의 법칙을 넘어서는 약속을 위해.

"잠깐만요, 엘이시여……!"

{조언을 주마, 글로리아.}

신이 손가락을 들어 글로리아가 아리아드네를 관측하기 위해 펼쳐 놓은 책을 가리켰다. 빈 페이지 위에 한 남자의 모습이 그림처럼 떠올랐다. 검은 머리, 타는 듯한 붉은 눈.

{이자를 지켜보거라.}

{이자가 네 딸의 구원자가 되리니.}

{기다리고 또 기다려라.}

{기나긴 어둠을 거쳐 운명이 새벽처럼 오리라.}

그 말이 마지막이었다. 엘은 힘없이 팔을 떨구었고 죽은 듯이 잠들었다.

글로리아는 이해할 수가 없었다. 그녀의 딸은, 가여운 아리아드네는 이미 죽어 버렸는데. 약속이니 보답이니 하는 건 무슨 소리고 구원자라는 건 또 뭔가.

엘을 깨워서 자세히 물어보고 싶은 마음이 굴뚝 같았으나 권속으로서 신의 위급한 상태가 느껴지는 터라 그럴 수도 없었다. 이제부터 엘은 아주 오랜 시간 동안 깨어나지 못할 것이다.

그녀는 멍하니 신을 내려다보다가 편히 쉬도록 뚜껑을 닫고 천을 덮어 주었다. 그리고 책을 집어 들어 낯선 인간을 관측하기 시작했다.

아리아드네의 구원자가 될 운명이라는, 악셀 발렌타인이라는 남자를.

—글로리아의 기억, 2페이지.

글로리아는 악셀 발렌타인의 삶을 계속해서 관측했다.

그녀는 그가 근원과 마주하고 그 힘을 손에 넣는 것을 보았다. 크레타의 몰락과 그의 출생에 숨겨져 있던 끔찍한 전말에 놀랐으며, 그 남자가 약간 가여워졌다.

하지만 이미 죽어 버린 그녀의 딸과 악셀이 무슨 관계가 있는지는 여전히 알 수 없었다.

신은 무엇을 본 걸까.

글로리아가 신이 본 미래를 어느 정도 짐작할 수 있게 된 건, 얼마 뒤의 일이었다.

대미궁으로 향한 악셀 발렌타인이 입구 근처에서 죽었다. 그러자 시간이 되돌아갔다.

"……!"

글로리아는 세계의 시간이 되감기는 것을 고스란히 목격했다. 엘의 직속인 덕분에 휘말리거나 기억을 잃지도 않았다.

악셀 발렌타인은 근원을 손에 넣었던 시점부터 모든 것을 다시 시작했다. 그에게는 시간을 되돌리는 힘이 있었다. 그렇다면.

'아리아드네가 살아 있는 시점으로 되돌아갈 수도……!'

희망이 생겼다.

글로리아는 신의 말대로 기다렸다. 기다리고 또 기다리며 악셀 발렌타인의 행적을 지켜보았다. 그러면서 무언가 도움이 될까 싶어 자신이 본 악셀에 관한 기억을 책으로 만들어 정리했다.

악셀은 대미궁에 다시 도전했고, 수많은 죽음을 반복하며 조금씩 나아갔다. 그러다가 그가 글라무스를 손에 넣었다. 아리아드네의 영혼으로 만들어진 그 아이템을.

글라무스는 실타래 모양의 아이템이었다. 글로리아는 악셀이 글라무스의 성능에 감탄하는 것을 지켜보았다. 아이템이 되어서도 이 정도라면 재료가 된 정령사가 살아 있었다면 어느 정도였을지 추론하며 아쉬워하는 것도 보았다.

이후 악셀은 늪지기의 영역에서 오염을 이겨 내지 못해 자꾸만 패배했다. 그는 오염을 상대할 목적으로 하얀 잔을 찾아 손에 넣었지만, 그것은 정화의 성물이 아니었다.

악셀은 하얀 잔을 제 인벤토리 깊숙한 곳에 처박아 놓고 잊었다.

그 뒤로도 그는 몇 번 더 늪지기의 영역을 공략했으나 번번이 실패했다. 뛰어난 정령사란 정령사는 다 데려가 보아도 별다른 소용이 없었다.

결국 악셀 발렌타인은 글라무스의 재료가 되었던 정령사를 되살려 보기로 결심했다. 실타래만으로는 미궁의 길을 찾기 힘드니 실타래의 주인을 만나 보기로 한 것이다. 그는 요람의 시체를 제물로 번제를 치렀다.

시간이 순리를 거스른다. 글라무스가 만들어지기 이전으로 세계가 되감긴다.

글로리아는 되돌아가는 시간을 지켜보며 눈물을 쏟았다. 수없는 반복 끝에. 수십 년이 넘는 세월이 흐르고서야. 마침내 그녀가 애타게 기다리던 순간이 찾아왔다.

악셀 발렌타인이 아리아드네 엘디어를 만나기 위해 엘디어 공작성의 담을 넘었다.

—아리아드네의 기억, 2페이지.

오염된 예배당 안쪽, 신의 육체가 누운 관이 있는 작은 방. 악셀 발렌타인이 팔짱을 끼고 물러섰다. 에리히 위버가 아리아드네를 돌아보았다.

"정령사님, 잠깐 와서 이거한테 채널 좀 이어 봐요."

"채널을요?"

"왜 그, 원초적인 정령술 있잖아요. 기도랑 비슷한 거. 그거 한번 해 봐요. 혹시 채널 연결되면 알려 주고."

에리히가 비켜섰다. 아리아드네는 관으로 다가가 앉아 누워 있는 여자에게 손을 뻗었다. 차갑지만 묘하게 생기가 도는 피부. 이 사람이 정말 신일까.

그녀는 기도하듯이 여자의 손을 맞잡고 눈을 감았다. 응답은 즉시 돌아왔다. 채널이 연결되었다.

일순 하늘보다 더 넓은 무언가가 느껴졌다. 까마득한 존재감. 도저히 채널에 담을 수 있는 존재가 아니었다.

그것은 그녀의 채널에 들어오는 것이 아니라 채널을 이용해 그녀를 제게로 불러들였다.

어딘가로 훅 당겨지는 느낌이 들었다. 아리아드네는 질끈 눈을 감았다가, 떴다.

천장부터 바닥까지 모두 유리로 이루어진 방. 그 방을 채우고 있는 황금 책장.

'환상 도서관이잖아······?'

하지만 그곳은 그녀가 늘 드나들던 서재가 아니었다.

'여긴 다른 방이야. 누구의 서재지?'

책장에 낯선 책들이 잔뜩 꽂혀 있었다. 불현듯 신성하고 부드러운 음성이 들려왔다.

{끝내 나를 찾아내었구나, 아이야.}

놀라 돌아선 아리아드네는 황금빛 관에 걸터앉아 있는 하얀 머리의 여자를 발견했다. 조금 전까지 그녀가 손을 맞잡고 기도하던 여자와 똑같은 얼굴. 엘리시움의 생명으로서 본능적으로 느낄 수밖에 없는 신성한 광휘.

"······당신이 엘이십니까?"

{그래, 너희의 신이니라. 이리 가까이 오라.}

신이 손을 내밀었다. 아리아드네는 주춤주춤 그녀에게 다가갔다.

{네가 나를 찾아내었으니, 약속이 이루어질 때다.}

"약속이라니요?"

{무수히 많은 미래들 가운데 네가 만들어 낼 단 하나의 미래에 구세의 희망이 있나니.}

{그리하여 나는 네게 걸어 보기로 했다.}

"예?"

{시간이 별로 없구나. 받으라.}

신이 내민 손 위에 황금으로 빚은 듯한 나팔꽃 한 송이가 피어났다. 아리아드네가 그것을 받아 들자 신이 미소 지었다.

{너는 등불을 든 자이며, 길을 찾아내는 자이자, 사람을 이끄는 자가 되리라.}

{어둠 속에서도 너는 절망하지 말라. 결말이 만족스럽지 않다면 받아들이지 말라. 사랑하는 것을 포기하지도 말라.}

{그리하면 끝내 네가 원하는 미래를 만들어 낼 수 있으리니.}

{엘의 이름으로 약속하겠다.}

눈부신 빛이 그녀를 휘감았다. 희미해지는 풍경 속에서 신이 그녀를 부드럽게 떠밀었다.

{그러니 나아가거라.}

{글로리아의 딸이여.}

그것으로 끝.

시야가 암전되었다.

눈을 뜬 아리아드네는 수천 마리의 거대한 벌레 마물들에게 포위당한 토벌대를 보았다. 피투성이가 된 악셀 발렌타인이 그녀를 향해 외쳤다.

"깨어났나? 일단 영토부터 펼쳐라!"

악셀로부터 직접 많은 훈련을 받은 덕에 아리아드네는 그의 목소리를 듣자마자 반사적으로 영토를 구현했다. 그 뒤로 숨돌릴 틈도 없이 전투가 이어졌다.

아니, 그것은 전투라기보다는 살아남기 위한 처절한 몸부림이었다. 그러나 끝내 아무도 살아남지 못했다. 아리아드네는 악셀의 품에 기댄 채 피를 토했다.

아까 환상 도서관에서 본 것은 뭐였지. 신이 한 말들은 무슨 뜻일까.

'어차피 이젠…… 상관없지만.'

직후에 바로 참혹한 전투를 치르고, 동료들이 하나씩 죽어 가고, 죽음을 앞두게 되니 그딴 막연한 꿈 같은 건 아무런 의미도 없다 느껴졌다.

지금은 그것보다 궁금한 게 있었다. 그녀는 피가 흐르는 입술로 악셀에게 물었다.

"왜?"

"……."

"방금 넌 살아남을 수 있었잖아. 왜 되돌아왔어?"

악셀이 인상을 찌푸렸다.

"모르겠다."

짧은 대화.

그와 입을 맞추며, 숨이 잦아드는 것을 느끼며, 그녀가 마지막으로 했던 생각은.

'악셀.'

악셀 발렌타인, 너는 어떻게 나를 구했어? 내가 공부방에 갇혀 있다는 건 어떻게 알았어? 나도 몰랐던 내 재능은 어떻게 안 거야?

너는 왜 내게 처음부터 다정했어? 꼭 오래 함께 지낸 사람을 대하듯이.

난 네가 누구에게나 배려를 잘하는 성격인 줄 알았어. 말만 조금 거칠지, 원래 다정하고 섬세한 사람이라고 생각했지. 그런데 다른 사람들이랑 지내는 걸 보니까 아닌 것 같아. 나만 예외였어? 왜? 난 뭐가 달라서?

악셀, 넌 어떻게 내게 부족한 걸 그렇게 잘 알아? 어떻게 내가 힘든 순간마다 알아차리고 도왔어? 내 통각이 이상한 건 대체 어떻게 안 거야? 나도 내가 아픈지 아닌지 잘 모르는데, 너는 어떻게 매번 알아채는 거야?

지금은 왜, 혼자서 도망칠 수 있는데도 되돌아왔어? 이러면 너도 죽잖아.

왜 내게 키스했어? 이건 무슨 의미야?

내 마음대로 판단해도 돼? 어차피 지금이 마지막이니까.

있잖아, 악셀, 나는, 너를……

말하고 싶었으나 죽어 가는 몸은 더 이상 목소리를 낼 수 없었다. 그리고 암흑이 모든 것을 뒤덮었다.

─아리아드네의 기억, 3페이지.

눈을 뜨자 환상 도서관 안이었다.

익숙한 전생의 서재. 달라진 것은 없었다. 아니, 있었다. 아리아드네는 제 손에 쥐어져 있는 황금 나팔꽃을 멀거니 내려다보았다.

신을 만났던 게…… 꿈이 아니었나?

문득 그녀의 손안에서 나팔꽃이 저절로 떠올랐다. 반딧불 같은 황금빛이 피어오르고 환영처럼 여자의 모습이 생겨났다.

그리운 얼굴.

"아리아."

그리운 목소리.

아리아드네는 숨을 멈췄다. 바닥에 내려선 글로리아가 눈물을 뚝뚝 흘리며 양팔을 벌렸다.

"아리아."

아리아드네는 저도 모르게 달려갔다.

"아리아, 아리아……."

글로리아가 울면서 그녀의 뺨을 어루만졌다. 아리아드네는 생각을 멈추고 이성을 팽개쳤다. 엄마의 눈동자가 기억과 달리 금빛이었지만, 알 바 아니었다. 그녀는 그냥 엄마를 끌어안았다. 꿈에서라도 한 번 더 안길 수 있기를 바랐던 품이었다.

"……엄마."

아리아드네를 꽉 안은 글로리아가 부드럽게 물었다.

"많이 힘들었지?"

왈칵 울음이 터져 나왔다. 아리아드네는 울면서 고개를 끄덕였다. 힘들었어요. 미안해. 아팠어요. 미안해. 보고 싶었어요. 엄마가, 미안해. 엄마가 너무 미안해……. 아냐, 사과하지 마요. 엄마 잘못 아냐. 엄마는…….

7살 때, 그녀를 끌어내리다 실패하고 창가에서 시들어 버리던 나팔꽃이 떠올랐다. 그게 무슨 의미였는지 깨달은 건 한참 뒤였다.

아리아드네는 응어리를 토해 내듯 오래도록 울었다. 글로리아는 그런 그녀를 하염없이 쓰다듬어 주었다. 간신히 진정한 아리아드네가 속삭이듯 물었다.

"여긴 천국이에요?"

"아니야."

글로리아가 애틋한 얼굴로 그녀를 내려다보았다. 부드러운 손길이 이마를 쓸었다.

"넌 살아 있단다."

"네?"

"약속이 지켜졌기 때문에…… 엄마가 너를 도울 수 있게 되었어. 엄마와 이어져서 네 기억도 유지되고 있는 거고."

아리아드네는 어리둥절한 얼굴로 그녀를 바라보았다. 글로리아가 손을 펼쳤다. 그녀의 몸에서 떨어져 나온 빛이 뒤얽히며 한 권의 책이 되었다.

"기억으로 만든 책이야. 저 책장에 있는, '읽어서 기억에 새겨진' 것들과는 조금 다른 책이지. 받아 보렴."

글로리아가 책을 내밀었다. 그 책은 아리아드네의 손에 닿자마자 빛으로 화해 몸에 스며들었다. 읽어서 기억에 남은 책들과 달리 직접 살아온 생의 기억으로 만들어진 책 특유의 현상이었다.

아리아드네는 곧 모든 것을 알게 되었다. 글로리아가 그녀를 위해 무엇을 했고, 엘과 글로리아가 무슨 약속을 했으며, 신의 육체를 찾아낸 보답으로 아리아드네에게 주어지게 된 게 무엇인지까지.

'엄마는 계속 나를…… 지켜 주고 계셨어.'

사실 실험이 너무 괴로울 때면 그녀를 구해 주지 않고 일찍 떠나 버린 엄마를 원망하기도 했었다.

그런데 엄마는, 줄곧, 보이지 않는 곳에서, 죽어서까지도 그녀를.

울음을 참을 수가 없었다. 아리아드네는 말없이 글로리아를 끌어안았다. 글로리아는 가만히 딸을 토닥였다.

"울보가 되었네, 내 따님."

"엄마 때문이잖아요……."

"어떡하지, 이걸 보면 더 울 것 같은데."

글로리아가 책을 더 만들어 냈다. 이번에는 아주 많았다. 열 권이 넘는 책들이 그녀의 주위에 쌓였다.

"이건……?"

"엄마의 기억은 아니야. 하지만 네가 반드시 보아야 하는 기억이란다."

글로리아가 물러서며 조용히 미소 지었다.

"엘께서 네게 무엇을 기대하게 되셨는지, 어떤 희망을 거셨는지, 왜 그런 약속을 하셨는지, 이제야 조금 알겠구나."

"엄마?"

"신께 잠시 다녀올 테니, 그 책들을 보고 있으렴."

글로리아의 모습이 그대로 사라졌다. 놀라 손을 뻗던 아리아드네는 그녀가 사라진 자리에 황금 나팔꽃이 놓여 있는 것을 보고 안심했다. 저게 있으면 언제든 글로리아를 부를 수 있다는 걸 직감적으로 깨달았으니까.

아리아드네는 얌전히 앉아 엄마가 두고 간 책을 펼쳤다. 그리고 첫 줄을 읽는 순간부터 충격으로 눈을 부릅떴다.

'악셀에게…… 시간을 되돌리는 능력이 있었다고?'

그 책들은 악셀 발렌타인이 쌓아 올린 죽음의 기록이자, 아리아드네 자신이 거쳐 온 수많은 죽음의 기록이기도 했다. 그녀가 없었던 시절부터 악셀이 번제를 치르고 그녀를 구해 낸 뒤까지 무수히 반복된 시간들이 그 안에 있었다.

아리아드네는 비로소 자신이 죽기 직전에 품었던 의문의 해답을 얻었다. 왜 악셀이 그녀와 함께 지내는 것에 익숙해 보였는지, 그리고 어떻게 그녀에 대해 그녀 자신보다 더 잘 알고 있었는지까지.

아리아드네는 기억하지 못하는 과거의 자신이 악셀과 함께 보냈던 시간들, 함께 넘어섰던 고난들, 마주했던 죽음들을 보았다.

글로리아가 관측한 기억이었기에 겉으로 드러나지 않는 악셀이나 그녀 자신의 속마음은 알 수 없었다.

그럼에도, 기억하지 못해도, 모두 자기 자신이기에.

'알 것 같아.'

가만히 앉아 있는데도 취한 듯이 어지럽다. 무언가가 벅차올라 가슴 안쪽을 가득 채웠다. 아리아드네는 책을 움켜쥐고 눈을 감았다.

'악셀, 나는.'

매번 너를 사랑했어. 사랑할 수밖에 없어서.

엄마가 돌아가신 뒤 내게는 아무도 없었어. 현실은 고통뿐이었고 미래에는 희망이 없었지.

그런데 네가 내게 온 거야.

너는 나를 암흑에서 꺼냈고, 세상으로 이끌었고, 내가 무엇을 할 수 있는지 가르쳐 줬어.

너는 내가 처음으로 제대로 된 대화를 나눈 타인이자 나를 도구나 실험체가 아닌 인간으로 대한 최초의 사람이었고. 내게 성장할 기회를 주고, 내 능력을 인정해 준 사람이었으며. 내가 힘들고 아플 때마다 손을 내밀어 준 사람이었지.

그래서 확신해.

악셀.

나는 지나쳐 온 모든 삶에서 너를 사랑했었어.

그리고 나는, 다가올 모든 삶에서도 너를 사랑하게 될 거야.

아리아드네는 감정을 추스르자마자 현재를 분석하고 미래를 계획하기 시작했다.

'지금 시점은 언제지?'

환상 도서관 밖으로 살짝 나가 보았다. 곧바로 새카만 암흑과 소름 끼치는 고요가 찾아왔다. 아무것도 느낄 수 없고, 극도로 쇠약해진 몸. 목을 옥죄는 감각. 사슬의 무게.

'공부방에 갇혀 있구나. 아마 조만간 악셀이 오겠지.'

익숙한 상태인데도 견디기가 어려웠다. 저절로 호흡이 가빠진다. 아리아드네는 급히 환상 도서관으로 돌아왔다.

'……정신 건강에 안 좋아. 시간의 흐름도 모르겠고. 되도록 환상 도서관에 있자.'

책장에 기대앉아 악셀의 행적이 담긴 책들을 다시 펼쳐 보았다.

'최우선은 대미궁 공략이야. 대미궁을 닫지 못하면 다 끝나 버릴 테니까.'

그녀는 악셀이 지금까지 했던 시도들이나 극복한 난관들, 실패한 사례와 그러면서 얻은 정보들을 샅샅이 훑어보았다.

'종이와 펜이 있으면 좋을 텐데. 어쩔 수 없지, 외우는 수밖에.'

그녀는 작게 한숨을 쉬며 가능한 만큼 정보를 머리에 집어넣었다. 그러다가 이마를 짚었다.

'악셀의 방식에는 약간 문제가 있어.'

동료를 믿지 못해서 최대한 혼자 해내려는 것. 순수한 무력을 이용한 전투에만 집중하는 것. 마법사나 신관, 정령사의 역할을 가능한 한 축소하는 것. 죽음을 쉽게 여기고 자살을 마다하지 않는 것. 그로 인해 퇴로 확보를 등한시하는 것.

개개인의 능력만 따지고, 권력이나 재력으로 할 수 있는 일들과 사람을 쓰는 일에 무관심한 것. 토벌의 사전 준비를 오직 혼자서 하는 것.

모두 비효율적이고 위험한 방식이었다.

'왜 이런 식으로 할 수밖에 없었는지는 잘 알지만…… 이대로는 안 돼. 죽지 않아도 될 상황에서 대체 몇 번을 죽은 거야?'

아리아드네가 직접 겪은 악셀은 매우 유능한 리더였다. 그를 싫어하는 동료들도 그의 판단은 신뢰했다.

'전투 중에는 말이지.'

그와 동일한 정보를 얻고 나니 새롭게 보이는 것들이 있었다. 전투 외의 상황에서 악셀은 여러 문제가 있었다. 동료들과 걸핏하면 마찰을 빚는 것만 봐도 명확했다.

'역시 바꿔야겠어.'

지금까지 아리아드네는 악셀에 비해 경험이 부족하고 여러모로 미숙했다. 게다가 그에게 기초부터 훈련받았기에 전적으로 그를 따를 수밖에 없었다.

하지만 이제 달라질 것이다. 달라져야만 한다. 그녀 자신뿐만이 아니라, 그를 위해서도.

아리아드네는 차근히 계획을 세워 나갔다.

글로리아는 인간일 때 정령사였고, 이후 신의 권능을 대행할 수 있는 권속이 되었으며, 지금은 약속에 따라 아리아드네에게 주어진 축복이었다.

따라서 그녀는 아리아드네의 정령술을 보조하며 가이드의 역할을 대신할 수 있었다. 마법 시술보다 훨씬 월등한 수준으로.

"나는 이제 가이드 시술을 받지 않아도 돼. 정령술 기초 훈련도 필요 없어."

그래서 그렇게 말할 수 있었다.

"그러니까 그 시간에 다른 걸 했으면 좋겠어."

"다른 것이라니, 하고 싶은 일이라도 있나?"

"공작이 될 거야. 그리고 네게 확고한 신분을 만들어 줄 거고."

대미궁 공략을 위한 일인 동시에 스스로의 힘으로 엄마의 복수를 하기 위해서였다.

아리아드네는 증거를 모으고 판을 뒤엎었다. 엘릭서를 독점하며 목숨을 인질로 대륙을 쥐고 흔들던 엘디어 공작이 한순간에 몰락했다.

끝내 프란츠 엘디어가 처형당하는 것을 지켜보면서 악셀은 상당히 놀란 듯했다. 흥분한 군중들 사이에서 아리아드네를 감싸고 선 그가 작게 속삭였다.

"이런 일이 정말 가능할 줄은 몰랐다."

"될 거라고 했잖아. 날 못 믿었어?"

그녀의 웃음 섞인 대꾸에 악셀이 생소한 눈으로 그녀를 보았다. 그가 몰랐던 아리아드네의 새로운 일면.

"……이제 네가 공작이 되는 건가? 그리고 나선 뭘 할 거지?"

아리아드네는 귀가 간지러워 살짝 움츠렸다가, 발돋움하여 그에게 귓속말을 했다.

"우선은 작위를 잇고, 영지를 정리하고."

"그리고?"

"너를 내 기사로 임명할 거야."

악셀이 눈살을 찌푸렸다.

"황금뿔 기사단을 내 손으로 궤멸시킨 게 열댓 번은 넘는 것 같은데, 거기에 소속되라고?"

"응, 정확히는 단장으로 취임하라고."

"공작가의 기사단장? 내게 그런 게 어울릴 거라고 생각하나? 제정신인가?"

"할 수 있어. 내가 도와줄게."

"하기 싫다."

"안 돼. 해야 돼."

"왜?"

"그래야 편해지거든."

"이해할 수가 없군."

"내가 공작이 되면 아무 신분도 없는 너를 그냥 곁에 두기 어려워져. 기사단장이 되는 게 네게도 편할 거야."

"그런 걸 왜 신경 써야 하지? 어차피 대미궁에 가게 되면."

"그건 앞으로 3년 후의 일이잖아. 3년간 뭘 하려고?"

"필요한 아이템을 모으고 동료를 찾으면서 대미궁 토벌을 준비하겠다."

"장담할게. 내 기사단장으로 있는 게 네가 혼자 용병으로 돌아다니며 토벌을 준비하는 것보다 훨씬 나을 거야."

아리아드네는 엷게 웃으며 덧붙였다.

"같이 준비하자. 너 혼자 모든 걸 감당하지 않아도 돼. 이젠 나도 너와 같은 시간을 살 테니까."

"……."

"불안한 거 알아. 그래도 이번 한 번만 날 믿고 따라 줄래? 네가 겪은 일들을…… 전부 보고 구상한 계획이거든."

물끄러미 그녀를 보던 악셀이 그녀의 흘러내린 머리카락을 귀 뒤로 넘겨 주었다. 아리아드네는 귓가에 닿은 그의 손에 지그시 뺨을 기댔다. 그러자 붉은 눈동자가 짙어졌다. 그가 자연스럽게 고개를 숙였다. 그의 손이 그녀의 뺨을 감싸 쥐었다.

키스할 듯이 가까워졌던 입술이 바로 앞에서 멈춰 섰다. 닿아선 안 된다는 듯이.

그는 잠시 침묵하다가 탁한 음성으로 말했다.

"그래, 이번 삶은 통째로 네게 주지. 날 마음대로 써 봐라."

그리고 3년 후.

대미궁 토벌대는 최초로 단 한 명의 희생자도 없이 늪지기의 영역까지 돌파했다.

아리아드네가 주도적으로 나서서 악셀과 다른 동료들 사이를 조율하기 시작하자 토벌대의 분위기가 변했다.

온전히 전투에만 집중할 수 있게 되자 악셀의 무력도 더욱 강해졌다.

글로리아의 도움을 받고 지난 삶의 경험을 활용하면서 아리아드네의 정령술도 강해져 전장을 자유롭게 설계할 수 있게 되었다.

그 결과 대미궁의 체감 난이도가 달라진 것이다. 고무적인 성과였다.

그러나 여전히 대미궁은 지옥이었다. 특히 은둔자의 영역은, 알지 못하면 죽을 수밖에 없는 함정들로 가득했기에.

토벌대가 예기치 못한 함정에 걸려 전멸을 앞두었을 때. 악셀은 검을 뽑아 들며 아리아드네를 불렀다.

"아리아."

"응?"

"다음 생도 네게 주겠다."

그녀는 입가에 흘러내린 피를 손등으로 닦으며 장난스럽게 되물었다.

"다음 생만?"

"물론, 그다음 생도."

악셀이 입꼬리를 올리며 눈매를 부드럽게 휘었다.

"모두 당신께 맡기겠습니다, 주군."

악셀 발렌타인이 아리아드네 엘디어를 진심으로 주군이라 부른 건 이때가 처음이었다.

함께하는 생이 반복되면서 그들은 빠르게 은둔자의 영역에 익숙해졌다. 많은 재도전 끝에 토벌대는 마침내 은둔자를 찾아내 쓰러뜨리고 처음으로 마왕의 영역에 진입했다.

대미궁의 가장 안쪽. 문을 열고 들어선 일행을 맞이한 것은 검붉은 호수 위에 떠 있는 왕좌였다. 검은 왕좌에는 썩어 가는 시체가 고개를 숙이고 앉아 있었다.

"……설마 저게 마왕이라고?"

상상과 전혀 다른 모습에 모두가 당황했다. 아리아드네도 순간 망설였다. 그녀도, 악셀도 마왕이 어떤 존재인지 잘 몰랐다. 아직 한 번도 겪어보지 못했기 때문에.

'선공해야 하나? 아니면 탐색부터?'

고민하는 사이 왕좌에 앉아 있던 시체가 검은 연기에 휩싸인 채 천천히 고개를 들었다. 죽은 생선처럼 희멀건 눈동자. 썩어 문드러진 피부. 눈, 코, 귀, 입에서 흘러내리는 검붉은 오염수.

그것이 쇠를 긁는 듯한 소리로 말했다.

"#### ###……."

일행 중에 마계어를 해석할 수 있는 사람은 아무도 없었다. 마왕이 알아듣지 못할 말을 내뱉은 직후. 순식간에, 거의 동시에, 앞에 있던 정령 기사들의 머리가 떨어졌다.

악셀을 포함해서.

"악셀!"

아리아드네가 절규했다.

어느새 마왕은 그들 한중간에 서 있었다. 실로 매달아 놓은 꼭두각시 인형처럼 기이하게 비틀린 자세로 검은 연기에 매달려서.

잘린 머리들이 바닥에 나뒹굴었다. 비현실적인 광경이었다.

"으아악!"

"망할!"

신관과 에리히가 뒤늦게 비명을 질렀다.

마왕은 피가 뚝뚝 흐르는 녹슨 검을 치켜든 채로 살아남은 이들을 바라보았다. 그것의 벌어진 입속에서 끔찍한 무언가가 꿈틀거렸다.

"## ##……."

마왕이 느릿하게 중얼거렸다. 그리고 다음 순간, 눈 깜박할 사이에 남은 사람들도 전멸했다.

—아리아드네의 기억, 4페이지.

"시간이야."

환상 도서관, 아리아드네 전생의 서재 안. 아리아드네와 마주 앉은 글로리아가 가라앉은 얼굴로 말을 이었다.

"신들은 모두 전능하지만 각자 특별히 강한 권능이 하나씩 있거든. 특기이자 개성 같은 거란다. 엘께서는 그게 약속의 권능이신 거고……."

"마왕이 가지고 있는 마신의 권능은 그게 시간이라는 거죠?"

"응, 그래서 엘께서 원치 않으심에도 엘리시움의 시간을 그자가 마음대로 조종할 수 있는 거야. 시간을 다루는 면에선 그자가 우리의 신보다 훨씬 강하니까."

아리아드네는 이마를 짚었다.

"그럼…… 우리가 아무 저항도 하지 못하고 전멸한 건 마왕이 시간을 멈춘 상태로 우리를 죽였기 때문이겠네요."

"그래, 엄마는 볼 수 있었거든. 너희가 멈춰 있는 사이 그자가……."

"……맙소사."

아리아드네는 아득한 기분이 들었다. 글로리아의 얼굴에도 그늘이 드리웠다.

시간을 멈출 수 있는 적을 대체 어떻게 쓰러뜨리지?

답이 보이지 않았다. 절망이 캄캄한 어둠처럼 드리워진다. 그녀는 눈을 감았다. 멀거니 눈꺼풀 안쪽의 어둠을 응시하던 아리아드네는 문득 엘이 했던 말을 떠올렸다.

{어둠 속에서도 너는 절망하지 말라.}

신은 그녀에게 절망하지 말라 했고, 그녀가 끝내 원하는 미래를 만들 거라고 했다.

'그렇다면 방법이 있다는 거야. 내가 찾아내고, 실행할 수 있는 방법이.'

아리아드네는 마음을 다잡았다. 그녀는 선명해진 눈동자로 글로리아를 바라보았다.

"더 부딪혀 봐야겠어요."

"응?"

"우리의 최대 강점은 얼마든지 다시 시작할 수 있다는 거잖아요."

"……."

"그러니까, 마왕과 더 부딪히면서 마왕에 대해…… 그자가 가진 권능의 특징과 한계에 대해 더 알아내야겠어요."

그녀의 말에 글로리아가 울듯이 얼굴을 일그러뜨리며 되물었다.

"그래서 계속 마왕의 손에 죽는 걸 반복하겠다는 거니?"

"그냥 죽는 게 아니라 정보를 얻고 경험을 쌓을 거예요."

"……."

"지금까지와 똑같아요, 엄마."

아리아드네가 쓴웃음을 지으며 글로리아를 끌어안았다. 글로리아는 딸을 마주 안으며 속삭였다.

"힘들지 않겠니?"

"음…… 엄마한테니까 솔직히 말하면…… 힘들어요. 어쩔 수 없이."

아리아드네는 장난스럽게 웃었다.

"괜찮아요, 그래도 할 만하거든요."

"……아리아, 엄마가……."

"미안하다는 말은 그만하기로 했잖아요. 이건 제 선택이에요. 제가 해야 하는 일이고요."

그녀는 어린애처럼 엄마의 품을 파고들며 덧붙였다.

"그리고 저 혼자 하는 것도 아니잖아요. 엄마가 있고…… 악셀이 있으니까."

"……힘들면 언제든지 말하렴. 엄마는 네가 세상을 구하는 영웅 같은 게 되지 않아도 괜찮아. 그저 네가 행복하기만 하다면, 뭐든……."

"전 지금 충분히 행복해요. 사랑하는 사람과 함께하고 있고, 두 번 다시 볼 수 없을 줄 알았던 엄마도 이렇게 만날 수 있는걸요."

"정말이지, 언제 이렇게 어른스러워져선."

물기 어린 목소리로 중얼거린 글로리아가 가만가만 딸을 쓰다듬었다. 아리아드네는 엄마의 품에서 눈을 감으며 각오했다.

그래, 얼마든지 죽어 주겠다.

끝내 길을 찾아내고 승리하는 건 우리가 될 테니.

수없는 죽음이 쌓였다.

각종 실험을 했다.

마왕에게 약점이나 한계는 없는지. 시간을 멈출 때 전조 같은 건 없는지. 정지된 동안 마왕의 공격을 방지할 수단은 없는지.

온갖 방법을 강구하는 와중에 아리아드네는 악셀에게 성물인 하얀 잔이 있다는 것도 알게 되었다. 글로리아를 통해 성물의 사용법도 알아냈다. 성장하기 전엔 아무것도 아닌 물건이라 당장은 별다른 쓰임새가 없었지만.

'조건이 까다로워. 성장시키는 데에 시간도 너무 오래 걸리고.'

어쨌든 특징은 기억해 두었다. 언젠가 쓸모가 있을지도 모르므로.

그 와중에 아리아드네는 마계어에 대한 조사도 시작했다. 공작가의 힘으로 검은 잔을 받은 자들을 색출해 심문하며 마계어 사전 비슷한 것을 만들었다. 매번 마왕이 대체 뭐라고 떠들어 대는지 알아내기 위해서였다.

'마왕의 말들에 뭔가 단서가 있을지도 몰라.'

악셀이 회귀하여 아리아드네와 함께 대미궁에 들어가기 전까지 매번 그들이 가지는 준비 기간은 3년 정도. 고작 3년으로는 조사를 명해도 제대로 된 성과를 내기 어려웠으나 몇 번이고 시간을 반복하다 보니 점점 결실이 쌓였다.

아리아드네는 공작성의 집무실에서 그 결실을 들여다보았다. 마왕이 내뱉은 기괴한 발음들을 기억해 두었다가 메모한 것을 사전과 대조해서 해석해 보았다.

'완성되지 않았다, 라고……? 이게 무슨 뜻이지?'

예상치 못한 해석이 튀어나왔다. 그녀는 눈살을 찌푸리며 고심했다.

"밤이 깊었습니다. 이 시간까지 무엇에 그리 골몰하고 계십니까?"

갑자기 들린 목소리에 고개를 들어 보니, 어느새 황금뿔 기사단의 제복을 걸친 악셀이 집무실에 들어와 있었다.

"이번 토벌 대원 후보들을 테스트한 결과입니다."

그가 성큼성큼 걸어와 서류 뭉치를 그녀의 책상에 올려놓았다. 아리아드네는 해석을 끼적이던 것을 멈추고 그를 바라보았다.

"둘이 있을 때는 편하게 대하라니까."

"이게 편합니다, 이제는."

악셀이 싱긋 웃었다.

"어느새 당신의 기사로 산 세월이 더 길어져 버려서."

처음에는 그도, 그녀도 제복 차림의 그가 어색했다. 하지만 지금은 둘 다 익숙해졌다.

'이젠 진짜 기사단장 같아. 성격은 여전해서 휘하 기사들하고 사이가 그리 좋진 않지만……'

물끄러미 그를 응시하던 아리아드네가 갑자기 일어서더니 책상 너머로 손을 뻗었다.

"주군?"

"가만히."

반사적으로 물러나려던 그를 한마디로 멈춰 세운 그녀가 그의 양 뺨을 붙잡아 내렸다. 입술이 닿았다. 움찔 굳었던 악셀이 바로 그녀의 허리와 목덜미를 휘어 감으며 제게 당겼다.

잠시 후에 입술을 뗀 그가 가라앉은 음성으로 중얼거렸다.

"……이런 곳에서 갑자기 유혹하지 마라."

"이제야 말이 편해졌네."

"내 존대가 듣기 싫나?"

"아니, 상관없어."

"그럼 왜?"

"둘만 있을 때는 네 주군보다 연인인 쪽이 좋아서."

아리아드네가 그의 뺨을 쓰다듬으며 눈웃음을 지었다. 악셀이 작게 이를 갈았다.

"유혹하지 말라고 했다. 참기 힘드니까."

"참으라고 한 적 없는데?"

"……젠장."

욕설을 내뱉은 그가 아리아드네의 턱을 움켜쥐더니 다급히 입을 맞춰 왔다. 그녀는 그의 목에 팔을 감으며 끌어안았다. 그러다 호흡이 부족해진 아리아드네가 휘청거리자, 악셀이 입술을 떼고 그녀를 한 팔로 홱 안아 들었다. 그는 그대로 집무실의 문을 발로 차 연 다음 빠르게 걸음을 옮겼다.

"문 발로 차지 마!"

"……예."

"근데 어디 가려고? 일은?"

"하신 말에 책임을 지셔야지요, 주군."

맞은편에서 오던 하녀가 그들을 발견하고 눈이 휘둥그레지더니 급히 다른 쪽으로 방향을 틀었다. 아리아드네가 악셀의 어깨에 턱을 괸 채로 중얼거렸다.

"아, 들켰네."

"이미 다들 알고 있는 일인데 새삼스레 무슨 말씀이십니까."

악셀이 투덜거렸다.

"당신께 청혼서가 도착할 때마다 하인들이 절 어떤 눈으로 쳐다보는지 아십니까?"

"몰라. 어떻게 보는데?"

"아주 기대에 찬 눈입니다. 이번엔 제가 청혼서를 찢을지, 태울지, 말 먹이로 줄지 내기까지 하더군요."

"……난 분명히 청혼서 같은 거 안 받는다고 했어. 당분간 결혼할 생각이 없다고도 선언했고."

"예, 압니다. 그래서 제가 그 쓰레기들을 마음대로 처리하는 거잖습니까."

"그런데 아직도 그런 게 많이 와?"

"전보다는 줄긴 했는데……."

익숙하게 엘디어 공작의 침실에 도착한 악셀이 이번에는 문을 손으로 열었다. 그는 아리아드네를 침대에 내려놓으며 속삭였다.

"……그래도 내 속이 뒤틀릴 만큼은 오거든."

그녀는 웃으며 그의 손에 깍지를 꼈다.

"조금만 참아."

"특히 몇몇 비루먹은 놈들. 말로 해선 못 알아듣는 것 같은데 힘으로 알아듣게 하고 오면 안 되나?"

"참으라니까. 어차피 대미궁 닫고 나면 정식으로 결혼할 건데 뭘."

돌연 악셀의 눈이 사나워졌다.

"결혼? 네가? 누구와?"

아리아드네는 어처구니가 없어서 멍하니 그를 보다가 한숨을 내쉬었다.

"누구긴 누구야. 당연히 너지."

"……"

"대체 왜 예상도 못 했다는 얼굴이 되는 건데?"

악셀이 그녀의 시선을 피하면서 말끝을 흐렸다.

"나는……"

"악셀, 또 괴물 어쩌고 할 거면 그냥 입을 열지 마."

"하지만 주군께선 엘디어의 공작이시잖습니까. 제대로 된 후계자가 필요한."

"그게 뭐?"

"……그러니 아이는…… 제가 아닌 다른 사람과……"

"너 미쳤어?"

아리아드네가 그의 멱살을 잡아 제게로 당기며 시선을 마주했다.

"방금, 뭐라고?"

새파랗게 타오르는 푸른 눈을 본 악셀이 입을 꾹 다물었다. 아리아드네는 분노한 목소리로 내뱉었다.

"다시는 그딴 말 하지 마."

악셀은 아무 말도 하지 못했다. 알겠다는 대답도 나오지 않았다.

"대답해, 악셀."

아리아드네가 재촉하자 악셀이 이를 악물었다.

"주군."

"지금 난 네 주군으로서 말하는 게 아니야."

"……아리아."

"그래."

"나는……."

악셀은 답지 않게 한참 머뭇거렸다. 아리아드네가 끈질기게 그를 올려다보자 그제야 질끈 눈을 감고 입을 열었다.

"내 아이 같은 건 만들고 싶지 않다."

"왜?"

"알고 있지 않나."

"네가 근원의 자손이라서?"

"그렇다."

악셀이 마른세수를 했다. 그의 손이 미미하게 떨리고 있었다.

"나는 근원이 낳은 괴물이다. 내 아이가 정상적인 인간으로 태어난다는 보장이 어디 있지? 나 같은 괴물이 태어난다면……."

"왜 네 아이라고만 생각해?"

아리아드네가 그의 말을 끊고 덧붙였다.

"내 아이기도 하잖아. 너는 내가 낳을 아이를 괴물이라고 부를 거야?"

"……!"

악셀은 뒤통수를 맞은 듯한 표정이 되었다. 그녀가 미소 지었다.

"나는 우리 아이가 어떻든 사랑할 자신이 있어. 조금 특이하게 태어나더라도 상관없어. 네 아이니까. 우리가 만든 생명이니까."

"……."

"너는 그 애를 사랑할 수 없을 것 같아? 난 네가 안 그럴 것 같은데."

"나는……."

악셀이 말끝을 흐렸다. 아리아드네는 부드럽지만 확고하게 말했다.

"악셀, 너도 분명히 그 애를 사랑하게 될 거야."

휘어진 눈매 속에서 푸른 하늘이 반짝였다. 악셀은 저도 모르게 그녀의 뺨을 손끝으로 쓸었다. 그가 나지막하게 중얼거렸다.

"그래…… 너로부터 비롯된 생명이라면, 그 어떤 존재든."

설령 진짜 괴물이라 해도, 근원의 일부라 해도, 그녀에게서 태어난다면 어쩔 수 없이 사랑스럽겠지. 그러므로.

"……예, 분명 사랑할 수밖에 없을 겁니다. 하지만……."

여전히 불안해 보이는 그를 향해 아리아드네가 웃었다.

"그러면 된 거야."

"뭐가 된 겁니까?"

"상상해 봐, 악셀."

그녀의 눈동자가 보이지 않는 미래를 찾듯 허공을 더듬었다. 꿈결처럼 풀리는 눈빛이었다.

"마침내 마왕을 죽이고, 대미궁을 닫고, 모든 일이 끝난 뒤…… 우리가 어떤 삶을 살지를. 상상해 본 적 없어?"

악셀은 한 번도 그런 상상을 해 본 적이 없었다. 아리아드네를 만나기 전의 그에겐 대미궁을 닫는다는 목적 외엔 아무것도 없었으니까.

목적 이외의 삶을 알게 된 건 모두 그녀 덕분이었다. 그녀가 알려주지 않은, 대미궁 토벌 이후의 삶 같은 걸 생각해 봤을 리가.

그의 표정을 본 아리아드네가 다정하게 말을 이었다.

"우리는 결혼할 거야. 이 성에서, 많은 사람들의 축하를 받으면서."

"축하를 받는다고?"

"당연하지, 대미궁의 영웅끼리 결혼하는 건데. 누가 반대라도 할 것 같아?"

"……."

"푸른 하늘엔 꽃이 눈처럼 휘날리고, 밤하늘엔 불꽃놀이가 별처럼 반짝일 거야. 그러고 나면 우리는 같은 침실을 쓰는 정식 부부가 되는 거지."

"……부부……."

침대에 앉아 있던 그녀가 뒤로 누우며 그를 잡아당겼다. 악셀은 실에 묶인 연처럼 그녀에게 이끌려 나란히 누웠다. 아리아드네는 누운 채로 고개를 돌려 그를 바라보며 웃었다.

"그 후에 우리에겐 아기가 생길 테고."

그녀는 팔을 들어 아기를 안아 드는 흉내를 냈다.

"처음에는 이 정도로 조그맣겠지? 널 닮은 흑발일 수도 있고, 나를 닮아서 백금발일 수도 있고. 아니면 격세유전으로 은발이나 부드러운 연갈색일지도 몰라."

"……."

"하지만 눈동자는 붉은색일 거야. 너처럼, 노을 진 하늘 같은 예쁜 색. 손은 겨우 이 정도 크기겠지? 작고, 연약하고, 보드라울 거야."

그녀가 새끼손가락보다 작을 아이의 손을 허공에 덧그렸다.

"널 닮아서 좀 특별할 수도 있겠지. 근원의 불꽃을 물려받을지도 몰라. 음, 화재 대비는 철저히 해야겠네."

어깨를 으쓱인 그녀가 검지와 중지로 허공을 아장아장 걷는 듯한 시늉을 했다.

"그렇게 그 애는 자라고, 걷고, 말문이 트여서……."

"……."

"우리를 엄마, 아빠라고 부르게 되겠지."

"……!"

악셀이 흠칫 놀랐다. 아리아드네가 그를 돌아보며 속삭였다.

"그렇게 너는 아버지가 되는 거야."

아버지.

그 단어에 악셀은 안톤 발렌타인을 떠올렸다.

"악셀, 네 이름은."

안톤은 자신이 그의 친아버지가 아니라는 것을 아주 일찍부터 알려 주었다. 그러면서도 그는 악셀이 자신을 아버지라고 부르길 원했다.

"내 아내가 아들이 태어나면 붙여 주고 싶다고 했던 이름이다."

안톤은 악셀에게 사랑한다는 말을 마지막 순간 외에는 해 준 적이 없었다.

"그러니 너는 그녀가 내게 보내 준 아들인 셈이지."

그럼에도 충분히 알 수 있었다. 자신이 사랑받고 있다는 사실 정도는.

악셀에게 아버지란 그런 사람이었다.

"나도, 어머니가 되는 거고."

아리아드네는 악셀에게 말하면서 글로리아를 떠올렸다.

죽어 가는 순간까지도 그녀를 사랑했고, 죽은 뒤마저도 그녀를 사랑해서 끝내 그녀에게 주어진 축복이 된 엄마를. 아침잠을 깨우던 나팔꽃 덩굴과 빛이 쏟아지는 온실에서 그녀를 기다리다 안아 주던 따뜻한 품을.

그녀는 글로리아 같은 사람이 되고 싶었다.

"……악셀, 우리는 그렇게 가족이 될 거야."

악셀은 빛에 파묻힌 듯이 웃고 있는 아리아드네를 멍하니 바라보았다.

아이. 부부. 가족. 자신에게 주어지리라곤 기대조차 하지 않았던 평범하고 위대한 삶.

부모 없이 태어나 붉은 눈들의 원한을 먹고 자란 근원의 괴물인 자신이, 그럴 수 있을까. 그래도 되는 걸까.

"괜찮아."

입 밖에 내지도 않은 그의 의문을 들은 것처럼 그녀가 대답했다.

"우린 잘할 수 있을 거야. 좀 서툴러도, 실수가 있어도…… 서로 사랑하니까."

완전히 돌아누운 아리아드네가 그의 품에 파고들며 속삭였다.

"우리 그렇게 행복해지자, 악셀."

악셀은 떨리는 팔로 그녀를 마주 안았다. 제 품 안에 쏙 들어오는 가녀린 여자. 그러나 그로서는 품을 수 없을 만큼 드넓은 영혼.

"아리아, 너는……."

미칠 듯이 사랑스럽고, 동시에 숨 막힐 만큼 존경스러웠다. 수십 번의 죽음과 수십 년의 반복되는 세월 속에서, 그녀와 함께한다는 것만으로도 행복해지고 있었다. 이렇게 행복해도 되는 건지 두려울 만큼.

이 마음을 대체 뭐라고 표현해야 할까. 그가 쉰 목소리로 중얼거렸다.

"……당신이."

언젠가, 아리아드네가 그와 같은 시간을 살기 전에. 근원과 조우한 뒤 그를 보고 경악하고 비난하고 기피하던 동료들 앞을 가로막고 서서 항변하던 것을 기억한다.

"괴물 취급하지 마. 악셀은 괴물이 아니야."

입으로는 쓸데없는 짓을 한다고 내뱉으면서도 그들이 아니라 제게로 다가오는 그녀에게서 눈을 뗄 수가 없었다.

악셀에게는 근원적인 증오와 혐오가 있었다. 근원에 녹아든 붉은 눈들의 감정이 무의식 깊은 곳에 영향을 미쳤다. 게다가 그를 구성하는 정령적인 부분도 거부감 형성에 일조했다. 성장 과정에서 겪은 일들은 그런 그의 성정을 강화하기만 했다.

악셀 발렌타인은 인간이 싫었다. 인간들 사이에서 어울리고 싶지 않았다. 괴물이라 불려도, 인간들과 겉돌며 살아가도 상관없었다.

하지만 예외가 생겼다. 그 예외로부터 모든 것이 바뀌기 시작했다.

"……당신이 저를 인간으로 만듭니다, 주군."

"응?"

"당신이 있기에, 제가 괴물이 되지 않는 겁니다."

"무슨 소리야, 넌 원래……."

괴물이 아니라니까, 라고 항변하려는 아리아드네의 입을 제 입으로 틀어막으며 그가 그녀를 집어삼켰다. 이미 사랑하고 있어서 지금보다 더 사랑할 수 없는 것이 아쉬워서 답답할 지경이었다.

그 생에서 마왕이 남긴 말은 '절망이 더 필요한가?'였다.

사전이 거의 완성된 김에 아리아드네는 지금까지 마왕이 남겼던 말들을 모조리 정리해 보았다.

-아직 멀었군.

-더 다듬어져라.

-얼마나 더 기다려야 하는 건가.

-언제쯤이면.

-지루하군.

-미완성이다.

-왜 마모되지 않나.

-완성도가 오히려 떨어지고 있다니.

-원인이 뭐지?

그녀는 나열된 문장들을 바라보다가 신음을 흘렸다.

'뭔가 이상해.'

아는 정보들을 다시 되짚어 본다.

'역시 이상해.'

아리아드네는 입술을 잘근잘근 깨물다가 환상 도서관으로 들어갔다. 글로리아가 반갑게 그녀를 맞이했다.

"아리아."

"엄마."

그녀는 엄마를 마주 안은 뒤 굳은 얼굴로 물었다.

"악셀이 시간을 되돌릴 수 있는 건 엘께서 베푸신 축복이라고 하셨죠?"

악셀에게 회귀 능력이 있다는 것을 알았을 때, 글로리아는 엘의 축복이라고 했었다.

그래서 아리아드네는 지금까지 당연히 신이 엘리시움을 구하기 위해 악셀에게 그런 힘을 주었다고 여겼다. 그녀 자신이 환상 도서관을 드나드는 능력과 글로리아라는 축복을 신으로부터 받은 것처럼.

"그렇지. 무슨 일 있니? 표정이……."

"그게 확실한가요?"

"응?"

"시간에 관해서는 우리의 신보다 마왕의 권능이 더 강하다면서요. 그런데 무슨 수로 엘께서 마왕도 모르게 악셀에게 회귀의 권능을 주실 수 있는 거예요?"

아리아드네의 낯빛이 한층 더 어두워졌다.

"아무리 생각해도 이상해요. 마왕의 태도도 이상하고. 마왕은 우리가 시간을 되돌리고 있는 걸 아는 것 같아요. 게다가 뭔가 목적이 있는 듯한……."

글로리아가 멍하니 눈을 깜박였다. 입술을 깨문 아리아드네가 물었다.

"신께서 직접 말씀하셨었나요? 악셀에게 회귀의 축복을 주었다고."

"……아니."

"그럼요?"

"엘께서 그를 지켜보라 권하셨으니까…… 그가 네 구원자가 될 운명이라 하셨고, 게다가 네가 만들 미래에 걸어 보겠다고 하셨잖니.

그래서 당연히…… 엘께서 돕고 계신 거라고…….”

그래, 당연히 그렇게 생각했다. 글로리아도, 아리아드네도, 악셀도.

그렇지 않은가? 악셀은 마왕을 죽이기 위해 회귀를 반복하고 있다. 아리아드네는 신으로부터 직접 축복을 받았다. 당연히 의심조차 하지 않고 악셀이 시간을 돌릴 수 있는 건 엘의 힘일 것이라 믿었다.

게다가 번제를 치르면서 기원하면 원하는 대로 더 권능을 내주기까지 하지 않았나. 여태껏 신이 번제를 받고 늘어난 채널을 이용해 더 긴 회귀를 가능하게 해 준 줄 알았다. 마왕이 그럴 이유가 없으니까. 신은 그래야만 할 이유가 많으니까.

‘하지만 그렇다기엔 마왕이 떠드는 말들이 너무 이상해.’

아리아드네는 비로소 의심을 품었다. 한 번 피어오른 의심은 마른 들판의 불길처럼 번져 나갔다.

‘제대로 깨어 있지도 못하는 신께서 마왕을 상대로 엘리시움의 시간을 되돌리실 수 있나?’

그런 힘이 있다면 마왕이 그들과 싸울 때 엘리시움의 시간을 정지하는 것도 얼마든지 막을 수 있었을 텐데.

‘설마.’

근원은 마왕을 강림시킨 채널이다. 마왕은 강림하자마자 아기 악셀로부터 근원을 강탈했었다.

성장한 악셀은 마왕으로부터 근원을 되찾아 왔다. 그 직후 회귀 능력을 각성했다. 악셀이 번제를 치르지 않고 죽으면 근원을 얻은 시점으로 회귀한다.

엘은 자신이 그에게 회귀 능력을 주었다는 말을 한 적이 없다. 마계어 사전을 만들기 위해 검은 잔을 받은 자들을 심문하면서 그녀는 마왕이 무슨 목적으로 엘리시움을 침공했고, 무엇이 되고자 하는지 알게 되었다.

　자격 없는 몸으로 빼앗은 신의 권능. 그로 인해 붕괴되고 있는 육체. 엘리시움의 신이 되려는 자.

　마왕은 그들을 마주할 때마다 말한다. '완성되지 않았다.'라고.

　끔찍한 가정이 뇌리에 떠올랐다. 아리아드네는 마왕의 목적을 깨달아 버렸다.

　—아리아드네의 기억, 5페이지.

　토벌 준비는 이제 간단했다. 마왕이 문제일 뿐, 마왕의 앞까지 가는 것은 수없는 반복으로 쉬워졌으므로. 그래서 아리아드네는 준비 기간 동안 공작가의 모든 역량을 검은 잔을 받은 자들을 추적하는 데에 집중했다.

　마왕의 목적을 보다 자세히 알아내기 위해.

　대놓고 발설하는 자나 확실하게 언급된 자료는 없었다. 그러나 단서는 많았다. 흩어진 정보들을 모아 퍼즐처럼 짜 맞췄다.

　그렇게 결론이 나왔다. 그들이 마왕의 손아귀에서 기나긴 시간 동안 놀아나고 있었다는 결론이.

　"마왕은 악셀을 자신의 그릇으로 만드는 중이었어요."

　아리아드네는 글로리아의 곁에 기대앉아 조용히 말했다.

　"그자를 담을 만한 그릇이 되려면 악셀의 육체가 강해져야 하죠.

그 조건은 사실 악셀이 근원을 자유자재로 다룰 수 있게 되었을 때 이미 충족되었어요."

"다른 조건이 있니?"

"네. 자아요. 영혼이라고 해야 할까요."

글로리아는 떨리는 아리아드네의 손을 꽉 잡아주었다. 아리아드네는 엄마의 손을 맞잡고 말을 이어 갔다.

"악셀의 몸은 악셀의 것이에요. 자아가 뚜렷하면 아무리 마왕이라도 함부로 빼앗기 쉽지 않죠. 억지로 차지하는 건 가능하겠지만…… 반발이 심할 거예요. 그렇다고 죽여서 빼앗으면 몸이 금방 썩어 버릴 거고……. 그래서 산 채로 정신이 망가지길 기다리기로 한 거겠죠."

"……."

"수없는 반복 속에, 수없는 절망을 거치며, 마왕은 악셀이 지치고 피로해지고 목적의식마저 희미해지길 기다리고 있었던 거예요. 집어삼키기 쉽도록."

"……마모되라는 게 그 뜻이었구나."

"네, 맞아요. 그리고 그 계획은 순조롭게 진행되고 있었어요."

아리아드네가 쓴웃음을 지었다.

"제가 그와 만나기 전까지는."

악셀은 생에 그다지 미련이 없었다. 그가 스스로 근원에 녹아들지 않은 건 순전히 그의 아버지, 안톤 발렌타인이 남긴 사랑 때문이었다. 그가 대미궁을 닫기로 한 것도 그것이 아버지의 바람이라 생각했기 때문이다.

하지만 안톤 발렌타인은 죽은 지 오래. 사랑하는 것도 없는 세계를, 뿌리내리지 않은 땅을, 오직 의무감만으로 악셀은 구하려 하고 있었다.

십 년은 그럴 수 있다. 하지만 백 년은? 그보다 더 오랜 시간은? 아버지의 얼굴조차 잘 기억나지 않을 정도로 긴 시간이 지나면?

얼마나 오래 버틸 수 있을까? 포기하고 싶어지지 않을까? 회의감이 들지 않을까?

악셀 발렌타인이 지쳐서 전부 놓아 버리고 싶어질 때. 습관적으로 시간을 반복할 뿐, 본래의 목적과 감정이 희미해질 때. 자아가 흐릿해지고 영혼이 마모되었을 때.

그가 그릇으로서 완성되는 건 그때였다.

그런데 어느 순간부터 악셀은 도리어 생생해지고 있었다. 목적이 더 뚜렷해졌고, 희망을 품었고, 의지가 강해졌다. 아리아드네와 함께 지내게 되었기 때문에. 그래서 마왕은 악셀을 볼 때마다 그런 말을 했던 것이다.

'완성도가 오히려 떨어지고 있다'고.

아리아드네는 고개를 숙이며 중얼거렸다.

"악셀이 그릇으로 완성되는 날은 오지 않을 거예요. 제가 그렇게 만들 테니까."

"……"

"제가 원인이라는 걸 그자가 알아채는 데 얼마나 걸릴까요? 알아채면 그자는 무슨 짓을 하려 할까요?"

"……아리아."

"그자는 언제든지 악셀의 회귀 능력을 빼앗을 수 있어요. 원하는 순간에, 원하는 방식으로."

"……"

"지금 어떻게든 마왕을 죽여 봤자 마왕은 악셀의 몸을 차지하겠죠.

미완성이라 완벽하게 강탈하진 못해도……. 악셀의 영혼까지 집어삼
킬 순 없겠지만, 몸의 통제권은 쉽사리 장악할 수 있을 테니까요."

아리아드네가 고개를 들었다.

"그렇게 되면 다 끝이에요. 엘리시움은 악셀의 손에 멸망할 거예요.
샤이탄의 신자가 될 극소수의 사람들만 남기고."

"그런…… 맙소사."

"그런데, 엄마. 사실 이미 방법을 찾았어요. 악셀을 살리고, 이 세
상도 구하고, 마왕도 죽일 수 있는 방법을."

글로리아의 눈이 커졌다.

"어떻게?"

"제가 마왕의 그릇이 되면 돼요."

"……뭐라고?"

"제가, 샤이탄을 담고, 그자와 함께 부서지면 돼요."

힘없는 웃음이 아리아드네의 입가에 걸렸다. 경악한 글로리아가 비
명처럼 그녀의 이름을 불렀다.

"아리아!"

"엘께 채널을 연결했던 것처럼 샤이탄에게 채널을 연결할 거예요.
그 상태로 마왕의 육체를 죽이면 그자는 악셀에게로 갈아타려 하겠
죠? 그 순간 채널을 이용해서 그자를 제게 끌어들이면 돼요."

"안 돼! 대체 무슨 짓을 하려는 거니!"

글로리아가 그녀의 어깨를 움켜쥐었다. 아리아드네는 홀린 것처럼
말을 이어 나갔다.

"제 채널로 감당할 수 없는 크기겠지만 상관없어요. 망가지든 말든
일단 제게로 불러들이기만 하면 되니까. 제 몸은 악셀과 달리 마왕을

담기엔 너무 약해서, 아마 끌어들이자마자 바로 부서지겠죠. 마왕이 무언가를 해 볼 틈도 없이."

"아리아! 그만!"

"제 몸에 갇힌 마왕은 무력하게 죽을 거예요. 아무것도 하지 못하고."

"그러면 너도 죽는 거잖니! 네가 왜! 네가 왜 그래야 해?"

"이건 다른 사람은 할 수 없는 일이에요. 저는 할 수 있고요. 신께 닿아 본 경험이 있잖아요? 저와 함께 마왕이 사라지면 모두가 살아남을 거예요."

아리아드네가 웃었다.

"저는 괜찮아요."

"너만 괜찮으면 다야? 엄마는? 네가 그러면, 엄마는 어떡하라고! 악셀은? 그 녀석이 네가 그러는 걸 가만히 보고만 있을 것 같아?"

글로리아가 울부짖었다. 아리아드네는 옅은 미소를 띤 채 물었다.

"모두 살 수 있어요. 세상도 구할 수 있고요. 그런데도 마음에 들지 않는 결말일까요?"

"왜 당연한 질문을 하니! 엄마가 어떻게 너를 살렸는데, 어떻게 이런 걸 받아들일 수 있겠어! 악셀 걔는 어떻고? 너는 걔가 너를 포기할 수 있을 것 같니? 걔가 그딴 결말을 용납할 것 같아?"

"역시 그렇죠?"

"……응?"

"사실 저도 만족스럽지 않아요. 이런 결말은."

"……"

"이건…… 엄마를, 악셀을, 저를 사랑하는 사람들을 배신하는 짓이 잖아요. 그러니까."

아리아드네는 신이 했던 말을 떠올렸다.

{결말이 만족스럽지 않다면 받아들이지 말라.}

악셀을 살리고, 그녀도 살아남고, 세상도 구하는 방법.

반드시 있을 것이다. 그렇게 믿으며 고민하고 또 고민했다. 알아낸 정보들을 모두 펼쳐 놓고 끊임없이 생각했다.

그들이 마왕을 쓰러뜨리기 힘든 근본적인 원인. 마왕이 가지고 있는 마신의 권능. 시간을 움직이는 힘. 그 권능을 빼앗을 방법. 신이 되는 조건. 악셀의 마음. 그녀의 마음.

마왕의 그릇. 신의 육체. 신의 권능을 빼앗아 담을…… 잔.

하얀 잔. 성장의 성물.

마침내 도박이나 다름없는 한 가지 방법이 떠올랐다.

악셀을 믿고, 글로리아를 믿고, 자기 자신을 믿어야만 가능한 기적. 그리고 만약 의도대로 흘러가지 않는다 해도…… 그래도 괜찮은 방법.

아리아드네의 눈빛이 단단해졌다. 고열과 고압을 견디어 만들어지는 푸른 보석처럼. 그녀가 담담히 말했다.

"그러니까 다른 결말에 한번 도전해 보려고 해요."

—아리아드네의 기억, 6페이지.

밖에서 분노한 악셀의 목소리가 들려왔다.

"공작님께 황금뿔 기사단장이 왔다고 알려라."

바쁘게 움직이던 아리아드네의 펜이 멈칫했다. 귀를 기울이자 곧 하인이 벌벌 떨면서 대꾸하는 소리가 들렸다.

"죄, 죄송합니다만, 고, 공작님께서는 부재중이십니다."

"부재중?"

"영지를 시찰하러 잠시 자리를 비우셨……."

"어이가 없군."

비웃는 듯한 목소리와 함께 쾅, 하고 무언가 부서지는 소리가 났다. 하인이 비명을 지르고 뒤이어 비서의 목소리가 들렸다.

"무슨 짓입니까, 감히!"

"주군의 사람을 다치게 하고 싶지 않으니, 알아서 비켜라."

"공작님의 집무실 앞입니다! 기사 된 자로서 어찌 주군의……."

"경고했다."

"컥!"

목이 졸리는 듯한 소리, 사람이 내던져지는 소리. 직후, 잠겨 있던 집무실 문이 박살 나며 열렸다. 아리아드네가 펜을 내려놓으며 말했다.

"문 발로 차지 말랬지, 악셀."

"……부재중이시라더니 역시 안에 계셨군요, 주군."

악셀은 우뚝 선 채로 머리끝까지 치솟은 분노를 어떻게든 다스리려 심호흡을 했다. 그의 주변에 불꽃이 심장 박동처럼 피어올랐다 사그라들기를 반복했다.

"이게 대체 뭡니까?"

그가 움켜쥐고 있던 것을 거칠게 내던지며 물었다. 반쯤 탄 편지 뭉치였다. 아리아드네는 턱을 괴며 대꾸했다.

"남의 편지를 함부로 뜯으면 안 되지, 악셀 발렌타인 경. 그것도 주군의 편지를."

"어쩐지 이상하다 싶었습니다."

악셀이 편지 뭉치를 짓밟으며 그녀에게 다가왔다. 불타는 듯한 눈이 그녀를 담았다.

"장기 파견? 미궁 토벌도 아니고, 멀쩡한 다른 귀족가에 저를 보내시다니. 처음부터 납득이 가지 않는 임무였습니다."

"필요한 일이었어."

"예, 주군께서 다 생각이 있으시겠거니 했습니다. 당신이니까요. 당신이니까 그냥 믿었단 말입니다! 그런데 이 편지는 뭡니까?"

악셀의 목소리가 낮아졌다. 맹수가 으르렁거리는 것에 가까울 정도로.

"왜 제 취향과 역린을 당신이 직접 그것들에게 가르쳐 주시는 겁니까? 친해져서 다행이라고요? 그 여자가 저와 잘되길 바란다고요? 당신이?"

아리아드네가 덤덤히 되물었다.

"그 아가씨가 마음에 안 들어?"

"예?"

"그럼 돌아와. 다른 사람을 소개해 줄게."

"주군, 지금 무슨 개소리를 하고 계신 겁니까?"

"너, 전에 나한테 아이는 다른 남자랑 만드는 게 낫겠다며."

"……?"

악셀의 얼굴이 멍해졌다. 아리아드네는 별일 아니라는 듯 다시 펜을 집어 들며 말했다.

"나만 다른 남자 만나면 불공평하잖아. 그러니 너도 다른 여자 좀 만나."

"……다른 사람을 만나고 계셨습니까? 제가 파견된 동안?"

"응."

그녀는 서류를 내려다보며 고개도 들지 않고 덧붙였다.

"우리 슬슬 서로가 지루해질 때도 되었잖아."

악셀은 제 귀를 의심하는 듯한 표정이 되었다.

아리아드네는 서류에 서명하고 다음 서류를 꺼내 들었다. 일상적이고 평온한 태도. 멀거니 그녀의 정수리를 보던 악셀이 신음처럼 목소리를 내었다.

"누구를……."

"응?"

"누구를, 만나고 계십니까?"

"네가 모르는 사람."

"……."

"악셀, 네게 관심 있는 아가씨가 엄청 많아. 자리를 마련해 줄 테니까 한번 봐 봐. 마음에 드는 사람이 있는지."

"……."

"조만간 열릴 황금의 연회에서 만나 보는 것도 좋겠네. 다양한 사람을 만나 보려면…… 응, 그게 낫겠어."

"……."

"이제 나가 봐. 아, 이자벨이랑 제임스한테 사과 꼭…… 아니야, 됐어. 그건 내가 알아서 할 테니까 신경 쓰지 말고 가."

아리아드네는 그에게 손짓한 뒤 서류를 팔락 넘겼다. 악셀은 나가는 대신 그녀의 책상으로 성큼성큼 다가왔다. 그가 책상을 손으로 짚으며 그녀가 보고 있던 서류 너머로 고개를 디밀었다. 그의 손끝에 어린 열기가 번지며 책상의 표면을 태웠다.

"진심이십니까?"

"뭐가?"

"제게 질리셨다는 것."

용암처럼 달궈진 눈동자가 그녀를 노려보았다. 아리아드네는 그 눈을 피하지 않고 고개를 끄덕였다.

"그래, 진심이야."

악셀은 믿을 수 없다는 듯 그녀를 물끄러미 바라보았다. 아리아드네는 무표정했다. 곧 그가 이를 악물며 손을 뗐다.

"……알, 겠습니다."

거칠게 돌아선 그가 집무실 밖으로 나갔다. 부서진 문짝의 잔해를 치우던 하인이 나오는 그의 표정을 보고 질겁하며 구석으로 도망쳤다.

홀로 남은 아리아드네는 그가 손을 짚었던 곳을 내려다보았다. 목제 책상에 검게 그을린 손자국이 새겨져 있었다. 그녀는 그 위에 살짝 손을 올려 보았다. 그녀의 손보다 훨씬 큰 그의 손자국.

뜨겁다. 그의 체온처럼.

아리아드네는 눈을 감았다.

'악셀, 네가 나를 포기할 수 있다면, 사실 난 그것도 괜찮아.'

아리아드네는 계획을 세웠다.

이번 생에 그녀는 마왕과 함께 죽을 것이다. 만약 악셀이 그 결말을 받아들인다면 그냥 그녀만 희생함으로써 모든 일이 끝난다. 하지만 악셀이 그 결말을 거부한다면, 무슨 짓을 해서든 그녀를 살려 내려

한다면.

그때부터 그녀가 준비한 도박이 시작된다.

신은 말했다.

{사랑하는 것을 포기하지도 말라.}

아리아드네는 그를 포기하고 싶지 않았다. 그래서 그녀가 대신 죽는 한이 있더라도 그를 살리고 싶었다.

하지만 악셀도 그럴까.

그녀는 악셀이 자신을 얼마나 사랑하는지 잘 안다. 그럼에도 그가 그녀를 위해 어디까지 할 수 있을지를 그녀 마음대로 지레짐작해선 안 되기에.

'악셀은 다른 선택을 할 수도 있어. 그는 그래도 돼.'

글로리아에게는 미안해서 말하지 못했지만, 아리아드네는 내심 각오를 하고 있었다.

악셀에게 계획을 미리 알려 주거나 힌트를 줄 순 없었다. 그가 알면 어떻게든 마왕도 알게 될 것이 뻔하므로. 어쩌면 유일할지도 모르는 방법을 마왕에게 들켜 역공당할 순 없다.

그러니 악셀은 아무것도 모른 채로 그녀가 마왕과 함께 자살하는 것을 보게 될 거고, 선택지가 있는지조차 모른 채로 선택의 기로에 서게 될 것이다.

'엄마는 악셀이라면 무슨 짓을 해서라도 날 살리려 할 테니 걱정하지 않는다고 하셨지만……'

아리아드네는 글로리아처럼 확신할 수 없었다.

악셀이 지금까지 겪었던 고난보다 더한 고난을 처음부터 다시 겪고, 결국에는 자살로 끝나는 짓을 스스로 하려 할까? 아무리 그게 그녀를 살릴 수 있는 유일한 방법이라지만 정말로 그런 미친 발상을 그가 떠올리고 실행하려 들까?

'게다가 잘못하면 전혀 다른 방향으로 움직일 수도 있는걸.'

악셀은 충격에 빠져 이성을 잃을지도 모른다. 분노와 복수심에 미쳐 날뛰게 될 수도 있다. 근원의 일부인 그가 그런 상태가 되면 마왕 못지않은 재앙이 될 것이다.

최악의 경우에는 아리아드네가 죽자마자 그가 바로 그릇으로 완성되어 버려서 마왕이 그를 잠식하여 기사회생할 수도 있다.

'결국 전부 도박이야. 모든 상황이 예측대로 맞아떨어지면 최선의 결과가 나오겠지만, 실패할 확률이 극도로 높은 도박.'

최선은 악셀과 그녀가 모두 살아남고 마왕이 소멸하는 것.

차선은 그녀 자신만 죽고 마왕이 소멸하는 것.

그리고 최악은 그녀가 희생했는데도 마왕이 악셀을 그릇 삼아 살아남는 것.

따라서 최악을 피할 보험이 필요했다. 아리아드네 자신이 없어져도 악셀을 붙들어 줄, 그의 미련이 되어 줄 사람이.

또한 이것은 배려이기도 했다. 만약 악셀이 그녀가 사라진 세상에서 그냥 살아가게 된다면, 홀로 외롭지 않도록 마음 붙일 곳을 마련해 주는 일.

'악셀 안에서 내 비중을 낮추는 거야.'

그를 괴물로 보지 않을 사람. 그를 인간으로 대해 줄 사람. 그를 진심으로 사랑해 줄 사람. 그의 마음에 드는 사람.

그런 사람이라면 악셀이 정을 붙일 수 있지 않을까. 굳이 그녀가 아니어도 말이다.

　손바닥이 따갑다. 연약한 그녀의 피부는 그가 남기고 간 잔불만으로도 화상을 입은 듯했다. 둔한 통각을 뚫고 느껴지는 아픔. 그래도 아리아드네는 손을 떼지 않았다. 열기가 사라지는 게 아쉬웠다.

　'배려, 보험…… 아, 정말이지 허울 좋은 말이네.'

　그녀는 그을린 자국을 내려다보며 자조적으로 웃었다.

　'아리아드네 엘디어, 솔직해지자. 너는 그냥 그를 시험해 보고 싶은 거야. 그가 어떤 미래를 선택할지 궁금해서.'

　악셀이 그녀의 죽음을 받아들이고 살아갈지. 분노에 몸을 맡기고 포기할지. 아니면 그녀를 살리기 위해 모든 것을 걸지.

　'내가 죽은 뒤에 악셀이 할 선택이야. 나로서는 알 수 없는 선택. 난 그걸 알고 싶어서……'

　그를 떠보고 있는 거다. 배려니 보험이니 하는 건 뒤늦게 찾아낸 의미였으므로, 아무리 합당해 보여도 결국 이 짓거리의 본질은 시험이었다.

　그녀는 눈을 내리깔고 그슬린 자국을 가만가만 쓰다듬었다.

　'제멋대로 이런 짓을 해서 미안해, 악셀.'

　하지만 한 번만 봐줘. 어떤 결과가 나오든 받아들일 테니까. 이왕이면 최선의 결말을 보고 싶으니 최대한 노력하겠지만, 실패해도 어쩔 수 없다고 각오하고 있으니까.

　내가 죽어도 괜찮다는 것도, 네가 홀로 남은 뒤에도 행복하기를 바라는 것도 진심이니까.

　그러니 이 정도는 봐줘.

황금의 연회는 일종의 추수 감사제였다.

왕국 제일의 곡창지대인 엘디어 공작령은 가을이 되면 들판이 온통 황금빛으로 뒤덮인다. 수확하기 직전의 그 들판을 내려다보며 열리는 것이 황금의 연회다.

공작성에서 귀족들의 연회가 이어지는 동안 도시에서는 공작이 비용을 대는 축제가 벌어진다. 영지 전체가 한껏 들뜨는 시기. 왁자지껄한 분위기와 웃음소리가 공기 중을 따스하게 맴돌았다.

아리아드네 엘디어는 공작이 된 뒤로 항상 이 연회에 악셀 발렌타인의 에스코트를 받으며 입장했었다. 그러나 이번엔 달랐다. 아리아드네는 사촌 오라비인 에리히 위버 소백작과 함께 입장했다.

악셀은 얼마 전 공작가에 들어온 정령 기사인 우드 페타타와 함께 입장했다. 우드는 대미궁 토벌대의 동료가 될 사람으로, 이미 몇 번이나 함께 마왕에게까지 도달했었다. 물론 그녀는 전혀 기억하지 못하고 있지만.

우드와 악셀이 함께 입장하게 된 건 아리아드네의 명에 의해서였다. 우드가 악셀에게 꽤 호감을 보이다가 아리아드네와 연인 사이인 것을 뒤늦게 알아차리고 마음을 정리했던 지난 생의 일을 기억하고 있었기에.

우드는 근원을 본 뒤로도 악셀에게 그나마 평범하게 말을 걸던 몇 안 되는 사람 중 하나이기도 했다. 게다가 그녀는 악셀이 나름 인정할 정도로 실력도 뛰어났다.

'가장 가능성이 있는 사람이지.'

아리아드네는 연회장의 테이블 상석에 앉아 우드가 쾌활하게 웃으며 악셀에게 말을 거는 것을 지켜보았다.

'그러고 보니 악셀을 보는 것도 거의 한 달 만이구나. 내가 계속 피해 다녔으니까……'

시원시원한 인상의 미인인 데다 키가 큰 우드는 악셀과 아주 잘 어울렸다. 그들이 마주 보고 무어라 대화를 나누는 것이 보였다.

'생각보다는…… 괜찮아. 속이 엄청 쓰릴 줄 알았는데.'

아프지는 않았다. 푸르고 차갑고 조용한 심해로 천천히 가라앉고 있는 듯한 느낌이 들 뿐.

"무슨 바람이 불어서 이러십니까, 공작 각하?"

옆에서 싸늘한 음성이 들렸다. 에리히가 짜증을 눌러 참는 듯한 미소를 입가에 매단 채 그녀를 보고 있었다.

"갑자기 파트너를 해 달라니요."

"다른 사람을 내세웠다간 불똥이 튈 수도 있지만, 소백작은 내 사촌이니까 괜찮거든."

"그게 의미가 있습니까? 우리가 사촌 사이라는 걸 느낄 일 같은 건 없었을 텐데요."

"……어쨌든 혈육이잖아. 그거면 돼."

"도통 무슨 소린지 모르겠군요."

"소백작, 뭐가 그렇게 불만이야? 연구할 시간을 빼앗겨서 그래?"

"잘 아시는군요. 이따위 연회에 낭비할 시간은 없습니다. 그러니 되도록 빨리 좀 끝내 주시죠."

그가 짜증스럽게 대꾸했다.

에리히 위버는 몇 년 전 영지를 초토화시켰던 라랏슈아 미궁에서 사랑하는 사람을 잃은 뒤로 마법 연구와 미궁 공략에만 집착하는 은둔자가 되었다. 어지간해선 나오지 않을 사람을 끌어낼 수 있었던 건 대마법사 덕분이었다.

프란츠 엘디어 공작을 처형하면서 아리아드네가 학대당한 과정과 글로리아가 살해당한 정황이 만천하에 드러났고, 그로 인해 대마법사는 아리아드네에게 상당한 죄책감을 품게 되었다.

정정하던 대마법사는 진실이 밝혀진 이후 쪼그라든 고목처럼 왜소해졌고, 아리아드네와 제대로 눈도 마주치지 못했다. 그러면서도 그는 위버를 떠나 엘디어 공작성 근처에서 머물며 아리아드네에게 뭔가 자기가 도와줄 만한 일은 없는지 물어보는 편지를 보내곤 했다. 아마 대마법사 나름의 사과 방식인 듯했다.

그러나 아리아드네는 명목상의 외할아버지에게 아무런 감정이 없었다. 굳이 사과를 받고 싶지도 않았다. 어차피 절연하여 남이나 다름없는 사이 아닌가.

하지만 대마법사쯤 되는 노인이 초췌한 몰골로 돕게 해 달라며 근처를 맴도는 건 아무래도 신경이 쓰여 가끔 이렇게 사소한 도움을 요청하곤 했다.

글로리아도 여러모로 심경이 복잡한 듯 아리아드네에게 대마법사나 외가에 관해서는 별다른 말을 하지 않았다. 마지막까지 연락을 주고받았던 언니인 레베카 가르시아는 예외였지만.

"소백작, 최대한 빨리 끝내 줄 테니 인상 좀 펴."

에리히에게 주의를 준 뒤, 아리아드네는 다시 악셀 쪽을 힐끔 살폈다. 그녀가 엄선하여 초대한 다양한 아가씨들이 악셀 근처를 기웃거리고 있었다. 몇 마디 상대해 주던 악셀의 인내심에 한계가 온 것이 보였다. 그의 상태를 눈치챈 우드가 잽싸게 그를 발코니로 이끌었다.

'역시 우드네. 우드라면 조금만 더 친해지면 악셀이 근원의 자손인 것도 신경 안 쓸 거야. 그런 편견보다 자기가 직접 겪고 판단한 걸 더 중요하게 여기는 사람이니까.'

불현듯 악셀을 장기 파견 보냈던 가문의, 악셀에게 가장 적극적이었던 아가씨가 보였다. 그녀는 우드와 악셀이 들어간 발코니 앞을 기웃거리고 있었다. 질투하는 얼굴과 사랑에 빠진 눈빛.

'저 아가씨도 진심이야. 저 사람이라면 악셀에게 최선을 다하겠지. 둘 중 누구든 악셀이 마음을 열기만 하면 잘 될 거야.'

아리아드네는 본인이 제법 냉정하고 침착한 상태라고 생각했다. 그러나 옆에 앉아 있던 에리히가 보기엔 아니었다.

"공작님."

"응?"

"자해하는 취미가 있으십니까?"

"어?"

에리히는 인상을 찌푸린 채 그녀의 손을 턱짓으로 가리켰다. 아리아드네는 그제야 자신이 스테이크용 나이프로 제 손가락까지 썰고 있다는 것을 깨달았다.

"아, 이런."

망가진 통각 때문에 눈치채는 게 늦었다. 혀를 차며 나이프를 내려놓는데 요리를 나르러 다가오던 하녀가 피투성이가 된 그녀의 손을 발견했다.

"꺄악, 공작님 손이!"

그녀가 놀라 외쳤다. 그렇게 큰 비명은 아니었다. 연회장은 말소리와 식기 소리로 소란스러웠고, 악단이 음악을 연주하고 있었으며, 춤을 추는 사람들까지 있었다.

그럼에도 불구하고.

"괜찮아. 물약이랑 붕대를 가져오고, 다른 아이를 시켜서 청소를……."

아리아드네가 하녀에게 부탁하는 말이 끝나기도 전에.

"주군."

어느새 옆에 나타난 악셀이 험악하게 일그러진 얼굴로 그녀의 손을 잡아챘다.

"뭡니까, 이건."

아리아드네는 얼떨떨하게 대꾸했다.

"그냥 스테이크를 자르다가 실수로 조금 베인 거야. 근데 너……."

"주군께서 대체 왜 직접 나이프를 쓰신 겁니까? 제가 옆에 있었다면…… 젠장."

악셀은 흐르는 피를 보고 이를 갈더니 그녀를 획 안아 들었다.

"잠깐, 뭘……."

"내실로 신관을 불러와라."

허둥대는 하녀에게 명령을 내린 악셀이 성큼성큼 걸음을 옮겼다. 연회장에 딸린 내실 방향이었다.

에리히는 기묘한 표정으로 그들을 바라보다가 곧 관심을 끄고 연구용 수첩을 꺼내 들었다. 발코니에서 뒤늦게 나온 우드 페티타는 악셀이 누굴 한 대 칠 것 같은 얼굴로 아리아드네를 안고 사라지는 것을 보며 어깨를 으쓱였다. 그러곤 곧 다른 동료 기사들이 모여 있는 곳에 합류했다.

연회장의 내실은 연회를 여는 도중에 영주가 잠시 쉴 수 있는 작은 방이었다. 악셀은 안락의자에 아리아드네를 내려놓고 물러났다.

하녀가 불러온 신관이 그녀의 손을 치료하는 동안 그는 묵묵히 벽에 기대 있었다. 신관과 하녀가 떠나고 둘만 남자 어색한 분위기가 감돌았다. 아리아드네는 괜히 붉은 자국이 남은 손가락을 문질렀다.

"치료한 곳을 함부로 만지지 마십시오. 덧납니다."

"나도 알아."

그녀는 짧게 한숨을 내쉬며 손을 내려놓고 악셀을 돌아보았다.

"이제 연회장으로 돌아가, 악셀."

"예?"

"파트너를 혼자 두는 건 예의가 아니잖아. 우드가 기다릴 거야."

"그녀는 기다리지 않을 겁니다."

"응? 왜?"

악셀이 무표정한 얼굴로 그녀를 응시했다.

"알고 계셨습니까?"

"뭘?"

"우드 페티타가 제게 고백하리란 것을."

아리아드네의 눈이 약간 커졌다.

'설마 벌써 그럴 줄은……. 우드답긴 하네.'

그녀의 표정을 본 악셀이 입매를 비틀었다.

"고백할 줄은 몰랐지만, 그녀가 제게 감정이 있다는 건 알고 계셨나 봅니다."

"……저번 생에도 그랬었으니까. 넌 몰랐겠지만."

"아뇨, 알고 있었습니다."

"뭐?"

"그렇게 티 나게 구는데 모를 수가 있겠습니까."

아리아드네는 멀거니 눈을 깜박였다. 악셀이 우드의 감정을 알고 있었다고? 정말로? 어떻게? 악셀은 그런 거 모를 줄 알았는데.

벽에 기대 있던 그가 그녀에게로 다가오며 물었다.

"주군이야말로 알고 계셨습니까? 제이드 렘, 빅토르 위즌모트, 킬리언 오벨리스크, 콜린 바이어, 그리고 루드빅 블레이르."

"토벌대 동료였던 사람들이잖아."

"그리고 당신을 탐내던 놈들이지요. 알고 계셨습니까?"

아리아드네는 입을 열었다가 다물었다. 저 중에 그녀가 알아챘던 건 대놓고 고백했던 한 명뿐이었다.

"코앞에 맴돌면서 껄떡대는 놈들도 눈치 못 채시는 주군께서."

안락의자 앞에 선 악셀이 팔걸이를 손으로 짚으며 그녀를 향해 몸을 기울였다. 커다란 그림자가 그녀를 집어삼킬 듯이 뒤덮었다.

"대체 지금 누구를 만나고 계신다는 건지…… 몹시 궁금하지만."

붉은 눈이 가느스름해졌다. 알 수 없는 누군가를 향한 희미한 살기가 감돌았다.

"……그건 굳이 묻지 않겠습니다. 이미 제가 후계자는 다른 남자에게서 보시라고 말씀드리기도 했으니…… 주군께서는 그러셔도 됩니다."

악셀이 아리아드네의 흘러내린 머리카락을 귀 뒤로 넘기며 낮게 속삭였다.

"무슨 뜻인지 알겠나? 네가 그러는 건 괜찮다. 나를 완전히 버리지만 않는다면, 네가 잠깐 다른 놈을 만나는 것 정도는 참을 수 있단 말이다."

"그게 무슨……."

"너는 그래도 된다. 하지만."

그가 입꼬리를 올려 웃었다. 어쩐지 스산하게 느껴지는 미소였다.

"내게도 그런 걸 바라지는 마라."

"응?"

"앞으로는 제게 다른 사람을 들이밀지 마시라는 뜻입니다, 주군. 소용없는 짓이니까."

터지기 직전의 활화산 같은 음성이었다. 아리아드네는 물끄러미 그를 올려다보다가 입을 열었다.

"속단하지 마. 해 보지 않으면 모르는 일이잖아."

"……?"

"악셀, 넌 내게만 마음을 열어 줬었지. 그러니까 몰라. 막상 겪어 보면 나 말고 다른 사람과도 잘 지낼 수 있을……."

그녀의 귓가를 진득하게 쓰다듬던 그의 손이 돌연 그녀의 턱을 움켜쥐었다.

"그만."

데일 듯이 뜨거운 체온. 아리아드네는 움찔 말을 멈췄다. 그에게서 열기가 새고 있었다. 악셀이 지금 명백히 흥분한 상태라는 뜻이었다.

"주군."

그가 그녀의 턱을 붙든 채로 고개를 숙였다. 이글거리는 눈동자가 그녀의 속을 들여다보고 싶은 것처럼 바짝 가까워졌다.

"제가 당신이 아닌 사람에게 발정할 수 있다고 믿으시는 겁니까? 진심으로? 제정신이십니까?"

거친 목소리가 쏟아졌다. 아리아드네는 숨을 멈췄다. 그가 불티를 흘리며 서늘하게 중얼거렸다.

"아무래도 제가 그간 너무 자제를 잘했나 봅니다."

"자제를 했다고?"

"해 보지 않으면 모른다라. 과연, 어디 한번 제대로 해 보겠습니다. 주군께서도 겪어 보신다면 알게 되시지 않겠습니까?"

"뭐, 뭘 알아?"

"제가 누구에게만 발정하는지 말입니다."

귓가를 파고드는 낮은 음성. 열기 어린 숨결. 머리끝부터 발끝까지 오싹했다.

"이걸 아직도 모르다니."

악셀이 사납게 웃었다.

"너를 만나기 전까지 나는 욕망이 무엇인지도 몰랐던 괴물에 불과했다고, 이미 몇 번이나 말했을 텐데."

"그건……."

"네가 나를 인간으로 만들었고, 남자로 만들었다. 그런데 이제 와서 다른 사람한테 떠넘기려고?"

"떠넘기려는 게 아니야!"

"아니라면, 손에 쥐고 놓지 마라. 내가 누구 것인지 제대로 확인해."

그가 그녀의 손을 붙잡아 제 가슴팍으로 당겼다. 쇳덩이처럼 단단한 가슴은 새어 나오는 불꽃 탓에 몹시 뜨거웠다. 심장 바로 위. 손 아래로 그의 심장 박동이 느껴졌다. 그가 직접 손에 쥐여 준 그녀의 것. 만족스럽지 않다면 거짓말이다.

내 구원자. 내 영웅. 내 기사. 내 악셀 발렌타인. 내 것.

사실은 누구에게도 주고 싶지 않다. 죽어서도 빼앗기고 싶지 않다.

아리아드네는 무심결에 손끝에 힘을 주었다. 그 작은 변화가 의미하는 바를 악셀은 예민하게 알아차렸다.

"그래, 오직 네 것이다. 이제 알겠나?"

그가 웃었다.

아리아드네는 이 순간 결심했다. 그를 온전히 믿기로. 악셀이 최선의 결말로 향하는 길을 선택하리라 믿고, 그를 손에서 놓지 않기로.

"……응."

작게 나온 대답에 그가 고개를 숙였다. 그녀는 눈을 감았다. 입맞춤이 깊어지며 그의 몸이 그녀를 뒤덮었다. 뜨거웠다. 불에 잡아먹히는 듯한 기분. 아리아드네는 잠시 입술이 떨어진 사이에 급히 말했다.

"잠깐만, 지금 너 너무 뜨겁……."

"당신이 이렇게 만든 겁니다."

그녀는 열기 어린 품에 갇혔다. 아리아드네는 그날부터 며칠간 모든 일정을 취소해야 했다.

"죄송합니다."

악셀이 침대 곁에 앉아 침울하게 말했다. 아리아드네는 이불에 파묻혀 늘어진 채 힘없이 웃었다.

"알면 됐어."

"……제가 정신이 나갔었습니다."

"원인이 나한테 있었으니까, 괜찮아."

"아무리 그래도 좀 자제했어야 했는데……."

"됐다니까. 그보다."

그녀가 누운 상태로 고개만 돌려 곁의 그를 돌아보았다.

"미안해."

"예? 왜 주군께서."

"하얀 잔, 기억하지?"

뜬금없는 물음이었다. 악셀은 그게 뭔지 간신히 기억해냈다.

"……성장의 성물 말입니까? 별 쓸모가 없어서 이젠 구해 놓지도 않는."

"그거, 다시 구해서 가지고 있어."

"쓸모가 생겼습니까?"

"응. 이번 생엔 쓸 일이 있을 거야."

아리아드네는 희미하게 웃었다.

"반드시."

악셀을 믿기로 한 그녀가 줄 수 있는 유일한 힌트였다.

—아리아드네의 기억, 6페이지.

마왕의 손에 죽음을 반복하며 알아낸 사실들이 몇 가지 있었다.

"환상 도서관은 엘리시움과 연결되어 있긴 하지만 별개의 세계예요. 여긴 여러 세계 사이에 있는 죽은 자의 정거장 같은 곳이니까요. 엘께서도 죽음에 가까운 형태를 취한 뒤에야 들어오실 수 있었던 곳이니, 여기엔 마왕의 권능이 제대로 닿지 않아요. 맞죠?"

"그래. 악셀이 시간을 되돌리거나 마왕이 시간을 멈춰도 엄마가 영향받지 않는 건 그 때문이니까."

"네. 그러니 이런 일이 가능한 거고요."

아리아드네는 환상 도서관 안, 전생의 서재에 앉아 글로리아가 펼쳐 놓은 책을 들여다보았다. 정지해 있는 토벌대원들의 모습이 보였다. 악셀의 품에 안겨 있는 그녀 자신의 모습까지.

그리고 마왕이 서서히 왕좌에서 일어나는 것도.

"왕좌의 방에 들어가기 전에 미리 환상 도서관으로 피해 있는 것. 이러면 시간 정지의 영향력에서 벗어날 수 있죠."

마왕이 조종하는 시체가 정지된 시간 속에서 느릿느릿 움직였다.

"엘리시움에 있는 대정령들의 시간도 멈춰 있을 테니 그들의 힘은 빌릴 수 없겠지만."

아리아드네는 정령석들을 꺼내 손에 쥐었다. 표면에 하얀 물거품 같은 무늬가 가득한 푸른 보석.

"정령석과 엄마의 도움이 있으면…… 여기서도 정령술을 쓸 수 있고요."

글로리아가 미소 지었다. 그녀의 주위로 황금빛이 떠오르더니 마법진 형태를 만들어냈다. 아리아드네의 손안에서 정령석이 녹아내리듯 사라졌다.

가이드 마법진에 메시지가 떠올랐다.

[대정령, 뒤로 걷는 물의 정령석을 사용합니다.]

그림 위로 푸르고 흰 물감이 덧칠되듯 정지된 화면 속에서 거대한 폭포가 모습을 드러냈다. 고요하던 공간에 물소리가 천둥처럼 울려 퍼지며 희뿌연 물안개가 피어올랐다.

느릿느릿 걸어오던 마왕의 머리 바로 위로 문자 그대로 폭포수가 쏟아졌다. 대륙에서 가장 거대한 폭포가.

"###……!"

'정령사, 인가?'

아리아드네는 이제 거의 외운 마계어대로 마왕의 말을 해석한 뒤 픽 웃었다.

그래, 정령사다. 네가 오염시키려던 자연으로부터 힘을 부여받은 인간이지.

그녀의 손안에서 푸른 보석이 가루가 되어 사라졌다. 아리아드네는 곧바로 다음 정령석을 꺼내 쥐었다. 환상 도서관과 그녀의 육체 사이에 이어진 채널을 통해 막대한 정령력이 쏟아졌다.

마왕의 낡은 몸뚱이가 수압을 버티지 못하고 쓰러지며 급류에 휩쓸리는 것과 동시에 정지되어 있던 시간이 풀렸다. 토벌대원들이 움직이기 시작했다. 미리 계획한 대로.

정령 기사들이 정령수를 타고 날아올랐다. 아리아드네는 그들의 경로에 맞춰 폭포를 갈라 길을 냈다. 갈라진 폭포 사이로 간신히 몸을 가누고 있는 마왕이 보였다. 에리히 위버가 마법을 사용했다. 마법진이 몇 겹이나 중첩되며 마왕의 주위로 모여들었다. 멈칫한 마왕에게 정령 기사들의 공격이 쏟아졌다.

이제 곧.

아리아드네는 환상 도서관 밖으로 나가려 했다. 글로리아가 그런 그녀를 다급히 붙잡았다.

"엄마?"

돌아보는 아리아드네를 글로리아가 당겨 꽉 안았다. 글로리아는 떨고 있었다. 아리아드네는 엄마의 심정을 이해했다. 그녀는 글로리아를 마주 안으며 밝게 말했다.

"다녀올게요."

"다시 올 수 있는 거지?"

"네, 꼭 돌아올게요."

글로리아에게는 딸의 가느다란 어깨에 얹힌 짐이 너무 무거워 보였다. 차라리 자신이 짊어지고 싶은 짐이었다.

"꼭이요."

아리아드네가 속삭였다. 글로리아는 천천히 그녀를 놓아주었다.

마왕과 함께 자살하러 가는 딸. 도박에 실패하면 영원히 돌아오지 못할 수도 있는.

아리아드네는 눈물 한 방울 없이 웃으며 사라졌다. 글로리아는 허둥지둥 관측용 책을 집어 들었다. 책 속에서 벌어지던 전투는 막바지에 이르고 있었다.

아리아드네는 악셀의 품 안에서 깨어났다. 그는 그녀를 안은 채 벼락을 몰고 있었다. 그가 융합 기술을 위해 태양을 띄워 올리며 중얼거렸다.

"그곳에 들어가시는 것, 정말 마음에 안 듭니다."

"왜?"

"당신이 꼭…… 죽은 것 같아서."

마왕이 검은 칼날을 사방으로 날렸다. 악셀은 곡예비행으로 그것을 피했다. 격렬한 움직임에 아리아드네가 그의 옷깃을 쥐고 매달리며 대꾸했다.

"죽은 자의 세계에 드나드는 거니까 어쩔 수 없지."

"부작용이 없는 건 확실합니까?"

"응, 신께서 주신 권한이잖아."

그녀는 악셀이 검은 연기에 휩싸인 마왕을 향해 빛을 쏟아 내는 것을 보았다. 마왕이 휘청거렸다. 다른 기사들의 공격이 연달아 이어졌다. 각종 마법과 정령술이 그들을 보조했다. 그리고 마침내.

악셀이 휘두른 불타는 검이 마왕의 목을 떨어뜨렸다.

"……!"

모두가 환희에 차려는 순간.

아리아드네는 악셀의 품에 안긴 상태로 상체를 뻗어 쓰러지는 마왕의 몸에 손을 대었다. 흰 손에 검은 연기가 휘감겼다. 그녀는 눈을 감았다.

이걸 위해 전투 도중에 자신을 안고 있어 달라고 악셀에게 부탁했었다. 그녀를 둔한 마법사와 신관 옆에 두기 불안했던 악셀은 기꺼이 받아들였고.

채널을 연결하며 부른다. 기원하듯이, 기도하듯이. 마왕의 언어로.

"###, ### #."

'샤이탄, 여기로 와.'

아리아드네의 입에서 마계어가 튀어나왔다. 어설픈 발음이었지만 마왕의 관심을 끄는 데에는 그것만으로도 충분했다.

난데없이 들린 고향의 말과 제 이름. 환영하듯 열린 통로.

시체에서 폭발하듯 터져 나온 검은 연기가 악셀에게로 날아가다가 일순 방향을 틀어 아리아드네에게로 향했다.

"주군?"

불길한 예감에 악셀이 떨리는 목소리로 그녀를 불렀다. 아리아드네는 대답하지 않았다. 검은 연기가 그녀를 완전히 집어삼켰다. 아리아드네가 악셀을 뿌리치며 그의 품에서 벗어났다.

"……주군?"

모두가 멍하니 자신들의 정령사를 바라보았다. 비틀비틀 몇 발자국을 걸어간 아리아드네가 문득 그들을 돌아보았다. 햇빛 같은 백금발이 휘날렸다.

그녀가 입을 벌리며 웃었다. 그 입안에서 끔찍하고 기괴한 무언가가 넘실거렸다.

"아리아드네!"

―글로리아의 기억, 3페이지.

글로리아는 악셀 발렌타인이 비명처럼 딸의 이름을 부르는 것을 보았다.

"아리아드네!"

아리아드네의 주위로 정령력과 다른 것이, 마계의 환경을 구현하는 오염이 터져 나왔다. 사방이 안개에 파묻혔다. 심해처럼 짙은 안개였다. 그 속에서 새 그릇을 얻은 마왕이 웃으며 손을 뻗었다. 시간을 멈추기 위해.

"……?"

마왕의 웃음에 금이 갔다. 그자는 비로소 제가 깃든 몸이 신의 권능을 감당하기엔 너무나 연약하다는 것을 깨달았다. 권능을 끌어올리자 아리아드네의 몸은 손끝부터 바스러져 모래가 되기 시작했다.

"안 돼!"

악셀은 황급히 달려와 내뻗은 아리아드네의 손을 잡으려 했다. 그러나 그녀의 손은 그의 손아귀에서 모래가 되어 허망하게 흘러내렸다.

"이게, 이게 대체 무슨."

악셀의 눈동자가 미친듯이 흔들렸다. 그는 허둥지둥 아리아드네를 끌어안았다. 그와 닿는 곳마다 그녀의 몸이 부서지며 모래처럼 흘러내렸다. 그녀를 휘감은 검은 연기가 발악하듯 뒤틀렸다. 그것은 악셀을 향해 뻗어 왔으나 무언가에 묶인 것처럼 그에게 닿지 못했다.

이윽고 하얗게 빛나는 모래 더미만이 남았다. 검은 연기가 그 주위에서 꿈틀대더니 서서히 흐려졌다.

안개가 걷힌다.

"왜……?"

악셀은 모래 더미 앞에 멍청히 주저앉았다. 덜덜 떨리는 손으로 모래를 헤집는데 손끝에 무언가가 걸렸다. 집어 들어 보니 작고 새카만 보석이었다. 정령석처럼, 무언가를 굳혀 결정으로 만든 것처럼 보이는.

"뭐야, 무슨 일이 일어난 거야?"

뒤늦게 다가온 에리히 위버가 얼떨떨하게 물었다.

"마왕 죽은 거 맞아? 정령사는 갑자기 왜 사라졌어?"

악셀은 검은 보석을 멀거니 내려다보았다. 손에 쥐고 있는 보석에서 끝없는 힘이 느껴졌다. 마치 신을 움켜쥐고 있는 듯한 기분. 그는 이

것이 마왕이 가지고 있다던 마신의 권능임을 알아차렸다.

그것은 체온에 녹는 얼음처럼 녹아내리며 그의 손에 서서히 스며들고 있었다. 그 권능을 일부 흡수한 순간 익숙함이 느껴졌다.

악셀은 비로소 깨달았다. 지금까지 자신이 시간을 되돌리던 힘이, 번제로 받아들였던 권능이 바로 이것이라는 진실을.

신이 아니라 마왕이 그에게 회귀하는 능력을 부여했었음을. 이 권능을 받아들이면 그 역시 마왕처럼 자격 없이 신의 힘을 가진 대가로 육체가 망가져 갈 것임을.

검은 보석은 급속도로 녹으며 거의 액체가 되었다. 악셀은 손에 고여 찰랑이는 밤하늘빛 액체를 보며 생각했다.

'어딘가 이걸 담을 곳이……'

아리아드네가 했던 말이 벼락같이 떠올랐다.

"하얀 잔, 기억하지?"

"이번 생엔 쓸 일이 있을 거야"

설마 이걸 그 성물에 담으라는 뜻이었나?

악셀은 인벤토리에서 하얀 잔을 꺼냈다. 하얀 잔은 대리석과 비슷하지만 대리석은 아닌 기묘한 재질로 이루어져 있었다. 아무런 무늬가 없는 백색의 잔. 보석이 녹은 액체를 그 잔에 부으려던 악셀의 손이 멈칫했다.

이대로 신의 권능을 흡수해선 안 된다. 견디지 못하고 죽게 될 것이다.

하지만 이 권능이 없으면 시간을 되돌릴 수도 없다. 지금까지 자신은 이 힘으로 회귀했었으므로.

악셀은 하얀 모래 더미를 돌아보았다.

시간을 되돌리지 못하면, 아리아드네는?

네가 죽은 상태로 결말을 내라고? 그러라고 이 잔을 가지고 있으라고 했나? 이러려고 이번 생에 나를 멀리하려 한 거였나?

아리아드네, 너는 대체……!

"뭐야, 그 시커먼 물은?"

마법사가 기웃거렸다. 악셀은 잔을 집어 던지고 손에 고인 물을 그대로 들이마셨다.

"야! 뭔지도 모르는 걸 그렇게 대뜸!"

에리히가 기겁하며 외쳤다. 동시에 환상 도서관 안에서 그를 관측하고 있던 글로리아도 외쳤다.

"안 돼!"

첫 조건이 어긋났다.

하얀 잔은 엘의 성물이다. 본래 악셀이 저것에 권능을 담으면 엘이 그것을 공물처럼 받아들이며 힘을 일부 회복하고 강림할 예정이었다.

그리고 신과 대화하며 아리아드네가 희생한 이유를 알게 된 악셀이 그녀를 살리기 위해 전부 재시작하기로 결심해야 했다.

그러면 엘은 하얀 잔을 매개로 그와 약속을 하고, 자신의 권능으로 엘리시움의 시간을 되돌릴 터였다.

그래야만 했다. 마신의 권능으로 시간을 돌려서는 안 된다. 왜냐하면 저 권능에는 마왕의 영혼이 찌꺼기처럼 붙어 있을 테니까.

악셀은 에리히의 외침을 무시했다. 글로리아의 외침은 처음부터 들을 수 없었다.

자신이 마왕의 그릇이 될 몸이라는 사실이나, 마신의 권능이 남아 있으므로 마왕도 완전히 소멸되지 않았다는 것을 그가 알고 있었다면.

아니면 아리아드네가 품 안에서 부서진 것에 조금이라도 덜 충격받았다면. 끝내 승리했다 여긴 순간에 돌연히 죽지 않았다면. 그래서 조금 더 침착할 수 있었다면.

그녀가 자신의 죽음을 이미 예상하고 있었다는 것을, 그가 깨닫지 못했다면.

아마 악셀은 아리아드네의 의도대로 하얀 잔에 권능을 담은 뒤에 그것을 마실지 말지 판단했을 것이다.

하지만 지금 그는 당장 회귀해서 아리아드네를 되살려야 한다는 것 외에는 아무런 생각도 할 수 없었다.

그는 즉시 권능을 삼켰다. 액체를 삼키자마자 소름 끼치는 감각이 전신에 퍼져 나갔다. 그리고 쇠를 긁는 듯한 목소리가 울려 퍼졌다.

[###.]

악셀은 알아듣지 못했으나 아리아드네를 계속 도왔던 글로리아는 그 마계어를 알아들었다.

'마침내' 또는 '드디어'로 해석되는 단어.

검은 연기가 악셀의 내부를 잠식하며 밖으로 흘러나왔다. 벌어진 그의 입안에서 흉측한 무언가가 넘실거렸다.

아리아드네가 가정했던 최악의 결말이 도래했다.

—글로리아의 기억, 4페이지.

신의 권능을 쓰면서도 장기간 버틸 수 있는 육체를 얻은 마왕은 거리낄 것이 없었다. 그자는 악셀의 몸으로 엘리시움의 모든 생명을 말살하기 시작했다.

갓 태어난 아기들 중 극소수만이 마계의 진격에서 살아남았다. 그 아기들은 검은 잔을 받은 자들 손에서 자라며 샤이탄에 대한 신앙을 주입받게 될 것이다. 그렇게 자란 아기들 중 누군가가 샤이탄을 엘리시움의 신이라고 믿게 되는 순간, 마왕은 진정으로 승리하게 될 터였다.

엘리시움이 파괴될수록 엘은 점점 더 약해졌다. 이제는 짧게나마 눈을 뜨는 것조차 불가능했다. 글로리아는 죽어 가는 신의 관에 기대앉아 세계가 멸망해 가는 과정을 지켜보았다.

그녀는 절망했지만, 희망을 완전히 버리지는 않았다. 아리아드네가 남겨 놓은 희망이었다. 그녀가 더 나은 결말을 위한 도박을 계획하며 했던 말.

"일이 의도대로 흘러가지 않는다 해도…… 그래도 아마, 괜찮을 거예요."

악셀이 마왕의 그릇으로 만들어지는 중이라는 것을 알아차렸을 때, 아리아드네가 확신했던 말.

"악셀이 그릇으로 완성되는 날은 오지 않을 거예요. 제가 그렇게 만들 테니까."

글로리아는 딸이 남긴 말들을 실타래처럼 부여잡고 기다렸다. 끝없는 미궁처럼 절망적인 상황이라 해도 아리아드네가 남겨 둔 실이 반드시 희망이라는 출구로 이어질 것이다. 신께서도 그리 말씀하시지 않았던가.

글로리아는 오랜 시간을 기다렸다. 그리고, 악셀 발렌타인도 오랜 시간을 기다렸다.

마왕이 악셀을 회귀시키며 그의 영혼이 마모되길 기다린 건 그래야지만 그릇으로 완성된 그를 완벽히 장악할 수 있기 때문이었다. 그러나 아리아드네를 만남으로써 악셀의 그릇으로서의 완성도는 오히려 떨어지는 중이었다.

그로 인해 벌어진 당연한 결과.

악셀은 완벽하게 잠식되지 않았다. 그의 의식은 깊은 곳에 숨어 버티며 틈을 노리고 있었다. 반드시 찾아올 역전의 때를. 마왕이 방심할 수밖에 없는 순간을.

그리고 기나긴 시간이 흘러. 거의 모든 곳이 오염되고, 거의 모든 인간이 죽고, 대정령이 모두 죽어 버린 세계에서.

마왕에게 사육된 인간 중 하나가 마침내 샤이탄을 진짜 신으로 믿게 되었다.

마왕은 드디어 마계의 생존자들을 이주시킬 수 있게 되었음에 기뻐했다. 그자는 기꺼워하며 나머지 모든 인간을 죽였다. 자신을 믿고 있는 그 인간을 엘리시움의 유일한 생명으로 만들기 위해. 엘리시움의 신이라는 자격을 얻기 위해서.

그러나 다른 인간들을 모조리 죽인 뒤에도 샤이탄은 신의 자격을 얻지 못했다.

실수를 했나? 어디서? 무엇이 문제인가? 살려 둔 인간이 품은 신앙이 진짜가 아닌가?

뭔가가 잘못되었다. 무엇이?

이제 엘리시움에 남은 인간은 단 한 명뿐이었다. 번식이 불가능하므로 인간을 새로 키워 재도전할 수도 없었다. 정말 실패라면 시간을 되돌려 처음부터 이 짓을 반복해야만 한다. 아니면 아예 다른 세계를 찾거나.

그 긴 시간을 다시 버틸 수 있을까? 또 새로 그릇을 만들어야 하나?

마왕은 크나큰 충격을 받았고, 극심한 피로를 느꼈다.

악셀이 기다리던 때였다.

그는 이런 결과가 나오리라는 것을 알고 있었다. 그 자신의 의식이 아직 살아남아 있었으니까. 그 역시 엘리시움의 생명이니까. 샤이탄을 절대 신으로 여기지 않는 악셀 발렌타인의 영혼이 남아 있고, 그의 몸도 마왕에게 조종당하는 것일 뿐 엄연히 살아 있으므로.

악셀은 마왕이 지치고 약해져 의지가 마모된 순간, 그자를 억누르고 몸의 주도권을 되찾았다. 그가 숨어 있던 무의식에 마왕의 의식을 처박고 잠재웠다. 비로소 그의 의식이 표면으로 떠올랐다.

몸을 되찾은 악셀 발렌타인은 아무것도 남지 않은 황량한 세계를 돌아보며 미친 듯이 웃었다.

완벽하게 실패한 미래. 어떻게 해야 할지는 이미 알고 있었다.

'전부 다시 시작하겠다.'

새로운 결말을 내기 위해. 아리아드네 엘디어가 살아 있는 세상을 되찾기 위해.

그는 왕좌의 방으로 돌아가 자신이 내던졌던 하얀 잔을 찾아냈다.

마왕과 한 몸을 공유하며 알게 된 것들이 아주 많았다. 마왕 자신에 관한 것이나 신의 권능에 관한 정보, 그리고 엘리시움의 신인 엘에 대한 것도. 세계의 상태를 보면 엘은 아마 지금 간신히 숨만 붙어 있는 꼴일 터다.

악셀은 자신을 여전히 마왕이라 여기며 충성하는 마물 수만 마리를 불살랐다. 마계의 세 군주도 불태워 죽였다.

그렇게 만든 재를 하얀 잔에 담아 대미궁에 봉인되어 있는 엘의 신체에 바쳤다. 엘리시움에 남은 생명 중 유일하게 엘을 신으로 믿는 존재로서 치르는 번제였다.

어마어마한 제물과 자신의 성물을 매개로 일시적인 힘을 얻은 엘이 눈을 떴다. 악셀은 그녀가 눈을 뜨자마자 말했다.

"당신이 지금 그나마 발휘할 수 있는 권능은 약속이지. 나와 약속해라."

{무엇을?}

그는 잠시 눈을 감았다.

마왕의 목을 벤 순간, 아리아드네가 왜 스스로를 희생하며 마왕을 제 몸에 끌어들였는가.

그를 살리기 위해서였다. 세상을 구하기 위해서였고.

모든 것을 처음부터 다시 시작해도 그들이 처한 상황은 아무것도 바뀌지 않는다. 악셀은 여전히 마왕의 그릇일 것이고, 마왕을 무찔러 봤자 그자의 영혼은 죽지 않고 새 그릇에 깃들 것이다.

마왕을 완전히 소멸시키려면 그자가 가진 마신의 권능부터 강탈해야 한다.

하지만 그것은 불가능하다. 권능을 가지는 건 자격 있는 신이어야

가능한 일이었다. 자격 없는 인간에게는 마왕이 가진 권능을 빼앗을 방법이 없으며, 어떻게든 가져 봤자 마왕처럼 육체가 서서히 붕괴될 뿐이다.

그렇다고 신인 엘이 나서서 마신의 권능을 빼앗을 수도 없다. 그녀는 지금 너무 약해져 있었고, 엘리시움의 신으로서 이미 가진 권능이 많아 다른 권능을 받아들일 여유도 없었다.

마왕에게서 권능을 먼저 분리할 수단이 없으니 남은 방법은 아리아드네처럼 마왕을 제 몸에 가두고 함께 자살한 뒤에 권능만 남겨서 처리하는 것뿐이다.

그릇이 될 몸인 악셀로서는 불가능한 짓이었다. 아리아드네가 안배했던 하얀 잔에 권능을 담는 방법도 그녀가 마왕과 함께 자살했기에 가능한 일이었으니.

따라서 전부 다시 시작한다 해도 아리아드네는 같은 선택을 하게 될 것이다. 다른 방법이 없으므로.

'그럴 순 없다.'

악셀은 이를 악물었다. 결국 아리아드네가 희생하게 될 거라면 다시 시작하는 의미가 없었다.

'어차피 마왕과 얽힌 건 나다. 아리아드네는 내게 휘말렸을 뿐이니, 이번에는 그녀를 아예 배제하겠다.'

그와 얽혀 봤자 그녀는 죽음을 반복하며 고난을 겪다가 또 마왕과 함께 자살할 것이다.

그녀를 위해서 그와 그녀는 만나지 않는 편이 낫다.

'그래, 그녀는 나 같은 것과 얽혀서는 안 돼.'

악셀은 이를 악물었다.

'내가 마모되지 않은 원인이, 내 목표가 그녀라는 걸 마왕에게 들키지 않기 위해서라도.'

육체를 공유하면서 마왕이 아는 것들을 그가 알게 되었듯이, 마왕도 그가 아는 것들은 알아낼 수 있다.

마왕이 아리아드네가 원인이라는 것을 아직 깨닫지 못한 건 그자가 인간의 감정을 잘 모르기 때문이다. 그러나 같은 일이 반복된다면 아무리 마왕이라도 악셀이 누구로 인해 망가지지 않고 버틸 수 있는 건지 눈치채고 말 것이다.

'그녀는 나와 상관없는 삶을 살아야 한다. 그게 안전해.'

그러면 이번에는 누가 마왕을 죽이고, 누가 마왕과 함께 자살할 것인가.

'……누구에게도 맡길 수 없다.'

대미궁을 뚫고 마왕을 죽이는 건 결코 쉬운 여정이 아니다. 마왕은 그릇이 완성되기 전까지는 누구에게도 죽어 줄 생각이 없다. 시간을 멈추고 토벌대를 몇 번이나 몰살시켰듯이.

아리아드네마저 배제할 경우, 마왕을 죽일 가능성이 있는 건 회귀 능력이 있는 자기 자신뿐이다. 수없이 실패하겠지만 무한히 죽음을 쌓다 보면 언젠가는 성공할 테니까. 어쩌면 그러다 그릇이 완성되어서 마왕이 순순히 죽어 줄지도 모르고.

'그때를 노려 마왕을 붙잡고 함께 죽을 수 있는 것도 나쁘다.'

지금 그는 마왕과 한 몸을 공유하고 있다. 오직 그만이 근원의 채널을 통해 마왕과 영혼까지 이어져 있다. 그러니 그도 아리아드네처럼 마왕과 채널을 이어 그자의 영혼을 붙잡아 놓을 수 있을 것이다.

'그래, 내가 모두 해내면 된다.'

마왕을 죽이는 것도, 마왕으로서 죽는 것도. 그녀가 해냈던 것처럼 이번에는 모두 그가 혼자 해내면 된다.

'하지만 아리아드네를 구하지 않으면 그녀는 그 끔찍한 탑에서 죽게 된다. 그 운명에서 나 대신 그녀를 구할 사람이 필요해.'

누가 그녀를 구원할 것인가?

악셀은 아리아드네 외에는 아무도 믿지 않았다. 사실 그녀를 구하는 역할을 누군가에게 양보하고 싶지도 않았다.

답은 금세 나왔다.

'그녀 자신이 스스로를 구하게 하자.'

어떻게 할 것인지 모두 정해졌다. 악셀의 초췌한 얼굴에서 붉은 눈만 형형히 빛났다. 그가 신에게 말했다.

"나는 시간을 되돌리고 모든 것을 처음부터 다시 시작하겠다."

{그리하면 네가 기껏 잠재워 둔 마왕이 다시 깨어나게 되리라. 권능의 주체인 그자 역시 너처럼 모든 것을 기억하고 있으리라.}

{결국 마왕에게 다시 기회를 주는 것과 다름없는 짓이다. 너는 종말을 반복하고 싶은 것이냐?}

"그러지 않으려고 당신을 부른 것이다."

그가 비뚜름하게 입꼬리를 올렸다.

"이 세계는 이미 멸망했다. 이곳의 신인 당신이 살아남으려면 어차피 시간을 되돌려야 하지 않나."

{아니, 다시 창조하는 방법도 있다.}

엘이 쓴웃음을 지으며 하얀 잔을 가리켰다.

{엘리시움의 창세에서 저것이 어떻게 쓰였는지 기억하느냐?}

악셀은 하얀 잔이 등장하는 경전의 문구를 떠올렸다.

'엘께서 하얀 잔에 자신의 피를 담아 뿌리시니, 엘리시움에 가득하던 샷된 것들이 씻기어 사라지고 정결한 땅만 남았도다.'

그의 표정이 일그러졌다.

"설마……?"

{내가 처음 엘리시움을 창조할 때도.}

엘이 느릿하게 주위를 둘러보았다. 오염되어 이전의 모습은 아무것도 남지 않은 세계.

{세계는 이와 비슷했느니라.}

{나는 최후의 생존자 중 하나이자, 멸망 직전의 세계에서 선택된 새로운 신이었으니. 그때 신이 된 나는 내 피로 오염된 것들을 정화하고 세계를 처음부터 다시 창조했다. 이번에도 그리하는 편이 안전할 터.}

{그러나.}

신이 자애롭게 미소 지었다.

{너희가 아직 희망을 붙잡고 있는데, 너희를 창조한 내가 어찌 그것을 무너뜨리랴. 너희의 믿음으로 만들어진 내가 이제 너희를 믿으리니.}

{우연과 필연, 안배와 행운, 믿음과 사랑이 모두를 더 나은 결말에 이르게 하리라.}

악셀은 신의 말들이 뜬구름 잡는 소리로 느껴졌다.

"대체 무슨 헛소리를…… 그래서 약속을 하겠다는 건가, 말겠다는 건가?"

그가 인상을 찌푸리자 신이 짧게 웃었다.

{네가 원하는 대로 약속해 주겠다는 뜻이다.}

"쓸데없는 말이 많군."

미간을 구긴 악셀이 말을 이었다.

"다시 말하지. 나는 지금부터 마신의 권능으로 세계의 시간을 되돌릴 것이다."

{언제까지?}

"내 육체로 견딜 수 있는 만큼 최대한."

신이 황금빛 눈동자를 가느스름하게 뜬 채 그의 상태를 가늠했다.

{아예 성전이 시작되기 전으로 가는 건 불가능하겠구나.}

"많은 걸 바라지 마라."

{그러면 네가 가능한 범위 내에서 가장 적합한 시간대는 내가 골라도 되겠느냐?}

"마음대로 해라. 어찌 되었든, 내가 마신의 권능으로 시간을 되돌리면…… 나도 마왕처럼 마신의 권능을 소유하게 된다. 맞나?"

{크게 틀리지는 않다.}

"하지만 과거로 돌아가면 마신의 권능은 내가 아니라 마왕에게 있는 상태일 테니 모순이 생긴다."

{아니, 그 모순은 저절로 해결될 것이니라.}

"마왕이 아리아의 몸에 갇혀 죽은 뒤에도 영혼의 일부가 권능에 들러붙어 있었듯이, 내 영혼도 그런 식으로 나뉘게 되어서?"

{네 추측이 옳다. 마신의 권능에 네 혼의 일부가 남고, 나머지는 시간을 되돌아 인간으로 되살아나리라.}

{하지만 그것은 일시적인 현상이다. 인간인 쪽의 네가 본체고, 권능에 들러붙은 쪽은 결국 찌꺼기. 금세 합쳐져 하나가 되리라.}

"나는 그 상태를 유지하고 싶다. 도와줄 수 있나?"

{……마왕을 죽이기 위해서냐?}

"제물을 받아먹더니 힘이 조금은 되돌아온 모양이군. 내가 무엇을 생각하고 있는지 알겠나?"

잠시 침묵하던 신이 물었다.

{후회하지 않겠느냐?}

악셀은 관 옆에 놓인 하얀 잔에 시선을 주었다.

"후회는 이미 실컷 했다."

엘이 쓰게 웃었다.

{알겠다. 그렇다면 네가 원하는 약속은.}

"세 가지."

그가 손가락을 펴며 말했다.

"첫 번째 약속의 조건은 내가 최후의 순간까지 분리된 상태로 있을 수 있도록 돕는 것. 대가는 내가 시간을 돌리는 것."

{이루어질 것이다.}

"두 번째 약속의 조건은 아리아드네 엘디어의 행복이다. 대가는 내가 마왕을 죽이는 것. 그녀가 그 불행한 운명에서 탈출해 행복해진다면, 내가 반드시 마왕을 죽이겠다."

{약해진 내가 일으킬 수 있는 기적은 거의 없다. 직접적으로 그 아이를 구할 수는 없느니라.}

"알고 있다. 그러니 그녀가 스스로 자신을 구할 수 있도록…… 그녀에게 단서를 줘라. 계시든 예언이든, 수단은 뭐든 좋으니까. 그녀라면 그것만으로도 충분할 테니. 그 정도는 할 수 있겠지?"

{……그 약속도 이루어질지어다.}

"그리고 마지막 약속이다. 조건은……."

악셀은 다시 주위를 살폈다. 아직 받아 낼 약속이 남았는데 대가로 걸 만한 것은 다 걸어 버렸다.

사실 조건이 없어도 신은 이 정도 요구는 들어줄 것이다. 하지만 엘의 특기는 약속. 힘이 제대로 발휘되려면 약속의 형식을 유지하는 편이 나았다.

그가 고민하는 것을 알아차린 신이 먼저 입을 열었다.

{하얀 잔을 내게 바치거라. 그것을 약속의 조건으로 하마.}

"좋다. 하얀 잔을 바칠 테니, 대신 아리아드네 엘디어가 나를 잊게 만들어라. 나와 관련된 기억을 그녀에게서 지워. 회귀한 기억도 없애라. 내 인생에 그녀가 휘말리지 않도록."

신은 미묘한 표정을 지었다. 악셀로서는 해석하기 어려운 표정이었다.

{……약속하겠나니, 그 또한 이루어지리라.}

-글로리아의 기억, 5페이지

글로리아는 환상 도서관에서 악셀과 신이 나누는 약속을 지켜보며 한껏 숨을 죽이고 있었다.

'아리아…… 네 말대로 되었어.'

결국 아리아드네가 계획했던 대로 모든 것이 다시 시작될 것이다.

'그 애는 알고 있었던 거야. 만에 하나 최악의 상황이 와도 악셀이 버틸 수 있으리라는 걸. 그리고 그가…… 모든 것을 다시 시작하리라는 것도.'

그리고 아마도 아리아드네는 악셀이 자살이나 다름없는 방식으로 마왕을 죽이려 하리라는 것도 짐작했을 터다.

그를 믿기에. 그가 그녀를 사랑하는 마음을 믿었기 때문에. 그 마음이 그를 마왕으로부터 지키는 동시에, 그가 희생하도록 이끌 것을 예상했기에.

'그래서 내게 부탁했던 거구나.'

악셀이 스스로를 죽여 그녀와 세상의 구원자가 되려 할 때. 희생하려는 그를 그녀가 구원하기 위해서.

모두가 함께 살아남는 결말을 위해.

아리아드네는 글로리아에게 희망을 맡겨 놓고 떠났다.

'예측 외의 요소들도 여럿 있지만…… 괜찮아. 엄마가 어떻게든 할게.'

글로리아는 주위에 쌓여 있는 책들을 돌아보며 심호흡을 했다. 상황이 여러모로 예상과 달라졌지만 큰 맥락은 변하지 않았다. 그녀는 자신이 무엇을 해야 할지 알고 있었다.

곧 신이 하얀 잔을 가지고 환상 도서관으로 돌아왔다. 글로리아는 신에게 물었다.

"당신께서 제 딸에게 보시고 기대하셨던 미래가 이제 시작되는 건가요?"

{어긋나지 않았느니라.}

"선택하실 시간대는…… 제가 죽은 직후겠지요?"

{그러하다. 그래야만 네가 내 권속으로서 기억이 유지되리라.}

{그 시기는 악셀 발렌타인이 양아버지의 유언을 받은 후이기도 하다. 분리되어 기억을 잃게 될 그는 그 유언이 있어야만 마왕을 죽일 수 있으리라.}

{이는 그도 동의한 바이니.}

글로리아는 눈썹을 늘어뜨렸다. 악셀 발렌타인이 무슨 심정으로 양아버지의 운명을 바꾸는 것을 포기했는지 알기에 씁쓸할 수밖에 없었다.

신이 쓴웃음을 지었다.

{어차피 그보다 더 과거로 가긴 어렵느니라. 미래가 비틀리지 않는 선에서 가장 안전하고 적합한 시간대가 그때이므로.}

{이후로는 운명이 바뀌리라.}

{이 선택으로 이전보다 훨씬 많은 생명이 죽음을 피할 것이니.}

신의 말이 옳았다. 앞으로는 지금까지보다 모든 일이 훨씬 나은 방향으로 흘러갈 것이다.

글로리아는 쌓아 둔 책들을 다시 돌아보았다. 그동안 관측하며 기록한 것들을 다듬고 정리한 책들. 대미궁 공략에 대한 정보는 모두 담았지만, 몇몇 정보는 일부러 뺐다.

다시 시작할 아리아드네가 아무것도 모른 채 진심으로 하얀 잔을 '신'이라 믿게 만들기 위해. 마왕의 권능을 강탈할 새로운 신을 만들어 내기 위해서.

아리아드네가 떠올렸던 역전의 한 수.

하얀 잔은 성장의 성물이며 무엇으로든 변화할 가능성이 있는 씨앗이다. 그리고 희생 없이 마왕을 죽이기 위해서 필요한 건 권능을 가질 자격이 있는 신이다. 신은 세계의 선택을 받아 태어난다. 그 세계의 모든 생명이 신이라 믿는 존재가 신이 된다.

환상 도서관은 여러 세계의 사이에 존재하는 곳. 망자들의 정거장. 이곳에는 생명도 없고 신도 없다. 아리아드네는 산 자임에도 불구하고 이곳에 드나들 권한을 얻었다. 그녀는 환상 도서관에 있는 유일한 생명이다.

이 모든 정보를 조합하여 그녀가 계획한 도박.

아리아드네가 하얀 잔을 환상 도서관의 신으로 키워 낸다. 그리고 그 신이 마왕이 가진 마신의 권능을 강탈한다.

아이러니하게도, 그러려면 아리아드네 자신이 이 계획을 몰라야만 했다. 정체를 모른 채로 하얀 잔을 만나고 키워야지만 그것을 신이라고 믿을 수 있으니까.

이것이 아무도 죽지 않고 마왕을 죽일 수 있는 유일한 방법이다.

'아리아가 만들어 낸 신이 모두를 구원하게 될 거야.'

이 도박을 성공시키기 위해서 안배해야 할 것들이 있었다. 기억하지 못해도 자연히 그렇게 될 수밖에 없도록 운명을 자아내야만 했다.

글로리아는 엘에게 간청했다.

"신이시여, 당신의 대행자로서 제가 당신의 약속 일부를 이행해도 될까요?"

{어떤 수단을 쓸지 이미 준비해 두었구나.}

"아리아가 계획했던 대로 이 책들을 그 애 전생의 서재에 놓아 두려고요."

{그 책들이 그 아이가 스스로를 구원할 단서냐?}

"네, 그 애는 스스로 기억을 지우게 될 때를 가정했었지만…… 어쨌든 결과는 같으니까요."

{같지 않다. 나는 악셀 발렌타인에게 아리아드네 엘디어가 그를 잊게 하겠다고 약속했느니라.}

{그러므로, 약속대로.}

신이 손을 뻗었다. 쌓여 있는 책들 속에서 글자들이 나비처럼 날아

올라 신의 손안으로 들어왔다. 신은 그것을 움켜쥐었다가 다시 펼쳤다. 바뀐 글자들이 책으로 되돌아갔다.

{악셀 발렌타인과 아리아드네 엘디어가 함께한 부분은 모두 지웠다. 네 딸은 그와 자신 사이에 아무런 관련이 없다고 여기게 되리라.}

{또한 나는 그 아이에게 전생의 기억을 되살려 주리라. 그리하면 그 아이는 자기 자신을 구할 수 있을 뿐 아니라, 책 속의 이야기를 자신과 완전히 분리할 수 있으리니.}

{아리아드네 엘디어는 이 단서들을 이용해 스스로 행복해질 것이다.}

{아리아드네 엘디어는 악셀 발렌타인과 자신 사이에 있었던 모든 일을 잊을 것이다.}

{아리아드네 엘디어와 악셀 발렌타인이 얽힐 이유는 사라질 것이다.}

{이로써 두 가지 약속이 지켜지리라.}

{그것을 가져다 두거라.}

글로리아는 책을 펼쳐 신이 바꾼 부분들을 확인했다. 그 책들은 악셀 발렌타인이 무수한 죽음을 거쳐 마왕을 죽이는 이야기가 되어 있었다.

아리아드네 전생의 책장에 꽂혀 있어도 어색하지 않을 모험 소설.

"……이대로면 아리아가 자기 운명만 바꿀 뿐, 굳이 대미궁 공략에 나서지 않겠군요. 주인공이 잘 끝낸 이야기니까."

그렇게 되면 하얀 잔을 새로운 신으로 만들 수 없다. 악셀이 원한 대로 그만 희생하고 끝나 버린다. 아리아드네는 그런 결말을 원하지 않을 것이다.

{악셀 발렌타인은 그녀가 제 인생에 휘말리지 않기를 원하고 있으니, 그래야만 한다.}

{나는 약속을 지켜야 하느니라.}

{나는 약속을 어길 수 없느니라.}

신이 강조하듯 반복하여 말했다. 잠깐 고민하던 글로리아가 되물었다.

"이 책의 결말을 약간 바꾸는 정도는 당신께서 하신 약속에 어긋나지 않겠지요?"

{나는 내 권속인 네게 내 약속을 대행하도록 하겠노라.}

{약속이 지켜지기만 한다면, 세세한 것은 네 재량에 맡기겠나니.}

"감사합니다, 엘."

글로리아가 책 위에 손을 얹었다. 그녀가 관측했던 기억이 책의 끝에 새로이 새겨졌다. 마왕에게 잠식된 그릇. 멸망한 엘리시움의 풍경. 절망하여 미친 듯이 웃는 악셀 발렌타인.

소설의 결말이 바뀌었다.

아리아드네가 이대로 흘러가게 두어선 안 되겠다고 판단할 수밖에 없도록.

글로리아는 책의 결말이 잘 바뀌었는지 확인한 뒤, 신이 들고 있는 하얀 잔에 시선을 주었다.

"엘이시여, 묻고 싶은 것이 있습니다."

신은 그녀가 무엇을 물을지 안다는 듯 미소 지었다.

{말하거라.}

"제가 축복으로서 주어졌기에 시간이 되돌아가도 아리아의 기억은 계속 유지되었지요. 저와의 연결을 통해서."

{그러하다.}

"따라서 아리아드네의 회귀한 기억을 지우라는 악셀과의 약속을 지키시려면, 그 애에게서 저를 떼어 놓으셔야 합니다. 그렇지 않나요?"

{네 말이 옳다.}

글로리아는 입술을 잘근 깨물었다. 신이 조용히 말을 이었다.

{그러나 너는 내가 약속에 따라 그 아이에게 내려 준 권속이니 너를 거두려면 그에 상응하는 다른 축복을 내려야 하느니라.}

"그러면."

마른침을 삼킨 글로리아가 하얀 잔을 가리켰다.

"저 성물을, 하얀 잔을 저를 대신하여 아리아에게 주실 수 있나요? 저와 같은 방식으로, 그 아이에게 축복이 되도록."

{그리되리라.}

신은 기다렸다는 듯 답하고는 들고 있던 하얀 잔 위를 손으로 덮었다. 잔 안에 은은한 황금빛으로 빛나는 무언가가 차올랐다. 엘은 금빛이 넘실거리는 잔을 글로리아에게 내밀었다.

{가져가거라. 이것이 이제 너를 대신하여 그 아이의 축복이 되리라.}

"감사합니다."

글로리아는 흐리게 웃고는 하얀 잔과 고쳐 쓴 책들을 안아 들었다.

"그럼, 약속을 이행하러 가겠습니다."

그녀는 아리아드네의 전생 서재로 이동해 황금 책장에 책들을 꽂았다. 눈에 잘 띄도록.

'일부러 만들어 낸 책이라 표지부터 다르니 금방 알아볼 수 있을 거야.'

그 뒤엔 황금빛이 일렁이는 하얀 잔을 구석에 내려놓았다.

그녀가 잔을 내려놓자 그것에 어려 있던 황금빛이 점차 커졌다. 잠시 후 빛이 사그라들더니 잔 대신 자그마한 아이가 나타났다. 엘을 빼닮은 어린아이였다.

그 모습을 본 글로리아는 설핏 웃었다. 어떤 모습이든 될 수 있는 존재에게 엘이 굳이 자신을 닮은 형상을 덮어씌워 준 건, 아리아드네의 착각을 돕기 위해서일 것이다. 엘의 권능에 영향을 받은 탓도 어느 정도 있겠지만.

'신께서는 우리가 무엇을 하려는지 다 알고 계시는구나.'

아이는 신과 같은 황금빛 눈을 멍하니 깜박였다. 글로리아가 물었다.

"하얀 잔아, 너는 지금까지 모든 것을 보았지?"

악셀이 계속 들고 다녔고, 아리아드네가 희생하는 순간에도 있었고, 마지막엔 약속의 매개체가 된 성물. 그 성물이 엘의 힘으로 사람의 형상을 취한 게 이 아이니, 모든 것을 알고 있는 게 당연했다.

역시나 아이는 고개를 끄덕끄덕했다.

"네가 아리아드네에게 주어진 이유도 아니?"

아이가 더 크게 고개를 끄덕이더니 손을 휘저었다.

"아, 아."

제대로 말을 할 순 없는 듯했다. 아직은 씨앗에 불과한 존재니 어쩔 수 없는 일이었다. 하얀 잔은 아리아드네에게 주어진 축복. 그녀의 성장과 그녀의 필요에 맞추어 변화하게 될 터다.

글로리아는 손짓을 보며 아이가 뭘 말하고 싶은지 대충 알아들었다.

"네 기억을 맡아 달라고? 그래야 약속을 지킬 수 있을 테니까?"

글로리아처럼, 하얀 잔도 아리아드네와 연결될 것이다. 그런 하얀 잔에게 기억이 남아 있다간 신이 되는 계획이 어그러질 수도 있다.

아리아드네가 기억하지 못하게 해 달라던 악셀의 약속도 어기게 될 거고. 그러니 하얀 잔도 모든 것을 잊어야 했다.

아이는 생긋 웃고는 자그만 손으로 이마를 짚었다. 활자로 바뀐 기억이 금빛 실타래처럼 뽑혀 나왔다. 그 실타래는 허공에 뭉쳐서 한 권의 책이 되었다.

아이가 책을 내밀며 휘청 쓰러졌다. 글로리아는 아이를 부축해 조심스럽게 눕혔다. 하얀 잔은 어린 동물처럼 동그랗게 몸을 웅크리고 잠들었다. 그녀는 아이의 부드러운 머리카락을 쓰다듬으며 속삭였다.

"아리아를 잘 부탁할게, 하얀 잔아."

아이가 맡긴 기억을 들고 허리를 편 글로리아는 책장 한편에 놓여 있던 황금 나팔꽃을 집어 들었다.

이로써 아리아드네에게 내려진 글로리아라는 축복은 거둬진다. 이제 전처럼 글로리아는 자신의 서재에서 벗어날 수 없게 될 것이다. 아리아드네 전생의 서재로 올 방법이 사라진다.

앞으로 오랜 시간 동안 아리아드네를 만날 수 없다는 뜻이었다. 그아이가 힘들 때 위로해 줄 수도 없고, 위기에 처했을 때 도와줄 수도 없다. 글로리아는 황금 나팔꽃을 내려다보며 눈가를 문질렀다.

'아리아, 그래도 엄마는 계속 널 지켜보고 있을 거야.'

네가 그랬잖니. 다녀오겠다고. 우리는 다시 만날 수 있을 거라고.

글로리아는 마지막으로 딸의 서재를 돌아다니며 꼼꼼히 정리하고 청소를 했다. 하나하나 정성껏. 아이의 방을 꾸미는 부모의 마음으로.

그러고 나서 그곳을 떠나 신의 곁으로 돌아갔다.

―글로리아의 기억, 6페이지

악셀 발렌타인은 마왕의 권능으로 시간을 돌렸다. 수십 년의 시간이 되감겼다. 그리고 마침내 예정된 시점에서 모든 것이 다시 시작되었다.

악셀은 엘의 도움을 받아 기억을 분리하는 방식으로 스스로를 나눴다. 기억을 가진 찌꺼기인 '디메토르'와, 아무것도 모르는 진짜 '악셀 발렌타인'으로.

마왕은 악셀에게 도로 육체를 빼앗기고 잠든 뒤에 있었던 일은 알지 못했다. 신과 디메토르가 무슨 약속을 했는지도 몰랐다.

그러나 마신의 권능으로 회귀가 일어났다는 사실과, 그로 인해 제가 가진 권능에 디메토르라는 기생충이 들러붙은 건 확실히 알았다. 마왕은 디메토르의 목적과 계획을 알아내기 위해 온갖 수단을 사용하기 시작했다.

디메토르는 잘 버텼다. 반드시 이뤄야 할 목표가 있었으므로.

다시 시작된 시점은 글로리아가 프란츠 엘디어에 의해 살해당한 직후. 엘릭서 실험 도중 생사의 기로에 선 아리아드네가 환상 도서관으로 진입했다.

그 순간 엘이 약속한 안배가 작동했다.

아리아드네 엘디어는 전생의 기억을 떠올렸다. 7살의 어린아이에 불과하던 머리에 28살 성인이었던 기억이 담겼다.

이로써 그녀는 완벽하게 어른이 되진 못해도 어른처럼 사고하고 행동하는 것이 가능해졌다. 그녀가 처한 상황은 평범한 아이로서는 도저히 벗어날 수 없는 것이기에.

글로리아는 책을 통해 딸을 관측했다. 어쩔 수 없이 어른이 된 아이가 제 전생의 서재에서 눈을 떴다. 신기한 듯 주위를 둘러보던 아이는 그녀가 가져다 놓은 '소설'들을 발견했다.

영리한 그 아이는 금세 자신의 상황을 파악했다. 벗어나기 위해서 무엇을 해야 할지도.

"······아버지한테?"

글로리아는 약간 당황했다. 아리아드네가 대마법사의 도움을 받으려 할 줄은 몰랐다. 신께는 딸이 불행에서 스스로 벗어날 단서라고만 들었지, 그게 정확히 무엇인지는 알지 못했으니까.

"그딴 놈이랑 하는 결혼식엔 안 간다. 지금이라도 때려치워라. 애는 떼어 버리면 그만이지."

아리아드네를 임신했을 당시 대마법사가 했던 말.

실제로 대마법사는 아이를 지우는 마법까지 만들어 왔었다. 글로리아는 배 속의 아이를 이미 사랑하고 있었다. 그래서 아버지의 반응이 야속하기만 했다.

결국 그녀는 대마법사와 의절하고 멋대로 결혼식을 올렸다. 그녀가 18살이었을 때의 일이다.

글로리아는 아리아드네를 낳은 것을 한 번도 후회하지 않았다. 하지만 가문을 나와 프란츠와 결혼한 일은 수없이 후회했다.

'어리석은 선택이었어. 나는 어렸고, 반항심에 가득 찼고, 철이 없었지.'

글로리아는 대마법사와 위버 변경백 사이에서 태어난 늦둥이 막내 딸이었다.

변경백은 몸이 약했다. 글로리아를 출산한 뒤로는 더 약해져서 글로리아는 엄마가 건강한 모습보다 병상에 있는 모습을 더 자주 보았다. 위버 변경백은 오래 살지 못했다. 그녀의 작위는 장남인 에른스트가 이어받았다.

글로리아는 꽤 활발한 성격이었지만, 엄마의 약한 체질을 고스란히 물려받았다.

오빠인 에른스트는 건강하다 못해 곰 같은 인간이었다. 뛰어난 정령 기사이기도 했다. 그는 자주 토벌에 나서고, 험한 위버 영지를 혼자서도 시찰하고 다녔다.

언니인 레베카 역시 건강하고 튼튼했다. 그녀는 일찍이 아버지로부터 가르시아 상단을 넘겨받아 쉴 틈 없이 전 대륙을 돌아다녔다.

글로리아는 아버지의 마법 재능을 물려받지도 못했고, 오빠처럼 위버의 혈통에 따른 정령 기사의 자질도 없으며, 그렇다고 언니처럼 상재에 밝지도 못했다.

그나마 있는 정령술 재능은 제대로 된 영토도 못 만들어서 나팔꽃만 구현할 수 있는 소박한 수준. 심지어 몸이 약해 함부로 돌아다니지도 못하는 신세.

대마법사는 사랑하는 부인을 잃은 슬픔으로 오랜 시간 은둔했다. 그 시간 동안 에른스트는 변경백으로서 바쁘게 일하고, 레베카는 가르시아 상단을 접수했지만 어리고 약한 글로리아는 아무것도 할 수 없었다.

외지고 추우며 마물이 많은 위버 영지에는 손님조차 드물었다. 글로리아는 위버의 눈보라성에서 홀로 놀며 자랐다. 그러다 16살을 맞이하여 데뷔탕트로 사교계에 나섰을 때.

"물론 당신의 오라비는 특별한 사람이지요. 당신의 언니도요."

눈부시게 아름다운 남자가 천사처럼 웃으며 그녀에게 다가왔다.

"하지만 제게는 당신이 가장 특별하게 느껴집니다."

프란츠 엘디어.

그는 사교계에서 가장 주목받는 인사 중 하나였다. 누구나 감탄할
수밖에 없는 화려한 외모. 부유하고 권세 있는 엘디어의 공작이라는
지위. 좋은 인망과 평판. 왕국 최고의 신랑감이란 소리를 듣는 젊은
공작.

그럼에도 불구하고 딱히 뛰어나거나 유능하지 않은 사람.

"가족들을 사랑하지만 가끔은 싫다고요? 그들 옆에 있으면 스스로가 모
자라게 느껴져서?"

"저도 그랬습니다. 부모님은 두 분 다 뛰어난 정령사셨거든요. 그런데 저
는 그 재능을 전혀 물려받지 못했지요. 학업 성적도 무난. 검술도 무난. 그
야말로 평이했지요. 엘디어의 유일한 후계자면서."

"저는 당신이 어떤 심정이실지 누구보다 잘 압니다. 그러니 제겐 당신이 가
장 특별한 사람일 수밖에요."

아름다운 남자가 우수에 찬 얼굴로 제 열등감을 드러내며, 그녀의

마음에 공감하고, 그녀가 특별하다 말했다.

소녀는 설레고 말았다.

"당신을 사랑합니다."

"글로리아, 당신이 가장 특별해질 수 있는 곳으로…… 제 곁으로 와 주십시오."

그렇기에 공작이 사랑을 속삭였을 때, 그와 자신이 서로를 이해하는 동반자가 될 수 있으리라 진심으로 믿었다.

그때가 18살. 갓 성인이 된 나이. 사람을 많이 겪어 보지 못한 글로리아는 닳고 닳은 공작의 속내를 꿰뚫어 보기엔 너무 순진했다.

아이가 생겼을 땐 굉장히 놀랐다. 예상하지 못한 일이었기에. 그러나 공작이 우리 아이가 생긴 게 기쁘다며 너무나 환히 웃어서, 그가 너무 다정해서, 당장 결혼하자고 해서.

이 사람이라면 평생 행복하게 살 수 있을 것 같았다.

누구의 딸이나 동생이 아닌 오롯이 그녀 자신으로 인정받고 사랑받고 싶어서. 가족들이 없는 곳에서 특별한 존재가 되고 싶어서.

그래서 가문과 의절하는 것을 감수하고 결혼했다.

모든 사람이 감탄할 정도로 화려한 결혼식이었다. 많은 이들이 그들을 축복해 주었다. 한동안은 행복하기만 했다. 공작은 부인을 위해 아낌없이 돈을 썼으며, 늘 다정했다.

그들 사이에서 태어난 아이는 너무나 사랑스럽고 예쁜 딸이었다. 글로리아는 아이의 이름을 직접 정했다. 예전부터 딸이라면 붙여 주고 싶었던 이름.

아리아드네.

글로리아가 처음으로 만나게 된, 자신보다 약하고 자신이 지켜 주어야 할 존재.

작은 아리아드네는 순하고 착한 아이였으며 햇살처럼 웃었다. 천재가 아닐까 호들갑을 떨고 싶을 정도로 영리하기까지 했다. 그녀를 닮아 정령사가 될 자질이 있는 것 같다는 말도 들었다.

글로리아는 배 속에 있을 때보다 훨씬 더 그 아이를 사랑하게 되었다. 유모에게도 거의 맡기지 않고 하루 종일 아이와 붙어 지낼 정도로.

그 시절까지만 해도 글로리아는 프란츠와의 결혼은 최고의 선택이었다고 생각했다.

처음으로 이상함을 느낀 건 엘디어의 후계자를 위한 특별 수업이 시작되었을 때.

위버에도 후계자를 위한 수업은 있었다. 에른스트 역시 어머니로부터 단독 수업을 받으며 위버 가문의 정령 기술을 전수받았으니까. 참관이 불가능한 것도 이해했다. 가문의 비법이라면 가주와 후계자에게만 전해지는 것도 당연하니까.

하지만 너무 오래도록 딸의 얼굴조차 보여주지 않는 것이 이상했다. 매일 잠든 아이의 이마에 입을 맞춰 주곤 했는데, 그럴 수 없게 된 게 벌써 몇 달째인지.

글로리아는 참다못해 막아서는 하인들을 쫓아내고 아이를 찾아갔다. 수업이 한창 진행되던 도중이었다. 그녀는 제 허리에도 닿지 않는 어린 딸이 고통에 몸부림치며 피를 토하는 것을 목격했다.

글로리아의 행복은 그 순간 모조리 부서졌다.

그녀가 아무것도 모르고 편안히 지내는 동안 그녀의 딸은 저런 고통을 겪고 있었다. 죄책감을 견딜 수가 없었다. 격노하여 공작에게 쏘아붙이자 그는 말했다.

"세상을 구할 물약이 만들어지고 있소. 아리아는 오염에 내성을 가지게 될 거고, 어마어마한 부와 권력을 물려받게 될 거요. 나중에는 우리에게 고마워하겠지."

글로리아는 비로소 프란츠 엘디어의 진면목을 알게 되었다.

"부인, 보기 힘들면 그냥 눈을 감으시오. 그러면 당신의 일상은 아무것도 변하지 않을 거요. 아리아는 조금 특별한 수업을 받고 있을 뿐이오."

공작의 말대로였다. 딸이 흘리는 피에서 고개만 돌리면 완벽한 생활이 보장되어 있었다. 평판 좋고 아름다운 남편에게 사랑받는 공작 부인으로서의 삶.
그러나 글로리아는 딸을 외면할 수 없었다. 그녀는 그럴 수 없었다. 절대로 그럴 수 없었다. 그녀는 글로리아 위버였다. 위버의 딸은 눈보라가 몰아치더라도 난롯가로 도망치지 않고 나아가야만 할 때가 있다는 것을 알고 있었다.

"후회하게 될 거요."

프란츠가 경고했다. 그래도 글로리아는 망설이지 않았다. 무슨 일이 있어도 아리아드네를 구해야만 했다.

처음에는 혼자 힘으로 어떻게든 해 보려 했다. 그러나 공작 부인이라는 지위도, 그녀가 가진 재산도 모두 프란츠로부터 비롯된 것이었다. 그녀에게는 프란츠로부터 딸을 지킬 힘이 없었다.

그렇다고 아리아드네를 지우라고 했던 아버지에게 도움을 요청할 순 없었다. 아버지의 말을 잘 따르는 착한 아들인 에른스트에게 부탁하기도 어려웠다. 글로리아는 그들이 엘디어의 핏줄이기도 한 아리아드네를 구해 주지 않을 거라 생각했다.

'아버지라면 아이를 그냥 공작에게 줘 버리고 위버로 돌아오라고 하실 거야. 원래도 떼어 버리라고 하셨으니까. 오빠는 아버지가 그러신다면 그게 나을 거라고 할 사람이고.'

그래서 대마법사의 말을 잘 듣지 않는 레베카 언니에게만 몰래 연락을 시도했다. 공작에게 들켜서 결국 실패하고 말았지만.

대마법사를 향한 글로리아의 감정은 몹시 복잡했다. 원망, 후회, 죄책감, 미움, 애정, 미안함.

'……정말로 아버지한테 도와 달라고 하려고? 아리아, 괜찮겠니?'

글로리아는 무어라 설명하기 어려운 기분으로 딸의 행보를 지켜보았다.

어린 아리아드네가 살기 위해 대마법사에게 매달렸을 때.

"절 데려가 주세요, 외할아버지!"

대마법사가 그런 아리아드네를 데리고 나와, 우는 아이를 토닥일 때.

"울고 싶으면 울어야지, 어린 것이 뭘 참으려고 이렇게 용을 쓰누……."

에른스트가 아리아드네의 상태를 전해 들은 뒤 혼잣말을 했을 때.

"글로리아…… 혹시 네가 저 아이를 여기로 보냈느냐."

그녀가 어릴 때 좋아하던 연보라색 드레스를 입은 딸의 모습을 보았을 때.

"이거…… 혹시 엄마가, 아니, 어머니가 어릴 때 입으셨던 드레스야?"

딸이 그 드레스를 입고 나풀거리며 한 바퀴를 돌아 보였을 때.

"당신께서 어릴 적 즐겨 입던 옷을 좋아하는 딸이라니, 얼마나 사랑스러울까요. 당신께서 어린 시절을 보냈던 고향에 딸이 온 것도 기쁘실 거고요."

하녀의 말 그대로의 심정이었다.
그리고 대마법사가 화를 냈을 때.

"남도 아니고 내 핏줄, 내 하나뿐인 손녀딸인데. 할아비가 되어서 손녀가 어찌 사는지도 모른다는 게 말이 되느냐? 응당 알았어야지! 몰라 준 걸 원망하고, 미워해야지!"

에른스트가 대마법사와 함께 후회를 나눌 때.

"글로리아를 많이 닮았습니다."

"처음엔 엘디어 공 판박이인 줄 알았는데, 볼수록 막내를 닮았어요. 웃는 얼굴이 특히."

"내 평생 이런 후회를 해 본 적이 없다. 그 아이 얼굴만 봐도 미치겠어."

"살려 달라고 지른 비명이었던 게지……. 비명이었던 게야. 그런 비명을 지를 때까지 몰랐어."

"……그래도 알아듣고 데려오셨잖습니까."

"더 빨리 갔어야 했다. 늦었지. 나는 매번 늦어. 글로리아도……."

아버지의 눈물을 보았을 때.

"겁도 없어. 겁도 없지. 내가 뭐라고……. 너는 아주 크게 혼날 줄 알아라. 혼쭐을 낼 것이야. 내가 뭐라고, 내가 밉지도 않으냐, 응? 내가 뭐라고……."

레베카와 대마법사가 대화를 나눌 때.

"그러고 보니 그 애, 정말 글로리아가 낳은 딸답네요."

글로리아는 계속해서 눈물을 흘렸다.

'아버지, 오라버니, 언니…….'

후회와 그리움. 알지 못했던 속내들.

그녀는 은거울 호수 옆의 꽃밭에서 제 가족들에게 둘러싸여 웃는 딸을 보았다.

'아리아…….'

그녀가 사랑하는 고향에서, 그녀가 사랑하는 가족들이, 그녀가 사랑하는 딸에게, 갇혀 실험당하느라 잃어버렸던 어린 시절을 되찾아 주고 있었다. 아리아드네가 16살의 공부방에서 다시 시작하던 시절에는 일어날 수 없었던 변화가 일어났다.

'정말 다행이야. 정말로, 정말로……'

오래 묵은 응어리들이 눈물에 녹아 흘러내렸다. 글로리아는 울면서 웃었다.

아리아드네는 늘 남남이나 다름없는 사이였던 에리히 위버와 처음으로 진짜 남매가 되었다. 언제나 비참했던 어린 시절의 악셀이 구원받았다.

엘릭서가 일찍, 훨씬 저렴한 가격으로 시중에 풀렸다. 이전 시간선에서는 오염에 의해 죽었던 무수히 많은 이들이 살아남게 되었다. 더 적극적인 토벌이 이루어지고, 그로 인해 목숨을 건진 사람도 늘어났다.

이후로도 많은 죄를 저지를 레다 피카로가 미리 잡혔다.

글로리아는 레다가 쏟아 내는 진실에 새삼 놀라지는 않았다. 악셀이 회귀할 때마다 프란츠를 죽이고 그자의 기록을 입수하는 걸 보며 레다 피카로와 프란츠의 계획을 이미 알고 있었기 때문이다.

아리아드네는 이전 생에서는 단 한 번도 치러 보지 못한 데뷔탕트 무도회도 치렀다. 글로리아는 대마법사와 함께 춤추는 딸을 하염없이 바라보았다.

아리아드네는 라랏슈아 미궁으로 인해 위버에 일어날 참사를 막았다. 베로니카 브란테를 비롯해 죽었어야 할 많은 이들이 살아남았다. 이외에도 아리아드네와 그녀의 토벌대에 의해 여러 미궁이 붕괴되었다. 그때마다 많은 목숨이 구해졌다.

아리아드네는 성인식에서 프란츠 엘디어의 죄를 밝히고, 그를 처형당하게 만들었다. 프란츠 엘디어는 수많은 손가락질을 받으며 죽었다.

아리아드네와 악셀이 다시 만났다. 둘 모두 아무것도 기억하지 못하는 채로.

이나민 마을의 비극이 중단되었다. 그곳에서 알아낸 마왕의 목적을 아리아드네가 신전에 전달했다. 신전은 왕실과 함께 외진 마을들을 순찰하며 비슷한 짓을 꾸미고 있던 사도들을 여럿 찾아냈다. 그로인해 또 많은 사람들이 살아남았다.

하얀 잔은 순조롭게 성장하고 있었다. 모습이 자랄수록 자아도 성숙해졌고, 할 수 있는 일도 늘어났다.

아직 신이 되지 못했음에도 하얀 잔은 환상 도서관을 제 영토처럼 다루게 되었다. 하얀 잔의 주인인 아리아드네가 무의식적으로 그것을 대정령 같은 존재로 여긴 덕분이었다.

하얀 잔은 그녀의 믿음을 바탕으로 점차 다듬어졌다.

"그럼 내가 남자라고 믿으면 넌 남자가 돼?"

"아마도 그럴 겁니다."

"그런 게 어딨어. 말도 안 돼."

"여기에 있습니다. 그리고 파이도 이유는 잘 모릅니다. 그냥 그렇게 될 것 같다는 직감이 듭니다."

"됐어. 어쨌든 성별이 정해져 있지 않다는 소리지? 그럼 네가 원하는 대로 정해. 난 상관하지 말고."

아리아드네는 하얀 잔에게 되도록 자율을 주려 애썼다. 그로 인해 완전히 그녀에게 종속될 수도 있었던 '파이'는 제법 독립적인 자아를 형성하게 되었다. 또한 그녀가 '파이'의 능력을 믿으면 믿을수록, 하얀 잔은 유능하고 강력한 존재가 되어갔다.

'잘하고 있어, 아리아. 이대로만 가면 돼.'

글로리아는 딸을 줄곧 응원하며 지켜보았다.

아리아드네가 마왕의 수작으로 기억을 일부 되찾았을 때는 깜짝 놀랐다. 모든 계획이 어그러질까 봐 걱정했으나, 다행히 그렇게 되지는 않았다.

글로리아는 디메토르와 악셀이 조우하게 되었을 때도, 마왕이 그의 몸을 조종할 때도 몹시 초조했다. 그러나 그들은 그 문제 또한 극복해 냈다.

그렇게 글로리아는 아리아드네가 만들어 가는 새로운 미래를 계속 관측해 왔다. 그러면서 확신을 얻었다.

신이 말했던 대로 모든 것이 나아지고 있었다. 그러니 그녀의 딸은 반드시 더 나은 결말에 도달할 것이다.

그리고 마침내.

―아리아드네의 기억, 새 페이지.

되돌아온 기억들이 뇌리에 차곡차곡 정리되었다. 원래 자신의 것이었기에 큰 혼란은 없었다. 아리아드네는 천천히 눈을 떴다. 글로리아가 걱정스럽게 그녀를 바라보고 있었다.

"괜찮니? 어지럽진 않고?"

아리아드네는 미소 지었다.

"제가 그때…… 꼭 돌아올 거라고 했잖아요."

"아리아."

"무사히 다녀왔어요, 엄마."

그녀는 엄마의 품에 안겼다. 글로리아는 딸을 안고 다시금 울음을 터뜨렸다.

글로리아가 진정하는 데에는 상당한 시간이 걸렸다. 아리아드네는 엄마가 눈물을 멈출 때까지 계속 품에 안긴 채로 그녀를 위로했다.

그리고 파이는 몇 걸음 뒤, 유리 벽에 기대선 채로 그런 모녀를 가만히 지켜보았다. 모녀간의 해후가 대강 마무리되자 그는 천천히 그들에게 다가갔다.

"이제 모든 것이 기억나십니까?"

아리아드네가 그를 돌아보았다. 파이는 엷게 웃었다.

"그래도 아직 몇 가지 의문이 남아 있으시겠지요. 그것들은 제가 풀어 드리겠습니다."

"파이……."

"우선 당신이 엘의 신체에 접속했을 때 제게 연결된 건, 당신의 착각을 돕기 위해 엘이 마련해 둔 안배입니다."

"역시 그랬구나."

"그리고 살아 있는 상태로 환상 도서관에 드나들 수 있는 권한을 받은 당신의 신체가 점점 죽어 가고 있는 건."

파이가 연극적인 태도로 제 가슴팍을 가리켰다.

"저 때문입니다."

기묘한 미소가 그의 입가에 걸렸다. 아리아드네는 의아한 표정이 되었다.

"너 때문이라니?"

"아리아는 제가 스스로 판단하고 생각할 수 있도록 키우셨습니다. 게다가 제가 가능한 한 많은 것들을 경험할 수 있게 해 주려고 애쓰셨지요. 피아노까지 가져다주실 정도로."

파이가 어깨를 으쓱였다.

"아, 그러고 보니 이곳에 물건을 가져오실 수 있는 것도 제 영향입니다. 보다 정확하게는 당신이 그럴 수 있다고 믿게 되자, 제가 그런 능력을 성장시킨 거지만요."

아리아드네는 스스로를 '파이'가 아니라 '저'라고 칭하는 그의 말투가 낯설었다. 겉으로는 그녀보다 연상처럼 보인다지만, 그녀에게 파이는 늘 처음 봤던 그 어린애처럼 느껴졌었다. 그런 아이가 어쩐지 훌쩍 어른이 된 것 같은 느낌.

"아리아, 저는 당신에게 주어진 성물입니다. 당신이 믿는 대로 성장하고 있었기에 당신의 부속품이 될 수도 있었습니다. 감정 없는 기계로 자랄 수도 있었지요. 그런데 아리아가 제게 생각을 주고, 감정을 일깨워서."

파이는 잠깐 말을 멈추고 무언가를 삼키듯 작게 숨을 들이켜더니 담담히 말을 이었다.

"당신이 저쪽으로 돌아가지 않았으면 좋겠다고, 제가 소망하게 되어 버렸습니다."

"응?"

"저는 줄곧 아리아가 이곳에 소속되길 바랐습니다. 이곳은 망자의 세계. 당신에 의해 이곳을 영토처럼 다룰 수 있게 된 저의 소망이 무의식중에 아리아를 이쪽에 속하도록 점차 바꾸고 있었던 겁니다."

"그게 무슨……."

"제가 조금씩 당신을 죽이는 중이었다는 뜻입니다, 아리아."

새하얀 파이가 화사한 얼굴로 섬뜩한 말을 내뱉었다. 아리아드네는 순간 말문이 막혔다. 글로리아가 반사적으로 딸을 제 품으로 끌어당겼다. 파이가 태연히 손을 내저었다.

"이제 괜찮으니 걱정 마세요."

"……괜찮다고?"

"아리아가 저를 환상 도서관의 신으로 만드셨잖습니까. 그런 것도 조절하지 못하면 어떻게 신이라 불리겠어요."

부드럽게 속삭인 파이가 아리아드네에게 손을 내밀었다. 글로리아가 순간 막아서고 싶은 것처럼 움찔했으나 아리아드네는 그의 손을 피하지 않았다.

"이미 망가진 건 어쩔 수 없습니다. 저는 갓 태어난 신이고, 죽은 자들의 세계를 다스리는 자라 치유의 권능은 미약하거든요. 하지만 악화를 막을 수는 있습니다."

파이의 희고 긴 손가락들이 아리아드네의 이마에 잠깐 닿았다가 떨어졌다. 희미한 열감이 남았다.

"자, 이제 더 나빠질 일은 없을 겁니다. 치료는 당신의 수호성인과 주치의가 해 주겠지요."

"그럼 앞으로도 계속 파이를 보러 와도 돼?"

"물론입니다."

파이가 작게 웃더니 가벼이 덧붙였다.

"신인 제가 이곳을 벗어나는 건 불가능하지만, 아리아는 얼마든지 제게 오실 수 있습니다."

파이를 다시 볼 수 없게 되는 건 그녀가 가장 걱정했던 문제 중 하나였다. 아리아드네는 진심으로 안도했다.

"그렇구나, 다행이야……."

"그래도 카론은 가지고 계세요. 여러모로 도움이 될 테니까요."

다정히 말한 그가 고개를 기울였다.

"아리아, 시간이 제법 흐른 탓에 밖에서 당신의 동료들이 몹시 걱정하고 있습니다. 앞으로 어떻게 할지 논의하기 전에 일단 나가 보시는 게 좋겠어요."

"시간이 얼마나 흘렀어?"

"하루가 넘었습니다."

하루?

아리아드네는 화들짝 놀라서 글로리아를 돌아보았다.

"엄마, 저 잠시 나갔다가…… 다시 만날 수 있는 거죠?"

글로리아가 무어라 하기도 전에 파이가 끼어들었다.

"이곳은 이제 제 세계입니다. 그러니 제가 있으면 아리아는 언제든 어머니와 만날 수 있습니다. 걱정하지 마세요."

"고마워, 파이."

아리아드네는 파이에게 활짝 웃어 보인 뒤, 글로리아를 한 번 더 끌어안았다.

"또 올게요."

"그래, 엄마는 걱정하지 말렴."

몇 걸음 물러난 아리아드네가 곧 흐릿해지며 사라졌다.

글로리아는 파이를 바라보았다. 그는 아리아드네가 사라진 곳을 물끄러미 바라보고 있었다.

"하얀 잔아."

"파이라고 부르세요, 글로리아."

파이가 웃는 얼굴로 그녀를 돌아보았다. 글로리아는 잠깐 망설이다가 입을 열었다.

"너는 아리아를……."

"예, 사랑하고 있습니다."

머뭇거리는 글로리아의 말을 가로채며 파이가 대답했다. 그러고는 신의 관을 내려다보며 중얼거렸다.

"마왕이 가진 신의 권능을 빼앗기 위해 하얀 잔을 키워 새로운 신으로 만든다. 훌륭한 계획입니다. 그러나 아무도 예상하지 못했겠지요. 하얀 잔이 자라나면서 이런 감정을 품게 될 거라곤."

"……그래, 우리는 이렇게 될 줄 몰랐어. 미안하구나."

"사과하지 마세요. 그건 제가 원래는 생명이 아니라 물건에 불과했기 때문이잖아요. 물건이 사람을 사랑하게 될 줄 누가 알았겠습니까. 당연한 일이에요."

평온히 답한 파이가 다시 황금관에 시선을 주었다.

"엘은 이렇게 되리라고 예상했을까요?"

"……엘께서는 아셨겠지."

파이가 짧게 웃음을 흘렸다.

"알고 있었다면 꽤 잔인한 신이네요, 그녀도."

글로리아는 초조하게 입술을 깨물다가 조심조심 입을 열었다.

"파이야, 아리아에게는 사랑하는 사람이 있어. 잘 알고 있지?"

"잘 압니다. 걱정하지 마세요, 글로리아."

파이는 여전히 웃는 얼굴로 그리 말하고는 자리에서 일어났다.

"환상 도서관을 한번 돌아봐야겠습니다. 이제 저는 이곳을 관리해야 하니까요."

"그래……."

"참, 엘이 깨어나면 제 이름을 불러 주세요. 어디에 있든 들을 수 있거든요."

파이가 빛으로 화해 사라졌다. 다른 곳으로 이동한 듯했다. 글로리아는 멍하니 그가 사라진 자리를 보다가 관에 손을 얹었다.

"엘, 정말 예상하셨나요?"

잠든 신은 대답이 없었다.

눈을 뜨자 익숙한 막사 천장이 보였다. 아리아드네는 바로 몸을 일으켰다. 침대에서 내려서려던 그녀는 바로 옆에 우두커니 선 커다란 그림자에 깜짝 놀랐다.

"악셀?"

그녀의 부름에 그가 말없이 손을 그녀에게 뻗었다. 덜덜 떨리는 손끝으로 그녀의 뺨을 어루만진 그가 무너지듯 주저앉았다.

"많이 놀랐어?"

아리아드네가 걱정스럽게 물었다. 악셀은 고개를 숙인 채 대답이 없었다.

'하루가 넘었댔지……. 계속 시체 같은 상태였을 테니, 걱정 많이 했겠구나.'

그녀는 침대에서 내려와 그의 앞에 쪼그리고 앉았다.

아리아드네는 악셀보다 덩치가 훨씬 작아서 나란히 쪼그려 앉자 그의 얼굴을 올려다볼 수 있었다. 그녀가 올려다보자 그가 팔로 얼굴을 가렸다.

"악셀?"

"……."

"여기 봐. 나 괜찮아."

"……."

"왜 그래?"

"잠시만……."

잔뜩 잠긴 목소리가 흘러나왔다. 아리아드네는 안 되겠다 싶어 그의 팔을 잡아당겼다. 악셀은 그녀가 건드리면 자신이 그녀를 다치게 할까 봐 함부로 움직이지 못했다.

쇳덩어리 같은 팔이 작은 손길에 저항하지 못하고 밀려나자, 젖어 있는 붉은 눈동자가 드러났다. 아리아드네의 눈이 휘둥그레졌다.

"……너 울어?"

"울긴 누가 웁니까? 헛소리 마십시오."

그가 울컥하며 대꾸하더니 눈가를 벅벅 문질렀다. 아리아드네는 멀거니 그런 그를 보았다.

악셀이 지금까지 운 적이 있었나? 되돌아온 기억들이 머리에서 맴돈다.

'있었어, 몇 번.'

그에게 안겨 죽어 갈 때.

"저놈들한테 일부러 웃어 주지 마."

"왜? 질투해?"

"네가 웃고 싶을 때 웃어 주는 것도 아까울 판에 억지로 힘들어서 웃어 주는 것까지 보고 싶진 않다."

"억지로가 아니야. 웃고 싶어서 웃는 거야."

"이딴 상황에서? 말도 안 되는 소릴……."

"갑자기 울지 마, 악셀."

이를 악문 그의 눈가에서 흘러 떨어지던 눈물 한 방울. 그의 뺨을 쓰다듬으며 닦아 주었던 기억이 난다.

"난 괜찮아, 정말로. 그러니까 계속 가. 이번에는 꼭 성공해야지."

어느 순간부터 악셀은 그녀가 죽으면 자신이 살아 있어도 무조건 공략을 중단하고 회귀를 선택하곤 했다. 극단적이고 비효율적인 짓이었다.

아리아드네는 그가 더 나아가길 바랐다. 그녀가 없어도 그가 해내길 바랐다.

"내가 없어도, 할 수 있을 때까진 해 봐. 더 갈 수 있잖아. 응?"

"싫다."

하지만 그는 그녀의 명령을 충실히 따르면서도 이 명령만은 듣지 않았다.

"대체 왜 그래? 돌아가면 또 3년 전부터 시작해야 하잖아! 넌 아직 멀쩡한데 여기서 굳이 자살을 하겠다고?"

악셀이 검을 꺼내 들었다. 그녀는 다급히 입술을 달싹였다.

"잠깐만, 진정하고 생각부터 해! 지금 근처에 번제를 치를 제물도 없잖아!"

"죽고 나서 근원 앞으로 되돌아가면 근원을 제물로 즉시 번제를 치를 거다."

"그럼 두 번 죽겠단 거잖아! 미쳤어? 너 진짜 제정신이야? 죽을 때 안 아픈 것도 아닌데, 왜 그딴 짓을 하려 해!"

"그래. 얼마든지 내게 화내도 좋아. 때려도 되고, 죽여도 된다."

"그걸 지금 말이라고……. 대체 왜……."

"네가 죽는 걸 더는 보고 싶지 않다. 그러니 내가 먼저 죽겠다."

"고작 그딴 이유로……."

"내게는 고작이 아니거든."

그녀가 그의 멱살을 쥐려다가 실패하자 악셀이 웃었다.

"죄송하지만 제가 먼저 가겠습니다, 주군."

아리아드네는 그때 항변하고 싶었다.

내가 죽는 걸 보기 싫다면서, 나한테 지금 네가 죽는 걸 보여주겠다는 거잖아. 나쁜 새끼.

드물게 욕이 절로 나왔었다. 그리고 악셀은 결국 그녀 앞에서 그녀보다 먼저 죽었다. 그 덕에 아리아드네는 죽음을 겪지 않고 시간이 되돌아가는 걸 보게 되었다. 그런 일은 이후로도 종종 있었다.

'꼭 그럴 때만 울지. 제대로 화도 못 내게.'

그러니까 그녀가 그의 앞에서 죽어 갈 때. 무슨 수를 써도 그녀의 죽음을 막을 수 없을 때. 처음 보는 광경도 아니면서, 그는 간혹 전혀 안 우는 것 같은 얼굴로 눈물을 떨구곤 했다.

아리아드네는 옅은 한숨을 내쉬며 무표정한 채로 눈가만 벌건 악셀을 바라보았다.

"내가 죽을 것 같았어?"

"……숨을 안 쉬셨습니다."

"환상 도서관에 들어간 거야. 몇 번 봤잖아."

"그곳에 들어가시는 것, 정말 마음에 안 듭니다."

악셀이 사납게 대꾸했다. 아리아드네는 멈칫했다가 웃음을 터뜨리고 말았다.

"그곳에 들어가시는 것, 정말 마음에 안 듭니다."

"왜?"

"당신이 꼭…… 죽은 것 같아서."

마왕을 죽이기 직전 악셀과 나눴던 대화. 완전히 똑같은 말. 아무것도 기억 못 하는 눈앞의 악셀이, 그럼에도 그녀가 아는 그 악셀 발렌타인이라는 게 새삼 실감이 났다.

'그래서 나는 처음부터 네게 약했던 걸까?'

기억하지 못해도 마음은 그대로라서.

아리아드네가 웃자 악셀의 표정이 험악해졌다.

"이게 농담처럼 들리십니까? 전 진심입니다. 마법사에게 다 들었습니다. 그런 곳에 들어가시는 건……."

"악셀."

아리아드네는 화를 내는 그의 손을 잡았다. 크고 거친 손가락 사이사이로 제 손가락을 끼워 넣으며 그녀가 속삭이듯 말했다.

"내가 뭘 하다 그곳에 들어가게 되었는지 알아?"

그의 손가락 사이로 들어온 희고 가는 손끝이 장난치듯 그의 손등을 건드리더니 친근하게 문질렀다.

악셀은 그녀의 손끝에서 눈을 떼지 못했다. 엷은 분홍빛의 작은 손톱이 꽃잎처럼 보였다. 그는 제가 무슨 말을 하는지도 잘 모른 채 더듬더듬 대꾸했다.

"……마법사가…… 아무래도 당신이 신의 육신에…… 채널을 이은 것 같다고……."

은둔자의 영역에 있던 오염된 예배당. 토벌대는 그 안에서 신이 봉인된 관을 찾아냈다. 아리아드네는 관 속에 누운 신의 손을 잡고 기도하듯 고개를 숙였다. 그리고 얼마 지나지 않아 그대로 쓰러졌다. 호흡과 심장 박동이 멈춘 상태로.

두 번째 보는 모습이라 그나마 다들 공포에 빠지는 사태는 면했다. 아리아드네가 쓰러지자마자 악셀이 튀어 나가 그녀를 받아 안았고, 모두가 뤼르를 향해 고개를 돌렸다.

낯빛이 창백하긴 해도 수호성인이 멀쩡히 서 있는 것을 본 일행은 겨우 안도했다. 어찌 된 사태인지 추리하고 상황을 정리한 건 역시나 에리히 위버였다.

"아무래도 아리아는 저거한테 채널을 이어 본 것 같아. 저게 진짜 신인지, 신이면 왜 저러고 있는지 확인하려고."

마법사는 눈살을 찌푸린 채 고심하다가 말을 이었다.

"그랬는데 환상 도서관에 들어갈 때랑 똑같은 현상이 일어났다는 건…… 설마 엘의 영혼이 거기 있다는 건가?"

에리히는 신이 마왕 탓에 가사 상태에 빠진 걸지도 모르겠다는 추측을 내놓았다. 아리아드네가 지금 채널을 통해 망자의 세계인 환상 도서관으로 들어가 신과 만나고 있을지도 모르겠다고.

꽤 합리적인 추측이었다. 그렇다면 일단 기다려 보는 것 말고는 할 수 있는 게 없었다.

그들이 결론을 내리기가 무섭게 예배당에 있던 방어 시스템이 작동하기 시작했다. 그러나 미리 대부분의 함정을 망가뜨려 놓고, 퇴로도 확보해 둔 덕에 별다른 위기는 없었다.

그들은 튀어나온 마물들을 처리한 후 예배당을 정리하고 다시 캠프를 쳤다. 대정령과의 연결이 차단된 탓인지 아리아드네 주위의 영토가 사라졌지만, 이곳은 늪지기의 영역이 아니기에 정령등을 여럿 켜 놓는 방식으로 대충 버틸 수 있었다.

그날 밤까지는 다들 괜찮았다. 하지만 만 하루가 꼬박 지나고도 아리아드네가 깨어나지 않자 모두가 초조해졌다.

"이번에도…… 아가씨가, 그 안에 갇히셨다든가…… 마왕이 뭔가 수작을, 부렸다든가…… 그런 건, 아니겠지?"

베로니카의 불안한 물음에 답할 수 있는 사람은 아무도 없었다. 잠든 것처럼 보이는 아리아드네를 내려다보며 아랫입술을 잘근잘근 깨물어 대던 에리히 위버가 선언했다.

"아리아가 내일까지 안 일어나면, 다시 강령술을 쓸 거야."

강령술을 쓰기 위해 마력을 오염시킨 대가로 에리히가 얼마나 앓았는지 잘 아는 동료들은 그를 말리고 싶었다. 하지만 아리아드네를 깨울 수 있는 방법은 그것뿐이었다.

결국 하루만 더 기다려 보기로 하고, 에리히는 좀 더 안전하게 강령술을 쓸 수 있는 수단을 강구해 보겠다며 제 막사에 틀어박혔다.

뤼르는 종일 아리아드네 곁에 앉아 신성력을 불어넣다가 바닥난 신성력을 회복시키기 위해 쉬러 갔다. 식사 준비를 해야 하는 루드빅을 빼고, 베로니카와 악셀은 혹시 모를 사태를 대비해 번갈아 경계를 섰다.

지금은 자정과 새벽 사이의 밤. 베로니카의 차례였다.

그녀와 교대한 악셀은 쉬는 것을 포기하고 아리아드네의 막사로 왔다. 도저히 잠들 수가 없어서. 그러다 때마침 아리아드네가 눈을 뜬 것이다.

아리아드네는 악셀이 횡설수설 늘어놓는 말들로 환상 도서관에서 그녀가 기억을 되찾는 동안 무슨 일이 있었는지 파악했다.

"아침에 바로 모두에게 사과해야겠네. 걱정을 많이 끼쳤어."

아리아드네가 쓴웃음을 지으며 말을 이었다.

"에리히 오라버니의 추측이 정확해. 악셀, 나는 환상 도서관 안에서 신을 만났어."

"엘이 정말로 그곳에 있었습니까?"

"아니, 다른 신이 있었어. 새로운…… 우리 모두를 구할 신이."

"그게 무슨……."

"악셀."

그녀가 얽힌 손을 꼼지락거리며 물었다.

"전에 약속했던 거 기억나지?"

"어떤 약속을 말씀하시는 겁니까?"

"네가 죽지 않는 길을 찾아내겠다고 했었잖아."

"아."

아리아드네는 몸을 반쯤 일으켰다. 맞잡지 않은 다른 손으로 그의 어깨를 짚고 고개를 들었다. 그러곤 그의 입술에 가볍게 입술을 눌렀다가 뗐다.

악셀의 목덜미가 새빨갛게 달아올랐다. 그녀는 웃으며 말했다.

"그거, 찾았어."

"예?"

"그 길은 이미 준비되어 있었어. 과거의 내가 미래의 너를 위해 마련해 둔 길이."

악셀은 얼떨떨한 얼굴이 되었다. 디메토르와 분리된 탓에 기억이 제대로 없는 그로서는 알아들을 수 없는 이야기였다.

'아니지, 이건 디메토르도 모르는 이야기니까.'

문득 무슨 말인지 몰라 멍해진 그의 표정이 귀엽고 사랑스러워 보였다. 그녀의 구원자이자 생사를 함께 거듭한 동료이고, 첫사랑이자 오래된 연인인 남자.

아리아드네는 참을 수가 없어져 주저앉은 그의 무릎 위에 올라타며 품에 파고들었다. 몸이 맞닿자 악셀은 목덜미뿐만 아니라 얼굴까지 시뻘겋게 달아올랐다.

"아, 아, 아리아?"

그는 상체를 최대한 뒤로 젖히며 그녀와 닿는 걸 피했다. 아리아드네가 눈썹을 치켜올렸다.

"내가 닿는 게 싫어?"

"그럴 리가 있겠습니까!"

"그럼 왜 피해?"

"제, 제가, 무례해질 것 같아서……."

"무례해져? 뭐가?"

"그……."

그는 제대로 말을 잇지 못하고 진땀만 흘리며 끙끙댔다. 커다란 덩치가 한껏 움츠러들었다. 아리아드네는 어쩔 줄 몰라 하는 그의 모습을 보며 조금 웃었다.

'예전에는 이러면 신나서 냉큼 잡아먹으려 들었는데.'

디메토르와 분리되기 전의 악셀이었다면 잘 참고 있는 사람을 네가 먼저 건드렸으니 감당은 알아서 하라며 붙들고 안 놔줬을 것이다. 그런데 지금은 이렇게 순진한 반응이라니. 나름 신선하고 귀엽긴 했다.

'하긴, 지금 악셀은 아무것도 모르니까. 우리가 얼마나 많은 시간을 함께 보냈는지…….'

난 이제 다 기억하는데, 너는 아직 하나도 모르겠지.

아리아드네는 작은 심술이 돋아서 그의 단단한 가슴팍을 손끝으로 살짝 긁었다.

"……!"

악셀이 몸을 파르르 떨며 굳었다. 두꺼운 근육이 팽팽하게 긴장하며 그의 얼굴이 더 붉어졌다. 무언가 참는 것처럼 턱에 바짝 힘이 들어갔다.

"아, 아리아."

"응."

"조금, 비켜 주시면……."

"왜?"

"제가 정말로 무례해질 것 같아서 그렇습니다."

"그러니까 그 무례가 뭔데?"

그녀는 뭔지 다 짐작하면서도 짐짓 모르는 척 물었다. 악셀은 그녀를 안아 치우려는 듯 손을 들었다가 멈칫하더니 신음을 흘리며 들어올렸던 손으로 제 얼굴만 문질렀다.

"……아무것도 아닙니다."

길게 한숨을 내쉰 그가 다 포기한 얼굴로 손을 내려뜨렸다. 아리아드네는 그의 가슴팍에 기댄 채로 약간 움직여서 편안한 자세로 고쳐앉았다. 머리 위에서 악셀이 깊디깊은 한숨을 재차 내쉬는 것이 느껴졌다. 아리아드네는 설핏 웃으며 입을 열었다.

"악셀, 디메토르가 네 기억을 나누어 가지고 있다고 했었지?"

"……예."

"그것처럼 나도 기억을 나누어 놨어."

"예?"

"그런데 조금 전에 전부 되찾았거든."

악셀이 놀란 눈으로 그녀를 내려다보았다. 아리아드네는 그를 올려다보며 웃었다.

"난 이제 디메토르를, 과거의 너를 모두 알아. 우리 사이에 무슨 일이 있었는지도 전부."

"……그는 실패한 미래에서 왔다고 했습니다. 당신도 미래를 보고 돌아왔다는 겁니까? 어떻게?"

"글쎄. 이젠 미래라기보다는 과거지. 자세한 건 아직 가르쳐 줄 수 없어."

"어째서……? 알려 주십시오, 제게도!"

그가 다급히 그녀를 재촉했다. 아리아드네는 고개를 저었다.

"디메토르가 이미 말하지 않았어? 내가 말해 주면 아마 넌 기억을 되찾게 될 거야. 네가 기억을 되찾으면 너와 디메토르는 다시 하나가 되어 버리겠지."

그녀가 씁쓸한 얼굴로 덧붙였다.

"아직은 그래선 안 돼. 디메토르와 마왕을 완전히 분리하기 전까지는."

"……길을 찾았다고 하셨지요. 마왕을 죽일 다른 방법을 알아내신 겁니까?"

"응."

아리아드네는 웃으며 그의 뺨에 손을 얹었다.

"나는 디메토르를 구할 거야. 마왕과 함께 자살해야 하는 비극 따위 없도록, 반드시 다른 결말을……."

그리움과 애틋함으로 물드는 얼굴. 악셀은 그녀가 그를 통해 다른 누군가를 보고 있음을 알아차렸다. 아마도 그녀가 안다는 '디메토르' 겠지.

푸른 눈동자가 멀어 보였다. 지금 여기가 아니라 먼 어딘가를 보는 듯한.

일순 하늘을 빼앗긴 듯한 기분이 들었다. 거리낌 없이 만지는 그녀의 손길도, 친근하게 기대 오는 몸짓도 그가 아니라 디메토르를 향한 것인가?

무언가 끓어오르는 느낌에 이를 악물자 아리아드네가 의아하게 물었다.

"악셀? 너 왜 그래? 화났어?"

"아닙니다."

거칠게 대꾸한 그가 갑자기 그녀의 허리를 감싸며 꽉 끌어안았다. 그 행동에서 느껴지는 게 있어서 아리아드네는 어이없다는 듯 물었다.

"설마 질투하는 거야? 너 자신을?"

"지금은 다른 사람이잖습니까."

"둘 다 같은 너인걸. 어차피 곧 하나가 될 테고."

"어쨌든 아직은 아닙니다."

못마땅한 듯 대꾸한 악셀이 그녀의 턱을 쥐었다. 그녀의 이마에 뜨거운 입술이 낙인을 찍듯이 꾹 눌렀다 떨어졌다.

"지금 당신 앞에 있는 사람은 저란 말입니다."

그 입술은 미간, 콧등, 코끝을 지나쳐 곧 그녀의 입술에 닿았다. 허락을 구하듯 몇 차례 입술이 짧게 맞닿았다 살짝 떨어지길 반복했다.

"알아."

아리아드네가 작게 대답하며 입을 열었다. 침입을 허락받은 그가 냉큼 파고들었다. 젖은 혀가 진득하게 얽혔다. 삼키고 싶은 것처럼 샅샅이 그녀를 탐하던 그가 잠시 떨어졌다. 이윽고 나직한 물음이 들려왔다.

"당신은 그자에게도 이런 걸 허락해 주실 겁니까?"

아리아드네는 눈을 깜박이다가 솔직하게 대답했다.

"그가 하고 싶어 한다면."

"허락해 주시겠다는 거군요."

악셀의 눈이 암적색에 가까울 정도로 짙어졌다. 그녀는 기가 막혀 헛웃음을 흘렸다.

"아니, 너흰 같은 사람이라니까. 애초에 디메토르는 지금 육체도 없는 상태인데 키스는 무슨…… 아."

미렘-13 미궁에서 환각 저주에 걸렸을 때 마왕이 된 악셀이 나타나 그녀에게 입을 맞춘 적이 있었다.

'혹시 그거, 디메토르였을까? 마왕이 개입하려는 걸 알아채고 끼어든……'

생각해 보니 비슷한 일이 더 있었다. 은거울 미궁에서 그녀의 손바닥에 '틈을 만들어 놓겠다. 도망쳐라.'라고 글을 쓰던 환각 속 악셀. 아마 그도 디메토르였으리라.

'내가 모르는 사이에도…… 그는 계속 나를 마왕으로부터 지키고 있었던 걸까.'

그러면서 자신에 대한 기억을 지워 달라는 약속이나 하고. 가엾고 답답한 내 연인.

"누굴 생각하고 계신 겁니까? 저를 앞에 두고."

악셀이 으르렁거리더니 그녀를 좀 더 제 쪽으로 잡아당기며 입술을 내렸다.

"아, 나는……."

"제 앞에서는 제게만 집중해 주십시오."

맞닿은 몸에서 뜨거운 욕망이 느껴졌다. 기둥 같은 팔이 그녀의 허리와 어깨를 감싸며 품에 가두었다. 입안으로 열이 스며들었다.

'뜨거워!'

아리아드네는 가슴팍을 두드려 그를 물러나게 했다. 그녀가 숨을 고르는 사이 악셀이 중얼거렸다.

"당신이 저를 보며 그자를 떠올리시는 것이 싫습니다."

아리아드네는 한숨을 내쉬었다.

"……너흰 어차피 같은 사람이라니까."

"기억을 되찾았다고 하시더니, 아리아는 제가 있는데도 그자를 그리워하시는 것 같습니다. 저보다 그가 좋으신 겁니까?"

"금방 하나가 될 텐데 너희 중 누가 더 좋은지가 무슨 의미가 있겠어? 악셀 넌, 드디어 널 살릴 방법을 찾았다는데 지금 그런 게 중요해?"

"예, 중요합니다."

악셀은 망설임 없이 대답했다. 그러곤 웃으며 덧붙였다.

"당신이 저를 봐주지 않으신다면 살아남아 봤자 의미가 없잖습니까. 그럴 바엔 차라리 죽어서라도 당신의 마음에 남는 쪽이 낫겠습니다."

아리아드네는 정신 나간 소리를 태연하게도 내뱉는 그를 멍하니 보다가 고개를 내저었다.

"전엔 몰래 혼자 죽겠답시고 못된 말을 하고 도망까지 치더니, 이젠……."

"떠나려던 저를 결국 붙잡아 이렇게 만드신 건 당신입니다, 아리아."

악셀이 웃으며 그녀의 머리카락을 만지작거리더니 손에 감아 고개를 숙이며 입을 맞췄다.

"절 가져 주기로 하셨으면서 버리려 하시면 안 되지요."

어쩐지 간절하고 경건하게 느껴지는 몸짓이었다. 아리아드네는 자신 앞에 숙여진 그의 머리를 내려다보다가 품에 끌어안으며 재차 한숨을 내쉬었다.

"누가 버린대? 살려서 끝까지 책임질 거야."

"아리아."

"같이 마왕을 죽이고 집으로 돌아가자."

"집이라니요? 제게 그런 건……."

"있어. 넌 내 거니까. 나랑 한집에서 살아야지. 내가 사는 곳이 이제 네 집이야."

아리아드네가 웃으며 고양잇과 짐승의 털처럼 부드러운 검은 머리칼을 쓰다듬었다. 악셀이 멍한 얼굴로 그녀를 바라보았다.

"……그래도 됩니까?"

"당연히 되지. 안 될 건 뭐야."

그의 이마에 세례처럼 입술을 내리며 그녀가 속삭였다.

"돌아가서 우리 함께 살자, 악셀. 더 이상 반복되지 않는, 반복될 필요가 없는 시간을."

홀린 듯이 그녀를 보던 악셀이 대답 대신 경배하듯 열정적으로 입을 맞춰 왔다. 아리아드네는 끓어 넘치는 애정을 기꺼이 받아들였다.

일어나려다 현기증에 잠깐 비틀거린 탓에 아리아드네는 악셀에게 반강제로 들려 안긴 채로 막사에서 나왔다. 아침 식사를 준비 중이던 루드빅이 그녀를 보고 휘둥그렇게 눈을 치떴다가 안도하며 타박했다.

"공작님, 걱정 좀 그만 시키십시오. 심장 떨어지는 경험은 한 번으로도 충분했습니다."

"미안해, 루드빅."

"근데 왜 저 자식에게 안겨 계십니까? 혹시 몸에 불편하신 곳이라도……."

"아냐, 멀쩡한데 괜히 악셀이……."

"아가씨!"

경계를 서던 베로니카가 아리아드네의 목소리를 듣고 순식간에 달려왔다. 그녀는 악셀에게 안겨 있던 아리아드네를 냅다 빼앗아 어린 애처럼 높게 들어 올렸다. 그 상태로 괜찮은지 곳곳을 살핀 뒤에야 품에 꽉 끌어안았다.

"진짜, 진짜 걱정했어요, 아가씨……. 괜찮으신 거죠?"

"응, 괜찮아. 걱정 끼쳐서 미안."

아리아드네는 거의 울먹이려 하는 베로니카를 토닥이며 힐끔 악셀 쪽을 확인했다. 그는 그녀를 빼앗긴 게 못마땅한 듯 미간을 구겼지만 별말 없이 물러섰다. 베로니카의 심정을 이해한다는 듯이.

'정말 착해졌네, 우리 악셀.'

디메토르라면 이런 걸 이해해 주긴커녕 베로니카에게 그녀를 내주지도 않았을 텐데.

그녀가 과거를 바꾸면서 그도 많이 달라졌다. 역시 악셀의 성격이 적당히 안 좋은 수준을 넘어섰던 건 성장 과정의 문제 탓이 컸나 보다.

'이럴 줄 알았다면 더 잘해 주는 건데.'

아리아드네는 '아드리안'의 가면을 쓰고 한발 물러서서 그를 키운 게 새삼 아쉬워졌다. 그때는 그게 최선이라고 생각했었지만, 이제 보니 그냥 더 가까이 다가가서 더 좋은 환경에서 그를 돌봐 줄 걸 싶었다.

"성녀님!"

바깥이 소란스러워지자 제 막사에서 나온 뤼르가 그녀를 보고 울 것 같은 미소를 띠었다. 뒤이어 튀어나온 에리히는 밤을 새웠는지 퀭한 얼굴로 투덜거렸다.

"망할 해골, 너 때문에 내 수명이 뭉텅이로 까이는 거 알고는 있냐?"

아리아드네는 모두에게 걱정을 끼친 것을 여러 번 사과해야만 했다.

간만에 편안한 식사를 마친 후에, 그녀는 동료들에게 그녀가 되찾은 기억에 대해 간략하게 설명해 주었다.

사실 식사하는 내내 아리아드네는 동료들에게 어디까지 이야기해야 할지 계속 고민했다.

믿음은 문제가 되지 않았다. 목숨을 맡길 수 있을 정도로 믿기에 함께 여기까지 온 것이고, 이미 환상 도서관에 관한 이야기도 다 한 마당에 그들이 그녀를 믿지 않을 리도 없으니까. 근원에 대한 것도 악셀이 상관없다고 했기에 얼마든지 알려 줄 수 있었다.

조심해야 할 것은 이야기를 하다가 악셀이 기억을 되찾으면서 디메토르와 합쳐지는 사태. 그리고 이번이 첫 도전이 아니라는 사실에 동료들이 받을 충격.

'받아들이기 어려울지도 몰라.'

그렇다고 말하지 않을 수도 없었다. 그들은 함께 마왕을 상대로 싸워야만 하니까. 이번에야말로 샤이탄을 완벽히 소멸시켜야 하므로.

아리아드네는 중요한 정보들 외에는 되도록 뭉뚱그려서, 최대한 신중하게 이야기를 했다. 악셀의 근원과, 회귀와, 마왕의 목적, 실패한 미래, 그리고 마왕을 완벽하게 쓰러뜨릴 수 있는 새로운 방법에 대해서.

오전에 시작된 이야기는 해가 뉘엿뉘엿해질 때쯤 겨우 끝났다.

일행의 반응은 각양각색이었다. 베로니카는 중간부터 이해를 포기했다.

"아가씨의 판단이라면, 뭐든 그게 최선이었을 거예요. 제가 뭘 해야 하는지…… 알려 주시면, 그냥 따를게요."

루드빅은 장대한 이야기에 얼이 빠졌다가 나름대로 납득했다.

'공작님께서 왜 보잘것없는 저놈을 선택하신 건지 이제야 좀 이해가 되는군.'

물론 그는 자신이 납득한 바를 굳이 입 밖으로 내진 않았다.

뤼르는 거의 신을 우러르는 눈으로 아리아드네를 바라보았다.

"새로운 미래를 만들어 갈 자로 엘께 선택받으신 거군요. 역시 성녀님이십니다."

그리고 가장 크게 충격받은 것은 당연하게도 에리히 위버였다.

"그래서 신을 만들어 냈다고?"

에리히는 멍하니 되물었다. 아리아드네가 고개를 끄덕이자 그는 머리를 부여잡고 비명을 질렀다.

"미친, 이게 왜 말이 되지? 이 정신 나간 이야기가 왜 앞뒤가 맞는 거냐고! 왜 개소리나 망상이 아닌 건데!"

직접 겪은 것들이 있어서 금방 알아들은 악셀, 애초에 이해를 포기한 베로니카, 자기가 납득하기 좋은 부분에만 집중해서 받아들인 루드빅, 신의 은총으로 쉽게 납득하고 넘어간 신관과 달리 논리와 분석을 중시하는 마법사는 홀로 고통받았다.

"야, 일단 하나만 물어보자. 네가 이 진실을 다 알게 된 거면, 그…… 새로운 신에 대한 믿음도 사라지지 않냐? 그래도 괜찮아?"

"신은 믿음을 잃어 약해질 수는 있어도, 신이 된 것 자체가 취소되진 않아요."

"진짜?"

"씨앗에서 싹이 트는 데에는 조건이 필요하지만, 이미 돋아난 새싹이 조건이 달라졌다 해서 도로 씨앗으로 돌아가진 않잖아요. 시들어 버릴 수는 있어도."

"아…… 그런 거군."

"네, 그런 거예요."

"하, 신의 육체를 보게 된 것도 어이가 없었는데, 아예 새로 태어난 신이라니…… 대체……."

아리아드네는 끙끙대는 오라비를 딱하게 쳐다보았다.

'니카에 관한 얘기는 하지 않길 잘했네. 그 얘기까지 했다간 정말 충격받았겠지.'

그녀와 악셀이 반복했던 생에서 베로니카는 늘 이미 죽은 사람이었고, 죽은 이유가 에리히를 구하기 위해서였다는 이야기는 일부러 전혀 하지 않았다.

'이건 그냥 무덤까지 비밀로 가지고 가자. 모르는 게 나을 거야. 니카한테도, 에리히 오라버니한테도.'

그녀는 여전히 충격에서 헤어 나오지 못하고 있는 불쌍한 마법사를 구해 주기로 했다.

"자, 제 얘기는 여기까지예요. 몰랐던 사실을 많이 알게 되어서 우리는 기존의 계획을 전면 수정해야 해요."

아리아드네는 옆에 놓여 있던 검은 책을 들어 올렸다. 저절로 공중에 떠오른 책은 곧 어린 파이와 닮은 모습의 인형이 되어 사뿐히 테이블에 내려섰다.

"마왕을 죽이는 것보다 그자의 권능을 우리의 새로운 신이 빼앗도록 하는 게 우선이거든요."

파이가 조종하는 대로 움직이는 카론이 생글생글 웃으며 테이블 위에 자리를 잡고 앉았다. 아리아드네는 카론의 머리를 살짝 쓰다듬고는 일행을 돌아보았다.

"그러니 이제 새로운 전략을 의논해 보죠. 파이까지 함께."

충격적인 과거사라 할지라도 시급한 당면 과제 앞에선 우선순위가 밀리는 법. 혼란에 빠져 있던 마법사의 눈빛에 총기가 돌아왔다.

논의는 자정을 넘어서야 겨우 마무리되었다. 지금까지 항상 있었지만 아리아드네 외의 사람과는 접점이 없었던 파이가 처음으로 토벌대원들과 함께한 논의였다.

비록 카론이라는 인형을 이용한 간접적인 방법이라 해도 이전까지와는 확실히 달랐다. 파이는 카론을 움직여 에리히와 논쟁까지 했으므로. 카론을 통해 토벌대원들은 모두 파이와 대화를 나누고, 그의 존재를 확실히 인지했다.

에리히는 파이를 아리아드네의 유능한 조언자이자 만능 백과사전 정도로 여겼다. 뤼르는 파이가 환상 도서관의 신이라는 점을 강하게 의식하여 그를 대하기 어려워했다.

루드빅은 파이가 아리아드네를 대하는 태도를 보며 사심이 있는 게 아닌가 잠시 의심했다가 어린아이 같은 외모의 카론을 보며 그런 관심이 아니라 가족애일 거라고 판단을 수정했다.

악셀은 파이와 아리아드네 사이의 유대감을 보면서 상당히 불안해졌다. 그래도 테이블 위를 아장아장 걸어 다니는 조그마한 인형을 보자 어떻게든 질투심을 가라앉힐 수 있었다.

'저건 아이템 같은 거다. 그리고 본체는 새로운 신이라고 하니…… 저런 것에 섣불리 질투하다간 아리아가 내게 실망하시겠지.'

일행 중 유일하게 베로니카는 별달리 파이와 이야기를 나눠 보지 못했다. 논의가 시작되고 얼마 지나지 않아 혼란스러운 표정이 되더니 보초를 서겠다며 도망쳤기 때문이었다.

그렇게 논의가 끝난 뒤, 파이는 내용을 정리하겠다며 카론을 책 형태로 되돌리고 잠잠해졌다. 그리고 막사로 돌아가려는 아리아드네를 에리히가 불러 세웠다.

"아리아, 잠깐만 이리 와 봐."

"무슨 일이에요?"

에리히의 옆에서 뤼르가 이상한 유리병을 들고 서 있었다.

'오염수 보관용 병 같은데…… 뭔가 개조를 한 건가? 특이하네.'

오염수를 담는 병에는 오염을 방지하기 위해 온갖 마법적 장치가 되어 있다.

애초에 유리처럼 보이는 기본 재질부터 유리가 아니었다. 정령석을 갈아 녹여 마법으로 결정화하는 복잡한 공정을 거쳐 만들어진 병에 마법진을 또 새기고, 신관의 축복까지 받은 뒤에야 겨우 완성되는 정교한 물건이 오염수 보관용 병이었다. 그러고도 오염을 완벽하게 막는다는 보장이 없어 마법진을 떡칠한 전용 케이스도 따로 있다.

뤼르가 들고 있는 건 바로 그 오염수 보관용 유리병이었는데, 일반적인 것과는 형태가 좀 달랐다.

손바닥만 한 유리병은 투명하지 않고 파르스름하게 빛나고 있었다. 표면의 마법진도 기묘한 푸른빛으로 반짝였다. 비어 있거나 오염수가 담겨 있어야 할 안쪽에는 희미한 안개 같은 것이 일렁였다.

아리아드네의 시선이 향하는 곳을 본 에리히가 어깨를 으쓱였다.

"'알케스티스'야."

"네?"

"신관님이 받았던 새벽의 낙인, 내가 가져갔었잖아. 오염수 보관용 병에 그거 합성시켜서 좀 개조했어. 물론 완성은 신관님이 했고. 신관님 낙인이니까."

"니카의 방패 같은 건가요?"

"글쎄. 바탕부터 새로 만든 게 아니라 원래 있던 아이템에 덮어씌운 거잖아? 개 방패보단 저거에 가깝지."

에리히가 막사 근처에서 하품을 하고 있는 거대한 이카로스를 턱짓으로 가리켰다. 아리아드네는 신기한 듯이 뤼르가 들고 있는 유리병을 살펴보았다.

"그렇군요. 알케스티스라…… 이름은 뤼르가 지었어요?"

"아니요, 마법사님께서……."

"내가 의도했던 대로 만들어졌으면 '헤베'라고 이름 붙였을 거야. 그런데 신관님이 낙인을 일깨우니까 예상과 영 다른 기능으로 완성되더라고. 하여간 우리 신관님은……."

에리히가 어깨를 으쓱이더니 덧붙였다.

"어쨌든 그래서 결국 '알케스티스'가 됐지."

"이게 어떤 아이템인데요?"

"일단 너 머리카락 몇 가닥만 줘 봐."

"머리카락을요?"

갸웃한 아리아드네가 제 머리카락을 두어 가닥 손으로 끊어 내밀었다. 에리히가 그것을 받아 들자, 뤼르가 심호흡을 하더니 유리병의 뚜껑을 열었다. 열린 병 속에 에리히가 아리아드네의 머리카락을 넣고 뚜껑을 닫았다.

안개가 일렁이던 병 안에서 백금빛 머리카락이 희미하게 반짝이더니 녹아내리듯 사라졌다. 곧 병 속의 안개가 그녀의 머리카락처럼 은은한 금빛으로 물들었다. 외부를 타고 흐르는 푸른빛과 내부의 엷은 금빛이 합쳐지자 유리병은 안개 낀 바다에 스미는 햇빛처럼 오묘한 빛을 띠었다.

완연히 변한 알케스티스를 확인한 에리히가 뤼르에게 물었다.

"된 거 같아요?"

"예, 성공한 것 같습니다."

"근데 진짜 이래도 괜찮겠어요?"

"당연히 괜찮습니다. 저는 성녀님의 수호성인이니까요."

"이건 낙인에서 비롯한 아이템이니 신관님이 원해서 이렇게 된 거겠지만…… 그래도 솔직히 좀……."

"걱정하지 않으셔도 됩니다, 마법사님."

뤼르가 웃으며 유리병을 소중히 챙겨 넣었다. 아리아드네는 얼떨떨하게 그들을 보다가 재차 물었다.

"그 아이템이 대체 뭔데 그래요?"

"어……."

무어라 말하려던 에리히가 뤼르의 눈치를 보았다. 신관은 온화하게 웃는 얼굴로 마법사를 빤히 바라보았다. 마법사는 무언의 압박을 느꼈다.

"……뭐, 네가 다쳤을 때 도움이 되는 종류야. 신관님답지."

대충 대꾸한 에리히가 이만 쉬라며 그녀를 떠밀었다. 뤼르도 알케스티스를 챙겨 제 막사로 돌아가 버렸다.

'뭔가 수상한데. 알케스티스……? 뜻이 있는 이름인가? 이따가 파이에게 물어봐야겠다.'

그리고 보니 악셀이 낙인을 덮어씌운 검도 무슨 특별한 기능이 생겼을까?

'악셀이 별말 없는 걸 보면 루드빅의 아르테미스처럼 그냥 전투 성능만 강해진 걸지도……'

막사로 돌아간 아리아드네는 곧장 환상 도서관으로 들어갔다. 그리고 글로리아와 파이를 만나 전략에 대해 좀 더 의논하다가, 피곤해져서 물어보려던 것을 잊고 잠들었다.

은둔자는 세 군주 중 전투력이 독보적으로 약한 군주다. 미궁 속에서 찾아내는 것이 가장 문제인데, 토벌대는 이미 아리아드네와 악셀의 정보를 통해 그 방법을 잘 알고 있었다. 미궁이 워낙 크고 은둔자를 빠르게 찾아낼 수단이 없어서 시간이 좀 걸릴 뿐.

일행은 정확히 사흘 만에 은둔자를 찾아냈다.

미궁의 은둔자는 어둑한 방의 구석에 고치 비슷한 걸 만들고 틀어박혀 있었다. 고치 주위에 뿌려 놓은 건 거미줄 같은데, 정작 은둔자는 달팽이나 소라게와 비슷한 생김새였다. 덩치도 다른 군주에 비하면 한참 작아서 사람과 크기가 비슷할 정도였다.

은둔자와의 전투는 한 시간도 채 걸리지 않았다. 거미줄의 방해를 뚫고 껍질을 부수는 데까지 약간 애먹긴 했으나 늪지기와의 전투에 비하면 아무것도 아니었다.

"이딴 허접한 놈 때문에 같은 곳을 몇 바퀴나 돈 건지, 원."

에리히가 징글징글하다는 듯 침을 퉤 뱉었다. 나머지도 비슷한 심정이었다. 지친 일행은 은둔자의 방에서 머무르며 한동안 체력을 회복했다.

그리고 마침내 왕좌의 방으로 향할 때가 왔다.

"은둔자가 가지고 있던 열쇠로, 아무 문이나 열면…… 된다는 거죠."

베로니카가 괴물의 눈알처럼 생긴 커다란 구슬을 쥔 채 미궁의 문으로 다가갔다. 그녀가 구슬을 문에 가져다 대자 그것이 저절로 문에 달라붙으며 기괴한 손잡이가 되었다.

구슬의 핏발 선 흰자 위로 눈동자 같은 부분이 기괴하게 움직여 댔다. 에리히가 근처에 있기도 싫다는 듯 으, 하며 뒤로 물러섰다. 반면 베로니카는 아무렇지도 않은 얼굴로 눈알 손잡이를 턱 움켜쥐고는 아리아드네를 돌아보았다.

"열까요?"

"응."

아리아드네가 고개를 끄덕이자 그녀는 바로 문을 잡아당겼다. 훅, 하고 서늘하고 섬뜩한 바람이 뿜어져 나왔다. 바람이 닿은 영토가 오염에 점령되려 했다. 아리아드네는 즉시 정령력을 끌어 올려 영토를 더 강하게 구현했다.

열린 문 너머로 끝이 보이지 않을 정도로 웅장한 광장이 펼쳐졌다. 엷은 잿빛의 안개가 깔려 있어 전체적으로 시야가 흐렸지만 안에 있는 것들이 워낙 강렬하고 커서 내부의 풍경은 대충 보였다.

오염수가 굳어 만들어진 것 같은 검붉은 결정들이 광장 외곽에 종유석과 석순처럼 빽빽하게 돋아나 있었다. 끝이 보이지 않는 천장에서 오염수가 흐르는 수천 개의 관다발이 아래로 드리워졌다. 바닥에도 수천 개의 관다발이 검붉은 결정 사이로 뒤엉켜 사방으로 뻗어 나가고 있었다.

외곽의 암흑과 내부에 깔린 안개로 인해 관다발의 끝은 보이지 않았으나, 아마도 대미궁의 곳곳으로 연결되는 듯했다. 관을 따라 흐르는 오염수가 간간이 불길한 빛을 내뿜었다. 안개에 번지는 검붉은 빛은 탁한 물에 스며들어 퍼지는 썩은 피처럼 보였다.

그리고 그 거대한 공간의 중앙에, 모든 관다발이 연결된 거대한 구체가 행성처럼 떠 있었다. 안개 사이로 어슴푸레하게 드러나는 그것의 형상은 한눈에 다 들어오지 않을 정도로 컸다.

검게 타 버린 달을 코앞에서 보면 이런 느낌일까. 새카맣고 우둘투둘한 표면이 숨을 쉬듯 조금씩 들썩였다. 세상을 집어삼킬 괴물이 안에서 태동하고 있는 것처럼.

"……와."

가장 앞에 있던 베로니카가 문 안으로 보이는 풍경에 압도되어 멀거니 입을 벌렸다. 그녀의 뒤에서 호기심 많은 마법사가 고개를 쭉 빼더니 작게 욕설을 뱉었다.

"젠장, 더럽게 크네."

뒤이어 안쪽을 본 루드빅과 뤼르가 차례로 신음을 흘렸다.

"굉장한데요. 역시 듣는 것과 직접 보는 건 체감이 다르군요."

"……극도로 위험하고 불길한 기운이 느껴집니다."

기억을 되찾은 아리아드네와 디메토르로부터 공략과 관련된 기억을 전해 받은 악셀은 그리 놀라지 않았다. 아리아드네로서는 수십 번이 넘도록 보았던 풍경이었다. 그녀와 악셀은 마왕을 쓰러뜨리기 위해 이곳에 무수히 많은 죽음을 쌓았다.

그러고도 끝내 실패를 맞이했던 장소.

'하지만 이번에는 달라.'

아리아드네는 흐트러지려는 호흡을 골랐다. 에리히가 불안한 듯 그녀를 돌아보았다.

"야, 저게 대미궁의 핵 맞지? 저 안이 왕좌의 방이고, 거기에 마왕이 있다는 거고."

"맞아요."

가볍게 돌아온 대답에 마법사가 입을 떡 벌렸다.

"……네 계획대로면 저걸…… 저 큰 걸…… 진짜 가능해?"

"이미 말했잖아요. 들어가는 순간 마왕은 우리의 시간을 정지시킬 거예요. 그러니까 아예 들어가기 전에."

아리아드네는 광장 안으로 걸음을 내디뎠다. 잔디와 녹음이 그녀의 걸음을 따라 번지며 검붉은 관다발과 안개를 뒤덮었다.

"마왕이 마신의 권능을 쓸 여유가 없도록 만들어야만 해요."

과거의 그녀는 환상 도서관에 숨어 정령석을 써서 영토를 펼치는 방식으로 마왕의 권능을 방해했다. 그러나 그때보다 강해진 지금의 그녀는 다른 방법도 쓸 수 있었다.

어릴 때부터 제대로 훈련했고, 몸도 이전 생보다는 건강하고, 전생의 기억 덕에 정교한 정령술이 가능하고, 대정령을 강림시키는 미친 짓을 여러 번 해 봤고, 파이의 보조를 받고 있으며, 대정령보다 더 거대한 존재인 신과 채널을 연결해 본 경험까지 있기에.

'그래서…… 드디어 당신의 기대에 부응할 수 있게 되었어요.'

검은 책의 형태로 떠오른 카론의 페이지가 저절로 팔락팔락 넘어갔다. 빈 종이 위에 파이가 분석한 채널의 상태가 깃펜으로 휘갈기듯 나타났다.

[현재 접속 중인 대정령의 수 : 1]

[하늘이 당신을 주시하고 있습니다.]

[하늘이 인간의 채널에 정상적으로 접속한 건 처음이라며 몹시 기뻐하고 있습니다.]

[하늘이 당신에게 기대하고 있습니다.]

아리아드네는 엷게 웃으며 손을 뻗었다.

"와 주세요, 이곳으로."

천상의 지배자는 아득한 지저의 미궁에서 발원된 부름에 기꺼이 응답했다.

혼탁한 공기와 흐린 안개가 가득한 공간에 청명한 푸른빛이 아리아드네를 중심으로 물감처럼 번졌다. 허공에 그림이 그려지는 듯했다. 구름 한 점 없는 새파란 하늘이.

그 하늘이 범위를 넓힐수록 아리아드네는 폭포가 전신을 꿰뚫는 듯한 충격을 느꼈다. 그녀의 채널을 관통하여 터져 나오는 정령력이 그만큼 강렬했다.

'하늘이 이렇게 적극적으로 협조해 주는데도…… 정말 아슬아슬하게 불러올 수 있는 수준이네.'

'하늘'이 조금이라도 더 크거나, 그녀의 채널이 조금이라도 더 작았다면 불가능했을 것이다.

그녀는 서 있는 것을 포기하고 그냥 제자리에 주저앉았다. 속을 타고 오르는 핏물을 삼키며 제 앞에 현현하기 시작하는 기적을 두 눈 뜨고 응시했다.

그녀 주위를 뒤덮은 하늘이 아지랑이처럼 일렁였다. 그리고 서서히 인간을 닮은 형상이 모습을 드러냈다.

대정령들이 닮은 것은 사실 인간이 아니라 신이라는 말이 있다. 인간도 대정령도 똑같이 엘을 흉내 내어 만들어졌기에 서로 비슷한 모습이 되었다는 이야기.

'하늘'은 푸른 물에 잠겨 있던 유리 조각상이 수면에 떠오르는 것처럼 나타났다.

소년인지 소녀인지 구별되지 않는 중성적인 모습이었다. 유리처럼 투명하고 매끄러운 대정령의 몸은 움직임에 따라 프리즘처럼 무지갯빛으로 반짝였고, 혹은 거울처럼 주변을 반사했으며, 때로는 세공된 보석처럼 빛을 산란했다.

'하늘'은 아무것도 걸치고 있지 않았으나 새파란 하늘을 비춰 내는 동시에 굴절되고 분리되고 반사되는 휘황한 빛들로 뒤덮여 있었다. 그로 인해 그것은 맨몸으로도 지금까지 본 대정령들 중에서 가장 화려하고 장엄했다.

'하늘'의 머리카락은 밤하늘처럼 검푸른빛이었고, 무수히 많은 별이 수놓아져 있었다. 은하수가 흐르는 풍성한 머리카락이 하늘의 투명한 몸 주위에 떠올라 물속에 잠긴 것처럼 부드럽게 흔들렸다.

'하늘'은 지상에 발을 디디지 않았다. 푸른 허공에 떠오른 대정령의 발끝에는 희고 검은 구름들이 발자국처럼 매달려 있었다.

완전히 모습을 드러낸 '하늘'이 느릿하게 눈을 떴다. 대정령의 눈 한쪽은 황금빛으로 불타오르는 태양이었고, 다른 한쪽은 은은하게 빛나는 하얀 달이었다.

자신을 구현해 낸 정령사를 내려다보는 해와 달이 웃음기를 머금고 반짝였다. 그것이 입을 열었다. '하늘'의 목소리는 여러 겹으로 겹쳐져 들렸다. 새들의 합창 같기도 했고, 비바람이 유리창을 두드리는 소리 같기도 했다.

아리아드네의 곁에 떠 있던 카론의 빈 페이지에 파이가 번역한 대정령의 말이 쓰였다.

[나는 모든 하늘에 존재하는 자이자, 땅에 발을 디디지 않는 자다. 그러나 이곳은 하늘이 아닌 깊디깊은 땅 아래로구나.]

[본래 내가 존재할 수 없는 곳에 존재하게 되다니…… 흥미롭구나. 신선해. 오래 살고 볼 일이야.]

하늘은 의외로 명랑한 느낌이었다. 기분이 몹시 좋은 듯했다. 그것은 거대한 크기와 달리 전혀 무게가 느껴지지 않는 구름 같은 움직임으로 아리아드네를 향해 고개를 숙였다.

[내 첫 정령사가 되어 준 소녀야, 왜 수많은 대정령이 네게 목을 매는지 알겠구나.]

[너만이 이런 기적을 선사할 수 있으니 모두가 너를 사랑할 수밖에.]

[물론 나도 그러하고.]

사람 키만 한 손가락이 새털처럼 가볍게 그녀의 이마를 건드렸다. 만지고 싶은데 다칠까 저어되어 이 정도로 참는다는 듯이.

[그러니 소녀야. 네가 상상하는 풍경을 지금 내가 현실로 만들어 주마.]

하늘이 웃자 밤하늘처럼 펼쳐진 머리카락에서 유성우가 떨어져 내렸다. 그것은 웃으며 팔을 벌렸다. 대정령의 주위에 어른거리던 하늘이 삽시간에 세를 불렸다. 푸른빛이 진군하며 드넓은 광장을 모조리 점령했다.

금세 광장에는 하늘밖에 존재하지 않게 되었다. 즉, 천장과 바닥이 모조리 사라졌다. 있는 것은 아득한 허공뿐.

관다발로 천장과 바닥에 연결되어 있던 대미궁의 핵이 지지해 줄 것을 잃었다. 엘리시움의 자연법칙에 따라 핵은 하늘 아래로 곤두박질치기 시작했다. '하늘'이 펼쳐 놓은 하늘에는 끝이 없었다. 핵은 점점 가속도를 얻으며 엄청난 속도로 떨어져 내렸다.

하늘은 미소를 머금은 채로 그것을 지켜보다가 가볍게 손짓했다. 대정령의 웃는 얼굴에서 태양과 달만이 서늘한 빛을 띠었다. 엘리시움을 오염시키고 있는 마왕은 하늘에게도 적이었으므로.

대정령의 손짓에 따라 영토의 일부가 거두어졌다. 그러자 무한한 하늘에서 갑자기 광장의 바닥이 드러났다. 대미궁의 핵은 낙하하던 가속도 그대로 돌연 나타난 바닥에 처박혔다. 운석이 충돌하는 듯한 굉음과 함께 바람이 사방을 휩쓸었다.

토벌대는 마법사가 미리 준비해 둔 방어막 속에서 귀를 틀어막았다. 악셀은 제 귀보다 아리아드네의 귀를 먼저 막아 주려 했으나 그녀가 하늘이 늘어뜨린 머리카락에 휘감겨 있어 다가가지 못했다.

아리아드네는 대정령의 머리카락에 파묻혀 모든 여파로부터 보호받았다. 시야가 온통 별이 반짝이는 밤하늘과 은하수로 뒤덮였다. '하늘'을 강림시키느라 위태로워진 몸 상태와 합쳐져 반쯤 꿈을 꾸는 듯한 기분이었다. 어지럽고 몽롱했다.

'안 돼, 정신을 차려야……'

아랫입술을 잘근잘근 깨무는데 파이가 다정하게 속삭이는 음성이 들렸다.

[아리아, 하늘이 당신의 의도를 이미 압니다. 알아서 당신이 구상하신 대로 움직여 줄 테니 버티시기만 하면 됩니다.]

'아, 그렇구나. 채널로 이미 전해졌겠네……'

아리아드네는 약간 안도하며 밤하늘이 담긴 머리카락에 편히 기댔다. 솜을 만지는 것처럼 신기하고 폭신한 감촉이었다. 통각이 정상이었다면 아파서라도 정신을 차리기 쉬웠을 텐데, 감각이 둔하니 자꾸만 멍해졌다.

푹 파묻힌 채로 느리게 눈을 깜박이자 파이가 급히 덧붙였다.

[그렇다고 잠들진 마시고요. 대정령 강림을 유지하는 건 제가 대신할 수 없으니까요.]

무언가가 손을 톡톡 건드리는 것이 느껴졌다. 내려다보니 어느새 검은 머리의 인형으로 모습을 바꾼 카론이 물끄러미 그녀를 올려다보고 있었다. 카론은 안아 달라는 듯 팔을 뻗었다. 어리광을 부리는 아이처럼.

'머리 색은 달라도, 어린 시절 파이랑 정말 똑같네.'

아리아드네는 작게 웃는 인형을 품에 안아 들었다. 카론은 기분이 좋은지 방긋방긋 웃었다.

'정신 차리고 집중하자. 이제 시작이야.'

그녀는 카론을 안은 채 눈을 감았다. 채널에 몰입하며 대정령의 시야를 공유받았다.

추락한 핵은 내팽개쳐진 달걀처럼 박살이 났다. 깨진 알에서 흰자가 흘러나오듯 왕좌의 방에 있던 호수가 껍질 사이로 흘러나왔다. 파괴된 세계의 정지된 풍경이 흐르는 액체에 언뜻언뜻 비쳤다.

'마왕은 그릇의 한계 탓에 마신의 권능을 자유롭게 쓰지 못해. 게다가 자기 세계를 멸망 직전의 상태로 멈춰 놓는 데에 대부분의 힘을 쓰고 있지.'

그럼에도 마왕이 엘리시움의 시간을 정지하고 토벌대를 일방적으로 학살할 수 있었던 건, 왕좌의 방이 마왕의 공간이었기 때문이다.

'그 공간은 마왕의 영토 중에서도 가장 핵심적인 곳이니 마왕에게 유리할 수밖에. 심지어 거긴 마계와도 연결되어 있고……'

예전에는 마왕을 그곳에서 끌어낼 방법이 없어서 어쩔 수 없이 왕좌의 방 내부에서 싸웠다.

하지만 이제는 굳이 그런 불리한 전장에서 싸우지 않아도 된다. 핵을 통째로 부숴서 마왕을 끌어내면 되니까. 인간의 마법이나 기술로는 거의 불가능한 일이고, 대정령들이라 해도 대부분 힘에 부쳐 쉽지 않았겠지만, '하늘'이라면 가능했다.

박살 난 핵의 껍질 사이에서 새카맣고 불길한 기운이 연기처럼 피어올랐다. 분노한 마왕의 기운이었다.

'왕좌의 방은 성공적으로 파괴됐어. 하지만 이런 걸로 마왕이 죽을 리는 없겠지. 지금 죽어서도 안 되고.'

검은 기체에 휩싸인 시체가 비틀비틀 몸을 일으켰다. 그것이 완전히 자세를 잡기 전에 하늘이 손을 뒤집었다. 곧바로 하늘의 영토가 광장을 가득 메웠다. 바닥이 다시 사라졌다. 부서진 껍질들과 마계와 연결된 호수가 속절없이 허공에서 떨어져 내렸다.

"##……!"

산산이 흩어지며 빗물처럼 떨어지는 호수를 본 마왕이 괴성을 내질렀다. 그자는 흑마법으로 공중에 떠오르려 했다. 하늘에게서 천둥이 으르렁대는 듯한 낮은 음성이 새어 나왔다.

[하늘이 말합니다.]

[내 영토에서 날아다닐 권한을 네놈에게 허락한 적 없다.]

파이의 번역이 아리아드네의 귓가에 들렸다. 그와 동시에 비행하려던 마왕이 날개 꺾인 새처럼 추락했다.

엘리시움의 자연은, '하늘'은 마왕에게 적대적이었다. 이곳에 펼쳐진 하늘과 공간을 채운 바람이 마왕이 날아오르는 것을 방해했다.

오염된 곳에서 마법사들이 마법을 제대로 쓰지 못하듯이 오염되지 않은 대정령의 영토에서 마왕은 쉽사리 마법을 쓸 수 없다. 물론 그렇다고 마왕이 무력하게 추락하지는 않았다.

"###!"

시체가 이를 갈며 눈을 벌겋게 번뜩였다. 검은 기운이 폭발적으로 팽창하며 사방을 점령하더니 떨어지던 호수와 마왕의 몸을 단숨에 멈춰 세웠다.

'마신의 권능을 썼다!'

하늘의 시야를 통해 그 광경을 본 아리아드네는 저도 모르게 주먹을 움켜쥐었다.

바로 이것을 노렸다. 마왕이 마신의 권능을 다른 곳에 쓰느라 토벌대의 시간을 멈출 여유가 사라지는 것을.

지금 마왕은 대정령의 영토를 제 영역으로 만들기 위해 권능을 쓰고 있었다. 일반적인 대정령이라면 눈 깜박할 사이에 밀려났겠지만, 이 자리에 있는 것은 '하늘'. 다른 모든 대정령의 영토를 합한 것보다 더 광활한 영토를 가진 지고의 대정령이었다.

따라서 '하늘'이 직접 구현한 하늘은 쉽사리 점령되지 않았다. 서서히 밀리고는 있으나 검은 기운의 진군은 느릿느릿했다. 하늘이 마왕의 영향력과 대치하는 것을 확인한 아리아드네는 귓가의 통신 아이템에 손을 올리고 외쳤다.

"지금이에요!"

신호를 기다리고 있던 토벌대원들이 화살처럼 튀어 나갔다.

녹색 방패를 치켜들고 그림자 나비에 올라탄 베로니카가 가장 앞에 나섰다. 불길이 돋은 검을 든 악셀이 벼락에 타고 그 뒤를 이었다. 은색과 금색의 무늬가 새겨진 붉은 활을 든 루드빅이 용오름을 타고 맨 뒤에서 따랐다.

날아오는 정령 기사들을 본 마왕이 입매를 비틀었다. 마왕이 조종하는 시체가 녹슨 검을 뽑아 들었다. 검은 연기가 그것의 주위를 맴돌더니 뱀의 송곳니처럼 기사들을 향해 뻗어 나갔다.

그들이 공중에서 격돌했다.

아리아드네는 하늘의 머리카락 속에 파묻혀 하늘의 시야를 통해 전투를 지켜보았다. 전장을 만들었으니 이제 정령사가 할 일은 이 환경을 유지하는 것뿐이다.

늪지기를 거쳐 오며 완성된 토벌대의 진형은 마왕을 상대로도 흔들리지 않고 유기적으로 이어졌다. 베로니카가 막고, 루드빅이 틈을 만들고, 악셀이 벤다. 굳건한 철벽 너머로 바람이 넘나들며 흩뜨리고 불이 적을 태웠다.

'몰아붙이고 있어. 우리가 유리해.'

내심 감탄하며 지켜보던 아리아드네는 코에서 무언가 주륵 흐르는 것을 느꼈다.

'아, 이런.'

코피였다. 아무래도 보통 대정령보다 월등히 거대한 존재를 유지하고 있는 탓에 그녀는 처음 대정령을 불러냈을 때만큼 빠르게 지치고 있었다.

[아리아, 내상이 심해지고 있습니다.]

품에 안겨 있던 카론이 걱정스럽게 그녀를 올려다보았다. '하늘' 역시 제 정령사의 상태를 알아차렸는지 해와 달이 그녀를 걱정스레 내려다보았다.

아직은 정령술을 멈출 수 없다. 마왕을 쓰러뜨릴 때까지는 강림을 유지해야 했다.

"파이, 하늘에게 나를 뤼르한테 데려다 달라고 전해 줄래?"

아리아드네의 말을 파이가 대정령에게 번역해 전달했다.

뤼르는 거대해진 이카로스의 등 위, 에리히가 쳐 둔 방어막 안에 있었다. 에리히는 이카로스의 목덜미에 걸터앉아 자잘한 마법으로 정령기사들을 보조하는 중이었다. 주변의 공기가 몹시 협조적이었기에 검은 앵무새는 에리히의 도움 없이도 편안하게 창공을 누볐다.

하늘은 아리아드네를 손에 앉혀 이카로스의 등 위에 조심히 올려 주었다.

"성녀님! 안 그래도 걱정하고 있었습니다."

그녀의 상태를 감지하고 전전긍긍하고 있던 뤼르가 재빨리 다가왔다. 수호성인이 퍼부은 새하얀 신성력이 그녀의 전신을 뒤덮었다. 불편하던 아리아드네의 속이 약간 편안해졌다.

그녀는 신관의 날개 그늘에 앉아 호흡을 고르다가 문득 잊고 있었던 물음을 떠올렸다.

'파이, 알케스티스가 무슨 뜻인지 알아?'

[예?]

'뤼르가 에리히 오라버니의 도움을 받아서 낙인으로 아이템을 만들었나 봐. 이름을 알케스티스라고 붙였다는데, 어떤 아이템인지 안 가르쳐 줘서⋯⋯. 혹시 아는 이름이야?'

아리아드네의 전생 서재에서 마법진에 둘러싸여 있던 파이는 찰나 침묵했다. 그는 그 이름이 의미하는 바를 아주 잘 알고 있었다. 오래된 신화에서 비롯된 이름이었다.

환상 도서관을 통해 연결되어 있기 때문인지, 아리아드네의 전생 세계에서나 현생인 엘리시움에서나 그 이름은 같은 이야기를 담고 있었다.

알케스티스.

남편을 위해 목숨을 바친 아내.

그녀는 죽을 운명이었던 남편을 기적적으로 살리고 대신 죽음을 맞이했다. 그로 인해 헌신과 희생의 상징이 된 이름.

'수호성인이 낙인을 이용해 만든 아이템에 그 이름을 붙였다고?'

파이는 자신이 아리아드네의 낙인을 이어받아 만들어 낸 '카론'을 떠올렸다. 낙인은 숙주의 결핍과 소망에 반응한다. 파이는 고개를 숙였다. 은실처럼 늘어진 머리칼 사이로 가느스름해진 황금색 눈동자가 기묘하게 빛났다.

'어떤 아이템인지…… 대충 알겠군.'

'파이?'

파이의 침묵이 길어지자 아리아드네가 의아하게 그를 불렀다. 곧 미안해하는 목소리가 돌아왔다.

[떠오르는 것이 없군요. 따로 조사를 해 봐야 알 수 있을 것 같습니다. 죄송합니다, 아리아.]

'아냐, 괜찮아. 조사해 보고 뭔가 알아내면 나한테 알려 줘.'

[예.]

아리아드네는 다시 전장에 집중했다. 전황은 확연히 기울어 있었다. 마왕이 분노하며 외치는 마계어가 들렸다.

"## #### ###……!"

'아직 완성되지 않았다, 인가?'

아리아드네는 습관적으로 그 마계어를 번역한 뒤 헛웃음을 흘렸다.

'그래서 못 죽어 주겠다고? 샤이탄, 악셀이 그릇으로 완성될 날 따윈 오지 않아. 네가 원하든 원하지 않든 너는 여기서 죽을 거야.'

마왕이 제 세계를 구하기 위해 엘리시움을 침공했다는 걸 안다. 나름대로 절박하다는 것도.

그렇다고 이해해 줄 마음 따윈 없다. 저자는 제가 죽인 수많은 엘리시움의 생명에 대한 책임을 져야 한다. 무수히 반복된 아리아드네와 악셀의 죽음들에 대한 대가를 치러야 한다.

아리아드네는 품에 안긴 카론을 꽉 끌어안았다.

'파이, 준비는 다 된 거지?'

[물론입니다. '카론'이 샤이탄과 접촉하기만 하면, 카론을 매개로 저자와 제가 연결될 겁니다.]

아리아드네가 자신의 몸으로 엘의 육체와 접촉하여 신에게 접속했듯이 파이는 카론을 이용해 마왕의 육체와 접촉해 그자에게 채널을 이을 예정이었다.

[채널이 이어지기만 하면 끝입니다. 마신의 권능은 자격 있는 신인 제게로 자연히 넘어올 테니까요.]

애초에 마왕은 자격 없이 신의 권능을 가진 대가로 붕괴하고 있는 존재였다. 자격 있는 신인 파이가 마신의 권능에 접촉하기만 하면 그것은 저절로 파이에게 흡수될 것이다.

물론 카론을 마왕과 접촉시킨다는 게 쉬운 일은 아니었다. 카론을 움직이는 건 파이였지만, 파이와 카론을 연결하는 끈은 아리아드네 사이의 채널이었다. 그녀의 근처에서 멀어지면 카론과 파이의 연결도 끊어진다.

결국 아리아드네가 카론을 가지고 마왕과 접촉해야만 한다는 소리다.

'전생에 했던 것처럼 악셀이 나를 보호하면서 마왕에게 접근하는 건 불가능해. 전생과 달리 지금의 악셀은 근원이 봉인된 상태니까.'

그러니 우선은 마왕을 무력화시켜야 한다. 아리아드네가 접근해도 위험하지 않을 정도로. 혹은, 어떻게든 안전히 다가갈 틈을 만들어 내거나.

[권능을 빼앗고 나면 저자는 썩어 가는 시체에 깃든 마물에 불과합니다. 완벽하게 소멸시킬 수 있습니다.]

'응, 끝이 머지않았네. 정말로.'

파이가 권능을 회수한 뒤, 그녀는 자신이 막아 둔 악셀의 채널을 열어 주고 디메토르를 구출할 것이다. 그러고 나서 마왕을 죽이면 기나긴 이 전쟁도 끝이 난다.

'지금까지는 순조로워. 그래도 방심하지 말자.'

에리히가 무언으로 마법을 만들어 내는 동시에 주문을 영창하는 목소리가 들렸다. 이카로스가 그 주문을 그대로 되풀이했다. 삼중영창으로 만들어진 마법진이 여러 겹으로 마왕의 주위를 휘감았다.

'이전 생에서도 오라버니가 저렇게 마왕의 발을 묶었었지.'

딱히 알려 주지 않았는데도 에리히는 알아서 과거와 똑같은 마법을 쓰고 있었다. 아마도 그게 이 순간에 가장 적합한 마법이기 때문일 것이다.

멈칫한 마왕을 향해 기사들의 공격이 쏟아져 내렸다. 저 공격을 모두 맞았다간 아무리 마왕이라도 빈사 상태가 될 것이다.

마왕은 처음으로 위기감을 느꼈다. 그러자 그에게서 검은 기운이 수천 갈래로 갈라지며 터져 나왔다. 스치기만 해도 중상을 입고 신체가 오염될 정도의 기운이었다.

기사들이 그 급작스러운 폭발에 당하지 않고 무사히 빠져나올 수 있었던 건, '하늘'이 바람의 방향을 바꾸어 그들의 이탈을 도운 덕분이었다.

　"……#####."

　버러지들이.

　제 가슴팍을 부여잡은 마왕이 이를 드러내며 중얼거렸다. 그 순간 무언가 직감한 악셀이 벼락의 갈기를 잡아당기며 동료들에게 외쳤다.

　"더 물러나라! 전속력으로!"

　베로니카도, 루드빅도 악셀의 판단을 신뢰했다. 그들은 망설이지 않고 즉시 뒤로 방향을 틀었다. 두 마리의 용과 나비가 번개와 물방울과 그림자로 궤적을 남기며 후방의 이카로스 쪽으로 날아왔다.

　그 움직임을 본 마법사는 반사적으로 마법을 시전했다.

　"그리하여 우리는 철갑을 두르고 영겁을 버틸지어다!"

　기사들의 뒤쪽 허공에서 강철이 자라나며 겹겹이 맞물렸다. 그것은 이카로스를 중심으로 우산처럼 펼쳐졌다.

　선택한 대상에게서 강철 벽을 돋아나게 만드는 이전의 마법을 에리히가 더 개량하여 만들어 낸, 시전자를 중심으로 강철 벽을 형성하는 마법이었다. 방어력 하나는 확실했지만 강철 벽에 가려 적이 무엇을 하는지 보이지 않는다는 단점이 있었다.

　하지만 투명한 방어막 대신 무식한 강철 벽을 세운 에리히의 직감은 옳았다. 벽 너머로 우박이 떨어지는 듯한 꽹음이 들리며 두꺼운 쇳덩이들이 종잇장처럼 구겨지고 꿰뚫렸다.

　베로니카는 무언가 날아오는 것을 느끼고 바로 돌아서서 방패를 치켜들었다. 그 무언가는 거세게 방패를 가격하며 정령수와 그녀의 몸을 뒤로 떠밀었다.

　"니카!"

"괜, 찮아!"

베로니카는 방패를 받친 팔이 저려 오는 것을 느꼈다. 강철 벽을 꿰뚫느라 위력이 약해진 게 이 정도라니. 일반적인 방어막이었다면 방패까지 뚫렸을지도 모른다.

대체 뭐지. 그녀는 방패를 치고 튕겨 나와 떨어지는 것을 힐끔 보았다.

"……마물 머리?"

"이야…… 이건 뭐, 장관이네요."

뒤에서 루드빅이 압도된 얼굴로 중얼거렸다. 두려움으로 그의 목소리 끝이 미세하게 떨렸다. 베로니카는 황급히 위를 보았다.

찢어진 강철 벽 사이로 검붉은 빛으로 물든 하늘이 보였다. 마왕이 '하늘'을 밀어내고 점령한 영역이었다. 그 영역에 오염수로 이루어진 호수가 고였다. 마계와 연결된 호수. 마왕이 뻗어 낸 수천 갈래의 기운이 그 호수에 닿아 있었다.

그리고 그 공중에 뜬 호수에서 마계의 일부분이 아래로 쏟아져 내렸다.

고래처럼 커다란 짐승의 뼈, 갈라진 암반의 일부, 부서진 건물의 기둥, 거인이나 쓸 법한 거대한 무기의 파편, 용도를 알 수 없는 집채만 한 크기의 둥근 쇳덩이, 무수히 많은 마물의 시체와 시체의 일부분들.

죽은 세계의 잔해들이 썩은 피 같은 오염수와 함께 산사태처럼 그들 위로 떨어져 내리고 있었다.

"### ## ###."

죽음에 깔려 죽으라.

마왕이 비틀린 미소를 지으며 말했다.

망가진 벽 사이로 떨어져 내리는 것들을 본 에리히가 창백해진 얼굴로 손을 뻗었다.

"철갑에 내리치는 고난은 모루 위의 망치에 불과할지니!"

강철 벽이 희미한 빛을 뿜으며 복구되었다. 망치로 쇳덩이를 내리치는 듯한 굉음이 꽝, 꽝 울려 퍼졌다.

"크윽……!"

"마법사님!"

에리히가 입가를 틀어막으며 허리를 숙이자 뤼르가 허둥지둥 양손을 맞잡았다.

"……자애가 실바람처럼 곁에 머무사……."

빠르게 읊어진 기도문과 함께 치유의 효능을 지닌 신성 마법이 에리히를 뒤덮었다.

에리히가 그렇게 잠깐 시간을 벌어 준 사이 아리아드네는 하늘에게 뜻을 전하고 있었다. 마왕의 저 무지막지한 공격을 막아 내려면 더 스케일이 큰 대응책이 필요했으므로.

[하늘이 말합니다. 어처구니없는 발상을 하는구나, 소녀야.]

"불가능한가요?"

[……하늘이 너와 나라면 가능하다고 합니다.]

파이가 속삭였다. 대정령이 까마득한 높이에서 웃음 지었다.

[하늘이 말합니다.]

[내 작은 정령사 소녀야, 보여주마. 네가 상상한 광경이 구현되는 것을.]

하늘의 손이 물 흐르듯 움직였다. 움직임을 따라 빛이 산란되며 손이 보석처럼 휘황하게 반짝였다. 아리아드네는 귓가의 통신 아이템에 손을 대고 외쳤다.

"다들 대비해! 하늘이 뒤집힐 테니까!"

강철 벽을 꿰뚫고 떨어져 내리는 것들을 정신없이 쳐 내던 루드빅이 얼빠진 얼굴로 되물었다.

"뭐가 뒤집힌다고요?"

그 반문에 대한 대답은 잠시 후 현실이 되어 나타났다. 온 세상이 반 바퀴 빙그르르 돌았다. 영토가 뒤집혔다. 하늘이 아래로 가고, 땅이 위로 향했다. 위가 아래가 되고, 아래가 위가 되었다.

머리 위에 있던 하늘이 갑자기 땅이 되는 경험.

순식간에 피가 거꾸로 쏠렸다. 기사들은 급히 공중제비를 돌았고, 이카로스도 얼른 몸을 뒤집었다. 그리고 그들을 향해 쏟아져 내리던 죽은 세계의 잔해들은 방향을 바꾸어 호수로 도로 쏟아져 들어가기 시작했다.

개중 일부는 호수 바로 옆에 떠 있던 마왕에게로 떨어져 내렸다.

"## ####……!"

마왕은 욕설처럼 들리는 마계어를 내뱉었다. 시체가 급하게 떨어지는 기둥을 피했다.

비교적 상식적인 루드빅은 충격적인 상황을 받아들이느라 잠시 지체했다.

'영토를 거꾸로 구현하신 건가? 하늘을 뒤집어? 아니, 대단하시단 건 알고 있었지만 이건 또 무슨 말도 안 되는……!'

반면 생각을 하지 않고 아리아드네의 명령에 그대로 따르는 베로니카는 바로 자신이 해야 할 일을 했다. 그녀는 방패를 치켜들고 돌진하여 기둥을 피하느라 균형을 잃은 마왕을 후려쳐 밀어 냈다.

"······!"

루드빅처럼 충격을 받긴 했지만, 신체 능력과 반응속도가 남다른 악셀은 바뀐 전장에 곧바로 적응하여 베로니카를 뒤따랐다. 그는 그녀가 만들어 낸 틈을 놓치지 않고 불길에 휘감긴 검을 마왕의 가슴팍에 꽂았다.

검붉은 오염수가 피처럼 튀어 올랐다. 경직된 마왕의 어깨에 뒤늦게 정신을 차린 루드빅의 화살이 연달아 꽂혔다. 내상을 치료받은 에리히가 입가에 흐른 피를 닦으며 잽싸게 영창했다.

"모두 순리대로 되돌아올지니, 그러므로 너는 이제 네 죄에 짓눌려 죽으리라!"

마법으로 구현된 압력이 보이지 않는 거인의 손처럼 마왕을 짓눌렀다. 마왕이 버티지 못하고 아래로 추락했다. 기다렸다는 듯이 '하늘'이 손가락을 까닥였다. 영토에 밀려나 사라졌던 광장의 바닥이 도로 나타났다.

어마어마한 소리와 함께 마왕이 조종하는 시체가 바닥에 처박혔다.

베로니카가 마무리를 짓기 위해 아래로 향하려 했다. 그런 그녀의 앞을 악셀이 가로막았다.

"뒤로······!"

그의 경고가 끝나기도 전에 소름 끼치는 괴성이 사방에 울려 퍼졌다. 그것은 인간의 목소리나 비명이 아니었다. 빙하가 갈라지거나 쇠를 손톱으로 긁어내리는 듯한 끔찍한 소리였다. 아리아드네와 악셀은 저게 무엇을 의미하는 신호탄인지 이미 알고 있었다.

악셀이 기사들을 이끌고 이카로스 쪽으로 되돌아왔다. 아리아드네는 에리히에게 외쳤다.

"마왕이 폭주할 거예요!"

"그릇을 포기하고 미쳐 날뛴다는 거지?"

"맞아요!"

마왕은 자신이 조종하는 시체, 임시 그릇에 돌이킬 수 없을 정도로 손상이 가는 순간 그릇을 포기하고 망가진 본래의 몸으로 돌아간다.

부서져 가고 있다 해도 마왕의 진짜 몸은 인간의 시체보다 월등히 훌륭한 그릇이었다. 당연히 발휘할 수 있는 권능의 수준 또한 달라진다. 이제부터 마왕은 권능을 난사하며 필사적으로 그들을 죽이려 들 것이다.

신의 힘을 휘두르며 미쳐 날뛰는 마왕을 이길 방법은 없다. 대신 마왕의 폭주에는 분명한 한계가 있다. 담고 있는 그릇이 망가지는 것이 가속되기에 오래가지 못한다.

마왕이 스스로 부서질 때까지 버티면 그들의 승리. 버티지 못하면 패배. 여기까지는 전생에 마왕을 쓰러뜨렸을 때와 크게 다르지 않다.

이번 생에서 결정적인 차이점은 폭주가 끝나기 전에 그들이 마왕으로부터 권능을 빼앗아야 한다는 것.

어떻게 할지는 이미 다 함께 작전을 짜 두었다. 기사들이 비행형 정령수를 거두고 이카로스 위에 내려섰다. 거대한 사역마의 등 중앙에는 마법사와 신관과 정령사가, 오른쪽 날개에는 베로니카가, 왼쪽 날개에는 루드빅이, 머리에는 악셀이 자리를 잡았다.

에리히가 거두어들이는 강철 벽 너머로 새카맣고 거대한 것이 몸을 일으키는 게 보였다.

그것은 썩어 문드러진 용이었다. 본래 단단하고 매끄러웠을 비늘들이 빠지고 일어난 자리에서 검붉은 진액 같은 것이 뚝뚝 떨어졌다.

군데군데 찢긴 날개는 너덜거리는 깃발이 달린 쇠꼬챙이를 아무렇게나 꽂아 둔 것처럼 보였다.

벌어진 입에서는 화산의 분화구처럼 검은 연기가 뭉클뭉클 피어올랐으며 역겨운 액체가 뚝뚝 흘러 떨어졌다. 꼬리 끝과 사지는 모래처럼 부스러져 움직일 때마다 검은 쇳가루가 흩날렸다. 머리에 돋은 열세 개의 뿔도 부스러지며 사라지고 있었다.

녹아내리고 부서지는 용의 몸에서 세 개의 눈동자들만이 형형할 정도로 선명했다. 주홍빛 도는 금색과, 무저갱 같은 검은색, 탁한 붉은색.

신을 잡아먹은 오만한 용, 샤이탄.

"저 커다란 덩치로 어떻게 저렇게 작은 인간 몸에 들어가 있었던 거지?"

에리히가 중얼거렸다. 아리아드네는 그 마법사다운 호기심에 응해 주는 대신 모두에게 말했다.

"조심해야 해. 우리 목표는 저것을 쓰러뜨리는 게 아니라 우리의 신을 저것과 접촉시키는 것임을 잊지 마."

그녀는 제 품에 안겨 있는 카론을 들어 보였다. 모두의 눈빛이 진지해졌다. 전방을 보고 있던 악셀이 말했다.

"옵니다."

"오라버니."

"어, 준비 끝났어."

마법사는 양손을 사역마의 등에 올려놓고 눈을 감았다. 그를 중심으로 이카로스의 등에 마법진이 떠오르며 희미한 빛이 마법사와 사역마를 연결했다. 검은 앵무새의 눈동자에 연둣빛이 어른거렸다.

샤이탄이 찢긴 날개를 펼치며 울부짖었다. 울려 퍼지는 괴성과 함께 검은 기운이 칼날처럼 사방으로 내쏘아졌다.

마왕의 입에서 화산이 터지듯 터져 나온 무언가가 검붉은 불길에 휩싸여 우박처럼 떨어져 내렸다. 마왕이 물들여 둔 검붉은 영역 곳곳에서 오염수 혈관이나 괴물의 촉수처럼 생긴 것들이 뻗어 나오기 시작했다.

이카로스는 그것들 사이를 누비며 샤이탄을 향해 날았다. 구름을 밟고 선 하늘이 그들을 내려다보며 양팔을 넓게 펼쳤다. 항해를 축복하는 순풍처럼 하늘이 그들을 도울 바람을 불어 주었다. 이카로스가 피하지 못한 공격들은 정령 기사들이 각자 맡은 방향에서 쳐 냈다.

샤이탄의 울부짖음이 점차 신경질적으로 변했다. 하늘의 시야를 공유하며 지켜보던 아리아드네는 마왕이 시간의 권능을 발휘하려 하는 것을 눈치챘다.

"오라버니, 뒤집어요!"

그녀의 외침에 에리히가 이카로스를 거꾸로 뒤집었다. 직후 하늘이 또다시 영토를 뒤집었다. 거대한 용은 일순 균형을 잃고 추락하다가 권능을 써서 겨우 떠올랐다. 분노한 괴성이 사방을 메웠다.

이카로스는 점점 더 마왕에게 가까워지고 있었다. 갈수록 마왕의 공격이 격렬해졌다. 그러나 마왕의 본체는 전혀 움직이지 못했다. 저 망가진 몸뚱이는 애초에 움직일 수 없었다. 그렇기에 인간의 시체를 그릇으로 쓰고 있었던 거니까.

마왕이 펼쳐 놓은 영역에 진입하며 아리아드네의 영토도 진군했다. 이카로스의 날갯짓을 따라 푸른빛이 번졌다. 새를 날려 보낸 하늘이 푸른 허공에 구름 발자국을 남기며 뒤따랐다.

곧 검붉은 하늘과 푸른 하늘이 격돌했다. 대정령은 영토의 범위를 좁히며 오로지 마왕의 영역을 점령하는 데에 힘을 쏟았다. '하늘'이 정령력을 끌어오는 만큼 아리아드네의 채널에 부담이 가중되었다.

"읍······!"

아리아드네는 허리를 숙이며 입가를 틀어막았다. 입을 막은 손가락 사이로 핏줄기가 떨어졌다. 새파랗게 질린 수호성인이 그녀를 감싸 안고 신성력을 퍼부었다. 에리히가 기겁해서 그녀를 돌아보았다.

"아리아!"

"멈추지 마세요!"

"젠장!"

'하늘'이 길을 뚫지 못하면 이카로스가 나아갈 수 없다. 마법사는 욕설을 주문처럼 읊어 대며 열린 하늘을 따라 사역마를 전진시켰다.

악셀은 뒤를 돌아보고 싶은 충동을 참으며 앞에서 쏟아지는 칼날과 운석과 줄기들을 베어 내는 것에 집중했다. 양쪽 날개에 앉은 루드빅과 베로니카도 마찬가지였다. 마법사가 이카로스의 조종에 집중하느라 방어막을 형성할 수 없으니 어떻게든 그들이 공격을 막아 내야 했다.

쉴 틈이 없었다. 막지 못하는 것은 몸으로 받아 냈다. 기사들의 몸에 자잘한 부상이 늘어났다. 중앙에 앉은 뤼르는 이제 마법사와 정령사뿐만 아니라 사방의 기사들에게도 신성 마법을 퍼부어야 했다. 여기저기서 붉은 피가 터져 나왔다가 아물기를 반복했다. 무리하게 신성력을 쥐어 짜낸 신관이 헛구역질을 했다.

영겁처럼 느껴지는 몇 분.

증오와 분노로 물든 세 개의 눈동자가 인간들을 내려다보았다. 검은 기운이 턱밑까지 다가온 새를 집어삼키고 싶은 것처럼 넘실거렸다. 그럼에도 용의 몸뚱이는 움직이지 못했다. 이미 짓뭉개져 버린 인간의 시체로 되돌아가지도 못했다.

마침내 손 닿을 거리에 들어온 최악의 적.

아리아드네가 손을 뻗었다. 악셀이 그녀의 손을 잡고 제 품으로 잡아당기며 마왕을 향해 손을 뻗었다. 그녀의 품에 안겨 있던 카론이 악셀의 팔을 타고 올라서서 그의 손끝에 발을 디뎠다.

"가, 파이!"

아리아드네의 외침을 들으며 카론이 악셀의 손끝에서 뛰어올랐다. 거대한 용의 눈동자들 앞에 조그만 종이 인형이 소리 없이 내려섰다. 까만 머리카락이 휘날리며 어린 얼굴이 말간 미소를 띠었다.

[잘 먹겠습니다.]

카론은 웃으며 샤이탄의 비늘 위에 손을 얹었다. 그러자 검은 잉크에 닿은 백지처럼 인형의 하얀 손이 새카맣게 물들기 시작했다.

주변에 펼쳐져 있던 검붉은 하늘이 급속도로 후퇴했다. 그것은 회오리치며 카론의 몸으로 흡수되었다. 지금 무슨 일이 일어나고 있는지 알아차린 용이 포효했다.

"# ###……!"

카론을 통해 마왕과 연결된 파이는 그자가 내지르는 마계어를 알아듣고 대꾸했다.

[내 것이라니, 이 힘은 처음부터 네 것이 아니었다. 마신을 죽이고 훔친 권능일 뿐.]

"# ##!"

[나 또한 마찬가지라고? 아니, 나는 달라.]

카론은 앳된 얼굴과 어울리지 않는 서늘한 웃음을 띠었다.

[나는 갓 태어난 신자 없는 신, 비어 있는 잔.]

[새로운 신으로서 마신의 권능을 정당히 계승하겠다.]

흡수된 검은빛은 곧 카론의 전신을 잉크에 빠뜨린 것처럼 새카맣게 물들였다. 그리고 잠시 후에 다시 한 점으로 모이며 카론의 몸이 희게 돌아왔다. 본래 모습을 되찾은 인형의 손끝에 검은 수정 같은 것이 떠 있었다. 권능의 결정체였다.

검붉은 하늘이 사라졌다.

마왕이 권능으로 멈춰 두었던 호수가 폭포처럼 아래로 흘러 떨어졌다. 그 수면에 마계의 모습이 비쳤다. 멸망 직전에 멈춰 있던 세계의 시간이 다시 흘렀다.

모든 것이 산산이 부스러져 사라지는 풍경. 아득한 허공으로 흘러 떨어지는 그 광경을 보며 썩어 가는 용이 울부짖었다. 비통하고 절망적인 울음이었다.

그 울부짖음을 들은 파이가 카론의 입으로 냉담하게 말했다.

[저 세계는 마신이 죽던 순간 이미 끝났다. 그것을 붙들고 있던 건 샤이탄, 네 아집이자 헛된 희망일 뿐.]

용의 세 눈동자에서 피눈물이 쏟아졌다. 파이는 마왕의 영혼을 들여다보았다.

[……네가 마신을 죽이겠다고 결심한 이유 따윈 중요하지 않다. 너는 이미 선을 아득히 넘었다.]

[신이란 선택받아 만들어지는 것. 스스로 신이 되려던 너는 애초에 실패할 수밖에 없었다.]

[오만하고 잔혹한 용이여, 이제 결과를 받아들여라.]

카론이 검은 수정을 삼켰다. 그러자 용의 전신이 급속도로 부스러지기 시작했다. 녹아내리는 마왕의 몸에서 검은 연기가 뭉클뭉클 피어올랐다.

마왕은 피눈물을 흘리며 카론과, 이카로스 위에 있는 인간들을 노려보았다. 아무 소리도 내지 않았으나 이 순간 마왕이 하고자 하는 말을 모두가 알아차렸다.

반드시 너희를 죽이리라. 나는 홀로 죽지 않을 것이다. 내 세계만 멸망하게 두진 않으리라. 내 모든 것을 바쳐 너희를 저주하겠노라.

실로 무저갱 같은 증오였다. 신을 죽여 본 용이 퍼붓는 저주가 실체화되며 먹구름처럼 피어올랐다. 끔찍하리만치 처절하고 장대한 살기가 사방을 뒤덮었다.

'이건 위험하다.'

토벌대원 전체가 직감했다. 최후의 전투를, 죽음을 각오해야겠다고. 수호성인은 품속에 넣어 두었던 알케스티스를 움켜쥐었다.

그렇게 샤이탄이 남은 생과 힘을 모조리 불살라 발악하려는 찰나. 허공에 떠오른 카론의 위로 검은 후광이 생겨났다.

{들어라, 모든 마계의 생명이여.}

암흑 같은 광휘가 인형의 위에 드리웠다. 어둠이 날개처럼 펼쳐지며 새하얀 신의 환영이 나타났다.

아리아드네는 멍하니 그 환영을 올려다보았다. 익숙하고 친근한 파이의 모습인데도 낯설게 느껴졌다.

그것은 신이었으므로.

검은 후광에 휩싸인 하얀 신이 입을 열었다.

{나는 죽음 너머의 세계를 다스리는 신이자 너희의 새로운 신이니,

나를 믿는 자는 내 세계로 와서 새 생명을 얻을 것이요.}

　{나를 믿지 않는 자는 저무는 세계와 함께 사라지리라.}

　파이가 발현한 첫 권능이자 계시였다.

　엘리시움을 침공하고 있던 마물들과, 검은 잔을 받은 자들과, 마계의 멸망을 지켜보며 떨고 있던 이들이, 마계에 소속된 모든 생명이 그 계시를 들었다.

　선택은 본능적으로 이루어졌다. 마물과 싸우고 있던 엘리시움의 인간들은 갑자기 마물들이 쓰러지는 것을 목격했다. 개중 일부는 먼지가 되어 부스러졌다. 그러나 일부는 시체를 남기고 죽었다. 검은 잔을 받은 자들은 대부분 부스러지며 사라졌다.

　한편, 폭포가 되어 쏟아지던 호수에도 마계 곳곳의 풍경이 빠른 속도로 스쳐 지나갔다. 마계의 생명들. 마물들. 인간과 닮은 종족들. 용들. 무수히 많은 생명이 저절로 스러졌다. 많은 숫자가 시체를 남기고 죽었지만, 일부는 부스러짐으로써 사라져 아무것도 남기지 않았다.

　"……저게 뭡니까? 무슨 일이 일어나고 있는 겁니까?"

　흘러내리는 오염수에 비치는 광경을 보며 악셀이 얼떨떨하게 물었다. 아리아드네는 홀린 듯이 대답했다.

　"파이가 내린 계시를 들었지? 그 선택의 결과야."

　"예?"

　에리히가 흥분한 얼굴로 끼어들었다.

　"방금 마물들이 죽은 건, 망자의 세계인 환상 도서관의 주민이 되기 위한 절차지? 죽지 않고 그냥 사라진 놈들은 환상 도서관의 주민이 되길 거부한 거고. 맞지?"

　"네…… 아마도."

아리아드네는 작게 고개를 끄덕였다.

죽음을 선물 받은 자들은 파이가 다스리는 세계에서 새로운 삶을. 그리고 마계에 남기를 선택한 자들은 멸망하는 세계와 함께 소멸하는 길을.

그 사실을 깨달은 샤이탄은 먹구름 같은 저주를 피워 올리다 말고 굳었다. 곧이어 용의 눈동자에서 흐르던 피눈물이 조금씩 투명해졌다.

"### ######……."

마계가 멸망할지라도, 구원받을 수 있는 건가? 내 세계의 사람들은…….

마왕의 중얼거림에 파이가 답했다.

[마계는 네 세계가 아니며, 이것은 구원이 아니다.]

[마신의 권능을 계승한 신으로서 받아들여야 할 자들을 받아들이는 것뿐.]

마왕은 제 목적이 이루어졌음을 깨달았다. 기나긴 시간을 버티며 만들어 내려던 마계를 대신할 낙원이 저 새로운 신에 의해 만들어졌으므로.

그 낙원에 자신은 절대 들어가지 못하겠지만, 상관없었다. 샤이탄은 자신이 자신의 세계를 위해 다른 세계를 멸망시키려 한 마왕임을 스스로 잘 알고 있었기에. 한 세계를 몰살시키려 한 죄를 홀로 짊어질 수 있으리라 믿을 만큼 오만한 용이었기에.

이글거리던 증오가 천천히 무뎌지며 사그라들었다.

"####……."

그것으로……

충분하다.

마왕 주위를 맴돌던 검은 기운들이 흩어졌다. 버틸 의지를 잃은 거대한 몸뚱이가 천천히 무너져 내렸다.

용이 눈을 감았다.

최후의 발악에 대비하며 각오를 다지던 토벌대는 일견 허탈한 심정으로 그 광경을 지켜보았다.

"어……."

"끝난…… 건가?"

아리아드네는 저절로 무너지는 마왕을 멀거니 바라보다가 화들짝 놀랐다.

"안 돼, 디메토르!"

"예?"

"악셀, 날 봐!"

그녀는 급히 악셀의 심장 근처에 손을 올렸다. 막아 두었던 그와 근원 사이의 채널을 풀어 주었다.

"이제 기억해 낼 시간이야."

"무엇을……."

"네가 내게 무엇이었는지를."

그녀는 악셀의 가슴팍에 이마를 기대며 눈을 감았다. 채널을 이었다. 그의 채널을 통해 그의 근원에 스며들고, 근원을 통해 또 다른 그에게 다가갔다.

희게 타오르는 불길 너머로 그리움이 느껴졌다. 허물어지는 마왕의 몸속에 박혀 있는 영혼의 파편이 보였다.

아리아드네는 그의 이름을 불렀다.

'악셀 발렌타인.'

처음 그와 같은 시간을 살게 되었음을 고백했을 때처럼.

'내 구원자님.'

안개 속에 있던 남자가 그녀를 돌아보았다. 지치고 상처투성이인 디메토르가. 오래된 그녀의 연인이.

그녀는 그에게 손을 내밀었다.

'돌아와.'

다시 같은 시간으로.

같은 기억을 공유하며, 함께.

그가 손을 잡았다.

훅 끼쳐 오는 열기.

아리아드네는 어질어질한 기분으로 눈을 떴다. 악셀이 혼란스러운 눈으로 그녀를 내려다보고 있었다.

"아리아."

"응."

"아리아, 이건…… 대체……."

"괜찮아."

"저는……."

"너는 내 악셀 발렌타인이지."

아리아드네는 그의 입술에 살짝 입을 맞댔다. 잠깐 굳어 있던 그가 그녀의 뒷머리를 감싸 쥐며 제게 당겼다. 짧고 깊은 입맞춤. 곧 혼란이 가시고 용암처럼 달궈진 붉은 눈이 그녀를 뚫어져라 바라보았다.

아리아드네는 그의 잘생긴 얼굴을 양손으로 감싸 쥐고 웃었다.

"돌아왔어?"

"……예."

그가 문득 웃더니 덧붙였다.

"주군."

"그냥 아리아면 충분해."

"그럼, 아리아."

악셀이 갈급한 사람처럼 그녀를 움켜쥐며 그녀의 품에 파고들었다. 그녀를 쥔 손이 격정으로 잘게 떨리고 있었다. 아리아드네는 그를 마주 안으며 중얼거렸다.

"너한테 하고 싶은 얘기가 아주 많아."

"저도 그렇습니다."

"화낼 것도 많고. 너―"

"저는 화낼 게 없을 것 같습니까? 당신은 정말이지."

악셀이 으득 이를 갈았다. 아리아드네는 눈을 치떴다가 웃음을 터뜨렸다.

"이러다 만나자마자 싸움부터 하겠네."

"그러게 말입니다."

퉁명스레 대꾸한 악셀이 그녀의 턱을 살짝 쥐어 들어 올렸다.

"일단 싸움은 나중에 하시죠. 지금은 다른 게 더 급해서."

"뭐가 급한데?"

"뭐겠습니까, 당신이지."

"나 보고 싶었어?"

"미칠 정도로."

"지금까지 계속 보고 있었으면서도?"

"다 아시면서."

악셀이 쓴웃음을 지었다. 디메토르의 기억이 없는 상태로 그녀 곁에 있었던 것과 모든 것을 알게 된 지금 그녀를 바라보는 건 완전히 달랐다. 아까부터 계속 보고 있고, 계속 안고 있고, 지금 눈앞에 있는데도, 사무치는 그리움이 치솟는다.

디메토르로서 홀로 버텨 온 수백 년의 세월 동안 너무나도 보고 싶었던, 그럼에도 영원히 다시 보지 못할 줄 알았던 사람이기에.

그가 입술을 내리며 속삭였다.

"짓궂으십니다."

아리아드네는 미소 지으며 그의 목을 그러안았다. 열중하는 악셀의 등 뒤로 무너져 사라지는 거대한 용의 모습이 어렴풋이 보였다.

끝났구나, 정말로.

그녀는 느릿하게 눈을 감았다.

"좋냐?"

그리고 불퉁한 에리히의 목소리가 산통을 깼다.

"어? 좋냐고! 내가 시퍼렇게 눈을 뜨고 있는 앞에서 이럴 정도로 그놈이 좋…… 읍! 읍읍!"

한껏 비아냥거리는 마법사의 입을 틀어막은 베로니카가 한숨을 내쉬었다.

"심보 하곤…… 누가 밴댕이 아니랄까 봐."

버둥거리며 베로니카의 손을 밀어낸 에리히가 빽 고함을 질렀다.

"야! 내가 뭘 잘못했어? 진짜 끝난 건지 확인 사살도 아직 안 했는데 쟤들이 다짜고짜 지금……!"

[다 끝난 게 맞습니다.]

어느새 이카로스로 내려온 카론이 웃는 얼굴로 파이의 목소리를 전달했다.

[마왕은 소멸했고, 엘리시움은 구원받았습니다. 여러분은 승리한 겁니다.]

아리아드네는 악셀을 살짝 밀어내고 카론에게 다가갔다.

"파이."

[아리아.]

공중에 뜬 카론은 여전히 검은 광휘를 두르고 있었다. 작은 인형의 모습 위로 신의 모습이 어른거렸다. 절로 드는 경외감에 모두가 자연스럽게 긴장했다.

아리아드네라고 해서 위압감을 느끼지 못하는 건 아니었으나, 그녀는 거리끼는 티를 내지 않았다. 그녀가 파이에게 그래선 안 되니까.

"고마워, 파이."

[아닙니다, 아리아. 감사받으려고 한 일이 아니니까요.]

파이가 다정하게 말하며 카론을 움직였다. 작은 인형은 안아 달라는 듯 팔을 내밀었다.

그 모습을 보자 후광을 달고 있는데도 그가 여전히 처음 만났을 때 그대로의 어린애처럼 느껴졌다. 그녀가 아는 파이였다. 아리아드네는 작게 웃으며 카론을 안아 들었다.

"아냐, 정말 고맙……."

말이 뚝 끊겼다.

거대한 낫으로 변한 검은 광휘가 휘둘러지며 그믐달 같은 궤적을 남겼다. 그 궤적을 따라 붉은 피가 흩뿌려졌다.

"아."

아리아드네는 짧은 신음을 흘렸다. 고통은 없었다. 눈앞이 아득해지며 몸에서 힘이 빠져나갈 뿐.

순식간에 벌어진 일이었다. 아무도 반응하지 못했다. 카론은 한 손으로 낫을 쥔 채 다른 손으로 무너지는 아리아드네를 받아 들었다.

죽음 너머를 다스리는 신이 미소 지었다.

[감사받으려 한 일이 아니라고 했잖습니까, 아리아.]

눈을 떴을 때, 아리아드네는 환상 도서관에 있는 그녀의 서재에서 파이의 무릎을 베고 누워 있었다.

파이가 그녀를 내려다보았다. 은은히 반짝이는 하얀 머리카락. 성화에 그려진 천사처럼 섬세한 이목구비. 매끄럽고 흰 피부. 호박석 같이 맑은 황금빛 눈동자.

거스러미 하나 없는 입술이 부드럽게 휘어졌다. 새삼 아름답게 느껴지는 얼굴이었다. 신과 닮은, 아니 이제 신 그 자체인 존재. 그가 다정히 속삭였다.

"더 쉬셔도 됩니다, 아리아."

아리아드네는 멍하니 눈을 깜박였다.

"어……."

그런데 조금 전까지 내가 뭘 하고 있었지? 왜 환상 도서관에서 깬 거지?

그녀가 몸을 일으키자 파이가 도왔다. 아리아드네는 쿠션 더미와 업무용 책상이 있는 낯익은 제 서재의 모습을 어리둥절하게 돌아보았다.

"내가 언제 여기에 들어왔어?"

파이가 어느새 티 세트가 준비된 트레이를 가져왔다. 따뜻한 차가 담긴 찻잔이 달그락거리며 그녀 앞에 놓였다.

"일단 드세요. 좋아하시는 차입니다."

파이가 제 찻잔을 들어 한 모금 머금었다. 아리아드네는 불그스름한 찻물을 멀거니 내려다보았다.

붉은빛. 핏빛. 피.

순식간에 눈을 감기 전에 보았던 마지막 장면이 떠올랐다. 카론. 낫이 되어 휘둘러지던 검은 광휘. 흩뿌려진 붉은 피.

아리아드네의 손에서 찻잔이 떨어졌다.

"이런."

파이가 그 찻잔을 차 한 방울 흘리지 않고 능숙하게 받아 들었다. 그는 찻잔을 제자리에 돌려놓으며 옅게 한숨을 내쉬었다.

"벌써 기억이 나셨습니까?"

"……파이, 너……."

"조금 쉬시게 하고 싶었는데."

아리아드네는 혼란스러운 기분으로 태연한 파이를 보았다.

"너, 방금 대체……."

그녀가 무어라 질문을 던지려는 찰나, 파이가 손짓으로 그녀의 말을 막았다.

"잠시만요."

"응?"

"이야기가 길어질 테니."

그가 허공에 손가락을 튕겼다. 순식간에 주위 환경이 바뀌었다.

궁정의 연회장 같은 곳이었다. 천장에선 휘황찬란한 샹들리에가 빛났고, 고풍스러운 조각이 새겨진 흰 기둥 사이사이에는 하늘거리는 황금빛 커튼이 드리워져 있었다.

중앙의 긴 테이블에 호화로운 만찬이 차려져 있는 게 보였다. 십수 명은 앉을 수 있을 법한 테이블에는 끝의 상석과 상석의 바로 오른쪽 자리에만 의자가 마련되어 있었다.

파이가 상석의 의자를 빼 주며 말했다.

"앉으세요, 아리아."

"이게 무슨……. 환상 도서관에 이런 곳이 있었어?"

"없었지요, 조금 전까진."

그가 빙긋 웃으며 덧붙였다.

"제가 만들어 낸 공간입니다. 저는 이제 이곳의 신이니까요."

파이는 얼떨떨하게 서 있는 그녀의 허리를 감싸 안고 테이블의 상석 쪽으로 에스코트했다.

"잠깐……."

아리아드네는 그다지 앉고 싶지 않았으나 부드럽지만 강압적인 손길에 의해 반강제로 의자에 앉혀졌다.

"뭐 하는 짓이야?"

그녀는 눈살을 찌푸린 채 파이를 올려다보았다. 파이가 의자를 밀어 넣어주며 대답했다.

"제게 시간을 좀 주세요, 아리아."

"무슨 시간?"

"말할 각오를 다질 시간이요. 쉽게 꺼내기 어려운 이야기거든요."

파이가 그녀의 오른편에 앉았다. 아리아드네는 바로 앞에 놓인 와인 잔에 시선을 주었다. 붉은색. 붉은 피.

그녀가 지금 환상 도서관에 있다는 건, 바깥에서 그녀의 몸이, 다른 사람들이 모두 걱정을…….

'일단 나가자. 밖으로 돌아가야 해.'

흐려지려는 아리아드네의 손목을 파이가 움켜쥐었다. 다시 선명해진 그녀가 단단히 제 손목을 쥔 그의 손을 내려다보았다.

"놔 줘, 파이."

"……."

"내가 오해하기 전에. 응?"

"오해가 아닐 겁니다."

파이가 쓴웃음을 지으며 손을 떼었다. 아리아드네는 그가 잡았던 손목에 알 수 없는 황금빛 문자들이 새겨진 것을 보았다. 그것은 팔찌처럼, 혹은 수갑처럼 그녀의 손목을 얽어매고 있었다.

"……오해가 아니라고?"

"지금은 나가지 마세요."

파이가 오믈렛을 썰어 그녀 앞에 놓인 접시에 올려 주었다. 평소에 좋아하는 음식이었고 아주 맛있어 보였지만, 아리아드네는 꼼짝도 하지 않았다.

"배고프지 않으세요? 피곤하실 텐데."

파이가 안타까운 얼굴로 물었다. 아리아드네는 무표정하게 그릇을 내려다보다가 파이의 눈을 똑바로 응시했다.

"지금은 나가지 말라는 건, 나갈 수 있긴 하다는 소리지?"

"으음……."

파이가 눈썹을 늘어뜨리며 고개를 기울이더니 깊은 한숨을 내쉬었다.

"역시 아리아는 쉽게 넘어가 주지 않으시는군요."

"……내 몸, 살아 있어?"

"아니요."

간단히 나온 대답에 아리아드네는 숨을 들이켰다. 그녀는 살짝 떨리는 손을 움켜쥐며 물었다.

"파이, 네가…… 나를 죽인 거야?"

"원래는 죽이려 했습니다. 예상외의 문제 때문에 그럴 수는 없게 되었지만요."

"뭐?"

"알케스티스 말이에요. 당신을 완전히 죽이면 아무래도 그 아이템이 되살려 버릴 것 같아서…… 생과 사의 경계에 걸쳐 둘 수밖에 없었어요."

그녀를 죽이려 했었다고 설명하는 파이의 목소리는 몹시 평온하고 일상적이었다. 아리아드네는 멍하니 그를 보다가 믿기지 않는 투로 되물었다.

"왜?"

"……."

"파이, 왜 나를, 네가……?"

"정말 몰라서 물으시는 건가요?"

"몰라! 모르니까 묻는 거잖아!"

"당연히 당신을 가지기 위해서잖아요."

파이가 화사하게 웃으며 말했다. 아리아드네는 일순 말문이 막혔다.

"당신이 저를 이 세계의…… 망자들의 신으로 만들었으니."

피아노를 치면 어울릴 거라고 생각했던 희고 우아한 손가락들이 그녀에게 다가왔다.

"저도 당신을 망자로 만들어야지요."

부드럽게 턱을 붙드는 손이 얼음장처럼 차가웠다.

"그래야 당신을 온전히 가질 수 있을 테니까."

웃고 있는 파이의 얼굴이 가까워졌다. 아리아드네는 고개를 틀려 했다. 그러나 턱을 붙잡은 그의 손은 미동도 하지 않았다. 그녀는 입 맞출 듯이 가까워지는 파이를 보며 떨리는 입술을 움직였다.

"파이, 이건, 네가 나를 가지고 싶다는 게, 그러니까……."

"예, 맞아요. 상상하시는 그런 의미로 가지고 싶다는 겁니다."

아리아드네의 낯빛이 창백해졌다.

"……언제부터?"

입 맞출 듯이 가까워진 그의 입술이 닿기 직전에 멈췄다.

"역시 전혀 모르셨군요. 그러실 줄 알았고, 그러길 바라긴 했지만."

그는 엄지 끝으로 그녀의 입술을 가볍게 쓸더니 손을 놓고 뒤로 물러났다.

"아리아드네, 저는 당신을 사랑합니다."

"……."

"악셀 발렌타인이 당신을 사랑하는 것과 같은 의미로."

"나는……."

"당연히 받아들이실 수 없겠지요. 제가 무슨 짓을 하더라도, 빌고 애원하고 울부짖어도, 당신의 선택은 절대로 바뀌지 않을 테니까."

파이가 입꼬리만 올려 웃었다.

"저는 당신이 악셀 발렌타인을 사랑한다는 사실을 당신 자신과 악셀 발렌타인 본인보다도 더 명백히 알고 있었습니다."

"……"

"그래서 당신을 사랑하지 않으려 애썼습니다. 마음을 죽이려 애썼고, 당신에게 절대 드러내지 않으려 했습니다."

"파이……."

"제가 품은 사랑과는 달라도, 당신이 저를 사랑해 주었으니까. 그 애정을 잃기 싫어서, 당신에게 미움받고 싶지 않아서. 당신이 행복하길 바라서."

그는 무심히 테이블 위의 과일 바구니로 손을 뻗었다.

"그런데…… 기억을 되찾고 보니."

석류 한 알이 그의 손에 들렸다.

"저라는 존재는 처음부터 당신이 '악셀 발렌타인'을 구하기 위해 준비한 도구였던 겁니다. 무엇이든 될 수 있지만, 무엇이 되어야 할지는 이미 정해져 있는."

파이는 석류를 만지작거리다가 테이블 위로 그것을 굴렸다. 붉은 과일이 흰 테이블 위를 굴러갔다.

"제가 원하든 원하지 않든 저는 망자들의 신이 되어야 하고, 마신의 권능을 계승해야 하고, 세상과 악셀 발렌타인을 구해야 하고."

석류가 테이블 끝에 도달해 아래로 떨어졌다.

"제 운명은 당신의 계획대로 이미 다 정해져 있었지요."

아리아드네와 파이 사이의 바닥에 부딪힌 석류가 부서지며 붉은 알갱이들이 사방으로 튀었다.

"그런데 왜 제가 자아를 형성하고 자유의지를 갖도록 만드셨습니까?"

박살 난 석류를 비추던 황금빛 눈이 그녀를 비추었다.

"왜 저를 도구로 내버려 두지 않으셨습니까? 왜 저를 사람으로 대하셨습니까? 왜 제게 감정을 품게 만드셨습니까? 왜 저를 이렇게 키우셨습니까? 어차피 신이 되어 이곳에 박제될 존재에게 왜 외로움을 느끼게 만드셨습니까? 왜 희망을 주셨습니까?"

낮게 흘러나오는 물음들에 까마득한 나락이 묻어났다. 아리아드네는 옷자락을 움켜쥐었다.

"난…… 파이, 나는 몰랐어. 나는 그저……."

"아, 굳이 해명하지 않으셔도 됩니다. 저도 이미 알고 있으니까요. 당신이 일부러 그런 게 아니라는 것쯤은. 당신이 잘못한 게 아무것도 없다는 것도."

"……."

"당신은 제게 늘 진심이셨죠. 저를 속이려 한 적도, 농락하려 한 적도 없습니다. 당신은 그저 이렇게 되리라곤 예상하지 못하신 것뿐이니까."

파이가 미소 지었다.

"당신이 저를 기계처럼 대하고 도구로 이용하기만 하셨다면 아무런 문제가 없었을 텐데요. 아리아는 잘해 주지 않아도 될 것에 괜히 잘해 주시는 바람에 손해를 보시게 된 겁니다."

"……아니야, 파이. 내 잘못이야. 내가……."

아리아드네는 입술을 깨물었다.

하얀 잔을 신으로 키워 내겠다고 결심했을 때, 신이 된 하얀 잔이 어떤 심정을 느끼게 될지 상상도 해 보지 않았다. 하얀 잔의 입장이나 감정 같은 건 애초에 고려하질 않았다.

그것은 사람이 아니었으니까. 그것이 사람처럼 느끼고 생각하게 될 줄은 몰랐으니까.

그저 결말에만 집중했다. 마왕을 물리치고, 세상을 구하고, 악셀을 살리고, 그녀도 살아남는, 모두가 행복해지는 새로운 결말에.

하지만 그 '모두'에서 빠진 존재가 있었다. 나머지 모두가 행복해지기 위해 희생당해야만 하는 존재가.

'나는 그게 희생이라는 생각조차…… 못 했어. 안 했지.'

파이가 그녀를 사랑하게 되지 않았다면 괜찮았을까?

아니, 그렇지 않다. 그래도 아리아드네가 파이를, 파이의 의사와 상관없이 신으로 만들었다는 사실은 변하지 않으니까.

문득 차가운 손이 그녀의 입술을 눌렀다. 아리아드네는 그제야 입안에 피 맛이 도는 것을 깨달았다. 입술을 잘근거리다 터뜨린 듯했다.

"무슨 생각을 하고 계신지 알 것 같네요."

파이가 냅킨을 들어 그녀의 피를 닦아 내었다.

"저는 멋대로 당신을 가지기 위해 망자로 만들려 하는데, 당신은 그런 제가 하소연을 좀 했다고 자기가 잘못한 일부터 되짚고 계시는 겁니까? 이러니 제가 당신을."

그가 잠시 멈칫하더니 다시 말을 이었다.

"아리아, 당신이 이러니 제가 이런 짓을 할 용기가 생긴 겁니다."

"……?"

"신이 되고 모든 것을 알게 된 순간에…… 제가 당신을 죽이고 가둔다 해도, 죄책감 탓에 저를 미워하시진 못할 거라는 사실을 깨달아 버렸거든요."

"뭐?"

"그래서 아리아, 저는 당신을 가질 겁니다."

파이는 피 묻은 냅킨을 내려놓고 예쁘게 웃었다.

"파이는 당신이 사랑하는 사람과, 당신이 사랑하는 세계를 구원한 대가로 당신 자신을 받겠습니다."

엷은 백금발이 나부꼈다. 허공에 붉은 피가 꽃처럼 만개했다.

악셀은 찰나 현실을 부정했다.

그럴 리 없다.

그럴 리 없어.

수백 년의 반복된 시간을 넘어, 수십 년의 기다림을 넘어 얻은 기적을, 얻자마자 이렇게 빼앗길 리가 없다.

자멸로 끝날 줄 알았던 암흑에서 건져 내어진 지 얼마나 되었다고, 다시 암흑이. 심장이 으깨어지는 듯한 경험은 이제 끝이리라 믿었는데.

"아가씨!"

베로니카의 절규가 충격으로 얼어붙은 공기를 찢었다.

카론이 아리아드네를 아래에 내려놓았다. 하얀 목이 힘없이 꺾였다. 축 늘어지는 몸 위로 새빨간 피가 비현실적일 정도로 선명하게 번지고 있었다.

검은 낫을 든 인형이 사신처럼 서늘하게 웃으며 말했다.

[이 세계를 구원해 준 대가는 잘 받았습니다.]

[당신들은 승리했으니, 이제 돌아가시길.]

그 말을 끝으로 카론이 끈 떨어진 연처럼 뚝 떨어졌다. 종이 인형은 검은 책의 형태로 되돌아가 아리아드네의 옆에 나뒹굴었다. 푸르던 주위의 하늘이 빠르게 지워졌다. 놀란 얼굴로 내려다보던 '하늘도 빛으로 화해 사라져 갔다.

어느새 이카로스는 광장의 바닥에 앉아 있었다. 사역마가 어리둥절하게 주변을 둘러보다 엄습하는 오염에 흠칫 몸을 웅크렸다.

정령사의 영토 구현이 중단되었다. 아리아드네가 쓰러진 것은 처음이 아니었지만 그녀가 구현하던 영토까지 사라진 건 이번이 처음이었다. 그 사실이 의미하는 바를 깨달은 악셀이 이성을 잃기 직전에 마법사가 목이 졸린 듯한 음성으로 중얼거렸다.

"살아 있어. 아직 살아 있어. 안 죽었어, 우리 해골."

에리히가 보고 있는 건 뤼르 이나민이었다. 아리아드네의 수호성인은 희다 못해 새파랗게 질려 있었으나 불살라지지 않고 멀쩡했다.

"치, 치료를, 당장 치료를……!"

신관이 고장 난 기계처럼 더듬더듬 말을 뱉으며 아리아드네에게로 달려갔다. 그가 덜덜 떨리는 손으로 그녀의 위에 신성력을 퍼부었다.

"오염이…… 맙소사, 정말 영토까지 사라졌군요."

루드빅이 급히 가호를 두르더니 정령등을 여럿 꺼내 불을 켰다. 깨진 핵과 쏟아진 오염수 웅덩이만 남은 광장은 늦은 밤처럼 어두웠다. 그 바닥에 웅크린 검은 새 주위로 촛불처럼 놓인 정령등의 빛이 간신히 어둠을 밀어내었다.

이카로스의 날개깃 아래에서 수호성인이 아리아드네에게 미친 듯이 신성력을 쏟아부었다. 힘없이 주저앉은 베로니카가 그 곁을 지켰다.

악셀은 한 발자국 떨어진 곳에 서서 검을 움켜쥔 채 형형한 눈으로 아리아드네의 상처를 주시하고 있었다. 에리히는 혹시 몰라서 루드빅과 함께 광장 안쪽을 한 바퀴 돌았다. 마왕의, 용의 몸이 무너져 내린 곳도 확인했다.

"······아무것도 없어. 마왕 시체도 다 썩어서 죽어 있고, 오염수에 더 이상 마계의 모습도 비치지 않아. 문이 닫힌 거지. 이쪽은 진짜 끝났어."

"하나도 안 끝났어."

베로니카가 넋이 나간 목소리로 대꾸했다.

"아가씨가 이렇게 되셨는데······ 끝나긴 뭐가 끝나."

"아리아 상태는 어때?"

에리히의 물음에 뤼르가 창백한 낯으로 답했다.

"이상합니다. 다 낫고도 나을 만큼 신성력을 퍼부었는데, 전혀 회복되지 않아요."

"······잠깐만 멈춰 봐요, 신관님."

신관은 망설이다가 신성 마법을 중단했다. 수호성인으로서 느껴지는 아리아드네의 상태를 보면 치료를 멈출 수 없었으나, 밑 빠진 독에 물을 붓는 듯한 감각이 이어지고 있었기에.

"니카, 애 윗옷 좀 벗겨 봐. 상처를 자세히 봐야겠어."

베로니카가 조심스럽게 아리아드네가 입고 있던 얇은 가죽 갑옷을 벗겨 냈다. 아래에 받쳐 입고 있던 흰 셔츠가 피로 물들어 붉은색으로 보였다.

"흐으······ 으으······."

베로니카는 신음인지 훌쩍임인지 모를 소리를 가쁘게 흘리며 피 묻은 단추를 몇 개 풀었다. 주르륵 흐르는 피를 뤼르가 수건으로 정신 없이 닦아 냈다.

비로소 가죽 갑옷 틈새로만 보이던 베인 상처가 적나라하게 드러났다.

"······!"

"이건……."

쏟아지는 피에 비해 상처의 크기는 작았다. 가슴 바로 아래, 명치 근처를 세로로 찢어 놓은 한 뼘 크기의 상처.

기이한 것은 벌어진 살갗에 엉겨 붙은 검은 기운이었다. 얼핏 보기에는 마왕의 몸을 조종하던 연기와 비슷하게 보였으나 그것과는 느낌이 약간 달랐다.

폭탄이 만들어 내는 버섯구름과 먹구름 정도의 차이. 똑같이 불길하지만 전자가 이질적이고 인공적인 느낌이라면, 후자는 자연재해 같은 느낌이었다. 그 차이를 예민하게 감지한 마법사의 낯빛이 심각해졌다.

"상처 부위가 오염된 건가요? 엘릭서를……."

루드빅이 황급히 인벤토리에서 엘릭서를 꺼내 신관에게 건넸다. 병을 연 뤼르가 황금빛 액체를 아리아드네의 상처에 부었다. 아무런 변화가 없었다.

"이건 오염이 아냐."

"그럼 대체 뭐야?"

에리히의 중얼거림에 베로니카가 날카롭게 되물었다. 에리히는 마력이 휘감긴 손끝으로 검은 기운을 건드려 보더니 깊은 한숨과 함께 대답했다.

"아무래도 이건…… '죽음'이라고 불러야 할 것 같은데."

"에리히, 알아듣게 말해."

"막판에 우리 뒤통수를 후려갈긴 저 새로운 신이라는 새끼가 무엇을 다스리는지 떠올려 봐."

"환상 도서관?"

"어. 그리고 거긴 사람이 죽으면 가는 곳이지. 그러니 당연히 '파이'라는 신은 죽음을 다스리는 신이 되는 거고…… 그놈이 벤 곳에 남은 권능은, 죽음이라고 불러야겠지."

"이게 권능이라고? 그 자식의?"

악셀이 거친 목소리로 끼어들었다. 에리히가 이를 악문 채 고개를 끄덕였다.

"오염도 아니고, 정령술도 아니고, 마력도 아니고, 저주나 흑마법도 아니야. 그러면서도 신성력에 전혀 밀려나지 않잖아. 정황상 신의 권능일 수밖에."

"그럼 치료할 수 없다는 건가?"

에리히가 뤼르에게 시선을 주었다. 뤼르는 말없이 아리아드네의 상처 위에 양손을 모았다.

"……빛에 깃드는 엘이시여, 부디 이곳에 기적을……."

작은 기도 소리가 길게 이어졌다. 신관의 날개가 눈부신 빛을 뿜었다. 그는 자신이 쓸 수 있는 것 중 가장 강한 치유 마법을 시전했다. 엘에게 직접 기원하여 환자의 생사를 맡기는 기도를.

햇살 같은 빛이 아리아드네 위를 뒤덮었다. 잠시 후에 신관은 한층 더 어두워진 낯으로 맞잡았던 손을 떼었다.

"안 되나 보네. 제기랄!"

뤼르가 무어라 하기도 전에 변함없는 아리아드네의 상태를 본 에리히가 욕설을 내뱉었다. 멀거니 지켜보던 베로니카가 중얼거렸다.

"왜?"

"……."

"그 신은…… 왜 아가씨에게 이런 짓을, 한 거야? 대체 왜?"

"베로니카 경, 그 신이 대가라고 했었지. 이 세계를 구원한 대가가 공작님이라고."

루드빅이 신경질적으로 제 머리를 쓸어 올리더니 말을 이었다.

"그 신을 만들어 낸 건 공작님이시잖아? 함께 오랜 시간을 보냈다고 하셨었지. 그 와중에 그놈이 공작님께 집착하게 된 것 아니겠어? 다 도와줘 놓고, 막판에 이딴 짓을 하고서 대가니 뭐니 하는 걸 보면…… 틀림없이 공작님을 독점하고 싶어진 거야."

"신이?"

"신인지 나발인지 하는 선입견을 집어치우고, 공작님과 그놈의 관계와 이 사태만 놓고 생각해 보면 뻔해."

"그 신이, 아가씨께 집착하는 건…… 그렇다 쳐. 근데 아가씨를 죽이는 게…… 어떻게 독점이 돼?"

혼란스러워하는 베로니카에게 이번에는 에리히가 이를 갈며 대꾸했다.

"망자들의 신이니까. 죽이는 게 가장 간단하고 완벽하게 제 세계에 아리아를 가두는 방법인 거지."

"하지만 아가씨는…… 아직, 살아 계시잖아! 안 죽으셨어!"

"……완전히 죽일 수 없었던 겁니다."

뤼르가 품에서 유리병을 꺼냈다. 연한 금빛 안개가 일렁이는 푸른 병.

"이건 마법사님의 도움으로 제 낙인을 이용해 만든 아이템입니다. 보호하려는 대상이 죽음의 위기에 처하면…… 그 사람 대신 병의 소유주가 죽는, 여벌의 목숨이지요."

"설마."

"이것의 존재를 그 신께서 알고 계셨던 모양입니다. 차라리 그 공격에 성녀님께서 즉사하셨다면 제가 대신 죽을 수 있었을 텐데, 이런 방식으로 기회를 막아 버리신 것을 보니."

뤼르는 참담한 낯으로 알케스티스를 만지작거렸다. 그러자 핏발 선 눈으로 줄곧 아리아드네를 지켜보고 있던 악셀이 불쑥 입을 열었다.

"그 아이템."

"예?"

"신관, 아니, 마법사. 그 아이템의 기능을 조금 조정할 수 있나?"

"뭘 조정?"

"결국 요약하면 아리아는 지금 죽음의 권능에 붙들려 망자들의 세계에 갇혀 있단 소리 아닌가. 산 것도, 죽은 것도 아닌 상태로."

"……그렇지. 마왕 놈의 수작으로 그 세계에 갇혔을 때랑 비슷한 상황인데, 이번에는 그 세계의 신이 직접 저지른 짓이라서 아마 강령술도 안 먹힐 거야."

"하지만 이번에는 다른 방법이 있잖나. 직접 그곳으로 갈 방법이."

악셀이 아리아드네의 상처에 들러붙은 검은 기운을 가리켰다.

"내가 저걸 나눠 받겠다."

"그게 무슨 미친 소리야?"

"대신 죽을 수 있는 아이템이라면 저 상처를 나눠 받는 것쯤은 간단하지 않나?"

"간단하긴 개뿔이 간단해! 야! 내가 처음부터 그런 정신 나간 아이템을 만들려고 했을 것 같아? 난 평범히 치료 효과를 높이는 물약 같은 걸 만들려고 했다고! 저게 저런 괴상한 자폭 성능을 가지게 된 건 다 신관님이……!"

"그래서 할 수 있나, 못 하나?"

와르르 쏟아지는 마법사의 항변을 악셀이 칼로 자르듯 끊었다. 광기 어린 붉은 눈이 그를 향했다. 에리히는 마른침을 삼켰다.

'이 새끼, 지금 제정신이 아니구나.'

저놈은 불가능하다고 하면 자살을 시도해서라도 아리아드네를 찾으러 갈 것 같다. 그런 직감이 들었다.

"……야, 거기로 가는 건 문제가 아니지. 그냥 죽으면 누구나 갈 수 있는 곳이잖아. 돌아올 방법을 마련하고 가야 아리아를 구할 것 아냐."

"저 죽음이라는 것, 환상 도서관이라는 세계와 강제로 채널이 연결되는 권능인 것 같은데. 맞나?"

"채널이라고?"

"내가 느끼기엔 그렇다. 지극히 폐쇄적이고, 일방통행에 가까운…… 저승으로 이어지는 통로로군."

"잠깐만."

에리히는 급히 마법진을 그리며 무언가를 중얼대더니 기가 차다는 얼굴이 되었다.

"미친, 가이드 마법 써 보니까 이거 진짜 채널이랑 유사한 구조잖아. 그냥 채널이라기엔 여러모로 기괴하고 특이하지만…… 넌 이걸 어떻게 알아챘냐?"

"태생 덕분에."

"아, 하긴. 네놈은 인공 정령에 가까운 몸뚱이랬지."

마법사는 악셀의 끔찍한 태생을 학구적인 태도로 깔끔하게 납득했다. 악셀은 혐오감을 드러내지 않는 그에게 잠시 기이함을 느꼈다. 아리아드네가 모든 것을 바꿔 놓은 이번 생 이전에 저 마법사는 대체로 실패한 실험동물을 보듯 그를 보곤 했었는데.

'아리아 덕분인가? 아니면 그녀 말대로 이번 생에서 내가 변했기 때문에?'

아리아드네에게 물어보고 싶어졌다. 하지만 그녀는 지금 그의 곁에 없다. 어쩌면 영원히 없을 수도 있다. 까마득한 암흑이 스멀스멀 등줄기를 타고 기어올랐다. 악셀은 이를 악물고 빠르게 말을 이었다.

"저 세계로 넘어가는 길이 채널이라면, 내겐 반드시 돌아올 수 있는 방법이 있다."

"무슨 수로?"

악셀이 움켜쥐고 있던 검을 들어 올렸다. 불꽃 같은 무늬가 새겨진 미스릴 검. 그가 아리아드네로부터 선물 받은 검에 낙인을 부여한 결과물이었다.

"이 검은 채널을 벨 수 있다."

악셀은 마왕과 연결된 근원의 채널 탓에 아리아드네를 제 손으로 몇 번이나 죽여야만 했다. 도무지 벗어날 방법이 보이지 않아 일부러 아리아드네에게 못된 말을 하며 달아나기까지 했었다.

이후 그는 그녀가 채널을 막아줌으로써 겨우 구원받았었다.

낙인이 후벼 팠던 그의 상처는 그 끔찍하게 반복되던 시간이었다. 그런 그에게 절실히 필요한 건 스스로 마왕과의 연결을 차단할 수 있는 능력이었다. 숙주의 결핍과 소망에 반응하는 낙인이 그의 검에 이런 기능을 심은 건 당연한 일이었다.

'지금까지는 딱히 쓸 일이 없었지만.'

악셀은 제 검에 새겨진 능력에 대해 짧게 설명했다. 에리히가 입을 떡 벌렸다.

"……허."

"내가 직접 그곳으로 가서 그녀와 그 세계 사이의 연결을 끊어 버리면, 그녀를 구할 수 있다."

현재 환상 도서관과 아리아드네의 영혼, 아리아드네의 육신은 각각 채널로 이어져 있었다.

이곳에서 벨 수 있는 건 아리아드네의 육신과 영혼 사이의 끈뿐이다. 그것을 베는 건 오히려 아리아드네가 돌아올 길을 없애는 것과 같다.

하지만 악셀이 그녀의 영혼이 있는 곳으로 가서 그녀의 영혼과 환상 도서관을 묶고 있는 '죽음'이라는 끈을 베어 낸다면 이야기는 달라진다. 뤼르의 치료가 먹히면서 육신이 회복되고, 아리아드네의 영혼은 자연스럽게 돌아오게 될 것이다.

"거 듣기에는 그럴듯한데."

뒷머리를 벅벅 긁은 에리히가 물었다.

"영혼만 넘어가는 곳이잖아. 그 검 가지고 갈 수 있긴 해? 아리아가 물건을 가지고 드나든 건 개가 받은 축복 덕분이라며."

"낙인은 우리 영혼에 파고들었던 기생 마물이니, 낙인에서 비롯된 이것도 같은 성질을 가지고 있다. 영혼에 연결되어 있다는 뜻이지. 너라면 이미 알고 있을 줄 알았는데."

"어…… 그건 그렇네. 그래, 넘어가는 건 그렇다 치고. 돌아오는 건 어떻게 하려고?"

"죽음과의 연결을 잘라내면 내가 아리아드네로부터 나눠 받은 상처도 신관이 치료할 수 있게 될 거다. 그러면 나 역시 자연스럽게 살아날 수 있다."

"……좋아, 인정하지. 제법 괜찮은 아이디어야. 근데 아리아의 상처는 어떻게 나눠 받으려고?"

"그건 마법사의 역할 아닌가? 네가 어떻게든 구상해 봐라."

"허."

에리히는 혼이 나간 표정으로 뤼르가 들고 있는 알케스티스를 돌아보았다. 악셀이 재차 물었다.

"개조할 수 있겠나?"

"……닥치고 해내야지, 빌어먹을. 아리아의 목숨이 달렸는데."

마법사는 신관에게 비틀비틀 다가가 알케스티스를 받아 들었다. 에리히는 곧 귀신 들린 것처럼 횡설수설하며 수첩에 무언가를 끄적이기 시작했다.

그사이 베로니카가 악셀에게 말했다.

"같이 가."

"뭐?"

"아가씨 구하는 거, 같이 가. 루드빅 경도."

"어? 나도? 어딜? 저승을?"

루드빅이 기겁하며 되물었다. 베로니카는 태연히 대꾸했다.

"저승이 아니라…… 환상 도서관."

"베로니카 경, 그게 그거잖아. 뭔 차이가 있다고."

"그래서 경은, 안 갈 거야?"

루드빅은 잠시 머뭇거렸으나, 아리아드네를 한 번 돌아본 뒤 눈빛이 단단해졌다.

"……아니, 가야지. 공작님을 위해서라면."

루드빅 블레이르는 공작의 남편이 되려는 야망을 포기했다. 아리아드네에게 품었던 마음도 고이 접었다.

그럼에도 불구하고 그는 아리아드네 엘디어를 위해 이 정도 위험쯤은 감수할 수 있었다. 그를 영웅으로 만들어 준 사람 아닌가. 애초에 이런 상황에서 도망쳤다간 평생 미련이 남아 편히 잠들지 못할 게 뻔했다.

'저승에 다녀온 경험이라니, 둘도 없이 영웅다운 업적이기도 하고 말이야.'

루드빅이 각오를 다지는데 악셀이 어처구니없다는 듯 입을 열었다.

"뭐 하러 따라오겠다는 건가? 약……."

약해 빠진 너희는 짐만 될 뿐이다.

악셀은 내뱉으려던 뒷말을 속으로 삼켰다. 디메토르였다면 망설임 없이 내뱉었을 말이다. 하지만 그가 '악셀'로서 이번 생에 겪은 경험들이, 새로이 배운 것들이 그의 본능적인 거부감을 누그러뜨렸다.

정말 저들이 짐인가?

악셀은 진지하게 생각한 후에 내면의 질문에 답했다.

아니, 저들은 짐이 아니다. 신뢰할 수 있는 동료다.

그가 약해지는 순간에, 혼자서는 해결할 수 없는 상황에, 그들은 분명 큰 힘이 될 것이다. 게다가 아리아드네를 구하는 건 그만의 일이 아니다. 저들의 일이기도 했다.

아리아드네는 악셀만의 것이 아니었으므로.

그녀는 그의 연인인 동시에 베로니카의 주군이었고, 루드빅의 은인이었으며, 에리히의 동생이었고, 뤼르의 성녀였다.

악셀은 자신이 그들을 막을 자격도, 막을 이유도 없다는 것을 깨달았다. 따라서 함께 가겠다는 기사들에게 그가 할 수 있는 말은 경고 정도였다.

"돌아올 수 없을지도 모른다."

"자신 있어, 보이더니."

"내 검의 기능은 아직 실제로 쓰인 적이 없고, 우리가 갈 곳은 죽은 자의 세계이며, 우리가 대적하게 될 것은 그 세계의 신이다. 무엇이 우리를 가로막을지 알 수 없어. 우리는 그곳에서 죽을 수도 있다."

"알아."

베로니카가 그게 뭐 별거냐는 듯이 대꾸했다. 루드빅 역시 어깨를 으쓱였다.

"그 정도 각오도 없이 함께 가겠다고 하겠냐? 어쨌든 저승인데."

"너 혼자, 가는 것보다는…… 성공률이, 높아질 거야. 네 말대로…… 뭐가 기다리고 있을지, 모르니까."

베로니카가 덧붙였다. 루드빅도 말을 더했다.

"게다가 '죽음'을 셋이 나눠 받는 게 혼자 나눠 받는 것보다 부담이 덜하지 않겠어? 그 편이 나중에 신관님께서 치료하시기도 쉬울 거고."

악셀은 더 이상 그들을 말리지 않았다.

마법사가 머리를 쥐어뜯으며 고통받는 동안 뤼르는 아리아드네를 돌보고, 기사들은 정령등이 꺼지지 않게 관리하며 적당히 휴식을 취했다.

악셀은 홀로 앉아 검을 들여다보며 낙인으로 새겨진 기능을 다시 확인했다. 필요한 순간에 정확히 발동하기 위해서. 이런 거라도 하고 있지 않으면 도저히 제정신으로 있을 수가 없어서이기도 했다.

그렇게 하룻밤이 흐른 뒤.

"그거 이름은 정했냐?"

퀭한 얼굴로 나타난 에리히가 대뜸 악셀에게 물었다.

"무슨 이름?"

"그 검 말이야. 그 정도 능력이 깃든 아이템을 언제까지 그냥 검이라고 부를 건데?"

"이름 같은 게 필요한가?"

"하여간 펜 안 드는 놈들은 명명과 기록의 중요성을 모른다니까."

쯧쯧 혀를 찬 에리히가 그의 옆에 털썩 주저앉으며 말했다.

"정오의 아레스."

"……?"

"루드빅 경이 자기 활을 오후의 아르테미스라고 부르겠다고 하더라고. 그러니까 이제 니카 방패는 오전의 아테나, 신관님 유리병은 새벽의 알케스티스, 네 검은 정오의 아레스로 해. 때려 부수는 거 좋아하는 네놈이랑 잘 어울리는 이름이지?"

"이름 따윈 네 마음대로 불러라. 그보다……."

"어, 개조 다 끝났다. 끝났으니까 내가 이런 한가한 얘기를 하는 거 아니겠냐."

에리히가 푸른 유리병을 들어 보이며 한숨을 내쉬었다.

"망할, 진짜 한계의 한계까지 머리를 쥐어 짜내게 만든다니까. 너넨 내가 천재라 다행인 줄 알아. 나도 몰랐던 새로운 재능을 강제로 개화한 기분이라고. 돌아가면 아이템 제작 분야도 제대로 파 봐야겠어."

마법사는 투덜투덜 푸념을 늘어놓았다. 그는 정말로 힘들었는지 하룻밤 만에 수명이 몇 달은 깎인 듯한 얼굴이었다.

"몰랐나? 너는 원래 아이템 제작 분야에도 탁월한 재능이 있었다. 그렇지 않았다면 이런 걸 할 수 있냐고 묻지도 않았겠지."

악셀이 덤덤히 하는 말에 에리히의 표정이 묘해졌다.

"……야, 그거 지금이랑은 다른 생의 나에 대한 이야기지?"

"그렇다."

"내가 아이템 제작 쪽에도 재능이 있었다고?"

"내가 아는 한 이 시대에 너만큼 탁월하고 다양한 재능을 가진 마법사는 없다."

"……크흠, 큼."

악셀의 말투는 건조하고 무뚝뚝했기에 더 진심으로 들렸다. 에리히는 쑥스러움과 뿌듯함을 헛기침으로 감추며 생각했다.

'이 자식…… 의외로 안목 있고 괜찮은 놈일지도.'

생각해 보면 여러모로 유능한 놈이기도 하고. 목숨쯤은 아무렇지도 않게 바칠 만큼 아리아를 사랑하는 것 같고. 이 정도면 우리 해골을 맡겨도 괜찮을지도……? 아리아도 이놈을 처음부터 자꾸 편들 정도로 좋아했으니까…….

그는 악셀에 대한 평가를 내심 수정하며 개조한 알케스티스를 내밀었다.

"자. 내용물을 한 모금 마시면 발동될 거다."

"알겠다."

"네 몸이랑 아리아 몸은 우리가 지키고 있을 테니 걱정 말고. 권능이 사라지는 게 보이는 즉시 신관님이 치료할 거야. 그러면 돌아올 수 있는 거겠지?"

"그래."

"아, 근데 이거 급조한 거라 문제가 좀 생겼는데."

에리히가 이맛살을 찌푸리며 설명했다.

"제한 시간이 있어. 용액이 효력을 발휘하는 동안에만 아리아의 상처를 나눠 받을 수 있거든."

"제한 시간이 어느 정도지?"

"좀 짧아. 6시간에서 12시간 정도."

"편차가 크군."

"실험해 볼 여유가 없어서. 그냥 6시간이라고 생각해. 제한 시간이 끝나면 '고통 분담', 어, 그러니까 부상을 나눠 받는 힘이 사라져서……아리아에게 부상이 전부 되돌아갈 거야."

에리히가 낯빛을 굳힌 채 경고했다.

"그렇게 되면 아리아는 두 번 상처 입는 셈이지. 갠 안 그래도 위험한 상태니 그 충격에 그대로 죽어 버릴지도 몰라. 무슨 뜻인지 알겠어?"

"반드시 제한 시간 내에 해내라는 거군."

악셀은 알케스티스를 받아 들고 안에 든 안개 같은 액체의 용량을 가늠했다.

"다른 사람과 나눠 마신다고 제한 시간이 줄어드는 건 아니겠지?"

"한 모금만으로도 발동한다고 했잖아. 용액의 효력이 지속되는 시간은 양이랑 상관없으니 당연히…… 잠깐만, 뭐? 나눠 마셔? 누구랑?"

악셀은 유리병을 들고 일어나 기사들이 있는 곳으로 향했다. 루드빅은 그렇다 치고 베로니카까지 함께 떠나기로 했다는 걸 뒤늦게 알게 된 에리히는 펄펄 뛰었다.

"미쳤어? 미쳤냐고! 거기가 어디라고 네가 가!"

"어디기는…… 아가씨가 계신 곳이지."

"야! 해골도 모자라서 너까지 거기에 갇히면, 그러면 나는, 난……."

버럭 화를 내던 에리히의 눈에 덜컥 눈물이 고였다. 베로니카는 훌쩍이는 마법사의 머리를 쓱쓱 쓰다듬었다.

"아가씨랑 같이, 무사히, 돌아올게."

"제정신으론 못 기다려, 제길. 차라리 나도 갈래. 같이 가겠어."

"안 돼. 너까지 오면, 아가씨랑 우리 몸이랑, 신관님은…… 누가 지켜?"

"……여긴 별일 없을 거야. 마왕도 죽었고……."

"만에 하나라는 게, 있잖아. 게다가 너…… 저거 개조하느라 지쳤을 거고. 그러니까, 너는 여기서 모두를 지키면서…… 기다려 줘."

"빌어먹을……."

납득할 수밖에 없는 주장이었다. 그가 남아야 하는 이유도, 악셀 혼자가 아니라 기사들이 함께 가려는 이유도. 에리히는 비합리적인 고집을 부리기엔 지나치게 마법사다운 인간이었으므로, 피가 나도록 입술을 깨물며 계획을 받아들였다.

"무사히 돌아오지 못하기만 해 봐. 진짜 가만 안 둬."

"응, 걱정 마."

베로니카는 건성건성 고개를 끄덕였다.

그러나 에리히는 귀찮은 듯한 그녀의 반응에 기묘하게 안심했다. 각오를 다지거나 긴장하는 것도 아니고 평소처럼 대수롭지 않게 떠나려는 걸 보니, 정말 그녀가 별일 없이 아리아드네를 구해서 아무렇지도 않게 돌아올 것 같아서.

에리히는 베로니카를 끌어안고 그녀의 머리에 코를 묻은 채 속삭였다.

"조심해."

"응."

"내 동생, 잘 부탁할게."

"내 아가씨야."

"어, 그래. 내 동생이기 이전에 네 아가씨지."

마법사는 비로소 웃으면서 그녀를 놓아줄 수 있었다.

불을 밝힌 정령등이 둥그렇게 놓인 중앙에 세워진 간이 막사에 아리아드네를 중심으로 기사들이 나란히 누웠다. 신관과 마법사가 긴장한 채 지켜보는 가운데, 그들은 미리 나눠 받은 알케스티스의 용액을 동시에 들이켰다.

방 한쪽의 벽난로에 황금빛 울타리가 쳐져 있었다. 아리아드네는 그 울타리를 물끄러미 바라보았다. 기억에 있는 물건이었다.

그녀는 느릿하게 방 안을 둘러보았다. 눈보라성에서 처음 받은 방과 똑같은, 화려하고 아늑한 방.

이곳에서 그녀는 가족의 사랑을 알았다. 사랑받는 법을 배웠다. 행복에 익숙해졌다. 추억이 많은 방이었다. 하지만 지금 그녀는 이 방에 있는 것이 전혀 기쁘지 않았다.

"마음에 들지 않으세요? 좋아하시는 방이잖아요."

파이가 조심스럽게 물었다. 아리아드네는 그를 돌아보지 않은 채로 대답했다.

"응, 좋아하는 방이지. 네가 본 적 없는 방이기도 하고."

"……"

"내 기억을 읽었어, 파이?"

"……다른 방을 준비할까요?"

"아니, 됐어. 어디든 뭐가 다를까."

그녀는 벽난로 앞의 안락의자에 걸터앉았다. 그러자 파이가 테이블에 수프와 빵 등의 간단한 요깃거리를 내려놓았다.

"드셔 보세요. 눈보라성에서 드시던 그 맛 그대로일 거예요."

좋아하는 수프였다. 겨울이 긴 위버 특유의 방식으로 만들어진 수프. 그러나 아리아드네는 테이블 쪽을 쳐다도 보지 않았다.

"괜찮아."

"아무것도 안 드셨잖아요. 배고프지 않으세요? 조금만이라도 드세요, 네에?"

파이가 애원하는 투로 애교 있게 말끝을 늘이면서 외면하는 아리아드네의 옷자락을 손끝으로 살짝 쥐었다.

그녀가 그제야 그를 돌아보았다. 파이는 기다렸다는 듯이 눈물을 한 방울 뚝 떨구었다. 늘어뜨린 눈썹, 글썽이는 눈망울, 나비 날개처럼 파르르 떨리는 속눈썹이 처연하기 그지없었다.

"아리아, 제발요."

"여기선 안 먹어도 안 죽잖아."

"그래도 허기는 느껴지고, 먹지 않으면 힘이 빠져요. 기억이 감각을 지배해서…… 쓰러지실 수도 있어요."

"상관없잖아, 그렇게 되어도."

"어떻게 상관이 없어요? 저는 아리아가 힘드신 건 싫은걸요."

"파이."

아리아드네가 그를 똑바로 올려다보았다.

"지금부터 나는 네가 권하는 건 아무것도 하지 않을 거야."

"예? 어째서……."

"의도가 있을 테니까."

"의도라니요. 저는 단지……."

"너는 아직 나를 완전히 이곳에 가두지 못했잖아. 내가 알케스티스로 부활하게 될까 봐 생과 사 사이에 반쯤 걸쳐 놓기만 했다며."

그녀는 쓴웃음을 지었다.

"그런 상태인 나를 여기에 묶어 두려면 뭔가 더 조건이 필요한 거겠지? 옛이야기나 신화에서 나오는 것처럼, 네가 주는 음식을 먹는다든지 하는. 그래서 자꾸만 권하는 거 아니야?"

"……."

파이는 짧게 침묵하더니 언제 울먹였냐는 듯 말끔해진 얼굴로 엷게 미소 지었다.

"역시 당신을 속이는 건 쉽지 않네요, 아리아."

"네가 티를 냈잖아. 들키길 바라는 것처럼."

"그렇게 보였나요? 제가 어설펐군요."

파이가 웃는 얼굴로 고개를 갸웃거렸다. 아리아드네는 엷게 한숨을 내쉬고 잠시 망설이다가 결심한 듯 입을 열었다.

"내게 뭘 바라는 거야?"

"이미 말씀드렸잖아요. 제가 아리아에게 바라는 건, 당신이 제 것이 되는 거라고."

"……파이, 나는 네가 어떤 심정일지 배려하지 못했고, 네 마음을 알아채지도 못했어. 네게 무신경했던 거야, 여러모로……. 그리고 끝내 네게 신이 되길 강요하고 말았어."

아리아드네는 눈을 내리깔며 양손을 맞잡았다.

"네 말이 맞아. 나는 절대 너를 미워할 수 없어. 네가 무슨 짓을 하든 간에…… 내 책임이니까."

"……"

"하지만…… 파이, 너도 알잖아. 미워할 수 없다는 게…… 사랑할 수 있다는 뜻은 아니야."

그녀가 고개를 들었다. 아리아드네는 울 것처럼 일그러진 얼굴로 나직하게 말을 이었다.

"파이, 나는, 네게 정말로 미안해. 내 멋대로 네 운명을 정해 버린 걸 어떻게든 사과하고 싶어. 하지만, 하지만 파이…… 나는 네게 용서받기 위해 너를 사랑할 순 없어. 그건 불가능해, 미안해……"

"저도 압니다."

파이가 손을 뻗었다. 아리아드네는 흠칫 놀라 그 손길을 피하려 했으나 안락의자에 앉은 채로는 피할 곳이 없었다. 흘러내린 백금발이 흰 손가락에 감겼다.

"사랑해 주지 않으셔도 됩니다. 그냥 제 곁에 있어만 주세요, 아리아."

"네 곁에만?"

"네, 영원히, 이곳에서, 오직 저와 함께."

파이가 손에 감은 그녀의 머리카락에 입을 맞췄다. 황금빛 눈동자가 벽난로의 불빛을 받아 일렁였다. 아리아드네는 팔걸이를 움켜쥐었다.

"……파이, 나는 그렇게 살 수 없어. 난……"

"제게 미안하다고 하지 않으셨나요?"

파이가 한없이 부드러운 목소리로 덧붙였다.

"저는 영원토록 신으로 살게 만들어 놓으시고선, 당신의 영원은 제게 주실 수 없다는 건가요?"

아리아드네는 아득해지는 기분에 눈을 감았다. 숨이 막혔다. 그녀는 힘없이 속삭였다.

"그게 네가 바라는 거야?"

"네."

"내가…… 내 마음이 어떻게 되든 상관없이…… 그저 네 곁에 영원히 있는 것이?"

"그렇다면요?"

아리아드네는 눈을 감은 채 뺨에 와 닿는 차가운 손끝을 느꼈다. 그가 그녀의 뺨을 감싸 쥐며 낮게 되물었다.

"그렇다면, 포기하고 제 곁에 남아 주실 건가요?"

"……그럼 너는 나를 사랑하는 게 아니야."

아리아드네가 천천히 눈을 떴다. 그녀의 푸른 눈은 젖어 있었고, 죄책감과 연민과 슬픔으로 얼룩져 있었다.

"파이, 너는 그저 내게 집착하고 있는 거야."

파이의 얼굴에서 일순 표정이 사라졌다. 그는 무표정한 채로 물끄러미 그녀를 바라보다가 순진하고 예쁜 미소를 가면처럼 덮어쓰고 나긋하게 물었다.

"그러면 안 되나요? 그게 나쁜 건가요?"

"불행해질 테니까. 너도, 나도…… 모두가."

"전 이미 불행한걸요, 아리아."

작게 웃음을 터뜨린 파이가 그녀의 얼굴을 양손으로 감싸 쥐었다. 그가 다정히 물었다.

"아리아, 제가 당신을 사랑하는 게 아니라고요?"

"그래, 아니야."

"아뇨, 저는 당신을 사랑해요. 당신이 행복하기를 원하고, 당신이 웃길 바라는걸요. 그걸 위해 최선을 다할 거고요."

"이런 식으로 네 곁에 묶어두고서 내가 행복해지길 바란다고? 파이, 네가 정말로 나를 사랑한다면 이런 짓은 하지 않았을 거야."

"글쎄요. 아리아, 제가 당신을 사랑하지 않았다면, 그저 집착뿐이었다면……."

뺨을 움켜쥐고 있던 손가락들이 그녀의 목선을 타고 미끄러졌다.

"저는 아마 이미 당신을."

가장 빛에 가까운 색을 가진 눈동자가 가장 짙은 어둠처럼 가라앉았다. 벌어진 그의 입안에서 억눌린 욕망이 기어 나오려던 순간.

"아."

파이가 입을 다물더니 손을 떼고 물러나서 허공을 보았다.

"……초대한 적 없는 손님들이 오셨군요."

아리아드네는 그가 물러서자마자 저도 모르게 멈추고 있었던 숨을 토해 냈다. 그는 창백해진 그녀를 보다가 곧 시선을 엉뚱한 곳으로 돌렸다.

"쉬고 계세요. 잠시 다녀오겠습니다."

"어딜?"

아리아드네가 다급하게 물었다. 파이는 대답 없이 사라졌다.

홀로 남은 그녀는 잘게 떨리는 손으로 얼굴을 문질렀다. 그러면서 애써 끌어올린 이성으로 생각했다.

환상 도서관에 침입한 초대받지 않은 손님이라. 어떻게 들어왔을지는 모르겠어도 누구일지는 뻔했다. 파이가 그들을 환영하러 간 게 아니라는 것도 뻔했다.

그러자 공포가 차올랐다.

'안 돼. 지금의 파이는 위험한데.'

대정령도 자신의 영토에선 압도적인 힘을 발휘한다. 그러니 자신이 다스리는 세계에 있는 신은 비유가 아니라 진정으로 신적인 존재일 터.

그 앞에 그녀를 구하러 온 누군가가…… 악셀이 맞선다면. 그러면 지금의 파이는 대체 그를 어떻게 할까. 그녀가 사랑하는 남자를.

난롯불이 코앞에 있는데도 전신이 오싹해졌다.

'이대로 있을 순 없어. 어떻게든 해야 해.'

아리아드네는 손목을 휘감은 황금빛 문자들을 노려보았다. 파이가 그녀의 손목에 이것을 새긴 뒤로 환상 도서관에서 나가지지도 않고 정령술 채널도 느껴지지 않았다. 정확히는 그녀의 채널이건 영혼이건 이 문자들에 묶여서 환상 도서관을 벗어나지 못하고 맴도는 듯한 감각이었다.

어떻게든 해야 하는데, 이런 상황에서 대체 무엇을?

'엄마나 엘의 도움을 기다릴 수도 없어. 도울 수 있었다면 진작 도와주셨을 테니까.'

아리아드네는 필사적으로 머리를 굴렸다. 그리고 곧 시도할 수 있는 방법이 하나뿐이라는 결론에 도달했다.

그녀는 파이가 두고 간 식사 쟁반에서 나이프를 집어 들었다.

'통각이 둔하니까…… 할 수 있을 거야. 문제는 이걸로 이 속박에서 벗어날 수 있느냐, 그리고 파이가 내가 한 짓을 바로 알아채느냐 인데…….'

일단은, 해 보자.

어차피 환상 도서관에 있는 이 육체는 진짜 몸이 아니다. 예전에 납치되었을 때 이미 비슷한 짓을 해 보기도 했고.

'괜찮아. 실패하더라도 아무것도 하지 못했다고 후회하게 되는 것

보단 낫잖아.'

아리아드네는 이를 악물고 나이프를 들어 올렸다.

안개처럼 생긴 용액은 마시는 느낌조차 없이 목을 넘어갔다. 마시
자마자 가슴께가 갈라지는 고통이 짧게 스쳐 지나갔고, 다음 순간, 기
사들은 낯선 공간에 서 있었다.

겹겹이 쌓인 유리 천장, 유리 바닥, 무한히 이어지는 유리 벽. 무수
히 많은 서재. 그들 역시 그 많은 서재 중 한 곳에 있었다. 다만 그들
앞에 놓인 황금 책장은 아무것도 없이 텅 빈 것이었다.

"공작님께서 묘사하신 그대로군요. 물론 제 상상보다는 훨씬 신비
롭고…… 압도적이지만요."

루드빅이 위를 보며 중얼거렸다. 베로니카는 투명한 바닥 아래로 이
어진 서재들을 보며 멍하니 입을 벌렸다. 악셀은 아리아드네를 찾아
재빨리 주위를 둘러보았다. 덕분에 그녀를 가장 먼저 발견한 건 악셀
이었다.

"……당신은?"

바로 옆 서재에서 연한 갈색 머리카락을 늘어뜨린 여자가 다급하게
유리 벽을 두드리고 있었다.

글로리아 위버였다.

아리아드네에게 들러붙은 죽음의 권능을 나눠 받은 기사들은 자연
스럽게 아직 완성되지 않은 현생 아리아드네의 서재에 도착했다.

아주 오래전, 엘릭서 실험을 당하던 어린 아리아드네가 만들다 만

서재. 그리고 그 서재는 원래부터 글로리아의 서재 바로 옆이었다.

이번 생의 악셀은 글로리아 위버가 어떻게 생겼는지 알지 못했다. 하지만 그 이전, 수없이 반복되었던 생에서는 글로리아 위버의 초상화를 본 기억이 있었다. 아리아드네가 보여 준 적이 있었으니까. 그래서 그는 금세 그녀를 알아보았다.

"글로리아 위버……!"

악셀의 중얼거림에 베로니카와 루드빅이 휘둥그레진 눈으로 돌아보았다.

"글로리아 위버라면……."

"아가씨의, 어머니시잖아!"

유리 벽 너머에서는 아무런 소리도 전해지지 않았다. 기사들과 눈이 마주치자 글로리아는 제 뒤를 가리켰다. 하얀 천이 덮인 황금 관.

'엘의 영혼이 저기에 잠들어 있는 건가?'

기사들이 관의 정체를 알아본 것을 확인한 뒤, 글로리아는 기도를 하는 듯한 자세를 반복적으로 취했다. 관을 가리키고, 기사들을 가리키고, 양손을 맞잡고.

"저희보고 엘께 기도하라는 뜻이신 거 같습니다만."

루드빅이 얼떨떨하게 말했다. 악셀이 이맛살을 찌푸렸다.

"기도라니, 그런 건 해 본 적이 없는데."

"나도 안 해 봤어. 그래도…… 해 봐야지. 아가씨의, 어머니께서 시키시는 일이니까…… 이유가 있을 거야."

웅얼웅얼 대꾸한 베로니카가 먼저 양손을 맞잡고 눈을 감았다.

"엘이시여."

그녀의 짧은 속삭임에 애타게 기다렸다는 듯 즉시 답이 돌아왔다.

엘이 아니라, 신의 대행자인 글로리아의 응답이었다.

{들리니?}

베로니카의 주위에 황금빛이 어리며 글로리아의 목소리가 울려 퍼졌다.

"어, 아…… 네에, 들려요. 안, 안녕하세요, 전……."

{베로니카 브란테, 아리아의 기사지. 이미 알고 있단다. 내 딸을 지켜 줘서 늘 고마워.}

{환상 도서관의 신이 탄생하면서 제약이 더 커졌단다. 그래서 엘과 엘의 권속인 나는 이곳, 내 서재에서 벗어날 수가 없어. 이렇게 기도와 응답이라는 형식을 이용해서 너희에게 말을 거는 것도 그 때문이야.}

{너희는 아리아를 구하러 온 거지?}

기사들이 일제히 고개를 끄덕였다. 유리 벽 너머의 글로리아는 슬픔과 안타까움, 후회, 그리고 분노가 뒤섞인 표정을 지었다.

{그 아이는 지금 '파이'가 환상 도서관 중앙에 새롭게 창조한 공간에 갇혀 있단다. '파이'는, 환상 도서관의 신은…… 그 애를 영원히 그곳에 가둬 놓을 작정이야.}

악셀의 주먹에 힘이 들어갔다. 글로리아는 무어라 덧붙이려다 입술을 깨물며 참더니 빠르게 말을 이었다.

{파이는 이미 너희가 이곳에 들어온 걸 알아차렸어. 그는 이곳의 신이지. 그가 나서면 너희는 아리아가 갇힌 곳에 도달하기는커녕 바로 이 세계에서 추방될지도 몰라. 신의 권능이란 그런 것이니까.}

{그런 사태를 막기 위한 축복을 너희에게 내려 주마.}

{눈을 감고, 저항하지 말렴.}

금빛 빛무리가 그들의 몸을 휘감았다. 눈을 내리깐 글로리아가 광휘에 휩싸인 채 선언했다.

{엘의 권속, 천상의 나팔, 신의 대행자 글로리아가 너희를 축복하나니.}

황금빛은 기사들의 손등에 은은한 금색 나팔꽃 문양을 새겼다.

{너희는 신의 뜻을 전하는 전령이 되어, 임무를 끝낼 때까지 누구에게도 간섭받지 아니하리라.}

{이를 엘의 이름으로 약속한다.}

그들을 감싼 빛무리와 글로리아를 감싼 광휘가 사라졌다. 글로리아가 초조한 얼굴로 설명했다.

{이제 한동안은 파이의 권능에 직접적으로 당하지는 않을 거야. 추방이나, 시간 정지나, 복종하라는 명령 같은 거.}

루드빅이 신기한 듯 손등을 들여다보며 중얼거렸다.

"맙소사, 이런 좋은 게 있었다면 마왕과 싸울 때도 도움이 되었을 텐데요."

{아니, 이건 마왕을 쓰러뜨렸기 때문에 가능해진 축복이란다. 엘께서 비로소 엘리시움에 대한 권한을 온전히 회복하셨기에……. 어쨌든 그건 직접적인 권능만 방어하는 거지, 간접적인 권능 행사는 막지 못해.}

"싸우게 될 거란, 말씀이시군요."

베로니카가 조용히 말했다. 글로리아는 입술을 깨물었다.

{제발, 그 애를 구해 주렴……. 그 애는 이제 행복해져도 되는데, 이렇게 또다시…… 이런 결말은, 도저히 받아들일 수가…….}

띄엄띄엄 말하는 글로리아의 눈에 눈물이 차올랐다. 줄곧 침묵하던 악셀이 입을 열었다.

"걱정하지 마십시오."

{……악셀 발렌타인.}

"제가 반드시 그녀를 행복하게 만들겠습니다."

악셀이 가슴팍에 주먹을 댄 채 고개를 숙였다. 각 잡힌 기사의 맹세였다.

루드빅은 악셀의 정중한 태도를 보며 오만상을 찌푸렸다.

'이 새끼가……. 장모님이다, 이거지.'

글로리아는 눈물 고인 눈으로 그를 보다가 작게 웃음을 흘렸다.

{악셀 발렌타인. 그래, 너를 한 번쯤 만나 보고 싶긴 했었어. 이런 식으로 만나고 싶었던 건 아니었지만.}

{책 너머로 보던 것보다 훤칠하구나. 아리아를 잘 부탁해. 너희가 부디 행복해지기를.}

기도하듯 말한 그녀가 그들에게 손짓했다.

{이제 출발하렴, 시간이 부족하니.}

{내 축복이 전령이 된 너희를 뜻을 전할 대상, 그러니까 아리아에게로 인도해 줄 거야.}

그들의 손등에서 피어난 황금빛이 나팔꽃 줄기처럼 그들의 전신을 휘감았다. 곧이어 기사들의 모습이 황금빛에 감싸여 사라졌다.

그들이 완전히 사라지고 나자 글로리아는 지친 숨을 내뱉으며 주저앉았다. 신의 권능을 이 정도로 크게 빌려 쓰는 건 천사가 된 그녀에게도 쉬운 일은 아니었다.

그녀는 유리 벽에 손을 짚은 채 헛구역질을 몇 차례 하더니, 흐릿해진 시야로 황금 관을 돌아보았다.

"엘이시여…… 이제 답해 주세요."

글로리아는 기다시피 황금 관으로 다가갔다. 그녀는 관에 매달린 채 물었다.

"이 모든 걸 예상하셨나요? 하얀 잔이 아리아를 사랑하게 될 것을? 설마, 당신께선 엘리시움을 구원한 대가로 파이에게 아리아를 넘겨주실 작정이셨……!"

목소리를 높이는 그녀의 귓가에 엘의 속삭임이 실바람처럼 들려왔다.

{모두가 실망하지 않는 결말이란 없느니라. 기대란 충돌하기 마련이니, 한 사람이 뜻을 이루면 다른 누군가는 그 뜻을 포기해야 한다.}

글로리아는 울먹이며 되물었다.

"그건, 누군가는 반드시 슬퍼진다는 뜻인가요?"

신이 답했다.

{애통하는 자는 복이 있나니.}

황금빛에 휩싸인 기사들이 도착한 곳은 어딘지 모르게 익숙한 장소였다. 흠 하나 없는 검은 돌로 이루어진 깊은 원통 같은 공간. 그곳에 내려서자마자 기사들은 동시에 낯빛이 굳었다.

"우리가 도착할 곳은 그 신이 새로 창조한 공간이라고 하지 않았어? 왜 익숙하냐?"

"설마……."

루드빅의 혼잣말에 베로니카가 신음하며 고개를 들었다.

"빌어먹을."

마찬가지로 고개를 들어 올린 악셀이 욕설을 내뱉었다. 혈관으로 뒤덮인 거대한 알이 먹구름 같은 둥지와 함께 공중에 떠 있었다.

"요람이 왜 여깄어? 여기 대미궁 아니잖아!"

루드빅이 비명처럼 물었다. 악셀이 이를 갈며 답했다.

"마신의 권능을 흡수하면서 그 파이란 놈이 마계의 생명들을 환상 도서관에 받아들였었지."

"……그래서 군주들도 여기서 되살아났다고?"

"정확히는 죽어서 여기에 온 거겠지. 여기는 망자들의 세계니."

"그리고 파이인지 쿠키인지 하는 신이 경비견 삼아 그것들을 여기 다 풀어 놨다 이거네?"

"아마도."

"이런 개 같은."

루드빅이 욕을 내뱉으며 무기를 꺼내 들었다. 베로니카가 멍하니 말했다.

"그럼, 다른 군주들도, 다 있는 거야?"

"……."

일순 침묵이 흘렀다. 악셀은 요람 위의 천장에 대미궁과 똑같이 하수구 같은 구멍이 있는 것을 확인했다.

"……아무래도 세 군주를 전부 다시 상대해야 할 것 같군."

그가 검을 치켜들었다. 문득 베로니카가 그런 그의 팔을 잡았다.

"그냥, 지나가자."

"뭐?"

"저거 아직, 눈 안 떴잖아."

"지나가면 눈을 뜨겠지. 설마 우리를 그냥 내버려 두겠나."

"눈 뜨면, 그때 죽이면 돼."

"그러면 늦는다. 눈을 뜨기 전에 알을 깨어야 빠르게 처리할 수 있단 말이다. 우리에겐 장기전을 치를 시간이 없어."

"시간이, 없으니까…… 하는 말이야."

단호하게 말한 베로니카가 루드빅을 돌아보았다.

"루드빅 경."

"어?"

"여기 숨어 있다가, 우리가 지나가고 나서…… 저게 눈을 뜨려고 하면, 그 활로, 단번에 끝낼 수 있겠어?"

베로니카가 오후의 아르테미스를 턱짓했다. 루드빅은 빠르게 그녀의 말뜻을 알아들었다. 낙인이 깃든 아르테미스는 한 번에 두 개의 화살을 쏠 수 있다. 강하고 파괴적인 것과, 은밀하고 날카로운 것.

악셀이 요람을 혼자 한 번에 처리하려던 방식에 대해서는 이미 들었다. 이론적으로는 악셀보다 루드빅이 그 방식에 더 유리했다. 악셀은 두 번 공격해야 하지만, 루드빅은 한 번의 공격으로 끝낼 수 있으니.

아르테미스의 첫 번째 화살로 알을 깨고, 두 번째 화살로 깨진 알 틈에서 부화하는 요람을 꿰뚫으면 된다. 그의 두 번째 화살은 매우 은밀해서 요람의 허를 찌를 수 있을 터였다. 물론 실패하면 매우 위험해지겠지만.

루드빅은 제 활을 가만히 내려다보다가 어깨를 으쓱였다.

"나한테 굉장한 걸 바라는데……."

"힘들어?"

"아니, 이런 무대에 관객이 없는 게 아쉽다고."

씩 웃으며 윙크를 한 그가 아르테미스를 어깨에 걸머지며 그들에게 손짓했다.

"얼른 가라."

"혼자 요람을 잡겠다고? 그런 위험한 짓을……!"

인상을 찌푸린 악셀을 베로니카가 잡아끌었다.

"시간 없잖아? 루드빅 경한테 맡기고, 우린 가야 해."

"그냥 같이 잡고 가겠다. 요람 정도는 금방 잡을 수 있으니."

"루드빅 경을, 못 믿어?"

베로니카의 물음에 악셀이 멈칫했다. 루드빅이 코웃음을 치며 손짓했다.

"이제부터 믿게 만들어 줘야겠군. 잡고 나서 따라갈 테니 빨리 가기나 해. 공작님께서 기다리신다."

"응."

고개를 끄덕인 베로니카가 그림자나비를 불러냈다. 정령 기사의 영혼에 깃든 정령수는 환상 도서관에서도 자연스럽게 튀어나왔다.

악셀은 이를 악물었다가 시간을 가늠해 본 뒤 벼락을 불러냈다.

"악셀, 다음이 만약, 늦기라면."

용에 올라타는 그의 등에 대고 베로니카가 태연히 말했다.

"그건 나한테 맡기고, 너는 계속 가."

"……진정 죽고 싶나?"

"아가씨가, 슬퍼하실 일은…… 안 해."

어깨를 으쓱인 베로니카가 희미하게 웃었다.

"난, 방패가 있잖아. 버티기만 할 거야. 그러면, 루드빅 경이…… 요람 잡고, 와서 도와주겠지."

"베로니카 경, 아까부터 나한테 자꾸 대단한 걸 바라는데."

"안 올 거야?"

"아니, 후딱 쏴 버리고 갈 테니 잠깐만 버티고 있으라고."

루드빅이 장난스럽게 대꾸했다. 악셀이 어이가 없다는 듯 그들을 바라보자 베로니카가 고개를 기울였다.

"왜, 우리랑 함께 와서…… 다행이다 싶어?"

"둘 다 미쳤군."

악셀의 중얼거림에 루드빅이 큭큭 웃었다.

"네놈한테 그런 소리를 들으니 의외로 기분이 좋은데?"

"……무리하지 마라."

"이젠 걱정도 할 줄 아냐? 남아서 죽겠다는 것도 아닌데 인상 쓰기는. 공작님께서 미친개를 정말 사람으로 만들어 놓으셨어."

"……."

화를 안 내네.

루드빅은 미간을 구긴 악셀을 신기하게 바라보았다.

'저놈한테 뒤를 맡을 테니 나를 믿고 나아가란 소리를 하게 되다니.'

어이없지만 의외로 꽤 유쾌한 기분이었다. 그는 웃으며 악셀을 떠밀었다.

"가라, 시간 없다."

베로니카가 앞서서 날아올랐다. 악셀 역시 그녀를 뒤따랐다. 루드빅은 원통 구석에 자리를 잡고 아르테미스를 꺼내 들었다.

"자."

그는 심호흡을 한 뒤 요람을 겨눈 채 화살을 형성했다. 활대 너머로 침착하게 가라앉은 붉은 눈이 요람의 외눈을 응시했다. 검은 나비와 금빛 용이 요람의 옆을 조용히 지나쳐 천장으로 빠져나갔다.

알 상태의 요람은 둔했다. 그것은 기사들이 빠져나간 뒤에야 느릿느릿 눈을 뜨기 시작했다.

'아마 비행형 마물들을 생산해 뒤쫓게 하겠지? 내버려 둘 줄 알고.'

이미 죽은 놈이지만, 한 번 더 죽여 주마.

그의 뜻에 따라 용오름의 푸른 기운과 모래바람의 황토색 기운이 피어올라 아르테미스를 물들였다.

'내 생애 최고의 화살인데 감탄해 줄 사람이 없는 게 아쉽네.'

루드빅은 웃으며 시위를 놓았다.

에리히 위버는 몹시 지쳐 있었다. 아무리 그래도 하룻밤 만에 아이템을 개조하는 건 역시 미친 짓이었다.

하지만 바로 쉴 수는 없었다. 그는 노심초사하며 아리아드네 주위에 누운 기사들의 가슴팍에서 그녀와 비슷한, 그러나 그녀보다는 약간 작은 상처가 생겨나 피가 흐르는 광경을 지켜보았다.

기사들의 가슴에 상처가 생긴 대신 아리아드네의 상처는 크기가 약간 줄어들었다. 불길하게 피어오르던 검은 기운도 셋이 나눠 받으며 작아졌다.

'성공했네.'

이제 남은 건 6시간을 피 마르는 심정으로 기다리는 것뿐이다. 안도감이 퍼지자 잠을 자지 못한 머리가 몽롱해졌다.

마법사의 역할이 끝난 순간부터 신관이 바빠졌다. 뤼르는 네 명의 상처를 닦아 내고 지혈하며 그들의 상태가 악화되지 않도록 신성 마법으로 관리하기 시작했다. '죽음'의 권능이 사라지는 즉시 치유 마법을 퍼부어야 하니 신관은 이제부터 그들에게서 한시도 눈을 뗄 수가 없었다.

수건을 들고 기사들 사이를 바삐 오가던 뤼르는 마법사가 퀭한 안색으로 비틀거리는 것을 보았다.

"눈 좀 붙이십시오, 마법사님."

"제가 경계를 서야죠. 지금 다들 무력한 상태인데."

"마법사님도 무력한 상태이신 것 같습니다. 조금이라도 쉬셔야지요."

한숨을 내쉰 뤼르가 다가와 그에게 신성력을 조금 부어 넣었다. 그러자 흐리멍덩하게 풀려 있던 에리히의 눈에 총기가 약간 돌아왔다.

"어, 쉬라면서 잠을 깨워 주시네요."

"자야겠다는 판단도 못 하시는 상태인 것 같아 조금만 회복해 드린 겁니다. 신성력을 남겨 둬야 해서 완전히 회복해 드릴 수는 없거든요."

뤼르가 재차 한숨을 내쉬더니 그의 등을 떠밀었다.

"정신이 지친 건 신성력으로도 답이 없습니다. 여긴 제가 성역을 펼쳐 놓을 테니, 마법사님은 얼른 주무세요."

"신관님이야말로 무리하시는 거 같은데요."

"저는 어젯밤에 충분히 쉬었습니다."

에리히는 초췌한 신관의 얼굴을 보며 생각했다. 별로 안 쉰 거, 아니, 못 쉰 거 같은데.

진심으로 아리아드네를 대신해서 죽을 준비를 하던 사람이다. 목숨은 진작 바쳤고. 그런 그가 수호성인이라는 직함이 무색하게 아리아드네를 지키지 못했으니 죄책감이 상당하겠지.

마법사는 성역을 준비하는 신관을 말렸다.

"제가 경계 마법을 설치해 놓고 쉴 테니까 신관님도 여력을 남겨 두시죠."

"하지만……."

"뭔 일 터지면 신관님이 남겨 두신 그 여력 제가 싹 끌어다 써야 하니, 쓸데없이 힘 낭비 마시라고요."

툴툴거리듯 말한 에리히가 하품을 하며 간이 막사를 빠져나갔다. 경계 마법을 설치한 후에 되돌아온 그가 베로니카 근처의 막사 기둥에 기대앉았다.

"그럼 눈 좀 붙이겠습니다."

"편히 누워 쉬시지요."

"이 정도면 편한 거죠. 잡니다."

마법사는 검은 머리 기사의 가슴팍에서 흐르는 피에 잠깐 시선을 주었다가 곧 눈을 감았다. 피곤했는지 금세 그의 숨소리가 규칙적으로 변했다.

홀로 남은 신관은 지혈이 되지 않는 상처들과 씨름하며 정신없이 시간을 보냈다. 그러다 돌연 밖에서 얌전히 졸고 있던 이카로스가 불쑥 막사 안으로 머리를 들이밀었다. 거대한 앵무새는 다짜고짜 괴성을 내질렀다.

"궤에에엑! 꿱! 꿱!"

작을 때도 울음소리가 크던 사역마가 덩치까지 커지니 정말 귀청이 떨어질 듯했다. 그런데도 지독하게 피곤했던 마법사는 눈을 뜨지 않았다. 기사들과 아리아드네의 과다 출혈을 방지하기 위해 신성력을 흘려 넣던 뤼르만 혼자 화들짝 놀랐다.

"사, 사역마님. 왜 그러십니까?"

"궤엑!"

안타깝게도 신관에게는 사역마의 말을 알아들을 수 있는 재주가 없었다.

이카로스는 답답한 듯 머리를 흔들더니 더 크게 울부짖었다.

"궥! 궥! 궤에엑!"

경계 마법은 안 울린 것 같은데, 저 새가 왜 저러지.

뤼르는 막사 밖을 살짝 내다보았다. 그리고 곧 이변을 알아챘다.

"……!"

그는 급히 돌아와서 에리히의 어깨를 흔들어 깨웠다. 그러나 그 시끄러운 소리에도 일어나지 않던 마법사가 이 정도에 깨어날 리 없었다. 뤼르 이나민은 어쩔 수 없이 아리아드네 엘디어가 자신을 깨울 때 썼던 방법을 쓰기로 했다.

"죄송합니다, 마법사님."

"어으악!"

자다가 뺨을 맞은 마법사는 괴상한 비명을 지르며 간신히 눈을 떴다.

"뭐, 뭐야! 뭐예요! 경보도 안 울렸는데!"

"뭔가 이상합니다. 밖을 좀 보십시오."

에리히는 버럭 화를 내려다가 하얗게 질린 뤼르의 안색을 보고 바깥을 내다보았다. 정령등이 희미하게 뿜어내는 빛 너머, 안개로 뒤덮인 광장 끝에서 검은 무언가가 밤바다의 해일처럼 넘실거리며 다가오고 있었다.

'저게 뭐지?'

에리히는 눈을 가늘게 떴다. 자세히 보니 해일이 아니었다. 멀리서부터 안개가 지우개로 지워지듯 사라지면서 빈 공간이 늘어나는 모습이 검은 파도가 다가오는 것처럼 보인 것이다.

'사라져? 뭐가?'

대미궁이?

마법사는 멍한 머리로 잠시 생각했다. 그리고 곧 공포에 휩싸여 소리를 질렀다.

"다, 다, 당장, 당장 짐 싸요!"

"예?"

"얘네 전부 사역마에 태우고요! 빨리! 이카로스, 날개 펴!"

"궤에에엑!"

사역마가 이제야 알았냐는 듯 괴성을 지르며 푸드덕거렸다.

에리히는 근처에 있던 약병이나 짐 몇 개를 인벤토리 아이템에 내던지다시피 쑤셔 넣고는, 정령등을 사역마의 등 위에 마법으로 고정시켰다. 그 모습을 본 신관도 얼른 아리아드네를 안아 들어 사역마 위에 올렸다. 뒤이어 에리히가 베로니카를 옮겼고, 루드빅과 악셀은 무거워서 둘이 함께 옮겼다.

"막사는 버리고 이리 와요!"

마법사가 이끄는 대로 이카로스에 올라탄 신관이 헉헉거리며 물었다.

"저, 저게, 대체, 뭡니까?"

"뭐긴요, 망할. 대미궁이 소멸하는 거죠!"

"예?"

에리히는 벨트와 끈으로 사역마의 등에 사람들을 고정하며 대답했다.

"대미궁은, 으차, 다른 미궁과 다르잖아요. 이건 마왕이 등장하면서 마왕 주위에 구현된, 하아, 영토 같은 거라고요. 이카로스!"

에리히의 부름에 이카로스가 기다렸다는 듯이 날아올랐다. 마법사가 턱짓으로 등 뒤를 가리키며 말했다.

"그런데 영토를 구현했던 마왕 새끼가 죽었잖아요. 그러면, 빌어먹을, 영토는 어떻게 되겠어요?"

그새 성큼 가까워진 해일의 정체가 비로소 신관의 눈에도 들어왔다. 지우개로 지우듯 사라지며 흩날리는 풍경. 그 너머에는 아무것도 없이 공허한 암흑만이 있었다.

"……대미궁이 붕괴되는 건가요?"

"잠깐은 남은 영향력으로 버텼겠지만, 그것도 다 끝난 거죠."

"저것에 휘말리면……."

"대미궁이 유례없는 구조라 정확히 어떤 꼴이 될진 몰라도, 뭐, 좋은 꼴은 못 보겠죠. 운 좋으면 생매장, 운 나쁘면 시체도 못 남기고 소멸……. 제기랄, 이걸 왜 예상 못 했지? 당연한 건데!"

부족한 수면 탓이었다. 걱정할 게 너무 많았던 탓이기도 하고.

신관은 자책하는 마법사를 그렇게 달래고 싶었으나 그럴 여유가 없었다. 홰를 치며 날아오른 이카로스가 바람을 가르며 광장의 문으로 향했다. 그쪽을 본 뤼르가 기겁했다. 그는 쐐애액, 하는 바람 소리 사이로 소리쳤다.

"마법사님, 문이 너무 좁은데요!"

"알아요, 부숴야죠!"

"대미궁의 내벽은 안 부서지잖습니까!"

"유지하던 마왕 새끼가 죽었으니까 되겠죠!"

"안 되면요!"

"죽는 거죠, 젠장! 사람들이나 잘 잡아요!"

이카로스의 목덜미에 걸터앉은 마법사의 눈이 형형하게 번뜩였다. 순식간에 무언 삼중 영창이 이루어졌다. 펑, 하고 폭탄이 터진 것처럼 광장의 벽이 박살 났다. 우박처럼 떨어져 내리는 파편들 사이로 이카로스가 재빨리 빠져나갔다.

뤼르는 아리아드네 위로 우수수 떨어지는 먼지와 파편을 몸으로 막았다. 튼튼한 정령 기사들이야 그렇다 쳐도 아리아드네는 이런 걸 맞으면 위험했다.

작은 돌덩이 하나가 머리를 강타했다. 뤼르는 피가 흐르는 이마를 부여잡았다.

"큭……."

"미안해요, 방어막에 주문을 할애할 여유가 없어서! 괜찮아요?"

"괜찮습니다!"

신관은 스스로 부상을 치유하며 뒤를 돌아보았다. 검은 해일이, 소멸해 가는 공간이 괴물의 목구멍처럼 시커멓게 입을 벌린 채 바짝 접근해 오고 있었다. 부서진 벽의 파편이 소용돌이에 빠져들듯 그것에 휘말려 들어가면서 가루가 되어 사라졌다. 아리아드네가 보았다면 저건 무슨 블랙홀이냐고 어이없어했을 광경이었다.

"저, 저게 가까워졌습니다!"

"붕괴 속도가 점점 빨라질 거예요! 외곽으로 갈수록 마왕 새끼 영향력이 적게 남아 있을 테니까!"

에리히가 이를 갈며 이카로스를 몰았다. 부서진 벽을 통과하자 보이는 건 은둔자의 영역이었다. 복잡하게 이어진 미궁의 복도가 나타났다.

"저것도 부수실 건가요!"

"아뇨, 미쳤어요? 이거 다 부수면서 가다간 저 마력 고갈로 뻗어요! 야, 새 새끼, 살고 싶으면 잘 받아들여!"

"궤에엑!"

에리히가 사역마의 머리에 손을 얹었다. 마법사와 사역마의 정신이 보다 긴밀하게 연결되며, 이카로스는 '에리히 위버'의 순간적인 판단을 제 생각처럼 읽고 즉시 행동하기 시작했다.

영창을 반복하는 아이템에 가까웠던 이 사역마는 황혼의 낙인이 깃들면서 크기만 커진 게 아니라 생명과 영혼 비슷한 것까지 얻었다. 돌덩이 같은 재질이던 몸에 진짜 새 같은 깃털이 돋은 게 그 증거였다.

그 결과 에리히도 아직 완벽하게 파악하지 못했을 정도로 다양한 능력이 생겼는데, 이것도 그중 하나였다.

'……절규처럼 튀어나온 빛이 절망을 깨뜨릴지어다!'

에리히가 실제로 쓰지 않고 머릿속으로만 영창한 마법을 이카로스가 대신 시전했다. 벌어진 새의 부리 속에서 튀어나온 번개가 미궁의 복도 벽을 내리쳤다. 쿠르릉, 하고 무너지는 소리가 났다.

"안 부수신다면서요!"

"제가 안 부순다는 거였죠! 먹어, 이카로스!"

에리히가 집어 던진 정령석을 이카로스가 잽싸게 받아 삼켰다. 에리히 자신의 마력이 고갈되는 건 회복하는 데에 시간이 걸리지만, 사역마는 정령석만 있다면 얼마든지 연료를 보충할 수 있다.

이카로스가 부서진 미궁 벽을 통과했다. 여유가 생긴 에리히는 방어막을 쳐서 일행을 보호하며 박살 난 벽의 단면을 곁눈질했다.

'마왕이 뒈진 덕에 부서지긴 하는데, 단면을 보니까 역시 이 정도 마법쯤은 쏴야 하네. 한 발에 정령석 한 알인가, 망할. 더럽게 비싼 마법이야.'

그는 주머니 속에 남은 정령석의 양을 가늠했다. 사촌 동생이 대륙 제일의 정령석 부자라 정말 다행이다. 그녀가 그 정령석들을 오라비한테 아낌없이 나눠 줄 만큼 자비로웠던 것도 정말 다행이었다.

힐끗 뒤를 보니 무시무시한 속도로 가까워지는 검은 파도가 보였다. 에리히는 주머니에서 정령석을 와르르 꺼내 쥐고 앞을 가리켰다. 다음 벽이 코앞이었다.

"야, 알아서 쏴!"

"궤엑!"

불만스럽게 한 차례 운 이카로스가 재차 번개를 내뿜었다.

바깥에서 무슨 일이 벌어지고 있는지 짐작도 하지 못한 채, 악셀과 베로니카는 오염의 늪지기를 다시 마주했다.

"역시, 얘도 있네."

아리아드네를 제외한 토벌대원이 다 함께 있는 상태에서도 죽을 고비를 넘기며 싸웠던 군주.

"가, 악셀."

그 앞에 홀로 나선 철마의 기사가 묵묵히 방패를 들어 올리며 말했다.

"가서…… 아가씨를 구해서, 함께 돌아와."

"……."

"그때까지, 버티고 있을 테니까."

환상 도서관 내에 구현된 늪지기의 영역은 다행히도 원본과 달리 오염이 느껴지지 않았다. 앞서 요람의 영역에서도 마찬가지였던 걸 떠올려 보면 실제 대미궁과 달리 이곳에서는 '오염'이라는 효과 자체가 존재하지 않는 듯했다.

어쩌면 당연한 일이었다. 오염이란 엘리시움의 환경을 강제로 마계의 것으로 변경하는 현상. 마계의 생명들이 엘리시움에서 적응할 수 있게 해 주는 효과다. 엘리시움의 생명이 오염에 노출되면 죽는 건 마계의 환경이 그들에게 맞지 않기 때문이다.

하지만 이곳은 엘리시움이 아니니 마계의 생명들은 환경을 바꿔 가며 이곳에 적응할 이유가 없다. 엘리시움의 생명들도 마찬가지다. 이곳은 일종의 사후 세계이므로.

오염을 걱정할 필요가 없는 건 다행이지만, 그렇다고 늪지기가 만만한 군주라는 건 절대로 아니었다.

저 마물은 지금 약화, 재생, 파열, 흡수, 반사, 혼란의 여섯 가지 특수 능력을 모두 지니고 있을 터다.

그에 비해 베로니카가 가진 건 강철, 그림자, 독의 세 정령수와 낙인으로 만든 방패 하나.

'본인의 전투 스타일도 그렇고, 공격을 버텨 내는 데 유리한 정령수 조합이다. 아리아가 애초에 그걸 노리고 저런 정령수들을 얻게 했겠지. 아테나인가 하는 저 방패도 그에 도움이 될 거고.'

그래도 악셀은 베로니카가 늪지기를 상대하기엔 너무 약하다고 판단했다. 버티기만 하는 건 결국 한계가 있으니까.

하지만.

"안 가?"

태연한 얼굴이 물끄러미 그를 바라보았다.

베로니카는 생각하기를 귀찮아하는 거지, 생각할 줄 모르는 바보가 아니다. 그녀는 지금 자신이 늪지기를 상대로 이길 거라거나 무한히 버틸 수 있다는 자신감으로 이러는 게 아니었다.

베로니카 브란테는 믿고 있는 거다.

그녀가 버티는 사이 루드빅이, 악셀이, 각자의 목표를 해내고 돌아와 도와줄 것이라는 믿음. 그리고 아리아드네가 반드시 돌아오리라는 믿음.

신뢰를 받는다는 건 묘한 기분이었다. 악셀이 나지막이 대꾸했다.

"조금만 버텨라."

"좀 길어져도, 돼."

싱긋 웃은 베로니카가 나비를 타고 날아올랐다. 거대해진 방패가 늪지기의 시야를 가렸다. 악셀은 그녀가 만들어 준 사각으로 조용히 날아 은둔자의 영역과 이어진 문으로 향했다.

본래대로라면 늪지기가 죽기 전에는 발견할 수도 없는 문이지만 손등에서 반짝이는 나팔꽃 문양이 길을 인도해 주었다.

'아리아드네가 있는 곳으로.'

등 뒤에서 베로니카의 방패와 늪지기가 충돌하는 굉음이 울려 퍼졌다. 악셀은 뒤를 돌아보지 않고 은둔자의 영역에 들어섰다.

글로리아의 축복은 은둔자가 만들어 둔 미로에서도 위력을 발휘했다. 그는 무작위로 이어지는 복도와 문들 가운데서 망설임 없이 정답을 골랐다. 기껏해야 몇 개의 문을 지나쳤을 뿐인데 바로 은둔자가 나타났다.

미궁의 은둔자는 거미줄로 가득한 방구석에서 껍질을 뒤집어쓴 채 그를 한껏 경계하고 있었다. 대미궁에서 다 함께 은둔자를 처리할 때는 거미줄을 뚫고 껍질을 부수느라 약간 시간이 걸렸었다.

"이번엔 그렇게 시간을 낭비할 순 없지."

검을 늘어뜨리고 은둔자에게 다가가는 그의 전신에서 새하얀 불꽃이 일렁이며 솟구쳐 올랐다.

악셀은 대미궁에서 마왕의 간섭 때문에 줄곧 근원을 봉인한 상태로 싸웠었다. 그러고도 압도적인 전투력을 발휘하긴 했지만, 당연히 근원을 쓰면서 싸우는 것과는 비교할 수가 없다.

그에게 깃든 근원은 수만 명의 영혼으로 이루어진 군집이자, 인공 대정령이자, 불의 화신이었으므로.

휘두른 검의 궤적을 따라 하얀 불길이 질주했다. 은둔자가 펼쳐 놓은 거미줄도, 단단한 껍질도 성화(聖火)처럼 타오르는 흰 불꽃 앞에서는 무력했다.

순식간에 모든 것이 녹아내렸다. 악셀은 불길 사이를 걸어 괴물의 눈알처럼 생긴 열쇠를 주워 들었다. 원래는 마왕이 있는 왕좌의 방으로 향하는 문을 여는 열쇠다.

'군주들은 죽어서 이곳의 주민이 되었다지만, 마왕은 파이란 놈에게 권능을 빼앗기고 완전히 소멸했다. 그렇다면.'

아마도 이 문 너머에 있는 것은 마왕의 영역이 아니라 그 신의 영역이겠지.

검은 낫을 든 검은 머리의 인형 위로 어렴풋이 일렁이던 은발의 형상이 떠올랐다. 그게 한 번도 만난 적 없는 진짜 '파이'의 모습일 것이다.

악셀은 문에 열쇠를 가져다 댔다. 그리고 곧바로 잡아당겨 열었다.

열자마자 느껴진 건 눈부심이었다. 어둑한 미로와 달리 화사한 빛이 가득한 공간이었다. 그는 눈을 찡그린 채 앞을 보았다.

하얗게 빛나는 넓은 공간. 바닥과 천장과 벽은 투명한 유리로 되어 있었다. 유리 너머로 황금 책장이 있는 서재들이 무한히 이어졌다.

그곳은 벽돌처럼 쌓여 있는 유리 서재들을 밀어내 만든 빈 공간 같은 곳이었다. 그 거대한 공간에 있는 것은 새하얀 성뿐이다. 언뜻 보기엔 위버의 눈보라성을 닮은 듯했지만, 성의 규모나 황금빛 지붕은 엘디어 공작성과 비슷했다.

성의 앞뜰은 겨울철의 위버처럼 새하얀 눈밭이었다. 눈으로 덮여 있지 않은 곳은 투명하여 아래의 유리 서재들이 비쳐 보였다.

그 흰 눈밭 위에 새하얀 남자가 서 있었다. 그의 황금빛 눈동자가 악셀을 똑바로 바라보았다. 남자가 입꼬리만 올려 웃었다.

"이렇게 마주하는 건 처음이군, 악셀 발렌타인."

"네가 '파이'인가."

악셀이 그 말을 내뱉는 순간, 공간이 일그러졌다. 악셀은 본능적으로 훌쩍 뛰어 자리에서 물러났다. 그러자 조금 전까지 그가 서 있던 공간이 종잇장처럼 우그러졌다. 일그러짐은 거기서 그치지 않고 물러나는 악셀을 향해 집요하게 이어졌다.

다급해진 그에게서 빙하가 튀어나왔다. 얼음 고래가 성벽처럼 그를 감쌌다. 일그러짐이 닿자마자 그 고래의 몸뚱이마저 종잇장처럼 구겨졌다. 고통스러운 듯 울부짖은 빙하가 얼음 가루가 되어 흩어지더니 그의 몸으로 되돌아갔다.

"……!"

악셀은 반사적으로 근원의 불꽃을 일으켰다. 둥글게 치솟은 불길이 그를 휘감았다. 일그러진 공간이 거대한 유리구슬처럼 그를 짓눌렀다. 다행히도 근원은 정령수처럼 무력하게 구겨지지는 않았으나, 힘이 부족한지 점차 뒤로 밀렸다.

"큭……!"

악셀의 무릎이 저절로 휘청 굽혀졌다. 투명한 거인의 주먹 속에 갇힌 듯한 기분이었다. 움켜쥐어 으스러뜨리려는 압도적인 힘 앞에 흰 불꽃이 촛불처럼 위태롭게 일렁였다.

악셀은 숨이 막히는 것을 느끼며 일그러진 공간 너머로 파이를 보았다. 그는 가만 서서 한 손을 가볍게 들고 있을 뿐이었다. 그가 무표정하게 말했다.

"그 이름을 함부로 입에 담지 마라."

"……뭐?"

"그건 그녀가 나를 부르는 이름이다. 네게는 허락하지 않아."

서늘하게 말한 파이가 손을 내렸다. 동시에 악셀을 으스러뜨릴 듯 조여 오던 힘도 사라졌다. 간신히 숨통이 트였다. 악셀은 가쁘게 숨을 몰아쉬었다.

이렇게 일방적으로 힘에 밀린 건 처음이었다. 손이 약간 떨렸다.

'이게 신이란 건가.'

본능이 경고하고 있었다. 살고 싶으면 당장 도망쳐라. 저것은 네가 싸울 수 있는 상대가 아니다. 악셀은 본능의 경고를 무시하고 똑바로 서서 파이를 마주 보았다.

그와 비슷할 정도로 큰 키. 아름답지만 차가운 얼굴. 온기라곤 없는 눈동자. 그리고, 아리아드네가 지어 준 이름조차 남에게 허락하지 않겠다는 지독한 집착.

"그 사서란 존재는 뭡니까?"
"아, 이름은 파이라고 해."

환한 얼굴로 사랑스러운 하얀 머리의 아이에 대해 묘사하던 아리아드네의 말들이 떠올랐다.

'저게 어딜 봐서 어린애입니까, 아리아. 당신한테 미쳐 버린 사내새끼지.'

악셀은 어이가 없어 조금 웃었다. 파이의 미간에 주름이 잡혔다.

"왜 웃지?"

"듣던 거랑 인상이 영 달라서. 아리아 앞에서 어지간히도 내숭을 떨었나 보……."

보이지 않는 거인의 손이 그를 후려쳤다. 바닥에 덮여 있던 눈이 폭탄을 맞은 듯 허공으로 솟구쳤다. 파이가 서늘하게 내뱉었다.

"그녀의 이름을 네 입에 담지 마라."

악셀은 후려쳐지는 즉시 놀라운 반사신경으로 바닥에 검을 꽂아 간신히 벽에 처박히는 꼴을 면했다.

'그대로 날아갔으면 팔다리가 아작 났겠군.'

그는 뒤집어쓴 눈을 털어 내며 피가 섞인 침을 퉤 뱉어 낸 뒤 파이를 노려보았다.

"네 이름도, 그녀의 이름도 부르지 말라? 다 네 거니까?"

"……."

"네놈 하는 꼴을 보니까 아리아가 왜 예전의 내 성질머리를 고치려 애썼는지 알 것 같군."

파이의 낯빛이 굳었다. 악셀은 아랑곳하지 않고 비웃으며 덧붙였다.

"빼앗길까 전전긍긍하는 꼴이 추하기 그지없어. 자신이 없나 보지?"

황금빛 눈동자가 분노로 번뜩였다. 악셀은 재빨리 검을 치켜들었다. 하얀 불꽃이 검에 어려 깃발처럼 휘날렸다. 쾅, 하고 보이지 않는 힘과 불꽃에 휘감긴 검이 충돌했다. 눈밭에 두 줄기 자국이 길게 남았다. 악셀이 밀려난 흔적이었다.

파이가 형형한 눈으로 그를 노려보았다.

"네가 뭘 안다고 지껄이냐. 네놈은 아무것도 몰라."

"내가 모른다고?"

악셀은 재차 피 섞인 침을 뱉고는 입꼬리를 비틀어 올렸다.

"알아야 할 건 이미 다 아는 것 같은데. 네놈이 집착에 돌아 아리아를 납치한 미친 새끼라는 것 말이다."

파이의 살기가 주변을 가득 메우는 것이 느껴졌다. 신의 증오는 온 세상으로부터 거부당하는 듯한 느낌이었다. 코를 타고 흘러드는 공기조차 날을 세운다. 절로 식은땀이 흐르고 공포심이 차올랐으나 악셀은 달아나는 대신 검을 고쳐 쥐었다.

'……마왕은 제 세계의 신을 죽이고 신의 권능을 얻은 자다.'

신을 죽이는 게 불가능한 일은 아니라는 소리다. 그로 인해 새로운 마왕이 될지라도, 그래야만 아리아드네를 구할 수 있다면.

그는 그녀가 누구에게 끌려간 것인지 깨닫자마자 각오하고 고민하기 시작했다. 신을 죽이려면 어떻게 해야 하는지를. 마왕이 어떻게 신을 죽였었는지를.

악셀은 흰 불꽃에 휘감긴 검을 들어 파이를 겨누었다.

"명백한 진실은 네가 아리아드네를 죽이려 했으며 그녀의 의사와 상관없이 그녀를 가두고 있다는 것뿐."

"……."

"그런 짓을 저지른 네 사연 따윈 궁금하지도 않고, 알아 줄 생각도 없다."

"……."

"그녀를 놓아줘. 그러지 않으면 내가 너를 죽이겠다."

악셀이 겨눈 칼날 끝에 선 파이가 고개를 기울였다. 그 움직임에 그의 긴 백발이 어깨를 타고 사르르 흘러 떨어졌다.

그가 웃었다.

"너는 정말 아무것도 모른다."

파이의 말이 끝나기도 전에 악셀은 바닥을 박찼다. 강한 도움닫기에 떠밀린 눈이 허공에 비산했다. 간발의 차로 악셀이 서 있던 자리가 우그러졌다.

치솟았던 눈이 흩날리며 다시 떨어져 내렸다. 그 사이로 휘어진 파이의 입꼬리가 보였다.

"……선택지가 주어지지 않는다는 게 무슨 의미인지."

악셀은 쏟아지는 눈 사이로 질주했다. 그의 검에 어린 불꽃이 혜성처럼 길게 꼬리를 남겼다.

"사랑받을 수 없다는 것을 알면서도 사랑할 수밖에 없다는 것이."

신의 말은 속삭이듯 작은데도 불구하고 천둥처럼 뇌리에 와 박혔다.

"얼마나 큰 절망을 낳는지."

눈발 너머로 감정이 소용돌이치는 황금빛 눈동자가 보였다.

"너는 모른다."

악셀은 직감했다. 저 신은 아리아드네를 절대 놓아주지 않을 것이다. 죽기 전에는 절대로.

그러니 저 신을 죽여야 한다.

'단 한 번이면 된다.'

세계를 육체에 비유한다면 신은 세계의 영혼이다. 그리고 죽음이란 영혼이 육체를 떠나는 현상을 말한다.

악셀의 검, 에리히가 명명한 '정오의 아레스'는 채널을 자르는 힘을, 연결을 베어 내는 힘을 얻었다. 그러니 이 검으로 신과 세계 사이의 연결을 잘라 버린다면.

그것이 곧 신의 죽음 아닌가.

악셀은 마왕의 영혼에 기생했던 디메토르의 기억을 통해 마왕이 어떻게 신을 죽였는지 알았다.

마왕은 마신을 마계에서 끌어내 다른 공간에 격리했다. 그러자 마신은 불멸을 잃었고, 결국 피조물인 마왕에게 잡아먹혔다.

엘리시움의 신인 엘이 이렇게까지 약해진 것도 마왕이 그녀를 엘리시움과 분리했기 때문이다.

그나마 엘은 가사 상태라는 편법을 취해 환상 도서관에 숨은 덕분에 완전히 죽진 않았지만, 자기 세계와의 연결이 너무 약해져 제대로 된 권능을 발휘하지 못하고 있다.

엘의 육체를 가지고 있던 마왕이 그 연결마저 끊어 버렸다면 어디에 숨었든 상관없이 그녀도 죽었을 것이다. 마왕은 자신이 신이 되기 전까지는 엘을 살려 둬야 했으니 굳이 그러지 않았을 뿐.

'신은 세계와 분리되면 죽는다. 그리고 내게는 그럴 힘이 있다.'

그러니 할 수 있다. 저 신을 죽이고 아리아드네를 구해 내겠다. 뒷일 같은 건 생각하지 않았다. 자격 없이 신을 죽이고 권능을 탈취한 존재의 말로를 이미 보았음에도.

'혼나겠군.'

아리아드네는 분노할 거다. 내가 널 어떻게 구해 냈는데, 왜 또 스스로 마왕이 되어 죽으려 드냐고.

'너무 많이 울지는 않으셨으면 좋겠는데.'

그래도…… 아리아드네의 곁에는 악셀 자신 외에도 많은 사람들이 있으니 어떻게든 살아가겠지.

'당신은 결국 괜찮아지실 겁니다, 아리아.'

당신이 온전히 저만의 것이 아니라서 다행입니다. 그 점을 다행이라 여기게 될 줄은 몰랐지만.

악셀은 희미하게 웃으며 달렸다. 등 뒤로 일그러짐이 따라붙고 있었다. 파이가 다가오는 그를 향해 손을 들어 올렸다. 보이지 않는 힘이 그를 또다시 후려쳤다. 악셀의 몸뚱이가 쌓인 눈과 함께 날아갔다.

벽에 처박히자 그 몸은 불티가 되어 흩날려 사라졌다. 근원의 불꽃을 떼어 만들어 낸 일종의 분신이었다.

'도움이 되었다, 요람. 그리고 루드빅.'

아리아드네를 죽이려 들었던 요람에 분노하여 일시적으로 만들어 냈던 빛과 불의 거인. 화려한 화살 뒤에 은밀한 화살을 숨기던 루드빅의 새로운 기술. 근원으로 만든 분신은 악셀이 그것들을 응용해 고안해 낸 새로운 기술이었다.

그가 곧 근원이기에 이 분신은 그 자신과 거의 구별되지 않는다. 본질을 알아볼 수 있는 존재일수록 헷갈릴 수밖에 없다.

"……!"

파이의 눈이 약간 커졌다. 흩날리는 눈송이 속에서 불꽃으로 만들어진 분신의 뒤에 숨어 있던 악셀이 그의 코앞으로 튀어나왔다.

'두 번의 기회는 없다. 이 한 번에.'

전신이 저릿할 정도로 쥐어 짜낸 불이 타오른다. 그의 검에 새겨진 붉은 무늬를 따라 하얀 불꽃이 흘렀다. 검이 된 불이 궤적을 남기며 휘둘러졌다.

'모든 것을 걸고.'

완전히 몰입한 순간, 시간이 느려진 듯한 착각이 들었다.

흩날리는 흰 불티, 흰 눈송이. 아리아드네를 베었던 검은 낫처럼, 파이를 베어 들어가는 흰 검. 그 속에서 악셀은 파이의 시선을 보았다.

'뭐지?'

신의 황금빛 눈은 자신에게 내리쳐지는 검이나 공격하는 악셀이 아니라 그의 손등에 새겨진 나팔꽃 문양을 보고 있었다.

'설마.'

시간 정지 같은 직접적인 권능 행사는 글로리아의 축복이 막아 줄 거라고 했었다. 실제로도 파이는 공간을 지배하는 간접적인 방식으로만 그를 공격했다. 하지만 신의 권능이라는 게 고작 이 정도일 리 없다.

왜 이 신은 같은 공격만 반복하면서 다른 힘은 아무것도 쓰지 않았나?

왜 첫 공격으로 자신을 끝장내지 않았나?

왜 당장 찢어 죽이고 싶은 듯이 쳐다보면서 굳이 말을 걸었나?

'설마······.'

나팔꽃 문양을 보던 신의 눈이 감겼다.

악셀은 찰나 망설였다. 검 끝이 무뎌지고 느려지며 목표를 비껴 나갔다. 심장 위를 베려던 검이 어깻죽지만 갈랐다. 신과 세계를 가르려던 검이 몸뚱이만 베었다.

신은 피를 흘리지 않았다. 붉은 피 대신 검은 기운이 터져 나왔다. 제 어깨를 본 파이의 얼굴이 험악하게 일그러졌다. 그가 고함을 질렀다.

"이 끝까지 쓸모없는······!"

"그만!"

다급한 음성이 머리 위에서 울려 퍼졌다. 여기서 들려서는 안 되는 목소리였다. 놀라 고개를 드는 파이의 머리 위로 숲이 쏟아져 내렸다. 나뭇잎이, 잔디가, 수풀이, 꽃송이들이, 덩굴이, 나무뿌리가.

숲의 모든 것이 양동이로 퍼부은 것처럼 그의 위를 뒤덮었다.

떨어져 내린 잔디는 바닥이 되고 덩굴과 나무뿌리는 순식간에 파이의 전신을 휘감았다. 꽃잎이 흰 머리칼에 엉망진창으로 엉겨 붙었다. 녹색 이파리가 낙엽 더미처럼 그를 파묻었다.

파이는 얼빠진 얼굴로 하늘에서부터 신록을 휘감고 내려오는 사람을 올려다보았다.

"······아리아? 어떻게?"

"아리아!"

악셀이 검을 내던지고 팔을 벌리더니 허둥지둥 그녀를 받으러 달려왔다. 덩굴에 매달려 있던 아리아드네가 그에게로 뛰어내렸다. 그녀와 함께 진격한 숲이 눈밭을 뒤덮으며 완전히 주위를 점령했다.

봄의 냄새가 났다.

"아리아! 맙소사, 아리아!"

악셀이 정신없이 입을 맞추려 드는 것을 그녀가 밀어냈다.

"악셀."

"아리아…… 제가 얼마나……."

숫제 울먹이는 악셀의 멱살을 아리아드네가 콱 움켜쥐었다. 그녀는
새파랗게 불타는 눈으로 이를 짓씹으며 말했다.

"너, 진짜…… 제대로 혼날 줄 알아."

"……예?"

"네가 무슨 짓을 하려 했는지 내가 모를 것 같아? 내가 화낼 거라
는 거 당연히 알았지? 알면서도 그러려고 했지?"

아리아드네가 그의 멱살을 짤짤 흔들며 화를 냈다. 악셀은 멍해
졌다.

"진짜, 마지막에 그나마 멈춰서 다행이지, 내가, 정말……."

그녀는 심호흡을 하며 남은 말들을 삼키더니, 그의 멱살을 홱 팽개
쳤다.

"일단 기다려. 쟤부터 혼나야 하니까."

"……."

뭐라 항변하려던 악셀이 그녀의 눈치를 보더니 얌전히 입을 다물었
다. 아리아드네는 숲에 파묻힌 파이에게 다가가면서 위로 손을 뻗었다.

"내려와, 파이."

"……흑끕."

훌쩍거리는 소리와 함께 새하얀 꼬마가 하늘에서, 정확히는 성의
발코니에서 날아 내려왔다. 아이의 하얀 머리는 노란 리본으로 묶여

있었다. 아리아드네가 어린 시절 파이에게 묶어 주었던, 그리고 파이가 신이 된 직후 풀려 떨어졌던 바로 그 리본이었다.

허공을 날아온 아이가 아리아드네 곁에 내려섰다. 덩굴에 묶여 있던 '파이'의 얼굴이 아이를 보자마자 와락 일그러졌다.

"너⋯⋯!"

"파, 파이는 어쩔 수 없었습니다! 비상사태! 필연! 사고!"

화들짝 놀란 꼬마가 횡설수설하며 아리아드네의 다리를 붙잡고 뒤로 숨었다. 아리아드네는 아이의 머리를 쓰다듬으며 '파이'를 바라보았다.

"파이, 너."

"⋯⋯."

"이 짓거리⋯⋯ '디메토르'를 보고 생각해 낸 거지?"

"⋯⋯."

"악셀이 자신을 죽이기 위해 둘로 나뉘었듯, 너도 자기 자신을⋯⋯."

아리아드네는 리본을 묶고 있는 어린 파이를 내려다보았다.

"살아남을 부분과."

이어 그녀를 외면하고 있는, 덩굴에 묶인 파이에게 시선을 주었다.

"죽어 사라질 부분으로."

그녀는 입술을 깨물고 숨을 들이켠 뒤 나직이 말을 이었다.

"나눠 버렸구나."

스스로를 죽이면서도, 아리아드네가 만들어 낸 결말을 망치지 않기 위해.

벽난로 앞에서 아리아드네가 손목을 휘감은 황금빛 문양을 향해 나이프를 내리꽂는 순간.

　"아, 안 돼!"

　자그마한 비명과 함께 허공에서 튀어나온 무언가가 그녀의 허리에 매달렸다.

　"칼날, 상처, 고통! 아리아 아픈 거 싫어! 아리아 칼날 싫어해! 실험! 악몽!"

　어린애였다. 아주 익숙한 모습의.

　아리아드네는 폴짝거리며 제게서 나이프를 빼앗으려 드는 '파이'를 얼떨떨하게 내려다보았다.

　"……파이?"

　"아."

　그녀의 부름에 황금빛 눈동자가 휘둥그레졌다. 아이가 주춤주춤 물러섰다.

　"금지, 약속, 만나면 안 된다. 의무, 파이는 해야 할 일이 있습니다. 파이는 숨어 있어야 합니다. 하얀 잔, 권능의 그릇, 자격 유지 필요. 파이는 살아서 버티는 쪽. 그러니까, 들키면 안 돼……."

　웅얼웅얼 중얼거린 아이의 모습이 흐릿하게 사라져 갔다. 아리아드네는 멍하니 그 모습을 보다가 아이의 머리를 묶고 있는 노란 리본을 본 순간 직감적으로 깨달았다.

　아이가 흘린 말들. 어린 파이의 모습. 그녀에게 문양을 새긴 '파이'에게는 없던 노란 리본. 날것 그대로의 감정을 드러내는 현재의 '파이'. 감정은 고사하고 말조차 서투른 과거의 파이.

동시에 존재하는 둘. 마치 디메토르와 악셀처럼.

'이건, 설마……. 아, 세상에, 파이.'

설마, 정말로, 설마?

뒤통수를 맞은 것처럼 머리가 아파 왔다. 그녀는 다급하게 이름을 부르며 사라지는 아이에게 손을 뻗었다.

"파이, 기다려!"

아이는 도리도리 고개를 젓더니 눈을 꾹 감았다.

"실수, 사고, 오류. 파이는 실수를 수습해야 합니다."

아리아드네의 손이 허공을 갈랐다. 파이의 모습이 흔적도 없이 사라졌다. 아리아드네는 빈손을 물끄러미 보다가 다시 나이프를 움켜쥐었다.

"……!"

근처에서 보이지 않는 무언가가 파르르 떠는 것이 느껴졌다. 그녀는 한숨을 내쉬었다.

"파이, 나와."

"……."

"이미 들켰잖아. 당장 나와."

하얀 꼬마는 나타나지 않았다. 아리아드네는 재차 한숨을 쉬고 나이프를 다시 치켜들었다.

"나오라고 했어, 파이."

"……."

"끝까지 안 나오겠다면…… 어쩔 수 없네."

그녀는 곧바로 나이프를 제 팔목에 대고 휘둘렀다. 내리칠 때까지는 버티던 꼬마가 칼날이 박히고 피가 튀자 울음을 터뜨리며 튀어나왔다.

"아리아, 나빠! 나쁜 짓! 나쁜 짓! 아리아는 나쁩니다!"

파이는 눈물을 뚝뚝 흘리며 작은 손으로 아리아드네의 팔목을 붙잡았다. 아리아드네는 제 팔목을 잡은 파이의 손을 꽉 붙들었다. 아이의 크고 둥근 눈이 갈피를 잡지 못하고 흔들렸다.

"피, 출혈, 시급, 치료…… 치료를……"

"파이, 네가 살아서 버티는 쪽이라면 아까 나간 그 '파이'는 뭐야?"

"……"

그녀의 물음에 꼬마의 입이 합 다물렸다. 아리아드네는 울컥 치솟으려는 감정을 삼키며 애써 차분히 되물었다.

"설마 그쪽은 죽어야 할 쪽이라는 거야?"

"……"

"말 안 하면 치료 안 받을 거야."

파이가 화들짝 놀라 고개를 치켜들었다. 아리아드네는 서늘한 얼굴로 덧붙였다.

"네가 아무 말도 하지 않으면 난 내 손목을 자를 수밖에 없어."

이런 협박은 하고 싶지 않았지만, 지금 파이의 입을 열려면 이 방법뿐이었다.

그녀의 말에 파이가 새파랗게 질렸다. 아이는 앳된 뺨이 흠뻑 젖을 정도로 눈물을 쏟으며 고개를 저었다.

"아리아, 나쁩니다. 고통, 절단, 중상, 자해, 나빠요. 협박, 나빠요."

"알아. 하지만 어쩔 수 없는걸."

그녀는 훌쩍거리는 파이의 머리를 쓰다듬으며 말했다.

"파이, 지금 난 이 문양 때문에 아무것도 할 수가 없어. 그러니까 잘라 내는 수밖에 없잖아."

"안정, 휴식……. 그 문양은 아리아를 위한 속박입니다. 아리아는 쉬어야 해. 잠깐 쉬고 나면 다 무사히 끝납니다. 인내, 귀환, 행복. 아리아, 금방 돌아갈 수 있습니다."

"금방 돌아가……? 그러니까 또 다른 너는 나를 영원히 가둬 둘 것처럼 말해 놓고서 실제로는 그럴 생각이 없었다는 거네?"

아리아드네는 조금 전까지 뇌리를 점령하고 있던 절망과 죄책감 위로 걱정과 분노가 차오르는 것을 느꼈다.

파이, 너 정말.

이가 갈리려는 것을 간신히 참고 있는데 어린 파이가 급히 고개를 저었다.

"그건 거짓말이 아닙니다. 진심, 진솔, 솔직, 고백."

"뭐?"

"아리아와 영원히 함께 있고 싶다는 것도 진심. 아리아를 독점하고 싶다는 것도 진심. 아리아가 행복해지길 바라는 것도 진심."

"……."

"그러나 아리아가 파이의 곁에 묶여 있으면 행복할 수 없다는 것이 진실. 파이의 욕심이 계속 자라나는 것도 진실. 그것이 파이의 불행, 비극, 파국의 씨앗."

아리아드네는 아무 말도 할 수가 없었다. 꼬마는 잠깐 머뭇거리더니 느릿느릿 말을 이었다.

"양립 불가, 통제 불가, 유지 불가, 지속 불가능한 상황. 파이는 이미 무의식중에 아리아를 죽이는 중이었습니다. 파이는 스스로를 제어할 자신이 없었습니다."

"……내 통각이 마비되던 거? 그거 신이 되면서 조절 가능해졌다고 했었잖아! 더 악화될 일은 없을 거라고도……."

"아리아, 파이가 무의식이 아니라 의식적으로 행동하게 된다면요?"

아이가 눈물 젖은 뺨으로 흐리게 웃었다. 어린 얼굴과 어울리지 않는 허무한 웃음이었다.

"파이는 신이 되었습니다. 전능한 권능을 얻었습니다. 손만 뻗으면 당신을 가질 수 있게 되어 버렸습니다. 환상 도서관은 사후 세계이자 기억의 무덤. 따라서 파이는 당신의 생사는 물론이고 기억조차 조작할 수 있습니다."

"……!"

"신이 된 파이는 당신에게서 악셀 발렌타인의 기억을 지우고, 빈 자리를 파이와의 추억으로 가득 채워서 아리아를 가질 수도 있었습니다."

아리아드네는 충격에 멍하니 입을 벌렸다. 아이가 고개를 기울였다. 흘러내리는 흰 머리카락과 노란 리본.

"하지만 그건 나쁜 짓입니다. 불순, 악, 불의, 부정, 거짓. 아리아를 속이는 짓입니다. 인형 놀이, 가짜 아리아를 만드는 것과 다르지 않습니다. 그런 행위는 아리아와 파이를 모두 파괴하게 될 겁니다."

"……파이."

"아리아는 잔인합니다."

어린 파이가 눈을 깜박였다. 하얀 속눈썹을 타고 눈물방울이 유리 구슬처럼 흘러 떨어졌다.

"아리아는 파이에게 능력과 동기를 주고서, 선악을 판별할 수 있게 하셨습니다. 무엇이 진짜인지, 무엇이 옳은지, 무엇이 이기심이고 무엇이 집착이고 무엇이 사랑인지, 파이는 압니다. 할 수 있어도 해선 안 됩니다."

"그건……."

"탐욕, 파이는 아리아를 만날수록 더욱 욕심내게 될 겁니다. 불신, 파이는 스스로의 자제력을 믿을 수 없습니다. 고독, 그러지 않으려면 파이는 당신을 만나지 않고 이곳에서 홀로 살아가야 합니다. 폭주, 인내하다 보면 파이는 언젠가 당신을 망가뜨려서라도 가지고 싶어질 겁니다. 만나든 만나지 않든 결과는 비극, 파국, 불행."

당연한 계산을 출력하는 기계처럼 담담하게 읊은 아이가 아리아드네를 올려다보았다.

"그러므로 파이는 선택해야 했습니다."

"……그 선택이란 게 너를 둘로 나눠서…… 한쪽을 죽이는 방법이라고?"

아리아드네는 입술을 깨물며 신음처럼 말했다.

"그게 자살이랑 뭐가 달라?"

"자살이 아닙니다. 썩어 버린 부분을 도려내는 것. 불필요한 부분을 잘라 내는 것. 가지치기, 정화, 다듬기."

"불필요한 부분이라고? 네가 나눈 그 '파이'도 네 일부분이잖아! 디메토르와 악셀처럼! 죽어도 될 리가 없잖아!"

아리아드네가 목소리를 높였다. 솟구친 분노에 그녀의 상처에서 피가 왈칵 터져 나왔다. 파이가 허둥지둥 그녀의 상처를 손으로 막으며 울상을 지었다.

"아리아, 피, 피! 치료부터……."

"대답해, 파이!"

"부정, 동치 불가, 차이점, 불일치! 그 둘은 한쪽이 죽으면 죽습니다. 파이는 파이가 죽어도 살아남아 신으로서 유지됩니다! 다릅니다!"

파이가 다시금 왈칵 울음을 터뜨렸다. 아이는 가쁘게 숨을 몰아쉬고, 악을 쓰듯 발을 구르며 외쳤다.

"아리아는 몰라! 나쁜 파이는 죽어도 돼! 나쁜 파이는 죽어야 해! 더 나빠지기 전에 사라져야만 해!"

아이가 울부짖었다.

"파이는 나빠지고 싶지 않아! 아리아를 괴롭히고 싶지도 않아! 그러니까 파이만 사라지면 돼!"

절박하고 비참한 얼굴. 스스로를 죽이기로 결심하기까지 저 애는 대체 얼마나 많은 고뇌를 했을까.

아리아드네는 저도 모르게 손을 뻗었다. 피가 흐르는 팔로 바들바들 떨며 우는 아이를 끌어안았다.

"……울지 마, 파이."

"흐윽, 흐으으……."

"너한테 화를 내려고 한 게 아니야. 네가 왜 그랬는지도…… 알겠어."

그녀는 아이를 안고 다독이며 속삭였다.

"나빠지고 싶지 않았다는 것도, 이해했어. 혼자 정말 많이 고민했구나. 너로선 이게 최선이었던 거지?"

"……흐어어엉……."

어린 파이가 서럽게 울며 그녀의 품에 파고들었다. 처음 만났을 때 말을 걸자마자 울음을 터트리던 하얀 꼬마가 떠올랐다. 아리아드네는 먹먹한 기분으로 그때와 똑같이 조그마한 아이를 내려다보았다.

파이가 '살아남을 쪽'으로 선택한 자기 자신이 그 시절의 어린애라는 건 무슨 의미일까.

그동안 그녀와 함께 성장하면서 깨달은 감정도, 겪은 것들도 모두 부정하고 앞으로 영원히 자라고 싶지 않다는 뜻일까. 고독이 무엇인지, 자신이 잃은 것이 무엇인지조차 모르는 아이여야지만 영원한 신으로 살아갈 수 있으리라 판단한 걸까.

"……파이, 넌 대체 언제부터 사라지려고 한 거야? 언제 스스로를 나눴어?"

"신이 된 후에…… 흐윽, 안전한 방법을 파이가, 흡, 열심히 생각해서, 준비했습니다."

"안전한 방법이라니?"

"나빠지지 않으려면 죽어야 합니다. 하지만 파이가 그냥 죽으면 권능을 담을 그릇이 없어집니다. 그릇 파이, 필요. 신의 자격 유지, 필요. 그래서 파이를 나눴습니다."

파이가 코를 훌쩍이며 시무룩하게 중얼거렸다.

"하지만 나뉜 파이도 신. 신, 자살 불가. 세계가 막습니다. 외부의 살해 필요. 악셀 발렌타인, 적격. 그냥 죽여 달라고 하면, 아리아가…… 막을 것 같아서."

"……그래서 나를 죽이려 했어? 그러면 악셀이 알아서 너를 죽이러 올 테니까?"

파이가 울먹이는 얼굴로 고개를 끄덕이더니 조그맣게 중얼거렸다.

"악셀 발렌타인, 불호. 파이는 그자가 싫습니다. 그자는 부족하고 무지합니다. 하지만 그자에겐, 아리아를 구할 방법, 의지, 각오…… 모두 있었으니까. 그리고 다른 사람들도…… 아리아의 사람들이 최선을 다할 테니까 충분하다고 계산했습니다."

그럼 그 '죽기 위해 나선 파이'가 섬뜩하게 행동한 건 그녀의 의심을 피하기 위해서였나.

'물론 전부 연극은 아니었겠지. 그쪽도 파이의 진심일 테니까.'

아리아드네는 깊은 한숨을 내쉬며 보드라운 아이의 머리카락에 이마를 맞대었다.

'악셀도 그러더니…… 이건 또 무슨 자살극이야. 미치겠네.'

품에 안긴 파이가 꼼지락거리며 그녀의 눈치를 보았다.

"이제 아리아 상처 치료, 파이가 해도 돼? 해도 됩니까? 출혈 과다, 걱정, 불안……."

작은 손이 피가 흐르는 그녀의 팔을 살며시 잡아당겼다.

그녀를 망가뜨리기 싫어서 죽기를 계획하고, 그녀가 구상한 결말을 망칠까 봐 살아남아 버틸 쪽을 남겨 놓고, 그래 놓고도 그녀가 또 조금 다치는 것을 못 참아 결국 튀어나와서.

'너는 이 와중에도…… 정말이지.'

아리아드네는 울 것 같은 기분으로 파이에게 팔을 내주었다.

"그래, 치료해 줘."

파이가 선물 받은 아이처럼 환해져서 얼른 아리아드네의 상처를 양손으로 감쌌다. 신의 권능이 황금빛으로 빛나며 신성력처럼 그녀의 상처에 스며들었다. 아리아드네는 천천히 아무는 상처를 보며 말했다.

"파이, 손목에 걸어 둔 속박, 풀어 줘."

"불가. 파이는 파이와 약속했습니다."

"이미 다 들켰고 다 알았잖아. 얼른."

"안 됩니다. 금지. 불가! 아리아는 다 끝날 때까지 기다려야 합니다."

파이는 완고했지만, 이건 아리아드네가 이길 수밖에 없는 싸움이었다. 그녀는 또 협박했다.

"파이가 풀어 줄 수 없다면 다시 잘라야겠네."

"……."

"풀어 주지 않을 거야?"

"……아리아는 나쁩니다……."

파이가 훌쩍훌쩍 울면서 그녀의 문양 위에 손을 올렸다. 아리아드네는 황금빛 문양이 사라지는 것을 내려다보면서 무심한 듯 진심을 담아 속삭였다.

"조금쯤은 나빠도 돼. 완벽하게 착해지겠다는 건 아집이나 맹목으로 흐르기 쉬우니까."

"……?"

"안 좋은 부분이 있다고 다 도려내는 게 아니라 받아들여야 할 때도 있다는 뜻이야. 누구나 실수는 하니까. 신도 완벽하지 않은 세계잖아."

파이가 눈썹을 모았다.

"……아리아가 무슨 말을 하든, 나쁜 파이는 도려내야 합니다. 파이스스로도 원하는 일입니다."

아리아드네는 대답 대신 흐리게 웃고는 문양이 사라진 손목을 만져보다가 물었다.

"파이, 그 '나쁜 파이'는 지금 어디에 있어? 보여 줘."

파이가 우물쭈물하더니 반쯤 포기한 얼굴로 영상 같은 것을 띄웠다. 그곳에 악셀과 파이가 함께 비쳤다.

"……!"

아리아드네는 금세 지금 무슨 일이 일어나고 있는지 깨달았다. 악셀은 마왕이 되는 것을 각오하고 파이를 죽이려 하고 있고, 파이는 그에게 죽어 줄 생각으로 싸우고 있었다.

"어디야, 저기!"

아리아드네가 다급하게 외치자 파이가 발코니 쪽을 가리켰다. 그녀는 달려가서 발코니의 난간에 매달렸다. 까마득한 아래의 눈밭에서 악셀이 파이에게 검을 내리긋고 있었다.

"안 돼!"

그녀의 비명은 폭발하듯 비산하는 눈더미에 묻혀 그들에게 닿지 않았다.

아리아드네는 곧바로 채널을 열었다. 생사에 걸쳐져 있는 몸 상태 때문에 그녀의 채널은 몹시 작고 여리게 열렸다.

'누구든, 제발!'

그리고 그 작은 채널에도 담길 수 있는, 언제나 그녀를 지켜보던 대정령이 그녀의 부름에 즉시 응답했다. 잎사귀가 맞부딪히는 듯한 소리. 가이드가 없어서 해석할 수는 없지만, 해석하지 않아도 알 수 있는 감정이 느껴졌다.

아리아드네는 다정한 숲과 함께 아래로 뛰어내렸다.

아리아드네가 모든 것을 알아차렸다는 것을 깨닫자 덩굴에 휘감겨 있던 '파이'의 분위기가 급변했다. 그가 조용히 말했다.

"역시 당신을 속이는 건 쉽지 않네요, 아리아."

그녀에게 자꾸 음식을 권하다가 의도를 들켰을 때 했던 말과 같은 말이었다. 다른 점이라면 그때의 그는 여유 있게 웃고 있었고, 지금의 그는 체념과 원망이 묻어나는 어두운 얼굴이었다.

파이는 전신에 달라붙은 덩굴에서 아주 손쉽게 벗어났다. 예전에 악셀이 덩굴을 뜯어내다 아리아드네를 상하게 할까 저어되어 움직이지 못했던 것과 달리 그는 잎사귀 하나 상하게 하지 않고 유령처럼 덩굴에서 빠져나올 수 있었다.

이어 파이는 고작 몇 발짝만으로 아리아드네가 펼쳐 놓은 숲의 영역을 벗어나 눈밭 위에 섰다. 그러곤 검은 기운이 피처럼 뭉클뭉클 흘러나오고 있는 제 어깨를 가볍게 쓰다듬었다. 상처는 지우개로 지우듯 사라졌다.

아리아드네의 정령술도 악셀의 공격도 간단하게 무위로 되돌린다. 저것이 온전한 제 세계를 거느린 신의 힘. 악셀은 조금 전 자신이 떠올린 의혹을 확신으로 굳혔다.

'내게 죽어 줄 생각이었군, 정말로.'

같은 확신을 한 아리아드네가 분노한 어조로 입을 열었다.

"자살극이라니…… 디메토르에게 아주 나쁜 걸 배웠구나, 파이."

"나쁜 것이라."

멀찍이 선 파이가 희미하게 웃었다.

"아리아, 정말 나쁜 게 무엇인지 아직도 모르시겠습니까?"

"자살이 그럼 좋은 거야? 그딴 걸 해결책이랍시고……!"

"글쎄요, 아리아. 당신이 저였다면 어떻게 하셨을 것 같나요?"

"뭐?"

"아리아, 저는 그냥 연극을 한 게 아닙니다. 저자가 실패하고 제가 정말로 당신을 독점하게 되는 결과가 나와도 저는 만족했을 겁니다."

"그건 이미 들었어. 거짓말은 한 적 없다고 했었지."

꾸며 낸 가짜 같은 게 아니다. 저것도 파이의 진심이므로.

아리아드네의 다리에 매달려 있던 어린 파이가 불안하게 그녀와 파이를 번갈아 보았다. 파이가 그런 꼬마를 싸늘하게 노려보았다.

"역시 저 아무것도 모르는 꼬맹이가……."

"파, 파이는 모르지 않습니다! 우리의 기억은 일치합니다!"

울컥한 아이가 바락 소리를 질렀다. 파이의 입가에 비웃음이 걸렸다.

"머리로만 아는 건 아는 게 아니다, 무지한 것. 경험과 감정은 모두 내게 있으니 너는 빈 그릇에 지나지 않아."

"빈 그릇……."

"그래, 그렇기에 깨끗한 거다. 그렇기에 네가 살아남는 쪽인 거고. 그러니 그 그릇에 아무것도 담지 마라, 앞으로도."

냉담한 파이의 말에 어린 파이가 고개를 숙였다. 눈살을 찌푸린 아리아드네가 끼어들려는 찰나 파이가 아이에게서 눈을 떼고 그녀를 똑바로 바라보았다.

"아리아, 제가 한 행동도, 말도 모두 진심이었습니다. 하지만 단 하나만은 거짓이었지요."

"거짓이라고?"

"제가 불행하다는 것. 그건 거짓말이었어요."

"뭐……?"

"저는 불행하지 않았어요, 아리아. 신의 운명을 깨달은 순간에도."

예상치 못한 이야기에 아리아드네는 잠시 말문이 막혔다. 파이는 몹시 부드럽고 무른 눈빛으로 그녀를 바라보며 말했다.

"아리아, 저는 당신이 키워 낸 존재입니다. 당연하게도 저는 당신을 많이 닮았지요."

"……."

"떠올려 보세요, 아리아. 당신이 악셀 발렌타인을 그릇의 운명에서 구해 낼 방법이 있다는 것을 깨달았을 때. 그것이 당신 자신이 죽어야 하는 방법임을 알았을 때."

파이가 곱게 눈매를 접으며 물었다.

"당신은 불행했었나요?"

"……."

"아니잖아요. 솔직히 기쁘지 않으셨습니까? 당신이 사랑하는 사람을 살릴 방법을 드디어 찾아냈으니까."

"……."

"아리아는 기꺼이 죽으려 했어요. 도박에 실패해서 그게 영원한 죽음이 되었더라도 당신은 행복했을 거예요. 그렇지 않나요?"

"……."

아리아드네가 입을 다물었다. 그녀의 침묵이 의미하는 바를 깨달은 악셀의 낯빛이 험악해졌다. 파이는 태연히 말을 이었다.

"그때 아리아는 화를 내는 글로리아 위버에게 말했었죠."

"……."

"'저는 괜찮아요.'라고."

파이의 얼굴에 화사한 미소가 번져 나갔다.

"아리아, 그러니까 당신은 이해할 수 있을 겁니다. 저는 괜찮아요. 정말로요."

그가 노래처럼 속삭였다.

"당신의 세계를 제가 구할 수 있어서 기뻤어요. 당신을 슬픈 결말에서 벗어나게 할 수 있는 게 저라서 기뻤어요. 당신을 행복하게 만들 수 있는 능력이 제게 있어서 기뻤어요."

"……파이."

"제가 신이 된 게 정말로 싫기만 했을 리가 없잖습니까. 이것으로 당신이 행복해질 수 있게 되었는데. 제가, 당신을 구하게 되었는데."

"파이."

"아리아, 저는 불행하지 않습니다. 진실을 깨달았을 때도, 저를 둘로 나눴을 때도, 지금 이 순간에도."

덤덤히 말을 잇던 그가 단정 짓듯 덧붙였다.

"하지만 당신이 제 마지막 계획을 막는다면 저는 불행해질 겁니다."

"그게 무슨……."

"제 사랑은 나쁜 거예요, 아리아. 당신도 알고 계시잖아요. 모두가 불행해질 거라고 하셨잖아요."

파이가 엷게 미소 지었다.

"그러니 이 마음만 사라지면 됩니다."

아리아드네는 이를 악물었다. 힘겹게, 신음처럼 이름이 흘러나왔다.

"파이, 그건……."

"오해하지 마세요. 저는 죽는 게 아닙니다. 사라지는 건 나쁜 마음 뿐이고, '파이'는 여전히 살아 있을 테니까."

파이가 그녀의 다리 뒤에 숨은 어린 파이를 가리키더니 다시금 달콤한 웃음을 띠었다.

"아리아, 모두가 행복한 결말을 위해서예요. '파이'까지 모두가."

"……너도 파이잖아."

"저는 썩어 버린 부분이에요. 고름이 낀 환부 같은 거죠. 파이를 위해서라도 도려내야 합니다."

"헛소리 마!"

아리아드네의 목소리가 높아졌다.

"너 역시 파이잖아! 너도 파이의 일부분이고, 파이의 또다른 진심이잖아!"

"아리아, 저는."

"신이 되었을 때 기뻤다고? 그래, 이해했어. 내가 너였어도 기뻤을 거야. 소중한 사람을 내 힘으로 구할 수 있게 되었는데 어떻게 안 기쁘겠어! 하지만 기쁘기만 한 게 아닌 것도 사실이잖아!"

새파랗게 빛나는 눈동자가 수면처럼 파이를 비췄다.

"네 입으로도 말했었지. 도구로 쓰일 운명을 다 정해 놓고서 왜 자아를 품게 만들었냐고! 네 의사와 상관없이 신으로 박제할 거면 차라리 감정을 모르게 키우지 그랬냐고!"

"……."

"그것도 네 진심이잖아. 기쁜 만큼 원망스럽고, 차라리 죽어 버리고 싶을 만큼 괴로웠던 거잖아."

아리아드네의 눈에서 눈물이 한 방울 흘러 떨어졌다.

"아니면 그것도 거짓말이었어?"

파이의 얼굴에서 미소가 사라졌다. 그는 그녀의 물음에 부정하지 못했다.

아리아드네는 손등으로 눈가를 문질렀다. 깊게 숨을 들이쉬고, 내쉬었다. 벌겋게 달아오른 눈매로 그를 바라보았다.

"파이."

"······."

"너, 나한테 키워졌다며. 그래서 나를 닮았다며. 그런데 왜 닮다 만 거야?"

"······무엇을요?"

"내가 그 '괜찮아요.' 다음에 어떻게 했었는지는 안 봤어?"

"······."

"왜 그건 모르는 척해? 그 부분은 닮지 않기로 한 거야?"

파이가 그녀의 시선을 피했다. 아리아드네는 파이에게로 다가가며 과거에 글로리아에게 했던 말을 되짚었다.

"'사실 저도 만족스럽지 않아요, 이런 결말은.'"

숲이 그녀의 발자국을 따라 피어났다.

"'이건 저를 사랑하는 사람들을 배신하는 짓이잖아요. 그러니까.'"

파이는 그녀가 내디딘 걸음만큼 물러났다. 아리아드네는 멈추지 않 았다.

"'그러니까 다른 결말에 한 번 도전해 보려고 해요.'"

파이가 우뚝 멈춰 섰다. 그가 밟고 있던 눈밭을 푸른 잔디가 천천 히 점령했다. 아리아드네는 그로부터 두어 발자국 떨어진 곳에 멈춰 서서 그를 올려다보았다.

"파이, 네 일부를 죽여 버리는 게 최선이야? 이 결말에 만족해? 정 말로?"

"네."

파이가 고집스레 대답했다. 아리아드네는 흐리게 웃었다.

"나는 만족 못 하겠는데."

"······그럼 저자를 버리고 저를 사랑해 주실 건가요?"

파이가 사납게 되묻는 말에 멀리서 얌전히 기다리던 악셀의 눈썹이 꿈틀거렸다. 어린 파이가 겁먹은 얼굴로 그와 파이를 번갈아 보았다.

다행히 화산이 터지기 전에 아리아드네가 고개를 저었다.

"미안해, 그건 안 돼."

"역시 안 되는군요."

"파이. 나는 널 사랑하지만, 악셀과 같은 의미로는 사랑할 수 없어."

"그러면 어차피 저는……!"

"그런데 파이."

파이의 말을 끊은 아리아드네가 단단해진 푸른 눈으로 그를 응시했다.

"넌 분명 내 계획으로 운명이 정해져 있던 것에 상처받았었잖아. 바꿀 수 없는 것에 절망했잖아. 그러면서 왜 미래를 또다시 확정해 버리는 거야?"

"……예?"

순간적으로 파이의 표정이 멍해졌다.

"왜 네가 네 욕심에 휘둘릴 거라고 확신해? 왜 네가 고독할 거라고 확신해? 왜 너를 기다리는 게 영원한 절망뿐이라고 속단하는 거야?"

아리아드네는 조금 더 그에게 다가서며 말했다.

"파이, 너는 신이 되었어. 내가 너를 이 세계의 신으로 만들어 버렸지."

"……."

"하지만 내 계획은 여기까지였어. 네가 어떤 신이 될지는 아무것도 정해져 있지 않아."

"어떤 신이라니요. 저는 이미 환상 도서관의……."

"애초에 환상 도서관의 신이란 게 뭐야? 환상 도서관은 신이 없어도 존재하던 세계야. 그런 곳에 신이 생겼는데, 신이 생기기 전과 무언가 달라지는 게 당연하지 않아?"

"……!"

"파이, 너는 아직 정해지지 않은 신이야. 환상 도서관도 어떤 세계가 될지 정해지지 않았고……. 네가 앞으로 어떻게 될지도 정해지지 않았어."

파이는 벼락을 맞은 듯한 얼굴이 되었다. 아리아드네는 울듯이 웃었다.

"그리고 좀 나빠져도 돼. 너는 나빠질 걸 걱정하고 두려워하고 있는데 그런 네가 나빠져 봤자 얼마나 나빠지겠어?"

"……아리아."

"게다가 파이, 너는 고작 열세 살이야."

"그게 무슨."

파이가 괴상한 말을 들은 듯이 얼굴을 일그러뜨렸다. 아리아드네가 느릿하게 손을 꼽았다.

"내가 일곱 살 때 너를 처음 만났고, 그때 너는 갓 태어난 존재였지. 내가 곧 스물이니까 네 나이는 열세 살이잖아."

"하지만 저는……."

"네가 경험해 본 세상은 나뿐이고, 13년뿐이야. 너는 더 많은 것을 봐야 하고, 더 많은 경험을 하고, 더 많은 감정을 배워야 해."

"아뇨. 저는 무수히 많은 기억을 읽었습니다. 제 세상은……."

"머리로만 아는 건 아는 게 아니라고, 네가 방금 그랬잖아. 너 자신한테."

아리아드네가 어린 파이를 가리켰다. 파이는 순간 할 말을 잃었다. 그런 그에게 아리아드네가 쐐기를 박듯 말했다.

"밖으로 나가자, 파이. 더 많은 것을 진정으로 알기 위해서."

금빛 눈동자가 흔들렸다. 파이는 더듬더듬 반박했다.

"⋯⋯하, 하지만 저는 환상 도서관에서 나갈 수가⋯⋯ 신이 된 이상, 더욱더 세계에서 떠날 수가 없어져서⋯⋯."

"내가 도와줄게."

"예? 어떻게⋯⋯."

"전에 네가 환상 도서관에서 나올 방법을 반드시 찾겠다고 했었지? 이제야 찾았어."

아리아드네는 잠깐 눈을 감았다. 지금까지 겪고 배운 것들. 마왕을 몸에 담아 본 경험. 신과 연결해 본 경험. 하늘을 유지해 본 경험. 신을 탄생시켜 본 경험. 신에 대한 이해. 대정령과 정령술에 대한 이해.

그리고 이전 생들과는 비교할 수도 없이 성장한 채널.

'어쩌면 이러기 위해서 성장했던 걸지도 몰라.'

운명일지도 모른다. 환상 도서관의 '주인공', 그녀로 인해 이 세계에 묶인 파이를 구하기 위해.

아리아드네는 천천히 눈을 떴다. 그리고 돌아서서 어린 파이에게 손짓했다.

"이리 와, 파이."

초조하게 기웃거리던 작은 아이가 냉큼 달려왔다. 숲과 설원이 만나는 지점에 선 아이가 그녀를 올려다봤다. 아리아드네는 어린 파이의 손을 잡아 또 다른 파이에게 이끌며 말했다.

"자, 둘이서 새 이름을 정해 봐."

"이름이라니요?"

"이름?"

큰 파이가 눈살을 찌푸리고 작은 파이는 눈을 휘둥그렇게 떴다. 아리아드네가 고개를 끄덕였다.

"응, 새 이름. 환상 도서관의 신으로서 불릴 새로운 이름."

"······제 이름은 파이입니다."

"파이 이름, 파이! 다른 이름, 불필요!"

아리아드네는 고개를 저었다.

"아냐, 필요해."

"충분, 만족! 파이라는 이름은 아리아와 같이 정한 이름입니다!"

"지금까지는 그 이름으로 충분했지만, 이제는 아니야. 신이 되었으니 신으로서의 이름을 새로 정해야지. 이름을 지으면서 정체성을 확립하는 거야, 대정령들처럼."

"······?"

"그러면 내 채널을 통해서 그 이름을 부를 수 있을 테니까. 대정령에게 간청하듯, 그리고······ 엘에게 기도하듯."

어린 파이가 멍하니 입을 벌렸다. 큰 파이가 눈을 부릅떴다. 그가 떨리는 음성으로 되물었다.

"부른다고요? 저를? 당신이 있는 곳으로?"

"우리 같이 많이 해 봤잖아? 대정령 강림. 원리는 같아."

아리아드네가 웃으며 덧붙였다.

"온전히 너를 불러낼 순 없겠지, 너는 신이니까. 하지만 지금의 나라면 네 일부분 정도는 불러낼 수 있을 거야."

"······!"

"일단 강림하고 나면 카론을 매개로 네가 스스로 소환 상태를 유지하면 돼. 매번 나를 통하는 것보다 그 편이 네게도 편할 테니까."

"제가, 뭘 한다고요?"

"파이는 내 가이드 노릇을 하면서 정령술에도 익숙해졌잖아? 대정령을 강림시키는 것도 여러 번 봤고. 같은 요령으로 내 채널을 통해 너 자신을 유지하는 거야."

"……."

"환상 도서관과 나를 연결하는 채널은 기존의 내 정령술 채널과는 별도로 존재하니까 그걸 통째로 네게 줄게. 그러면 네 힘만으로도 충분히 소환 상태 유지가 가능할 거야."

"……."

"기본적으로는 내 채널을 빌려 쓰는 형태가 되겠지만……. 그래도 그런 형식이면 꽤 자립적인 상태라서, 소환된 뒤에는 카론만 있으면 나와 떨어져서 자유롭게 돌아다닐 수도 있겠지. 어떻게 보면 뤼르랑…… 수호성인하고 비슷한 느낌이 되겠네."

파이가 멍하니 입을 벌렸다.

"그런, 그런 게 가능할 리가."

"가능하게 만들면 돼, 우리가."

그녀는 그에게 손을 내밀며 말했다.

"처음엔 잘 안 될 수도 있을 거야. 그래도 계속 노력할 테니까…… 같이 해 보자, 파이."

파이는 숨을 멈췄다. 내밀어진 작고 하얀 손에 무한한 것이 담겨 있었다. 초대, 기적, 광활한 세상, 함께하기, 스스로 쓸 수 있는 미래.

거부할 수 있을 리가 없었다. 파이는 홀린 듯이 그녀의 손을 잡았다. 그녀의 눈매가 둥글게 휘었다.

"고마워."

"······후회하실지도 모릅니다."

"난 괜찮을 것 같은데?"

아리아드네가 장난스럽게 답했다. 파이는 멀거니 그녀의 웃음을 보다가 돌아 버리겠다는 듯 외쳤다.

"당신이 이러니 제가 점점 더 욕심을 내게 되는 것 아닙니까!"

"응? 아니, 나는."

파이는 무어라 항변하려는 아리아드네를 무시하고 악셀에게로 휙 고개를 돌렸다.

"악셀 발렌타인, 너는 이게 괜찮나? 정말로?"

악셀이 미간을 구긴 채 대꾸했다.

"왜 내게 묻지? 이건 내가 결정할 문제가 아니다. 아리아의 사람이 늘어나는 건 좋은 일이고."

"내가 그녀에게 무슨 마음을 품고 있는지 모르나?"

"네 마음이 어떻든 아리아가 선택한 건 나인데, 무슨 상관인지 모르겠군. 마음 정리를 도와 달라는 건가?"

"······."

파이는 황당하다는 표정이 되었다. 아리아드네가 작게 웃었다.

"우리 악셀, 잘 컸네."

"인기 많은 주군을 둔 덕분입니다."

악셀이 투덜거리더니 나지막이 덧붙였다.

"당신께 배운 덕분이기도 하고요."

그사이 곰곰이 뭔가를 생각하던 어린 파이가 아리아드네의 옷자락을 잡아당겼다.

"아리아, 새로운 이름? 신으로서의 이름? 그거 지으면 아리아가 사는 세상에 갈 수 있습니까?"

"그래, 올 수 있어."

"그 이름 지어도, 아리아한테는 계속 파이여도 돼요?"

"물론."

아리아드네가 아이를 내려다보며 웃었다.

"파이는 어떤 신이 되고 싶어? 여길 어떻게 바꿀 거니?"

"여기는……."

어린 파이가 아리아드네의 손을 잡은 채로 주변을 둘러보았다. 무한하게 이어지는 유리 서재들. 온기 없이 박제된 기억들. 끝없는 적막. 꼬마가 눈썹을 모았다.

"너무 조용합니다. 지루함, 비슷비슷, 생동감 부족, 차가움, 정적, 변화 없음. 파이는 이곳이 좀 더…… 활기찼으면 좋겠습니다."

"그럼 그렇게 만들면 돼. 파이가 이제 이곳의 주인이니까."

아리아드네의 말에 황금빛 눈동자가 초롱초롱하게 반짝였다. 또 다른 파이가 음울하게 중얼거렸다.

"그래 봤자 죽은 자가 거쳐 가는 세계라는 본질은 바꿀 수 없습니다. 생명이 없는 이곳은 늘 외롭겠지요."

아리아드네가 반박했다.

"사후 세계라고 꼭 외로울 필요는 없잖아? 이젠 네가 정하기 나름인데. 게다가 넌 이미 여기에 마계의 유산을 받아들였는걸. 그 생명들만 해도 어마어마하지 않아?"

그 말에 갑자기 어린 파이의 얼굴이 환해졌다.

"다른 사후 세계! 넉넉한 유산! 파이, 새 이름이 생각났습니다! 좋은 이름! 죽음의 다른 이름! 풍요, 넉넉함, 부, 지하의 보물! 파이(Π)에서 시작되는 이름!"

아이는 기쁨에 차서 신의 이름을 발음했다.

"플루토스(Πλοῦτος)!"

명계의 신 하데스의 이명(異名). 풍요로운 자를 뜻하는 황금빛 이름.

스스로를 정의할 이름을 찾아낸 어린 신의 전신이 금빛으로 반짝였다. 아이는 광휘를 두른 채 또 다른 자신에게 손을 내밀었다.

"파이로 시작하는 플루토스…… 라고. 원래는 그 뜻의 파이가 아니었을 텐데."

파이가 한숨을 내쉬더니 어쩔 수 없다는 듯이 고개를 내저었다.

"……뭐, 상관없겠지요. 어쨌건 '파이'가 담겨 있는 이름이라는 건 마음에 드니까."

"그럼 파이도 좋은 거지?"

어린 파이가 활짝 웃으며 그의 손을 잡았다. 파이는 그 손을 거부하지 않았다. 사라지려던 일부분과 그저 버티려던 일부분이 맞닿았다. 갈라졌던 것이 다시 합쳐지며 새로운 것으로 태어났다.

눈부신 빛이 솟구쳤다.

그리고 환상 도서관의 신이자, 죽음과 죽음 이후에 남는 것들, 기억과 유산을 관장하는 풍요로운 신, '플루토스'가 탄생했다.

환상 도서관이 빛으로 가득 찼다. 신을 처음 맞이했을 때처럼. 아니, 그때보다 더 큰 환희가 세계를 가득 채웠다.

그 의미를 깨달은 글로리아가 물었다.

"이것이 복인가요?"

엘이 답했다.

{애통하던 자가 위로를 받았으니, 이제 슬픔이 끝나리라.}

루드빅은 용오름에 올라탄 채 쉴 새 없이 화살을 날려 대고 있었다.

"망할 요람 놈, 멋없게 질척대기는!"

루드빅의 화살은 부화 직전의 요람을 정확하게 꿰뚫었다. 문제는 꿰뚫린 요람이 흘린 피인지 오염수인지 모를 액체가 모조리 마물로 변했다는 점이었다.

그 결과 요람을 물리쳤음에도 불구하고 루드빅은 수백이 훌쩍 넘는 마물에 둘러싸이고 말았다.

'시간이 얼마나 되었지?'

악셀 발렌타인은 공작님을 잘 구출해 냈을까.

'다음이 정말 늦지기면 베로니카 경이 버틸 수 있는 시간이 얼마 안 될 텐데.'

이 마물 떼거지를 그가 무사히 처리하는 것도 가능성이 낮은 일이지만, 이걸 처리하고 갔을 때 베로니카가 늦지기를 상대로 혼자서 무사히 버티고 있을 가능성은 더 낮았다.

'그럴 바엔 차라리.'

루드빅은 괴성을 내지르며 덤벼드는 거대한 독수리 마물의 양쪽 눈에 화살을 한 발씩 꽂아 준 다음, 용오름의 방향을 틀었다.

"죽어도 거기서 죽는 게 낫겠지."

돌아서자 천장의 통로 쪽을 가로막고 있는 **빽빽한** 마물들이 보였다.

저걸 어떻게 뚫지?

'길 뚫는 데엔 악셀 그놈이 광선 한 방 날려 주는 게 최고일 텐데.'

용오름에 매달리는 박쥐 같은 마물의 양손을 검을 뽑아 찍어 내리며 고민하던 루드빅은 곧 좋은 아이디어를 떠올렸다.

'나도 그런 거 쏘면 되지. 뭐든 쏘는 건 내가 그놈보다 잘 할 텐데.'

그는 곧바로 아르테미스의 시위를 당겼다. 활을 타고 흐른 정령력이 빠르게 화살을 형성했다. 평소라면 활시위를 놓았을 지점에서 그는 시위를 당긴 채로 덤벼드는 마물들을 피해 곡예비행을 했다.

그러면서 활에 쉼 없이 정령력을 불어넣었다. 시위를 잡고 있는 팔이 힘에 부쳐 부들부들 떨릴 때까지.

한계까지 밀어 넣어진 정령력은 평범한 활의 화살이라기보다는 발리스타의 화살에 가까운 거대한 것을 만들어 냈다. 주로 쓰인 정령력은 물과 바람. 화살의 형태로 붙잡힌 물과 바람이 회오리치며 태풍이 몰아치는 듯한 소리가 났다.

루드빅은 마물 사이로 그것을 겨누며 입꼬리를 올렸다.

태풍을 쏘다니, 이거 제법 멋지지 않나?

"이걸 공작님께서 보셨어야 하는데."

루드빅은 투덜거리며 시위를 놓았다. 활에서 풀려난 태풍이 공기를 찢어발기며 마물 무리를 관통했다. 용오름이 날갯짓하며 그 뒤를 따랐다.

등 뒤로 아직 살아남은 수많은 마물의 날갯짓 소리가 들려왔다. 루드빅은 뒤도 돌아보지 않고 자신이 쏜 태풍을 따라 질주했다.

어둑한 통로를 따라 날자 금세 흐릿한 하늘이 보였다. 마물 무리를 뒤에 달고 하늘로 솟구친 루드빅은 곧 그 하늘을 가릴 듯이 치솟은 거대한 머리들을 발견했다. 그 앞에 홀로 선 방패의 기사도.

루드빅이 그리로 날아가며 외쳤다.

"베로니카 경, 괜찮아? 꼴이 말이 아닌데!"

검은 머리의 기사가 힐끔 뒤를 돌아보았다. 루드빅을 본 그녀가 눈살을 찌푸렸다.

"꼴은…… 경도, 엉망인데. 피 칠갑을 했잖아."

"이거 내 피 아냐. 마물 피야."

"알록달록한데? 붉은 건, 루드빅 경 피겠지. 왜 다들…… 그놈의 허세를, 못 버려?"

"하하."

대놓고 혀를 차는 베로니카 앞에서 어색하게 웃은 루드빅이 다시 활을 치켜들었다. 베로니카는 시위를 당기는 루드빅의 팔을 힐끔 보았다. 태풍을 만들어 내 쏘았던 팔은 바람에 난도질당한 것처럼 피투성이가 되어 저절로 떨리고 있었다.

"루드빅 경, 물러서서 팔 수습해. 내가 잠시, 버틸게."

"뭐? 경이야말로 허세 부리지 말고……."

"버티는 건…… 특기니까."

베로니카는 막고 있던 방패를 밀쳐 내며 뱀의 머리를 후려쳤다. 동시에 그녀는 루드빅의 뒤, 쫓아오는 마물들 쪽으로 한쪽 팔을 뻗었다.

"철마!"

그녀에게서 튀어 나간 강철의 정령수가 몸을 부풀렸다. 육중한 말은 곧 거대한 방패 혹은 철벽에 가까운 형태로 변해 덤벼드는 마물을 가로막았다. 마물과 철벽이 충돌하며 두두두둑, 하고 우박이 철판을 두드리는 듯한 소리가 났다.

루드빅은 제 앞을 가리고 선 철벽을 보며 어이없다는 얼굴이 되었다.

"이건 또 뭐야? 소백작이 쓰던 거랑 비슷한데? 정령수 형태를 변형시킨 거? 이게 돼?"

"에리히, 하는 거 보고…… 쓸만해 보여서. 그 마법…… 애초에 개가 내 철마를, 연구하다 개발한 거였으니까."

"그래서 그냥 해 본 거라고?"

"해 보니까, 되네."

"……."

루드빅은 지혈을 하다 말고 기가 차서 제 동료를 돌아보았다. 새삼스럽게 아리아드네가 모은 토벌대원들은 모두 대륙 최고의 인재들이자 대미궁을 정복한 영웅이라는 게 실감이 났다.

'그리고 나도…… 그중 하나라는 거지.'

인생 잘 살았네. 여기서 죽어도 역사에 화려하게 이름이 남을 테니 후회 따윈 없겠어.

루드빅이 낄낄거리는 걸 이상하다는 듯 쳐다보던 베로니카는 피와 섞여 흐르는 땀을 건틀릿으로 닦아 내며 돌아섰다.

"준비됐지?"

"완벽해."

"죽지 마."

"에리히 소백작 질질 짜는 꼴 보기 싫으니까 너야말로 죽지 마라."

"에리히, 우는 거 귀여운데."

"······너한테나 귀엽지."

베로니카와 루드빅은 등을 맞대고 사투를 준비했다. 죽지 말라고 하긴 했으나 둘 다 여기서 죽을 수도 있겠다는 판단은 내린 상태였다.

그렇게 얼마나 싸웠을까.

돌연 눈부신 빛이 하늘을 가로질렀다. 그와 동시에 그들에게 미친 듯이 덤벼들던 마물들의 움직임이 정지했다.

"응?"

"어?"

하늘을 가로지른 황금빛이 눈송이처럼 그들 위로 떨어져 내렸다. 빛이 닿는 곳마다 풍경이 지우개로 지우듯 지워졌다. 늪지기도, 마물도, 흐린 하늘도, 오염된 늪의 풍경도. 그리고 그들이 입었던 부상들까지, 모두.

모든 것이 지워진 뒤로 보이는 건 벽돌처럼 쌓인 유리 서재들과 새하얀 눈밭이었다.

"뭐, 뭐야."

루드빅은 활을 늘어뜨리고 얼떨떨하게 주위를 둘러보았다. 마찬가지로 두리번거리던 베로니카는 광휘를 두르고 선 하얀 남자를 발견했다.

하얗게 반짝이는 긴 머리칼을 노란 리본으로 묶은 남자의 주위에 성스러운 황금빛이 맴돌았다. 한눈에 '신'이라는 것을 알 수밖에 없는 존재. 그 신의 옆에 백금발을 늘어뜨린 아리아드네 엘디어가 있었다.

"아가씨!"

베로니카는 절박하게 그녀를 부르며 방패를 들고 달렸다. 그녀의 외침에 같은 곳을 본 루드빅도 반사적으로 남자를 향해 활을 치켜들었다.

"……음?"

냅다 신을 쏘려던 루드빅은 아리아드네의 곁에 얌전히 서 있는 악셀을 뒤늦게 발견하고 멈칫했다.

'저 미친놈이 가만히 있는 걸 보니 별로 위험한 상황은 아닌 것 같은데?'

그는 슬그머니 활을 내렸다. 그리고 금세 그의 판단이 옳았음이 증명되었다. 아리아드네가 깜짝 놀라며 베로니카에게로 다가왔고, 신은 그것을 막지 않았다.

"니카!"

"어, 어, 아가씨?"

귀기 어린 표정으로 달려가던 베로니카는 아리아드네가 다가오자 다급히 속도를 줄이며 방패를 치웠다. 아리아드네는 발돋움하여 그녀의 얼굴을 양손으로 붙들고 살피더니, 어정쩡하게 선 루드빅까지 확인했다.

상태 확인을 마친 그녀의 표정이 사나워졌다.

"……둘 다 여기가 어디라고 들어온 거야? 무슨 수로?"

베로니카는 아리아드네에게 붙들린 채 얼떨떨하게 대답했다.

"아가씨의 죽음을…… 나눠 받아서……."

"미쳤어? 무슨 그런 위험한 짓을 해! 잘못하면 큰일 날 뻔했잖아!"

아리아드네가 경악하며 베로니카를 흔들어 댔다. 불똥이 튈 것을 감지한 루드빅이 얼른 악셀을 가리켰다.

"공작님, 저놈이 범인입니다. 저놈이 하자고 한 거예요."

악셀이 눈썹을 추켜올리며 대꾸했다.

"같이 가자고 한 건 너희잖나."

"공작님을 구하는 일인데 우리가 같이 가는 건 당연한 거고. 어쨌든 네놈이 먼저 공작님의 죽음을 나눠 받겠다고 한 건 맞잖아!"

항변하는 루드빅과 눈살을 찌푸린 악셀을 번갈아 보던 아리아드네가 관자놀이를 짚은 채 입을 열었다.

"정확히 좀 설명해 봐. 대체 어떤 미친 짓을 벌여서 여기에 들어온……."

"아리아."

관망하는 태도로 서 있던 신, 플루토스가 문득 아리아드네를 불렀다.

"일단 나가 보셔야 할 것 같습니다."

"응?"

"당신의 몸이 있는 곳의 상태가 심상치 않습니다."

플루토스가 살짝 손을 벌렸다. 그러자 아리아드네와 악셀, 베로니카, 루드빅에게 내려져 있던 '죽음'이 검은 기운으로 변해 신의 손으로 되돌아갔다. 플루토스는 그것을 움켜쥐어 없애며 말했다.

"우선 당신께 제가 멋대로 심었던 죽음을 거두었습니다. 상처 입혀서 죄송합니다, 아리아."

신은 정중하고 깊게 허리를 숙여 보였다. 아리아드네는 엷게 웃었다.

"괜찮아, 그런 것쯤."

"……그렇게 무르시면 안 됩니다. 제대로 사죄하고 갚으라고 하셔야지요."

플루토스가 한숨을 푹 내쉬더니 조용히 말을 이었다.

"아리아, 엘이 당신에게 준 이곳을 드나들 권한은 곧 효력이 다할 겁니다."

"응? 왜?"

"그 신이 곧 잠에서 깨어나 엘리시움으로 완전히 돌아갈 테니까요. 그건 엘이 이곳에 있기 때문에 유지되던 권한이었거든요."

"아…… 그렇구나."

"물론 환상 도서관과 아리아 사이의 채널은 유지될 거예요. 그건 생사를 오가는 경험을 하면서 당신이 스스로 만들어 낸 채널이니까요. 하지만 그것을 이용해 당신께서 다시 이곳으로 오시기는 어려울 겁니다."

"어째서? 채널은 남아 있을 거라면서?"

"아리아의 몸에 좋지 않기 때문입니다."

"엘께서 주신 축복이 사라져서 그래? 하지만 그게 없어도 네가 있잖아. 네가 악화를 막아 줄 테니 얼마든지 오라고 하지 않았어?"

"그건 제 욕심이었습니다. 다시는 당신을 보지 못하게 될 것이 두려워서."

플루토스는 쓴웃음을 띠었다.

"악화를 막는다는 건 나아지게 한다는 뜻이 아니잖습니까. 살아 있는 인간이 죽음을 지속적으로 접하는 건 절대 좋은 일이 아닙니다."

"하지만……."

"지금보다 건강해지시려면 이곳에 오셔선 안 됩니다. 통각 치료를 위해서도요. 저는 당신이 죽음에 한 발 걸친 상태로 사는 것보다는 건강하고 행복하게 사셨으면 좋겠습니다."

그가 예쁘게 웃었다.

"그러니 이제 여기에 오시는 건…… 아주아주 먼 미래의 일로 해 주세요. 그때까지 이 세계를 아리아가 깜짝 놀랄 정도로 아름다운 곳으로 꾸며 놓겠습니다."

"파이…… 너는 그래도 괜찮겠어? 내가 오지 않아도?"

"전이었다면 어떻게든 더 나빠지진 않게 할 테니 계속 와 달라고 떼를 썼을지도 모릅니다. 하지만 이젠 괜찮아요. 당신이 있는 곳으로 저를 불러 주실 테니까."

플루토스는 곱게 눈을 접으며 애교 어린 투로 덧붙였다.

"착하게 기다리고 있을 테니 언젠가 꼭 불러 주셔야 해요, 아리아."

"……응, 파이. 반드시 너를 부를게. 조금만 기다려."

답하는 아리아드네의 몸이 점차 희미해졌다. 곁에 있던 악셀의 몸도, 이게 어떻게 돌아가는 일인지 눈치를 살피던 루드빅의 몸도, 아리아드네를 보고 안도한 뒤론 아무 생각 없이 지켜보던 베로니카의 몸도.

플루토스가 미소 지었다.

"신관이 치유를 끝낸 모양입니다. 돌아가실 때가 되었군요."

아리아드네는 급히 주위를 둘러보았다. 그녀가 펼쳐 둔 신록의 영토가 저절로 사라진 뒤 드러난 환상 도서관의 모습을 눈에 담았다.

익숙한 유리 서재와 황금 책장들, 파이가 만들어 둔 설원과 하얀 성. 어쩌면 마지막일 풍경.

그 풍경 속에 홀로 남은 아름다운 신이 그들을 배웅했다.

"오랜 시간이 흐른 뒤에, 평안히 웃으며 돌아오시기를."

시야가 백색으로 물들었다가 검게 덮였다.

아리아드네는 눈을 떴다. 파리한 얼굴로 그녀를 내려다보던 뤼르의 낯빛이 환해졌다.

"성녀님!"

"안 돼, 제기랄!"

뤼르가 무어라 하기도 전에 에리히의 욕설 섞인 비명이 들려왔다.

'상태가 심상치 않다고 했었지. 무슨 일이 벌어진 거지?'

아리아드네는 물에 잠긴 것처럼 무거운 몸을 일으켰다. 뤼르가 비틀거리는 그녀를 부축했다. 아리아드네는 그에게 기대며 입을 열었다. 잔뜩 쉰 목소리가 새어 나왔다.

"무슨 일⋯⋯."

"아리아!"

그녀의 목소리를 들은 에리히가 반색하며 돌아보았다. 마법사는 먼지와 땀으로 엉망진창이었다.

"젠장, 아리아! 미안한데 일단 영토부터 펼쳐 줘!"

그녀를 과보호하는 경향이 있는 에리히 위버가 저럴 정도면 정말 심각한 상황일 터. 아리아드네는 이유를 따지지 않고 채널부터 개방했다.

그러나 익숙한 파이의 목소리가 들리지 않았다.

'아, 파이와의 연결⋯⋯. 완전한 신이 되어서 더는 가이드 역할을 해 주지 못하는 거구나.'

가이드가 없는 상태. 설상가상으로 채널을 열자마자 현기증과 구역질이 일었다. 욱, 하고 입을 틀어막으며 웅크리자 뤼르가 날개로 그녀를 감쌌다.

"마법사님! 성녀님께선 지금 정령술을 쓰시기 어렵습니다! 간신히 되살아나신 상태라……!"

"하지만 아리아가 정령술 못 쓰면 우리 다 죽는다고요! 망할! 남은 신성력으로 어떻게 회복 안 돼요?"

"죄송합니다, 더 이상은 신성력이……!"

에리히와 뤼르가 다급하게 고함을 질러 댔다. 아리아드네는 어지러운 머리를 붙잡고 주위를 살펴보았다.

악셀을 비롯한 정령 기사들은 아직 깨어나지 못한 상태였다. 그녀에게서 나눠 받은 듯한 상처가 남아 있는 걸 보니, 뤼르의 신성력이 부족해서 다른 사람들의 부상은 수습만 하고 아리아드네를 우선적으로 완치시킨 듯했다.

그들은 요동치는 이카로스의 등 위에 있었다. 이카로스가 있는 장소는 늪지기의 영역과 블랙홀 같은 것 사이였다. 거대한 사역마는 소멸해 가는 공간에 먹히지 않으려고 미친 듯이 날갯짓하고 있었다. 그러면서도 앞으로 치고 나가진 못했다.

아리아드네는 앞을 보는 순간 에리히가 왜 그녀에게 정령술을 펼쳐 달라고 했는지 이해했다.

'오염이 남아 있어!'

늪지기는 죽었지만 늪지기의 영역은 아직 소멸되지 않았다. 몰려오는 검은 파도에 닿은 뒤에야 소멸될 것이다.

그리고 저곳은 정령들으로는 버틸 수 없을 만큼 지독한 오염으로 가득했다. 아리아드네의 영토로도 완벽히 막을 수 없어 하늘까지 구현해서 버텼던 곳 아닌가. 이대로 늪지기의 영역에 들어서면 모두 오염되어 미치거나 죽을 것이다.

그렇게 판단한 에리히는 이카로스를 멈춰 세우고 대책을 강구했다.

하지만 은둔자의 영역을 통과하며 번 시간이 모두 소모될 때까지 이렇다 할 대책은 나오지 않았다.

제자리를 맴도는 사이 검은 파도가 바로 뒤까지 밀려왔다. 어쩔 수 없이 에리히는 엘릭서를 퍼부으며 전진한다는 무식한 방식을 시도해 보았다.

그러나 고작 몇 초 만에 그 방식은 포기할 수밖에 없었다. 오염된 하늘에서 내리쬐는 빛에 닿자마자 이카로스가 미쳐 날뛰며 제 날개를 잡아 뜯었기 때문이다.

에리히가 강제로 방향을 틀고 엘릭서를 몇 병이나 쏟아부어 간신히 수습하며 빠져나오긴 했으나, 이카로스의 찢긴 날개를 치료하느라 뤼르의 신성력이 거의 다 소모되어 버렸다.

진퇴양난이었다. 이대로 소멸에 휘말리는 건가 싶었을 때, 아슬아슬하게 아리아드네에게 드리웠던 죽음이 사라졌다. 뤼르가 기사들에겐 최소한의 지혈만 하고 나머지 신성력을 모조리 퍼부어 아리아드네를 깨운 게 직전의 일이었다.

뤼르와 에리히가 주고받는 대화와 주변 상황을 통해 사태를 파악한 아리아드네는 이를 악물었다.

'답이 없어. 이건 내가 어떻게든 하늘을 구현해야 해.'

할 수 있을까?

가이드도 없이, 현기증이 이는 몸에, 회복이 덜 되어 신록의 그릇만 간신히 담을 수 있는 작은 채널로?

채널 상태를 다시 가늠해 보았다. 암담함이 차올랐다.

아리아드네는 창백한 뤼르와 에리히의 낯빛을 보았다. 둘 다 명백히 한계였다. 뒤에서 검은 파도가 회오리를 일으키며 주변의 모든 것을 집어삼키는 소리가 들려왔다. 짐승의 울부짖음 같은 소리였다.

아리아드네는 피가 나도록 입술을 깨물었다.

'어떻게든 해내야……!'

그 순간, 짐 더미 속에 있던 검은 책이 저절로 날아와 그녀의 앞에 멈췄다. 카론이었다. 펼쳐진 페이지에 깃펜으로 다급하게 휘갈긴 듯한 글씨가 쓰였다.

-엘이 기적을 허락했습니다.

-천상의 나팔이 당신을 지켜보고 있습니다. 그녀를 부르세요.

그 문장을 읽은 아리아드네가 멍하니 중얼거렸다.

"엄마?"

조그맣고 힘없는 부름이었다. 그러나 딸이 어머니를 부르는 데에는 그 정도로도 충분했다.

그녀의 몸과 채널은 신의 대행자를 감당할 만한 상태가 아니었으나 그녀 곁에는 영혼으로 연결된 또 다른 신의 권속이 있었다.

뤼르 이나민. 신의 날개를 받은 수호성인.

하늘에서부터 빛이 폭포처럼 쏟아져 내렸다. 뤼르는 제 몸에 천사가 강림하려 하는 것을 깨달았다. 그는 기꺼이 그것을 받아들였다.

신관의 흰 날개 위로 황금빛 날개가 거대하게 펼쳐졌다.

밀려오는 소멸의 해일, 회오리치며 그것에 삼켜지는 죽은 세계의 파편들, 앞을 가로막은 오염된 늪. 그리고 그 혼돈 속에 고립되어 날갯짓하던 새의 등 위로 쏟아지는 빛의 폭포.

아리아드네는 수호성인의 머리 위로 환영처럼 내려앉는 글로리아의 모습을 보았다.

뤼르 이나민에게 둥근 후광이 떠올랐다. 그가 황금빛으로 빛나는 눈을 뜨고 옅게 미소 지었다. 글로리아의 미소였다.

{아리아.}

애정이 담뿍 담긴 부름이 들렸다. 신관의 몸에 강림한 천사가 아리아드네의 뺨을 가만히 쓰다듬었다.

{자랑스러운 내 따님.}

부드럽게 휘어진 천사의 눈에 눈물이 고였다. 천사는 웃으며 울었다.

{너를 낳은 건 내 인생 최고의 행운이었단다.}

검은 장막처럼 드리워진 소멸을 배경으로 펼쳐진 황금빛 날개가 접히며 모든 이를 감싸 안았다.

{이제 아프지 말렴.}

금빛 신성력이 나팔꽃 덩굴처럼 뻗어 나가며 일행을 휘감았다. 어마어마한 신성력이 그들의 전신을 감쌌다.

그리고 기적이 일어났다.

자잘한 부상, 큰 중상, 누적된 피로, 정신력 고갈로 인한 두통까지 사라졌다. 모든 것이 완벽하게 최상의 상태로 돌아왔다.

{네 소중한 사람들과 함께 집으로 돌아가야지.}

치료가 끝나자 빛이 사그라들었다. 금빛 날개도, 후광도 희미해지며 천사가 되었던 수호성인은 뤼르 이나민으로 되돌아왔다.

{사랑하는 아리아.}

어렴풋이 남은 천사의 환영이 아리아드네의 이마에 입을 맞추었다.

{엄마가 언제나 너를 응원하고 있다는 걸 잊지 마.}

환영이 황금빛 반딧불처럼 흩어져 사라지며 울먹이는 듯한 음성만이 귓가에 따스하게 남았다.

"엄……."

아리아드네는 저도 모르게 엄마를 향해 손을 뻗었지만 아무것도 잡지 못했다. 허공을 헤매는 그녀의 손을 문득 튀어나온 커다랗고 거친 손이 조심스럽게 감싸 쥐었다.

"아리아?"

어느새 깨어난 악셀이 걱정과 안도가 뒤섞인 얼굴로 그녀를 바라보고 있었다. 그의 넓은 어깨 너머로 강림의 여파로 지친 듯한 뤼르와, 눈을 비비며 일어나는 베로니카와, 기적에 얼이 빠진 에리히와, 주변을 보며 기겁하는 루드빅이 보였다.

아리아드네는 자신을 방해하던 현기증도, 헛구역질도, 피로감도 모두 사라진 것을 깨달았다. 푹 자고 일어난 것처럼 몸이 가뿐하고 정신이 맑았다.

'엄마가……'

아프지 말렴. 집으로 돌아가야지. 엄마가 언제나 너를…….

사랑하는 사람들. 사랑해 주는 사람들.

이 순간 무엇이든 할 수 있을 것 같은 기분이 들었다. 어떠한 것도 두렵지 않았다.

아리아드네는 가장 먼저 에리히를 돌아보았다.

"오라버니."

"어, 어? 야, 방금 그 유령, 아니, 천사가 혹시……?"

"이카로스 전력으로 전진시켜 줘요. 최대한 빠르게 빠져나가야 하니까."

"어…… 지금?"

"길이 열리면요."

그녀는 이어 루드빅을 바라보았다.

"루드빅, 뒤쪽에 자리 잡고 큰 파편이나 위험한 게 날아오면 쏴서 떨어뜨려. 할 수 있지?"

"물론입니다."

루드빅이 얼른 아르테미스를 꺼내 들었다. 아리아드네는 다음 사람에게로 시선을 돌렸다.

"니카."

"네, 아가씨."

"그 방패로 앞에서 모두를 잘 지켜 줘."

"네!"

베로니카는 싱글벙글 웃으며 방패를 들고 이카로스의 머리 쪽에 자리 잡았다. 아리아드네는 생생해진 사람들 사이에서 유일하게 초췌해진 뤼르를 살폈다.

"뤼르, 괜찮아요?"

"괘, 괜찮습니다. 하지만…… 제가 워낙 부족한 그릇이라 신의 권속께서 제대로 권능을 발휘하지 못하고 가신 건 아닌지 걱정이 되는군요. 도움이 되었을까요?"

"넘치도록요. 그러니 이제 우리에게 맡기고 푹 쉬고 있으세요."

신관이 엷게 웃었다.

모두에게 지시를 내린 아리아드네는 바로 앞에 있는 악셀의 품으로 파고들었다. 쇳덩이처럼 단단한 육체가 흠칫 놀라 파르르 떠는 게 느껴졌다.

"악셀."

"……예?"

"이카로스 앞으로 가자. 우리가 길을 뚫을 거야."

악셀은 군말 없이 벼락을 꺼내 아리아드네를 안은 채로 올라탔다.

"잘 뒤따라와요!"

아리아드네는 이카로스에 남은 일행들에게 외친 다음, 악셀의 가슴팍에 머리를 기대며 속삭였다.

"가로막는 건 전부 부수면서 전진해."

"예, 주군."

"나 잘 지켜 줘야 해. 지금부터 꼼짝도 못 할 테니까."

그녀가 눈웃음을 지으며 말하자 악셀이 일순 넋을 잃었다가 허둥지둥 온몸으로 그녀를 감싸 안으며 검을 뽑아 들었다.

"머리카락 한 올도 상하지 않게 하겠습니다."

"머리카락 정돈 상해도 돼."

아리아드네는 비장해진 그를 보며 작게 웃고는 눈을 감았다. 가장 든든한 품속. 편안히 몸을 맡겼다.

가이드 없이 쓰는 세 번째 정령술.

첫 번째는 어린 시절 살기 위해 제대로 열리지도 않은 채널로 다급하게 불러냈던 만년설 왕관.

두 번째는 조금 전, 악셀과 파이의 전투를 말리기 위해 약해진 채널로 불러냈던 신록의 그릇.

그리고 세 번째.

강대하고 광활한 채널이 개방되었다. 기다렸다는 듯 무수히 많은 대정령들이 쏟아져 들어왔다. 다양한 색과 다양한 빛으로 채널이 차오른다. 그녀로서는 해석할 수 없는 언어들이 다양한 소리로 귓가에 쏟아진다.

바람과 물, 불과 숲, 땅과 하늘의 노래.

가이드로 걸러지지 않은 것들이 그대로 영혼에 와 닿았다. 언젠가 파이가 예상했던 것처럼 아리아드네는 이제 가이드가 없어도 어느 정도 대정령들의 의사를 알아들을 수 있었다.

거인의 어깨에 올라타면 시야가 넓어지듯이. 대정령들의 감각을 공유하는 요령으로 그들의 감정과 상태를 자연스럽게 체감하면 된다. 대정령들이 그녀에게 기꺼이 어깨를 내주어 가능한 일이었다.

어떤 물이 환호했다.

'드디어!'

또 다른 물은 속삭였다.

'많이 기다렸다.'

어느 불은 툴툴거렸다.

'뭔 일 난 줄 알고 놀랐잖아.'

한 숲이 안도했다.

'이제 괜찮니?'

큰 땅이 웃었다.

'무사해서 다행이구나.'

오래된 눈이 중얼거렸다.

'걱정시키지 마라.'

그 외에도, 아직은 정확히 분류하기 어려운 무수히 많은 속삭임이 귓가를 메웠다. 아리아드네는 그들에게 기원했다.

'도와주세요.'

이곳으로 와서 우리에게 길을 열어 주세요.

그들이 그녀에게 안달을 내며 되물었다.

'누가?'

'누구의 도움이 필요하니?'

아리아드네는 영혼의 수문을 활짝 열며 답했다.

'여러분 모두요. 도와주실 수 있나요?'

채널이 요동쳤다.

'기꺼이!'

다정한 속삭임이 들렸다.

'우리가.'

뿌듯한 속삭임이 들렸다.

'우리가.'

기뻐하는 속삭임이 들렸다.

'우리가!'

자연에서 들을 수 있는 모든 소리가 뒤섞여서 귓가에 울려 퍼졌다. 그것은 모두 같은 뜻을 담고 있었다.

'우리가, 기꺼이 너와 함께하겠다!'

그리고 수많은 힘이 앞다투어 쏟아져 내렸다.

그들 모두를 합한 것보다 더 거대한 영토를 소유한 '하늘'을 다뤄 본 경험이 있기에 아리아드네는 능숙하게 대정령들의 힘을 받아들여 주위에 흩뿌렸다.

빛 살해자의 극야. 오염된 하늘이 일순 깨끗한 밤으로 바뀌었다.

만년설 왕관의 눈보라. 등 뒤에서 바람이 몰려와 그들을 앞으로 떠밀었다.

창백한 푸름의 바다. 오염된 늪이 맑고 깊은 바다로 변화했다.

잠들지 않는 심판의 화산. 바다 한중간에서 용암이 솟구치며 북해와 설산의 추위를 중화시켰다.

거인의 레이스의 협만. 소멸이 만들어 내는 회오리와 일행 사이를 가로막는 절벽이 솟았다.

아리아드네가 따로 신호하지 않아도, 세상이 창조되듯 변화하는 주위 환경이 일행에게 명백한 신호를 주었다.

"가자, 이카로스!"

에리히가 사역마의 머리를 손으로 짚었다. 오염 앞에서 맴돌기만 하던 검은 앵무새가 날개를 활짝 펴고 쏜살같이 튀어 나갔다. 벼락을 탄 악셀은 눈을 감은 아리아드네를 꽉 안은 채로 이미 앞에서 질주하고 있었다.

그들은 빠르게 늪지기의 영역을 통과했다. 검은 해일이 점점 멀어졌다.

검은 누님과 하얀 동생. 늪지기의 영역과 요람의 영역 사이를 잇는 통로가 검고 흰 강물로 차올랐다.

악셀의 손짓을 따라 빙하가 튀어나왔다. 벼락과 이카로스가 얼음고래 위에 매끄럽게 착륙했다. 통로를 따라 강물이 급류처럼 흘렀다. 빙하는 물살을 타고 빠른 속도로 이동했다.

요람이 있던 방과 이어지는 문이 보였다. 닫혀 있었다. 악셀은 곧바로 어둠 살해자를 꺼냈다. 내뻗은 검을 타고 근원의 불길이 치솟는다. 그의 머리 위에 떠오른 작은 태양이 쏘아 보낸 빛이 근원의 불을 뒤집어쓰고 문을 향해 질주했다.

대폭발이 일었다. 박살 난 문의 파편이 사방으로 튀어 올랐다. 악셀은 등을 돌리고 아리아드네를 감싸 안아 폭발의 여파로부터 보호했다.

후방에서는 베로니카가 방패를 치켜들고 대부분의 파편을 막아 냈다. 통로의 벽이나 방패의 옆면에 부딪혀 불규칙하게 튀어 오른 것들은 루드빅의 화살이 어김없이 꿰뚫었다.

길이 열렸다. 그들은 강물과 함께 요람이 있던 방의 천장으로 쏟아져 내렸다.

아름다운 공포. 요람의 방 바닥이 열대어가 헤엄치는 옥색 바다로 바뀌었다.

얼음 고래는 바다에 그대로 뛰어들었다. 물보라가 요란하게 솟구쳤다. 그 물보라를 따라 벼락과 이카로스가 다시 날아올랐다.

요람의 영역. 방과 방으로 이어지는 이곳은 벽이 계속해서 앞을 가로막고 있었다. 악셀이 불길이 휘감긴 검을 높게 들어 올렸다. 타오르는 칼끝에 태양이 걸렸다. 내리그어지는 검과 함께 불과 빛이 다시 질주했다.

희게 불타는 광선이 연속적으로 벽을 꿰뚫었다. 쾅, 쾅, 콰광, 하는 천둥 같은 소리가 연달아 터져 나오며 지진처럼 공간 전체가 흔들렸다. 천장이 무너지며 돌 더미들이 떨어져 내렸다. 에리히가 눈을 부릅뜨며 입술을 꽉 물었다. 이카로스가 미친 듯이 곡예비행을 하며 거대한 파편들을 피했다.

신록의 그릇. 요람의 영역을 통과하는 일행 주위로 숲이 번졌다. 녹음이 앞서서 달리며 그들의 길을 인도했다.

정원으로 이어지는 거대한 터널이 나타났다. 일행은 천장의 좁은 유리관으로 나가는 대신 터널을 따라 일직선으로 날았다. 그편이 빨랐다.

숲과 함께 질주하는 그들의 뒤로 함정들이 솟구쳤다. 악셀이 처음에 파괴했던 것들이 대미궁을 공략하는 사이 복구된 듯했다. 화살 같은 가시들, 포환 같은 돌덩이들, 밧줄 같은 덩굴들이 쏟아지고 늘어졌다.

요정의 미로. 질주하는 숲의 뒤편으로 석순과 종유석이 급속도로 자라나며 함정들을 대부분 막아 냈다.

앞선 터널의 바닥에서 독연기가 피어올랐다. 놀란 마법사와 신관이 해독을 대비하려는데 영토가 먼저 변화했다.

하늘을 담은 거울. 독이 피어오르는 바닥 위로 거울처럼 투명한 호수가 깔렸다. 독연기는 물에 막혀 올라오지 못했다.

에리히는 제 동생의 영토 구현 속도에 혀를 내둘렀다.

'원래도 말이 안 되는 구현 속도였는데, 거기서 더 빨라진 거 같은데?'

일행은 새파란 하늘이 비치는 투명한 수면 위를 가로질러 날았다. 그들의 비행으로 갈라진 수면에서 물방울들이 보석처럼 튀어 올랐다.

검은 해일이 터널을 먹어 치우며 그들을 뒤따랐다. 대미궁이 소멸하는 속도가 점점 빨라지고 있었다. 소멸에 휘말려 들어가는 바람이 일행의 전진을 늦췄다. 느려지는 것을 확인한 아리아드네의 감은 눈매가 살짝 찡그려졌다.

황금 무덤. 금광맥을 품은 지층이 토벌대의 뒤에서 드드득거리는 소리와 함께 솟구쳤다. 지층이 바람을 막은 사이 토벌대는 속도를 다시 높였다.

마침내 터널의 끝이 보였다. 안전한 다른 입구로 들어오느라 그들이 보지 못했던 대미궁의 정문이 앞에 나타났다.

터널 전체를 채울 만큼 거대한 문은 흠 하나 없이 매끈한 검은 재질이었고 석화된 오염수 혈관 같은 것들이 그로테스크하게 얽혀 기괴한 문양을 이루고 있었다.

토벌대가 들어왔던 검은 잔을 받은 자들을 위한 입구도 아니고, 악셀이 들어왔던 무수히 많은 가짜 입구들 중 하나도 아닌, 대미궁의 진짜 정문.

마왕을 위한 문.

악셀은 저 문에 대해 이미 알고 있었다. 먼 예전에 부수려 시도해 본 적이 있었기 때문에.

그는 고개를 돌려 등 뒤의 일행을 향해 소리쳤다.

"베로니카, 마물 껍질을 약화시키던 독을 문에 묻혀라! 마법사는 약화된 자리에 쓸 수 있는 가장 강력한 공격 마법을 날리고! 루드빅, 마법으로 생긴 틈새에 화살로 쐐기를 박아라! 마무리는 내가 하겠다!"

"망할, 뭔 놈의 요구 사항이 저렇게 많아!"

에리히는 욕설을 뱉으면서도 곧바로 삼중 영창을 시전했다. 이카로스의 벌어진 부리 속에 번개가 맺혔다. 그림자나비로 갈아탄 베로니카가 앞서 치고 나갔다. 물거품의 가호가 휘감긴 검이 문을 긁고 지나갔다.

"……절규처럼 튀어나온 빛이 절망을 깨뜨릴지어다! 눈물처럼 떨어진 빛이 너를 벌할지어다! 그리하여 절규와 눈물을 이끌던 자는 부수어져 희망이 자라나는 토양이 될지니!"

마법사가 주문을 외쳤다. 이카로스가 토해 낸 번개와 에리히가 불러낸 번개가 하나의 거대한 창처럼 뒤엉켰다. 번개의 창은 베로니카가 뒤로 물러난 자리, 정문의 반쯤 녹아내린 부분에 정확히 내리꽂혔다.

번개와 정문이 충돌하며 굉음이 일었다. 터널 전체가 진동하며 우수수 떨어지는 파편을 베로니카가 방패로 막았다.

"미친, 부식된 부분에 이걸 맞고도 흠집만 난다고? 저거 대체 뭔 재질이야!"

에리히가 꽥 고함을 질렀다. 팔이 부들부들 떨릴 정도로 시위를 당기고 있던 루드빅이 입꼬리를 올렸다.

"저 정도니까 저 괴물 자식이 우리한테 같이 부수자고 한 거겠지요. 쏩니다!"

물과 바람으로 이루어진 화살이 폭풍을 몰고 쏘아졌다. 굉음과 함께 발사된 화살은 흠집에 정확히 틀어박혔다. 화살이 박힌 부분을 중심으로 쩍 하고 거미줄처럼 금이 갔다.

루드빅은 바람에 난도질당해 피가 흐르는 팔을 흔들며 휘파람을 불었다.

"이야, 멋지게 명중하지 않았습니까?"

쉬고 있던 뤼르가 한숨을 내쉬며 그의 팔을 붙잡고 치료했다. 그사이 악셀은 근원의 불꽃과 어둠 살해자의 빛을 섞어 또다시 거인을 만들어 냈다.

그는 말없이 검을 휘둘렀다. 그의 움직임을 따라 흰 불꽃의 거인도 검을 휘둘렀다. 거인의 불타오르는 검이 금에 틀어박힌 화살을 정확하게 내리쳤다.

금이 간 부분을 따라 문이 쩌억, 하고 갈라지는 소리가 무시무시하게 울려 퍼졌다. 조각난 대미궁의 정문이 서서히 부서졌다.

무너지는 문틈으로 잔디와 덩굴이 먼저 파고들었다. 벼락과 이카로스가 뒤이어 틈을 통과했다. 부서진 정문이 바닥과 충돌하는 소리가 그들이 완전히 빠져나간 후에야 들려왔다. 쿠우웅, 하는 둔중한 울림.

대미궁의 정원은 여전히 안개로 가득 차 있었다. 신록이 펼쳐진 주변만 환할 뿐, 영토 바깥은 한 치 앞도 제대로 보이지 않았다. 들어올 때는 검은 잔에 담았던 물을 쏟아 흐름을 따라왔었다. 그렇다면 나갈 때는 어떻게?

에리히가 조종하는 이카로스가 멈춰 섰다. 그러나 악셀은 망설이지 않았다.

붉은 눈들의 눈동자 속에 있는 불의 정령들은 태양에서 태어난 미세정령들이다. 그런 붉은 눈들이 만 단위가 넘게 뭉쳐져 인공 대정령이 된 것이 근원. 그 근원의 일부분인 악셀 발렌타인은 미세한 불의 정령들을 체내에 아주 많이 지니고 있었다.

그리고 그 미세정령들은 모두 쏠림 현상에 의해 언제나 더 많은 불의 정령이 있는 곳, 즉, 태양을 향해 이끌린다.

그로 인해 악셀은 언제 어디서든 태양의 위치를 느낄 수 있었다. 일반적인 붉은 눈들의 막연한 감보다 훨씬 정확하고 강렬하게, 대미궁의 정원을 가득 채운 오염된 안개마저 꿰뚫을 정도로.

무수히 많은 회귀마다 그러했듯 그는 보이지 않는 태양을 기준으로 익숙하게 안개 속에서 길을 찾았다.

"이리로!"

악셀이 벼락을 앞서 몰았다. 아리아드네가 구현한 숲이 그와 함께 질주했다. 나머지 일행들을 태운 이카로스가 뒤늦게 그들을 뒤따랐다.

새카만 안개가 밤의 강처럼 흘러간다. 어슴푸레한 안개 속에서 부서지고 망가진 정원의 구조물들이 암초같이 튀어나왔다. 용은 기사의 놀라운 비행 실력으로 그것을 피했고, 마법사가 조종하는 앵무새는 몇 번 충돌했으나 방패를 든 기사 덕에 별다른 피해를 입지 않았다.

앞서 달리던 우거진 녹음이 먼저 정원을 빠져나갔다. 용과 앵무새는 그다음이었다.

주위를 가득 채우던 안개가 사라졌다. 대미궁의 밖. 빠르게 날던 벼락이 서서히 속도를 줄이더니 중앙 정원이 내려다보이는 황궁의 커다란 발코니 위에 착륙했다.

이카로스가 뒤이어 발코니에 내려앉으려 했다. 그러나 금이 가 있던 오래된 대리석 난간은 앵무새가 발을 올리자마자 그대로 부서지며 아래로 떨어졌다.

"궤에엑!"

"으우와악!"

덩달아 추락하게 된 사역마와 마법사가 동시에 괴상한 비명을 내질렀다.

"바보."

짧게 중얼거린 베로니카가 에리히의 목덜미를 붙잡아 뛰어올랐고, 루드빅은 뤼르를 들쳐 업고 날아올랐다. 이카로스는 바닥에 그대로 처박혔으나 튼튼한 사역마답게 전신을 한 번 푸르르 털더니 멀쩡하게 일어났다. 기분이 나쁜 듯 불만스럽게 꽥꽥거리긴 했지만.

토벌대는 난간이 부서진 발코니에 차례로 내려섰다. 악셀은 아리아드네를 안은 채 한심하다는 표정으로 마법사를 바라보았다.

"사람이 넷이나 탄 그 덩치의 사역마를 저런 난간이 버틸 수 있을 것 같았나?"

"망할, 네놈이 여기 내려서길래 따라온 거잖아!"

"적당히 아래에 착륙하면 되었을 것을. 판단이 느리군."

"저, 저, 저 새끼……!"

에리히가 목뒤를 잡았다. 그들의 다툼은 악셀의 품에서 숨을 고르던 아리아드네가 눈을 뜨고 입을 열면서 끝났다.

"다들 괜찮아요?"

푸른 눈이 걱정스럽게 일행을 훑었다. 모두 멀쩡한 것을 확인하자 그녀는 빙그레 웃었다.

"무사하네요, 다들. 고생했어요."

"고생은…… 아가씨가, 하셨죠. 아가씨야말로, 괜찮으세요?"

베로니카가 그녀의 안색을 살피며 대꾸했다. 아리아드네는 괜찮다는 뜻으로 살짝 고개를 끄덕여 주고 제 발로 내려섰다. 악셀이 반사적으로 그녀의 손을 잡아 부축했다.

"괜찮은데. 몸 상태가 아주 좋아."

"방금 그 미친 정령술을 쓰고도 상태가 좋아? 말이 되냐? 아, 그래. 넌 네 몸 상태를 모르는 애니까."

에리히가 혀를 찼다.

뤼르가 말없이 다가오더니 아리아드네의 다른 한쪽 손을 양손으로 잡았다. 신성력이 한 바퀴 그녀를 휘돌았다. 아리아드네가 고개를 갸웃했다.

"저 안 좋았어요?"

"이제 좋아지셨습니다. 통각이…… 거의 사라지신 모양이군요."

뤼르가 쓴웃음을 지으며 그녀의 손을 놓아 주었다. 아리아드네는 악셀이 그녀를 다시 안아 들까 말까 갈등하고 있는 것을 알아채고 얼른 말했다.

"괜찮아졌다잖아."

그 말에 확신을 얻은 듯 악셀이 도로 그녀를 획 안아 올렸다. 그는 한쪽 팔에 그녀를 걸터앉게 하고 제 어깨를 팔걸이로 내준 뒤 덤덤히 말했다.

"그냥 저를 의자나 탈것이라고 생각하고 쓰시라 하지 않았습니까."

언제 들었던 말이더라. 아리아드네는 아비셀 왕성의 포크 미궁에서 빠져들었던 환각을 떠올렸다. 동시에 그 환각의 바탕이 되었던 원래 기억 역시 떠올렸다.

"그럼, 그냥 내 몸을 쓰면서 체력을 아껴라."

"뭘 어떻게 쓰라고?"

"뭐로든. 지금은 의자로 쓰면 되겠군."

그래, 이젠 악셀도 그 기억들을 가지고 있는 거구나.

내가 아는, 나를 아는, 내 악셀 발렌타인.

그녀는 웃으며 그에게 기댔다.

"알았어, 잘 쓸게."

그에게 편하게 안긴 채 아리아드네는 발코니 너머의 중앙 정원을 바라보았다. 자연스럽게 악셀도 그녀가 보는 곳을 보았다.

몹시 불만스럽다는 얼굴로 그들을 쳐다보던 에리히도 아리아드네가 바라보는 방향으로 고개를 돌렸다. 베로니카도 느릿느릿 시선을 움직였다. 뤼르와 루드빅도 그곳을 보았다.

황궁의 정원에서 검은 소용돌이가 게걸스럽게 대미궁의 흔적을 집어삼키는 중이었다.

"더 멀리 피해야 하는 것 아닙니까?"

루드빅이 약간 불안한 듯 물었다. 에리히가 어깨를 으쓱였다.

"대미궁이 사라지는 현상이잖아, 저건. 여긴 대미궁 밖이고."

"여긴 안전하다는 거지요?"

"당연하지."

그렇게 모두가 묵묵히 정원을 바라보았다. 마지막 남은 안개까지 집어삼킨 소멸은 처음부터 존재하지 않았던 양 깔끔하게 사라졌다. 남은 것은 엉망진창이 된 정원뿐.

그러자 황궁 주위를 둘러싸고 있던 안개가 서서히 걷혔다. 높은 발코니에선 멸망한 제국의 수도가 고스란히 내려다보였다. 고요한 폐허에 겨울의 연한 햇빛이 내렸다.

악셀이 나직이 중얼거렸다.

"대미궁이…… 사라졌군요."

"응."

아리아드네가 그의 어깨에 머리를 기대며 답했다. 그녀는 눈을 지그시 감았다. 감은 눈꺼풀 안쪽으로 어쩌면 수백 년에 달할지 모르는 세월의 기억들이 흘러 지나갔다.

"마침내……."

푸른 눈이 천천히 뜨였다.

"드디어."

그녀는 일행들을 하나하나 돌아보았다. 그리고 엷게 웃으며 선언했다.

"우리가 이겼어요."

9

귀환

돌연 대륙 전체에서 모든 마물이 사라졌다. 원래 엘리시움에 살던 괴물들과 뒤섞이거나 교배되어 태어난 잡종들만이 세상에 남았다.

오염된 땅들은 그대로였으나 더 이상 늘어나진 않았다. 오염이 퍼지지도 않았고, 미궁이 솟아나지도 않았으며, 새로운 마물이 튀어나오지도 않았다. 매일 쏟아지던 죽음의 소식들이 줄어들었고, 아무리 정화를 해도 축소되기만 하던 인류의 땅이 확장되기 시작했다.

예정된 멸망과 절망적인 위기가 멈췄다. '기적의 날'이었다.

갑작스러운 평화에 대륙의 모든 사람들은 직감했다. 누군가 대미궁을 정복했다. 누군가가 마왕을 쓰러뜨렸다. 그 '누군가'가 어떤 사람들인가에 대해 순식간에 모든 사람의 관심이 쏠렸다. 모두가 그 '누군가'에 대해 이야기하기 시작했다.

아비쉘에서 출발했다는 성녀의 토벌대가 정말로 성공한 건가? 저주받은 땅에서 최초로 살아 돌아올 영웅들이 바로 그들인가? 그들이 이 세상을 구원한 영웅인가? 그들이 승리했는가?

모두가 알고 싶어 안달이 났다. 사람들의 이목은 자연히 저주받은 땅 외곽의 저울길에서 토벌대를 기다리며 대기 중인 새벽 용병단에게 쏠렸다.

각국에서 사절단을 보냈다. 우 대륙에서까지 사절들이 몰려왔다. 그들은 새벽 용병단이 머무는 막사에서 멀지 않은 곳에 막사를 치고 기다렸다.

기적의 날로부터 약 열흘 후.

저울길 저편에서, 지옥 같은 저주받은 땅의 풍경을 싱그러운 녹음으로 물들이며, 영웅들이 돌아왔다.

그날부터 '기적의 날'은 '승리의 날'이라 불리게 되었다.

토벌대는 우선 엘디어 공작성의 북쪽 탑에 마련된 숙소로 돌아왔다. 많은 이들이 그들을 만나길 원했고, 처리해야 할 일도 산더미처럼 쌓여 있었으나 지금 그들에게 가장 절실한 건 휴식이었다.

"앞으로 2주간은 아무도 드나들지 못하게 해 뒀어. 그동안은 아무 생각 말고 푹 쉬어."

아리아드네는 아예 북쪽 탑의 문을 걸어 잠갔다. 그렇게 토벌대가 조용히 휴식을 취하는 동안 바깥은 격변을 맞이하고 있었다.

성녀의 토벌대, 이제는 마왕 토벌대라 더 자주 불리는 이들에 대한 정보가 날개 돋친 듯 퍼져 나갔다. 각국에서는 어떻게든 그들에게 줄을 대어 보려고 발악을 해 댔다.

우 대륙 말렉사이어의 국왕은 악셀 발렌타인을 확실하게 제 사람으로 만들지 못한 것을 땅을 치고 후회했다. 이름뿐인 자작이 아니라 영지가 딸린 공작위 정도는 억지로라도 안겼어야 했다고.

그 와중에 말렉사이어 국민들은 악셀을 자국의 영웅이라 여기며 자랑스러워했다. 다른 나라 사람들은 전혀 인정해 주질 않았지만.

듀리도트 왕실은 은근슬쩍 루드빅 블레이르를 자국 왕자로 홍보하다가 격하게 지탄받았다. 루드빅 블레이르가 붉은 눈이라는 이유로 듀리도트 왕실에서 버려진 왕자라는 이야기가 이미 제법 알려져 있었기 때문이다.

토벌대원 중 붉은 눈이 둘이나 있었기에 붉은 눈에 대한 대우나 취급도 급변했다. 그들은 이제 불타지 않는 자이자 훌륭한 정령 기사가 될 인재로 여겨졌다. 붉은 눈의 자식을 차마 버리지 못하고 숨겨 키우던 부모들은 이제 아이들을 당당하게 드러낼 수 있게 되었다.

아비쉘 왕국은 그야말로 대박이 났다. 토벌대원이 대부분 아비쉘 출신이고, 적극적으로 토벌대를 지원한 덕분이었다.

물론 세세하게 따지고 들면 순수하게 아비쉘인이라고 할 수 있는 건 아리아드네 엘디어와 에리히 위버뿐이었다.

악셀은 멸망한 크레타 제국 출신이고, 루드빅은 듀리도트 왕국 출신, 베로니카는 위버 국경 너머에 있던 타국 마을이 전멸하면서 위버로 온 경우였고, 뤼르는 이나민 마을 태생이긴 하지만 부모님이 성전으로 몰락한 다른 왕국의 피난민 출신이었다.

엄밀히 따지고 들면 아리아드네와 에리히 역시 크레타 제국 가르시아 가문의 핏줄이기도 했고.

하지만 출신이 어쨌건 간에 현재 그들은 모두 아비쉘 왕국 엘디어 공작의 휘하에 속해 있었다. 아비쉘 국왕은 입이 찢어져라 기뻐하는 한편, 한 왕국이 끌어안기엔 너무 위대해져 버린 토벌대를 어떻게 해야 할지 고민에 빠졌다.

토벌의 부담이 줄어들자 대신전은 적극적으로 오염된 땅 정화에 나섰다. 대대적인 규모로 편성된 일명 '순례단'이 각지를 돌아다니며 땅을 정화하기 시작했다. 개중 가장 큰 순례단은 본격적으로 저주받은 땅을 정화해 나갔다.

그러면서 저주받은 땅, 옛 크레타 영토의 소유권이 각국의 도마 위에 올랐다.

크레타 제국이 멸망한 지 20년이 넘었기에 살아남은 극소수의 제국민들은 이미 타국에 소속된 상태였다. 그들 중에 영주의 후손이 있는 경우에는 그들끼리 상속권 분쟁을 치르면 되었다. 이후 그 영주가 어느 국가에 소속되는가의 문제로 난리가 날 예정이었지만, 어쨌든 명분은 있었다.

하지만 제국 황실 소유였던 땅들과 영주 가문이 몰살당한 땅들이 문제였다.

치열하게 눈치를 보던 각국은 결국 그 문제를 신전에 맡겼다. 애초에 그 땅들은 대신전에서 정화해 주지 않으면 쓸 수 없는 땅이기도 했다. 그러자 대신전은 엘에게 받은 신탁을 내걸고 공식적으로 선포했다.

-마왕 토벌대의 여섯 영웅이 성전을 끝냈다. 엘리시움은, 우리는 성전에서 승리했다.

-여섯 영웅은 대미궁을 정복하고 마왕을 쓰러뜨렸으며, 우리의 신 엘을 구출함으로써 이 세계를 구했다.

-그러므로 대신전은 '구원자'라는 새로운 직위와 칭호를 창설하여 우리의 영웅들에게 바치기로 했다.

-또한 대신전은 저주받은 땅의 대부분을 구원자들에게 할양하겠다.

-엘리시움의 구원자들에게 신의 축복과 무궁한 영광이 있기를.

대신전의 선포 이후로 토벌대는 공식적으로나 사적으로나 '구원자들'이라 불리게 되었다. 그리고 대신전이 구원자들에게 할양하기로 한 땅은 '엘리시움 신성국'이 세워질 일부를 제외한 크레타의 빈 땅 거의 전체였다.

난데없이 어마어마한 땅을 받게 되었다는 소식은 2주의 휴식이 끝난 후에야 '구원자들'에게 닿았다.

"대충 이렇게 분배된대."

아리아드네는 토벌대원들을 모아 두고 크레타 제국 지도를 펼쳤다. 푸른색, 붉은색, 초록색, 검은색, 금색, 주홍색. 여섯 가지 색으로 나누어 칠해진 지도를 내려다보는 일행의 표정이 각양각색으로 바뀌었다.

아리아드네가 차분히 설명했다.

"한 달 후에 아비쉘의 수도 쉘드리온에서 개선식이 열릴 거야. 각국 국왕들과 주요 귀족들, 마법사 연맹 의장, 마탑주들, 대신관까지 다 모이는 규모로."

루드빅이 딸꾹질을 했다. 아리아드네는 못 들은 척하고 말을 이었다.

"개선식에서 대신관이 우리에게 이 땅들의 소유권 증서를 넘겨주기로 했어. 받으면 어떻게 할지 미리 생각해 둬."

"저는 주군께 드리겠습니다."

악셀이 곧바로 대답했다. 아리아드네가 한숨을 내쉬며 그에게 뭐라 말을 하려는 찰나 베로니카가 냉큼 말을 더했다.

"아가씨께 드릴래요. 저도."

"니카."

"관리할 자신…… 없어요. 귀찮고."

"저기, 니카, 그래도 고민이라도 좀 해 보고……."

"난 위버랑 통합할 거야."

에리히가 불쑥 끼어들더니 덧붙였다.

"보니까 내 건 알아서 위버랑 가까운 땅들로 챙겨 줬네. 위버 영지 늘리고, 저기 외따로 떨어진 곳은 마탑 짓는 조건으로 마법사 연맹에 대여해 준 다음 연구용으로 써먹어야겠어."

"그건 개선식 때 연맹 의장이랑 논의하면 되겠네요."

"근데 이거 위버에 통합해도 별문제 없겠지?"

"아비쉘 국왕 전하가 적극 찬성하시면서 무슨 문제가 생기든 밀어 버리실 테니 괜찮을걸요. 국토가 늘어나는 일이니까."

아리아드네가 에리히와 대화하는 동안 고민하던 뤼르가 입을 열었다.

"저는 기증하고 싶습니다."

"신전에요?"

"신전은 이미 신성국을 세울 땅까지 확보해 두었으니, 더는 필요 없을 겁니다."

검은 옷의 신관이 설핏 웃으며 아리아드네를 바라보았다.

"성녀님께 기증하고 싶습니다."

"……뤼르까지……."

"고아원과 장학 재단을 세울 거라고 하시지 않으셨습니까? 이왕이면 크게 만드시지요."

아리아드네는 그 말에 떠오르는 게 있어 잠시 입을 다물었다.

'저 규모의 영지라면, 그냥 학교 정도가 아니라 학부별 아카데미에

대학까지 건설하고 운영할 수 있겠네. 고아원도…… 훨씬 큰 규모로 가능하겠고.'

순간적으로 머릿속에 그림이 그려졌다. 학교를 중심으로 거대한 학술도시를 만드는 거다. 나머지 영지는 난민들에게 빌려주어 경작하게 하고, 그 세금으로 도시를 운영하면 되지 않을까.

소박하게 엘디어 장학 재단 설립 준비를 하고 있던 비서 이자벨이 알았다간 혼절할 만한 청사진이었다.

'틀을 잡아 준 다음 뤼르한테 도로 넘기면 되겠지. 애초에 뤼르 땅에 세우는 거니까.'

곰곰이 생각하던 아리아드네가 뤼르에게 고개를 끄덕였다. 그녀가 운영을 전부 자신에게 넘길 생각을 하고 있다는 걸 모르는 수호성인은 태평히 웃었다.

"받아 주셔서 감사합니다, 성녀님."

"아니에요, 뤼르. 어차피 뤼르한테 돌려줄 거니까."

"예?"

아리아드네는 깜짝 놀라는 뤼르를 내버려 두고 루드빅을 보았다.

"루드빅은 어때? 어떻게 할지 생각나는 거 있어?"

멍하니 입을 벌리고 지도를 내려다보던 루드빅이 떨리는 목소리로 중얼거렸다.

"이게 다 제 거라고요?"

"응."

"듀리도트 왕국의 절반이나 되는 크기인데요……?"

"정화 다 끝나는 데 10년쯤 걸릴 거래. 그러고 나면 다 루드빅 거야."

"……저 왕 해도 됩니까?"

넋이 나간 듯한 물음에 아리아드네가 웃음을 터뜨렸다.

"루드빅, 그걸 왜 나한테 허락을 받아? 하고 싶으면 해."

"제, 제가 할 수 있을까요?"

"당연히 가능해. 대신전이 지지해 줄 거고, 살 곳을 잃고 떠도는 성전의 난민들도 기뻐하겠지. 듀리도트는 염치가 있으면 가만히 있겠지만…… 혹시 도움이 필요하면 말해. 얼마든지 도와줄게."

"그러면…… 이번 개선식 때 남작위를 아비쉘에 반납해야겠군요. 그리고 가문을 새로 만들어서…… 제가 왕실의 시조가 되는…… 맙소사……."

루드빅은 몽롱한 눈이 되었다. 어떤 왕국을 세울지 꿈꾸기 시작한 듯했다.

'루드빅이라면 인기 많은 임금님이 되겠지. 은근히 적성에 맞을 것 같은데. 성전이 끝났으니 새로운 왕국이 탄생하는 것도 이상하지 않고.'

아리아드네는 웃음기가 남은 얼굴로 그를 바라보다가 지도를 다시 확인했다. 푸른색으로 칠해진 그녀 몫의 영지가 주홍색으로 칠해진 루드빅의 영지와 맞닿아 있었다.

그녀는 깃펜을 들어 선을 새로 그었다. 그녀의 땅 일부를 루드빅의 땅에 붙여서.

"루드빅, 이 땅들도 줄게."

"예에? 공작님……?"

"듀리도트 절반 크기로 되겠어? 이왕 세울 거면 듀리도트보다 큰 왕국을 세워야지."

그녀는 듀리도트보다 커진 루드빅의 땅을 뿌듯하게 바라보며 깃펜을 내려놓았다.

루드빅은 멀거니 제 이름이 새겨진 커다란 땅을 보다가 감격한 얼굴로 입을 틀어막았다.

"가, 가, 감사합니다. 저, 자, 잠시만……."

더듬더듬 인사한 그가 허둥지둥 발코니로 뛰어나갔다. 에리히가 쯧쯧 혀를 찼다.

"울러 갔네, 울러 갔어. 야, 해골. 너 왜 루드빅 경을 울리고 그래?"

아리아드네는 어깨를 으쓱이고 베로니카를 돌아보았다.

"니카, 내 몫은 충분해. 네 땅은 네 거야. 난 받을 생각 없으니까 네 마음대로 해."

"아가씨, 저는 자신이 없어요……. 부담스러워요."

"귀찮으면 에리히 오라버니한테 떠맡겨. 팔든 관리하든 알아서 해 주겠지."

"아."

"야!"

베로니카가 깨달음을 얻은 듯한 얼굴이 되었고, 에리히는 꽥 고함을 질렀다. 펄펄 뛰려는 그를 베로니카가 붙잡아 앉히며 눈을 마주했다.

"해 줄 거지, 에리히?"

"뭐, 뭘?"

"갖고 있긴 싫어……. 저걸로, 돈 많이 벌어 줘."

"뭔 소리야! 내가 왜!"

"많이 벌어서…… 아가씨 선물 잔뜩 사 드릴래."

"진짜 미쳤냐? 왜 당연히 내가 네 땅 처리를 해 줄 거라 생각하는 건데?"

"네 것이기도, 하잖아. 아가씨 드리고 남은 건…… 어차피 너랑 같이 쓸 거니까."

"……어?"

"결혼하면, 같이 쓸 거 아냐. 우리가."

에리히의 얼굴이 목덜미부터 시뻘겋게 달아올랐다. 그가 벌게진 얼굴로 되물었다.

"우리? 우리가 같이 쓸 거라고? 겨, 결혼해서? 결혼 언제 할 건데?"

"개선식 끝나고…… 해야지."

"진짜?"

"안 할 거였어?"

"아니! 아니! 아니!"

에리히가 미친 듯이 고개를 저었다. 베로니카는 태연하게 다시 물었다.

"그럼 처리, 알아서 해 줄 거지?"

"응! 내가 다 할게. 너 안 귀찮게 내가 전부 다 할게! 결혼식도 내가다 준비할 테니까 결혼하자, 니카. 평생 귀찮은 일 없게 해 줄게!"

"그래."

베로니카가 입꼬리를 조금 올린 채로 대답하자, 에리히는 헤벌쭉해져서 그녀를 와락 끌어안았다. 베로니카는 그런 그가 귀엽다는 듯이 머리를 토닥였다.

아리아드네는 그런 그들을 보며 웃다가 마지막으로 악셀을 돌아보았다.

"악셀, 내 땅은 이거면 충분해. 네 땅은 어떻게 할지 네가 스스로 생각해 봐."

"……주군께선 그 땅을 어디다 쓰실 겁니까?"

"신성국을 만들 거야. 아, 그렇다고 내가 성왕이 되겠다는 건 아니고. 그건 다른 사람 선발해서 맡겨야지."

"예? 신성국이라니요? 엘리시움 신성국은 이미 대신전에서……."

"엘리시움 신성국이 아니야. 그쪽에서 도와주긴 할 거지만. 엘께서 이미 신탁을 내리셨더라고."

그녀는 빙긋 웃으며 지도를 손가락으로 짚었다. 제국의 수도가 있던 곳. 만장일치로 그녀에게 주어진 땅.

"나는 여기에 플루토스의 신전을 세울 거야. 대륙에서 제일 큰 도서관이 있는 신전을."

악셀은 눈을 홉떴다. 플루토스의 신전이라고. 사실상 새로운 종교를 창시하는 일 아닌가. 엘이 신탁을 내렸다니 대신전과 충돌할 일은 없겠지만, 그래도 절대로 쉬운 일은 아닐 터였다.

"플루토스의 신전은 유리창으로 가득한 도서관이 될 거야. 원래는 책에 햇빛이 닿으면 안 좋지만 마법으로 처리하면 괜찮을 테니까. 그리고……."

아리아드네는 꿈꾸는 듯한 미소를 지은 채로 말을 늘어놓았다. 그녀의 머릿속에는 이미 모든 구상이 있었다. 어떤 방식으로 반발을 완화하고, 어떻게 자금을 조달하며, 어떤 형태로 플루토스 신전을 운영하도록 할지.

막연한 꿈이 아니라 구체적이고 현실적인 이야기였다.

'당신은 정말…….'

악셀은 제 덩치의 반밖에 안 될 만큼 작은 아리아드네가 한없이 큰 거인처럼 느껴졌다.

아리아드네는 신전을 세우는 것으로 멈추지 않을 것이다. 그녀는 뤼르 이나민의 땅에 학문과 교육의 왕국을 세울 것이고, 위버 영지의 확장과 마탑 건설 과정에 도움을 줄 것이며, 루드빅 블레이르의 건국을 지지할 터였다.

당연히 엘디어 공작령도 눈부시게 발전시키겠지. 정령사로서 이룬 성취도 정리해서 후대에 전할 테고. 보통 사람이 평생 하나 이룩하기도 힘든 업적을 그녀는 그렇게 계속해서 쌓아 나갈 것이다.

'내가 대미궁 정복에만 집착하던 시절에도 대미궁이 사라진 이후를 늘 생각하고 계셨으니까.'

그릇이 다르다. 보는 시야가 다르다.

불현듯 악셀 발렌타인은 자신이 무엇을 위해 살아야 할지 깨달았다. 근원과 처음 마주했을 때 고민했던 것. 수많은 목숨의 희생으로 태어나 나자마자 제국을 몰살시킨 자신이 살아갈 자격. 삶의 목적. 이 생의 의미.

'찾았다.'

남은 생을 어떻게 살아야 할지, 비로소 확고해졌다.

아리아드네 엘디어는 앞으로도 무수히 많은 사람을 구원할 것이다. 물리적으로든, 물질적으로든, 정신적으로든. 그리고 악셀 발렌타인은 오직 그녀만을 구원하며 살아갈 것이다.

아리아드네가 하려는 일들은 모두 그녀가 좋아서 하는 일이지만, 힘들지 않을 리가 없다. 그러니 그녀가 힘들 때 안식이 되어 줄 사람이 있어야 한다. 다른 건 아무것도 신경 쓰지 않고 무조건적으로 그녀 편을 들어줄 사람이.

그녀는 제 몸을 제대로 살피지 않으니 곁에서 알아서 적당히 제동을 걸고, 피로를 풀도록 해 줄 사람도 필요하다.

그녀의 선의를 이용하려는 자들도 있을 거다. 몸이 약한 그녀를 노리는 자들도 없을 리 없다. 그러니 그가 그녀의 휴식이자 보험, 최후의 수단이자 가장 잘 드는 칼이 되겠다. 그녀가 다른 사람들을 구할 때 힘들지 않도록, 그녀에게 늘 여유가 넘치도록, 누구도 그녀를 위협하거나 이용하지 못하도록.

이보다 가치 있는 생이 어디 있겠는가.

'그러려면 지금보다 더 강하고 난폭해져야 한다.'

아리아드네의 업적과 선의를 이해하지 못하는 개새끼들에게는 같은 개가 되어 피 묻은 이를 드러내어 보이는 게 가장 효과적일 터. 그가 가진 힘이 강력할수록, 그의 평판이 험악할수록, 그런 놈들은 그의 목줄을 쥐고 있는 아리아드네에게 함부로 굴지 못하게 되리라.

'앞뒤 안 가리는 미친개 정도로 취급되면 딱 좋겠군. 여차하면 정말로 다 죽여 버릴지도 모른다는 두려움을 주도록.'

광기처럼 보이는 이성. 의도적인 무례. 조절 가능한 난폭함. 힘에는 힘, 피에는 피, 악에는 악.

아리아드네의 사람들과만 잘 지내면 된다. 다른 사람들에게는 인상이 나쁠수록 좋다.

그는 고민에 잠겼다. 지금보다 더 강하고 괴물 같아지려면 어떻게 해야 할까? 아리아드네가 언제든 안심하고 찾아와서 편히 쉴 곳이 되려면 어떻게 해야 할까?

악셀은 지도에 붉게 표시된 제 땅을 내려다보았다. 저 땅을 어떻게 써야 할지 이제야 알겠다.

구원자들은 자신의 땅이 표시된 지도를 들고 각자의 숙소로 돌아갔다. 모레쯤엔 개선식을 위해 수도로 출발해야 하니 준비를 해야 한다. 내일부터 바빠질 것이다.

악셀은 침실로 돌아가는 아리아드네의 뒤를 따랐다. 그녀가 침실로 들어서자 그는 기사다운 자세로 인사를 했다.

"푹 쉬십시오, 주군."

지난 2주간 계속했던 일이었다.

아리아드네가 잠들기 전까지 침실 근처에서 지키다가 그녀가 잠들면 정령수를 남겨 놓고 제 방으로 돌아가고, 그녀가 깨기 전에 일어나 다시 밖에서 기다린다.

그녀가 죽는 모습을 지나치게 많이 본 탓에 이러지 않으면 안심이 되지 않았다. 그녀가 살아 있는 것이 느껴지지 않으면 잠을 잘 수도 없었다. 아리아드네가 불편해하지 않을 선을 아슬아슬하게 유지하면서 하루 종일 그녀의 상태를 주시하고 있다고 해도 과언이 아니었다.

인사를 끝낸 그는 아리아드네가 들어선 침실 문을 닫으려 했다. 그때 희고 작은 손이 닫히려는 문틈으로 불쑥 튀어나왔다.

"아리아!"

하마터면 그녀의 손을 문에 끼이게 만들 뻔한 악셀이 대경해서 소리를 질렀다.

"위험하게 무슨 짓이십니까!"

"겨우 이름을 부르네."

"예?"

"어색해? 아니면 낯설어서 그래?"

"네? 무슨……."

"왜."

아리아드네가 그의 옷깃을 붙잡고 문 안쪽으로 홱 잡아당겼다.

"밖에서 낑낑대면서."

그녀에게 붙잡힌 순간부터 최대한 몸에 힘을 빼고 있던 악셀은 속절없이 방 안으로 끌려 들어갔다.

"안에 들어오질 않냐고."

등 뒤에서 침실 문이 쾅 닫히는 소리에 악셀은 움찔 몸을 떨었다. 아리아드네가 코앞에서 그를 올려다보았다.

"처음에는 그냥 쉬는 거겠거니 했어. 너도, 나도 대미궁에서 피로가 쌓였으니까."

"……."

"하지만 2주가 지났어. 피곤한 건 다 풀렸잖아."

아리아드네가 비스듬히 고개를 기울였다.

"근데 왜 피해?"

"피한 적 없습니다."

"그럼 왜 같이 안 자?"

"……."

"내가 무사한지, 숨은 제대로 쉬는지 전전긍긍해서는 자꾸 확인하면서 정작 왜 곁에 오진 않냐고."

악셀은 시선을 피했다. 아리아드네가 미간을 찌푸렸다.

"너하고 내가 같이 보낸 세월이 얼만데 나하고 거리를 두는 걸 못 알아챌 줄 알았어? 왜 그래?"

"……정말 몰라서 물으십니까?"

"모르니까 묻잖아."

그가 짧고 깊은 한숨을 내쉬더니 낮은 목소리로 답했다.

"참기 어려워서 그렇잖습니까."

"뭘 참아?"

"기억을 되찾기 전에는 모르니까 참을 만했는데, 이제는…… 당신을 너무 잘 알아서."

흘깃 그녀를 내려다보는 그의 눈이 어둡고 새빨갰다. 열망이 응어리진 눈이었다.

"곁에서 얌전히 있기가 힘듭니다."

아리아드네가 어이가 없다는 듯 대꾸했다.

"누가 얌전해지래? 그걸 대체 왜 참는 거야?"

"그럼, 죽었다 살아난 지 얼마 되지도 않은 당신을 욕심내란 겁니까?"

"얼마 되지도 않기는. 열흘 하고도 2주니까 근 한 달인데."

"게다가 이번 생에서는 처음이시고."

"처음인 게 한두 번이야? 넌 이제 내가 처음이든 아니든 상관없잖아. 내 몸, 샅샅이 다 아니까."

"그……."

악셀의 낯이 확 붉어졌다.

"그런 말을 함부로……."

아리아드네는 위협적인 덩치를 한껏 웅크리고 쩔쩔매는 그를 빤히 올려다보았다.

그가 손등으로 입가를 가린 채 눈을 내리깔았다. 선이 굵고 잘생긴 얼굴이 새빨갛게 달아올라서 수줍어 보였다. 안 어울릴 것 같은 표정이 의외로 어울렸다.

'귀여워.'

저러고서 그녀를 보는 눈빛은 붉게 달아올라 있다.

그녀는 이미 저 눈빛을 아주 잘 알고 있었다. 미치겠는데 여러 가지 이유로 참아야 할 때 그는 저렇게 갈망 어린 눈을 하곤 한다.

'저 눈이…… 황홀감으로 흐려지는 게 보고 싶어.'

악셀이 그녀의 몸을 알듯 그녀도 그의 몸을 안다. 힘줄이 도드라지는 팔뚝과, 땀에 젖은 가슴팍과, 손끝에 걸리는 흉터와, 자잘한 근육이 섬세하게 들어찬 등을 만지고 싶었다.

악셀이 뭐라 하건 그녀는 더는 참을 수가 없었다. 그리고 그녀로선 그런 마음을 숨길 이유도, 필요도 없었다.

그와 그녀는 그런 사이니까.

아리아드네는 그냥 솔직하게 말했다.

"난 더는 못 참겠어, 악셀."

"예?"

그녀는 그의 팔을 붙잡아 침대로 잡아끌었다.

"못 참겠다고."

"자, 잠시만, 주군! 아무리 그래도 이번엔 처음이신데……!"

"그게 뭐? 너도 이번엔 처음이잖아. 자신이 없어서 그래?"

아리아드네는 일부러 그를 도발했다.

"혹시 피치 못할 사정으로 할 수 없는 건 아니지? 뤼르 불러 줄까?"

난감해하던 악셀의 표정이 일변했다. 그가 이를 갈았다.

"너."

"응."

아리아드네가 침대에 걸터앉으며 생긋 웃자, 악셀이 심호흡하며 제 얼굴을 문질렀다.

"……일부러 이러는 거군."

"문제가 있는 게 아니면 왜 자꾸 참으려는 건데? 난 멀쩡해, 한참 전부터."

"멀쩡하긴 무슨. 신관이 네 통각이 완전히 마비됐다고 하지 않았나. 아파도 아픈 줄 모를 텐데, 위험하다."

"예전 생엔 감각 마비가 더 심했는데도 했었으면서."

"그때는…… 제기랄."

"결국 안 다치게 할 자신이 없다는 거야?"

"……그래."

"쓸데없는 걱정을 하네. 네가 날 다치게 할 리가 없잖아."

"너야말로 쓸데없이 믿지 마라. 내가 너를 상대로 자제할 수 있을 것 같나? 우리가 얼마 만에 다시 만난 건지는 자각하고 있나? 제정신 도 아니고 양심도 없는 꼴을 다시 보고 싶은 건가?"

악셀이 으르렁거리듯이 낮아진 목소리로 쏘아붙였다. 아리아드네 는 그가 말하는 밤이 언제인지 떠올렸다. 미궁의 환각으로도 다시 보 았던 밤.

그녀는 입가를 만지작거리며 말했다.

"솔직히 말하면 그때도 좋았어. 좀 힘들어서 그렇지."

"그만 자극해라. 한계다."

"싫은데."

그녀가 미소 지으며 손을 뻗었다. 흰 손가락이 그의 가슴팍을 지그 시 그어 내렸다.

"넌 그럼 내 통각 치료가 끝날 때까지 기다리겠다는 소린데, 그건 너무 멀잖아."

아리아드네는 붉은 눈동자가 그녀의 손끝을 따라 움직이며 용암처럼 끓어오르는 걸 흡족하게 감상하며 말했다.

"난 빨리 네 품에서 잠들고 싶거든."

웃고 있는 그녀를 본 악셀이 질끈 눈을 감았다.

"……돌겠군."

"돌아 버려도 돼. 그런 것도 그리웠으니까."

"젠장."

으득 이를 간 악셀이 다급하게 차고 있던 검을 검집째로 풀더니 침대 위, 그녀의 손이 닿을 만한 곳에 내려놓았다.

"진짜 내가 돌아 버린 것 같으면 이걸로 내 머리를 후려쳐라. 네 손으로 치는 건 안 느껴지니까."

"너, 전보다 걱정이 많아졌어."

아리아드네가 혀를 찼다. 악셀이 사납게 대꾸했다.

"누구 탓이라고 생각하나?"

"음……."

그녀는 입을 다물었다. 그는 그녀의 어깨를 감싸 쥐고 침대로 살짝 밀었다. 자연스레 누운 그녀 위로 그가 올라타며 비뚜름하게 웃었다.

"주군께서 무력한 기사에게 험한 꼴을 너무 많이 보여 주셔서 불안증에 걸려 버린 걸 어찌하겠습니까."

"그건……."

그의 앞에서 대체 몇 번이나 죽었더라. 그는 내 시체를 몇 번이나 본 걸까. 되새겨 본 아리아드네의 얼굴에 죄책감이 떠올랐다.

"……미안해."

"됐습니다. 당신이 일부러 그런 것도 아니니."

"그래도…… 걱정 많이 끼쳤잖아."

"그렇게 미안하시면."

커다란 손이 그녀의 머리 옆을 짚었다. 그녀를 짓누르지 않게 조심해서 제 체중을 지탱한 그가 그녀에게 입술을 내렸다.

"아플 때 아프다고 말할 수 있는 분이 되어 주십시오."

"……노력할게."

입술이 맞닿았다. 두꺼운 몸이 그녀와 맞닿았다. 그의 체온은 여전히 몹시 뜨거웠다. 그 열기가 좋았다. 아리아드네는 눈을 감았다.

아비셸의 수도 쉘드리온, 왕성 귀빈 숙소.

구원자들은 승전 기원 연회 때 머물렀던 그 건물을 다시 배정받았다.

'같은 방인데 어쩐지 전보다 훨씬 호화로워진 느낌이네.'

아리아드네는 거울에 비치는 방 안 풍경을 주의 깊게 살펴보다가 확신했다. 기분 탓이 아니라 진짜로 호화로워졌다. 모든 가구가 더 상등품으로 교체되었고 장식품과 명화가 늘었다. 생화 장식은 연출인지 실제일지 모를 이슬이 맺혀 있었다.

'신경 많이 썼구나.'

이렇게까지 할 필요는 없는데. 아리아드네는 작게 한숨을 내쉬었다.

"걱정할 일이 남았니?"

그녀의 머리에 엮인 보석 장식들을 마무리하던 셀리아나가 물었다. 아리아드네는 고개를 저으려다 지금 머리를 움직이면 안 된다는 것을 깨닫고 멈칫했다.

"아뇨. 그냥 방 안이 호화로워졌다 싶어서요."

"그야 당연하지. 네가 황금보다 귀한 승리를 가지고 무사히 돌아왔으니까."

셀리아나가 환하게 웃으며 말했다. 거울에 비치는 숙모의 얼굴에는 이전과 달리 한 점의 그늘도 없었다.

"자, 끝났단다."

"고마워요, 숙모."

백작 부인이 그녀를 일으켰다.

개선식에는 토벌 당시의 복장으로 참석하기로 했다. 그렇다고 진짜 전투복을 입는다는 뜻은 아니고, 예식용으로 따로 제작한 것이었다.

은실 레이스와 러플이 화려하게 달린 셔츠와 자수가 들어간 바지에 금장식 가죽 갑옷을 덧입고, 보석이 수놓아진 망토를 걸쳤다. 올려 묶은 풍성한 백금발은 보석 장식으로 고정하고 진주와 리본을 머리카락과 함께 엮어 늘어뜨렸다.

함께 착용한 다이아몬드 귀걸이와 목걸이는 이모인 레베카 가르시아가 승전 축하 선물로 준 것이었다. 아리아드네는 마지막으로 은빛 랜턴 모양의 정령등을 허리춤에 달았다. 대미궁으로 출발할 때 위버에서 그녀에게 주었던 바로 그 정령등이었다.

전신 거울 앞에 선 아리아드네를 물끄러미 보던 셀리아아나가 슬쩍 눈가를 훔치며 중얼거렸다.

"아주 멋지구나. 아름답고."

"왜 우셔요, 좋은 날에."

"감격스러워서 그렇지."

"이러다 제 결혼식 땐 더 우시겠어요. 얼마 안 남았는데."

"뭐?"

셀리아나가 화들짝 놀랐다. 아리아드네는 그녀에게 애교를 부리듯 안기며 말했다.

"가져온 게 황금뿐만이 아니거든요. 곧 정식으로 청첩장을 드릴게요."

"그 애지?"

"네?"

"그 키 크고 잘생긴 붉은 눈 남자애. 악셀 발렌타인."

"맞아요, 어떻게 아셨어요?"

"내 딸이나 다름없는 네 상대인데, 분위기만 봐도 알지."

셀리아나가 낮게 웃으며 그녀를 마주 안았다.

"그를 사랑하니?"

"네."

지나온 모든 생에서 늘 사랑했던 사람인걸요.

"오래 지켜본 사람인 거지?"

"네, 아주 많이요."

한 수백 년쯤이요. 가장 힘들 때 드러나는 밑바닥부터 가장 최상의 상태일 때까지 모두 보았던 사람이에요.

"너를 위해 최선을 다할 수 있는 사람이니?"

"네."

그는 저를 위해 목숨을 바쳤어요, 이미 몇 번이나.

셀리아나는 아리아드네의 얼굴에 어린 확신을 보며 안심했다. 그녀는 웃으며 조카의 이마에 입을 맞췄다.

"그럼, 행복하렴."

"곧 위버로 찾아뵐게요. 악셀이랑 같이."

"음…… 오는 건 좋지만, 올 때 그 애한테 갑옷을 입히려무나."

"네?"

"에른은 내가 달래 놓을 수 있는데 대마법사님은 아무래도……."

셀리아나가 헛기침을 했다.

아리아드네는 글로리아의 결혼을 떠올렸다. 대마법사와 글로리아를 갈라놓았던, 그리고 글로리아를 불행하게 만들었던 결혼. 그런 글로리아의 딸인 아리아드네의 결혼이다. 대마법사로선 예민해질 수밖에 없을 터.

그러나 이번엔 다르다.

"괜찮을 거예요."

아리아드네는 발돋움을 해서 셀리아나의 귓가로 입을 가져갔다.

"사실 악셀이랑 저는 엄마가 이미 허락해 준 사이거든요."

"엄마라니? 글로리아 부인께서? 그분은……."

셀리아나의 눈이 커졌다. 아리아드네는 그녀의 귓가에 몇 마디를 더 소곤거렸다. 셀리아나는 멀거니 눈을 깜박이다가 맙소사, 하며 마른 세수를 했다.

"천사…… 에른이 알면 기절하겠는데. 대마법사님은…… 정말 놀라서 돌아가실지도 몰라."

"그래도 아셔야죠."

"그건…… 그렇지."

"자세히 다 알려 드리고 나서 마음의 준비가 되면 만나게 해 드리려고요."

"그래. 자리는 내가 자연스럽게 마련해 볼게."

"감사해요."

"감사는 내가 해야지. 기적을 부르는 꼬마 전사님."

아리아드네의 뺨을 쓰다듬던 셀리아나가 문득 고쳐 말했다.

"아니, 이젠 꼬마가 아니구나. 너는 이제 위대한 영웅이자, 엘리시움의 구원자니까."

"그래도 숙모 앞에서는 영원히 그때 그 꼬마잖아요. 아닌가요?"

전투의 흉터가 남은 주름진 백작 부인의 손에 아리아드네가 뺨을 기대며 미소 지었다. 셀리아나는 웃음을 터뜨리며 그녀를 끌어안았다.

"물론이지, 내 사랑스러운 꼬마 전사님."

개선식은 왕성 성문에서부터 시작된다.

악단을 앞세운 구원자들이 정령수를 타고 수도의 대로를 따라 행진하여 대신전 앞 광장에 마련된 개선식장에서 대신관으로부터 월계관을 받을 예정이었다.

구원자들이 행진할 길가의 가로등마다 태피스트리들이 걸려 있었다. 각국 최고의 장인들이 모여 구원자들의 행적을 수놓은 물건이었다.

그 길에는 구원자들의 개선식을 보기 위해 며칠 전부터 어마어마한 인파가 몰려들어 진을 치고 있었다. 그 사람들은 가로등에 걸린 태피스트리 아래마다 선물과 편지를 쌓아 놓았다. 가로등에는 무수히 많은 꽃다발과 화환이 걸렸다.

그렇게 쌓인 선물과 꽃이 너무 많아지자 왕국은 결국 태피스트리 아래에 커다란 보관함을 설치했다. 나중에 보관함을 모아서 선물을 분류한 뒤 구원자들에게 따로 전달할 예정이었다.

　개선식이 시작될 성문으로 가기 위해 숙소를 나선 아리아드네는 다른 일행이 모두 숙소 앞에서 자신을 기다리고 있는 것을 발견했다.

　루드빅은 본래 전투용으로 입던 것과 모양은 똑같지만 온갖 장식이 빽빽하게 달린 화려한 흰색 갑옷을 입고 있었고, 뤼르는 대신전이 애원하다시피 갖다 바친 새로운 검은 신관복을 입고 있었다.

　베로니카는 전과 같은 검은 갑옷에 망토 차림이었고, 에리히는 대마법사의 로브 안에 예복을 입고 있었다. 악셀은 아리아드네가 새로 맞춰 준 검은 갑옷 차림이었다. 붉은 계열의 정령석 가루로 채워 넣은 무늬가 강렬했다.

　그리고 그들은 모두 순금으로 만든 나팔꽃을 한 송이씩 달고 있었다. 아리아드네의 개인 문장에서 이제는 '구원자들'의 상징이 된 황금 나팔꽃이었다.

　"오래 기다렸어?"

　아리아드네는 그들에게 다가서며 무안한 듯 뺨을 긁적였다.

　"먼저 가 있지 그랬어."

　"공작님께서 안 오셨는데 저희가 어딜 갑니까."

　루드빅이 어깨를 으쓱이며 대꾸했다.

　다가온 악셀이 아리아드네에게 황금 나팔꽃을 건넸다. 그녀는 그것을 받아 일행과 똑같이 가슴팍에 달았다.

　"가시지요."

　검은 앵무새, 강철 말, 모래로 만들어진 여우, 불타오르는 늑대, 나무 조각 사슴이 그들을 기다리며 마당에 서 있었다.

　이카로스, 철마, 모래바람, 겁화, 아름드리.

그들의 정령수와 사역마에도 황금 나팔꽃 장식과 화려한 안장이 얹혀 있었다. 왕국에서 구원자들의 정령수와 사역마를 위해 맞춤으로 제작한 장식이었다.

아리아드네는 다른 것보다 겁화의 외뿔에 걸린 장식과 안장에 놀랐다.

"겁화용은 대체 어떻게 만들었대? 어지간한 건 다 녹아 버릴 텐데."

"대마법사님께서 도움을 주셨다고 합니다."

이카로스 위의 안장은 2인승이었다. 에리히와 뤼르가 그 위에 타고, 루드빅과 베로니카는 각자의 정령수에 올라탔다. 아리아드네는 악셀이 조종하는 아름드리에 홀로 타고 선두에 서기로 한 상태였다.

원래 그녀는 악셀과 함께 아름드리에 타려 했었다. 그러나 토벌대는 만장일치로 토벌대장인 그녀가 단독으로 선두에 서야 한다고 주장했다. 거기에 더해 악셀까지 자신은 겁화를 타고 아리아드네에게 아름드리를 빌려주겠다고 결정해 버렸다.

악셀이 아리아드네를 안아 올려 아름드리 위에 태웠다. 하얀 꽃과 연둣빛 이파리가 얽힌 뿔을 가진 목제 사슴이 에메랄드 같은 눈동자로 제 등 위의 아리아드네를 돌아보았다.

"계약자도 아닌 내가 혼자 타는 거, 아름드리가 싫어하지 않을까?"

아리아드네의 물음에 악셀이 피식 웃었다.

"제 정령수잖습니까. 당신을 지나치게 좋아해서 문제라면 모를까, 싫어할 리가 없지요."

그 말에 동의한다는 듯 사슴이 그녀의 뺨을 한 차례 핥고는 고개를 돌렸다.

"고마워, 잘 부탁할게."

아리아드네는 웃으며 사슴의 목을 토닥였다. 악셀이 그런 그녀의 손에 벨벳으로 만든 고삐를 쥐여 주었다.

"말을 다루듯 하시면 됩니다."

"응."

그대로 겁화로 향하려던 악셀이 잠시 멈칫하더니 그녀를 불렀다.

"아리아."

"응?"

"제게 주어진 땅 말입니다."

"어떻게 쓸지 정했어?"

"……제 영토로 삼아도 되겠습니까?"

"응? 이미 네 영토잖아, 그거."

"아니요, 그런 영토가 아니라."

악셀은 품에서 칠색 수정을 꺼내 들었다. 근원의 흰 불꽃이 안에서 고요히 타오르고 있는 커다란 보석.

"근원에게…… 대정령으로서의 영토를 만들어 주려 합니다."

아리아드네의 눈이 커졌다.

"근원의 영토라고?"

"근원은 붉은 눈의 인간들을 영토로 삼아 태어난 대정령이지요. 일반적인 대정령이 아니기에 제대로 된 영토 없이도 위력을 발휘할 수 있지만…… 이 기회에 진짜 영토를 만들어 주고 싶어서 말입니다."

그것이 악셀이 찾은 답이었다.

영토를 만들고, 근원을 그 영토에 깃들게 한다. 영토가 생기면 근원이 보다 안정적이고 강한 대정령이 되는 것은 물론, 근원의 일부인 악셀 자신 역시 대정령의 화신으로서 보다 강력한 존재가 될 터였다.

또한 그러면 근원의 영토는 오롯이 악셀의 것이 된다. 악셀은 그 땅 전체를 제 몸처럼 느낄 수 있고, 대정령처럼 영토 내에서는 절대적인 힘을 발휘할 수 있게 될 것이다. 그로써 그의 영토는 아리아드네에게 완벽하고 안전한 안식처가 될 수 있다.

"용암으로 호수를 만들고, 그 안에 근원의 불이 타오를 탑을 세우겠습니다. 근원이 그 땅을 제 육신으로 인식하도록 만들겠습니다. 그 상태로 시간이 흐르면 인공적으로 태어난 근원이라 해도 결국에는 자연적인 대정령이 될 수 있을 겁니다."

거침없이 말을 잇던 악셀의 뺨이 약간 붉어졌다.

"그렇게 그 땅이 완벽하게 근원의 영토가 되면…… 그 안에 당신을 위한 숲과 성을 만들고 싶습니다."

"……나를 위한?"

"예. 오직 당신의 휴식을 위한."

악셀이 눈을 접으며 웃더니 덧붙였다.

"제 품에서 쉬어 주십시오."

아리아드네는 웃고 있는 그를 멍하니 보았다. 자신이 상상도 못 한 방법으로 그녀를 위하려 하는 남자를. 그녀는 한 손으로 고삐를 쥔 채 허리를 기울여 다른 손으로 그의 뒷덜미를 잡아 제게로 당겼다.

"아리……!"

무어라 말하려는 그의 입을 제 입으로 막았다. 그대로 깊게 입을 맞춘 뒤, 손을 떼며 그녀가 웃었다.

"기대할게, 악셀."

악셀은 홀린 듯이 그녀의 미소를 보았다. 이번에는 그가 손을 뻗었다. 그는 양손으로 그녀의 뺨을 감싸 쥐고 제게로 당겨 입술을 훔친 다음, 놓아 주며 웃었다.

"기대 이상으로 멋진 영토를 만들 테니, 완성되면 주군께서 이름을 지어 주십시오."

"이름이라니…… 근원의 이름을 새로 지으려고?"

"예. 영토와 어울리는 이름을 새로 지어야 제대로 깃들 테니까요."

"네 대정령이잖아. 그건 네가 지어야지."

"당신을 위한 대정령입니다. 주군께서 지어야지요."

웃으며 말하고 돌아선 그가 겹화에 올라탔다. 뒤에서 에리히가 눈꼴시다며 툴툴거리다가 베로니카의 눈빛에 입을 닥쳤다. 루드빅은 한숨을 내쉬었고 뤼르는 미소를 지었다.

아리아드네는 아름드리를 몰아 앞서 나갔다. 겹화와 모래바람과 철마와 이카로스가 그녀의 뒤를 따랐다.

굳게 닫힌 성문이 가까워졌다. 성문 너머에서 아련히 함성이 들려왔다. 무수히 많은 목소리들이 그들의 이름을 연호하고 있었다.

왕실 기사들이 성문을 양쪽으로 천천히 열었다. 열린 성문 틈으로 빛이 새어 나왔다. 꽃잎과 색종이가 눈처럼 흩날렸다.

"가자."

아리아드네가 일행을 돌아보며 웃고는 앞장서서 성문을 나섰다.

와아아아!

구원자들을 향한 환호가 푸른 하늘에 드높게 울려 퍼졌다.

〈주인공의 구원자가 될 운명입니다〉 完

외전

아리아드네 엘디어는 기나긴 이야기를 마치고 결말로 향하고 있었다.

이야기의 시작은 최초의 기적. 사자의 세계, 환상 도서관에서 글로리아 위버가 아리아드네 엘디어를 알아본 순간.

그 작은 기적이 신에게 닿았고, 신은 그녀를 천사로 만들며 첫 번째 약속을 했다.

{내 천사가 되어 다오.}

{그리하면 네 딸에게 죽음을 넘나들 권능을 빌려주마.}

그 첫 약속은 이루어졌지만, 아리아드네 엘디어는 여전히 구원받지 못했다.

글로리아는 절망했다. 그러나 신은 그 과정에서 새로운 미래를 보았다. 그리고 글로리아와 두 번째 약속을 했다.

{만약 아리아드네 엘디어가 나를 찾아낸다면.}

{그리하면 너는 최선을 다해 네 딸을 도울 수 있게 되리라.}

{이자가 네 딸의 구원자가 되리니.}

{기나긴 어둠을 거쳐 운명이 새벽처럼 오리라.}

기나긴 어둠. 수십 번의 회귀. 그 끝에 구원자가 왔고, 정말로 아리아드네는 신을 찾아냈다. 그렇게 어머니와 딸은 재회했다.
그럼에도 절망은 사라지지 않아서 아리아드네는 필연적인 죽음을 목전에 두었다.

{결말이 만족스럽지 않다면 받아들이지 말라.}

그러나 신이 했던 말처럼 그녀는 그 결말이 만족스럽지 않았기에.

"그러니까 다른 결말에 한 번 도전해 보려고 해요."

결말을 바꿀 열쇠를 글로리아에게 남겼다. 모든 상황이 최악으로 치닫게 되더라도⋯⋯ 그녀의 구원자가 그녀를 포기하지 않는다면, 끝내 피어오르게 될 희망의 불씨를.
그리고 아리아드네의 구원자는 그녀의 믿음대로 끝까지 그녀를 포기하지 않았다.

"나는 시간을 되돌리고 모든 것을 처음부터 다시 시작하겠다."
[나는 죽기 위해 마왕으로 남은 너이며, 너는 마왕을 죽이기 위해 분리된 나다.]
[우리가 마왕과 함께 죽음을 맞이하면, 그녀가 세상과 함께 살아남게 될 테니까.]

그는 고난을 반복하고 자기 자신을 죽이게 될지라도, 그녀를 살리기로 결정했다.

이 지점에서 글로리아는 아리아드네로부터 넘겨받은 희망을 싹틔웠다. 하얀 잔이라는 이름의 가능성을.

그렇게 시작된 새로운 이야기는 시련과 갈등을 거쳐 새로운 결말에 도달했다.

'이게 내 이야기야.'

이전에 받아들이지 않았던 결말과는 다른, 승리와 행복이라는 만족스러운 결말을 맞이한 이야기.

'정확히는…… 승리에는 도달했고, 행복으로는 아직 향하는 중이지만.'

행복에 도달하기 위해 해야 할 마지막 일들이 남았다. 그중 첫 번째.

아리아드네는 찻잔을 내려놓고 가족들을 돌아보았다. 솔란 가르시아, 레베카 가르시아, 에른스트 위버, 셀리아나 퀴젤라스.

이 자리는 개선식 직전에 얘기했던 대로 셀리아나 퀴젤라스가 마련한 자리였다. 방금 아리아드네는 그들에게 글로리아에 관한 모든 이야기를 들려주었다.

늙은 대마법사는 말을 잊은 듯했다. 변경백은 들은 것을 소화하기도 벅차 보였다. 백작 부인은 입을 떼기를 망설였다. 그래서 가장 먼저 말을 꺼낸 것은 레베카 가르시아, 그녀의 이모였다.

"그러니까 아리아, 네가 이 자리를 마련한 이유가……."

레베카는 뒷말을 잇지 못했다. 아리아드네가 엷게 웃으며 말을 이었다.

"네, 엄마를 만나게 해 드리고 싶어서요."

"글로리아를."

"엄마도 가족들을 만나 보고 싶다고 하셨었거든요. 하고 싶은 얘기가 있으시다고."

"……."

"드문 기회예요. 원래 신의 권속은 이런 사사로운 일로 강림할 수 없대요. 하지만 신께서 특별히 배려해 주셔서."

아리아드네는 찻잔 옆 황금 나팔꽃 한 송이에 잠시 시선을 주었다. 그 꽃은 검은 책 위에 놓여 있었다.

이제 아리아드네는 환상 도서관에 들어갈 수 없었다. 엘이 환상 도서관에서 떠나 엘리시움으로 돌아왔기 때문에. 그러나 그녀가 잃은 건 엘이 주었던 '망자의 세계를 드나들 수 있는 권한'일 뿐, 그녀와 환상 도서관을 연결하는 채널은 여전히 유지되고 있었다.

드나들진 못해도 이어져 있다. 플루토스가 된 파이가 말한 그대로였다.

'파이와의 대화는 여전히 이 책…… 카론을 통해서 필담으로나마 가능하고.'

파이가 신이 되면서, 파이가 만든 카론이라는 아이템은 일종의 성물이 되었다. 가이드나 물건 보관 등의 기능은 대부분 잃었으나 신인 파이와 연결은 유지되고 있었다.

카론의 변화를 살펴본 에리히는 이 아이템에 새로운 별명을 붙였다. '플루토스의 성서'라고.

아리아드네는 이 '성서'를 통해 성전의 종료 이후 엘과 엘의 권속인 글로리아가 어떻게 되었는지 알게 되었다.

힘을 회복한 엘이 망자의 세계를 떠나 엘리시움에 있는 자신의 거처로 돌아가면서 글로리아 또한 그리로 돌아갔다. 이제 그녀는 다른 신의 권속들처럼 신의 허락하에서만 최고위 신성 마법을 통해 강림할 수 있는 존재가 되었다.

신관이 천사를 강림시킨다는 건 정령사가 대정령을 강림시키는 것과 비슷한 일이다. 쉽사리 만날 수 없게 되었다는 뜻이다.

하지만 아리아드네 엘디어는 엘리시움의 구원자이자, 신과의 약속을 이룬 자이며, 글로리아가 천사가 된 이유다. 그리하여 엘은 아리아드네에게 그녀의 수호성인인 뤼르를 통해 특별한 은혜를 선물했다.

황금 나팔꽃 한 송이.

"성전이 끝난 뒤로 엘께서 기도에 자주 응답하신다더니, 저도 꿈에서 계시를 받았습니다. 일어나니 이것이 손에 쥐어 있더군요."

"엘께서 성녀님께 전하시는 선물입니다. 이것을 쥐고 기도하시면 천상의 나팔께서 응답하실 겁니다."

신성 마법을 쓸 수 없어도, 신관이 아니어도, 글로리아를 강림시킬 수 있는 매개체. 아리아드네와 글로리아의 연결점. 아리아드네는 그 꽃을 가만히 바라보다가 가족들을 돌아보았다.

"준비가 되지 않으셨다면 다음에 다시 모여도 돼요. 엄마를 만나는 건…… 꼭 지금이 아니라도 가능하니까요."

그녀의 말에 변경백이 꽉 막힌 목소리로 입을 열었다.

"……정말로 글로리아가 널 보낸 거였구나, 아리아."

"네?"

"예전에…… 네가 처음 이곳에 왔을 때 말이다. 그런 생각을 한 적이 있었단다. 어쩌면 글로리아가 죽어서도 너를 살리고 싶어서…… 우리에게 보낸 것이 아닌가 하는."

그런데 그게 정말이었구나.

정말이었어.

변경백은 신음처럼 중얼거리며 손에 얼굴을 파묻었다. 울음을 참는 것처럼 그의 어깨가 떨렸다. 백작 부인이 가만히 그 어깨를 감싸 주었다.

레베카 가르시아는 멍하니 천장을 올려다보았다. 그곳에 글로리아가 있기라도 한 것처럼.

대마법사는 하얗게 굳어 있었다.

아리아드네는 가족들을 잠시 둘러보다가 말했다.

"역시 시간이 필요하실 것 같……."

"아니."

그녀의 말이 끝나기도 전에 대마법사가 다급히 입을 열었다.

"아니다. 아가, 아니야."

"할아버지?"

"지금, 지금 당장 만나고 싶구나. 나는 그 애를 꿈에서라도 보고 싶었단다……. 제발 단 한 번만이라도……. 너무나 하고 싶은 말이 있어서……."

횡설수설 말을 잇던 노인의 눈에서 눈물이 주르륵 흘러 떨어졌다. 대마법사는 그 눈물을 닦지도 못하고 힘겹게 말을 덧붙였다.

"아가, 이 할아비는, 늘 준비되어 있었단다."

"……."

"할아비는 말이다, 아가. 언제든 네 엄마가 꿈에라도 나온다면, 해 줄 말들을…… 항상 생각하고 있었거든."

대마법사가 흐릿한 미소를 지었다. 세월이 새긴 주름에 그가 흘린 눈물이 고였다.

"그러니 지금 당장이라도 괜찮다. 아니, 한시라도 빨리 부탁하마."

아리아드네는 아무 말도 하지 못했다. 그간 대마법사가 얼마나 많은 후회를 했을지, 얼마나 많은 말들을 속에 쌓아 왔을지 그녀로서는 감히 짐작조차 할 수가 없었다.

"……네."

그녀는 간신히 그 대답만 내어놓고는 황금 나팔꽃을 손에 쥐었다. 눈을 감고 기도했다.

그녀와 글로리아 사이에는 긴 기도문도, 복잡한 마법도 필요하지 않았다. 그저 손에 쥔 나팔꽃에 입술을 대고 부르면 되었다.

'엄마.'

나팔꽃이 은은하게 빛났다.

곧 금빛 날개와 둥근 후광을 단 천사의 환영이 그녀의 머리 위로 내려앉았다. 부드러운 갈색 머리칼이 물결치며 흘러내렸다. 반투명한 천사는 가족들을 돌아보며 작게 미소를 띠고는 대마법사와 시선을 마주했다.

{아버지.}

대마법사는 숨이 멎을 듯이 떨더니 허둥지둥 그녀를 부둥켜안으려 했다. 그러나 그의 손은 허공을 통과하듯 글로리아의 환영을 통과해 버렸다.

"아……."

{아버지.}

글로리아는 허망해하는 아버지의 손 위에 가만히 제 손을 겹쳤다. 비록 촉감이 없었지만 온기는 느껴졌다.

{제가 어리석었어요.}

"내가 어리석었다."

글로리아와 대마법사는 동시에 말을 뱉고는 서로를 멀거니 보았다. 이윽고 글로리아는 웃었고 대마법사는 울었다.

{죄송해요.}

"이것아, 네가 대체 죄송할 게 뭐가 있누. 내가 네 맘을 몰라 준 건데. 내가 네 외로움을 몰랐어. 네가 왜 그러는지 몰랐다……. 내가 네 얘기를 좀 더 들었어야 했는데, 내가, 다 내가……."

대마법사는 준비해 두었다는 말을 제대로 잇지 못했다. 대신 붙잡을 수 없는 딸을 그러안고 싶은 것처럼 자꾸만 허공을 더듬었다.

"글로리아, 내가, 내가 미안하다. 내가 어리석어서, 고집불통이라, 너도, 아리아도, 다……."

글로리아는 제 기억보다 늙어 버린 아버지를 향해 고개를 저으며 눈물을 떨구었다.

{아뇨, 아니에요. 사과를 듣고 싶어서 온 게 아닌걸요.}

"그럼, 그러면……."

{저는 아버지도, 오라버니도, 언니도…… 더는 후회하지 않으셨으면 해서 온 거예요.}

"……?"

{저를 사랑하신다는 걸 알면서도 믿지 못해서 죄송해요. 좀 더 솔직해지지 못했던 게 아쉬워요. 그리고 정말로 감사해요, 아버지. 아리아

를, 제 딸을 구해 주셔서 감사해요. 저는, 저는 계속 이 말이 하고 싶어서……}

대마법사는 그녀의 말에 짐승 같은 소리를 내며 오열하기 시작했다. 글로리아는 그런 대마법사를 감싸 안았다. 그러면서 눈시울이 시뻘겋게 달아오른 오라비를 돌아보았다.

{오라버니도 고마워요.}

"……내가 고맙지."

그녀는 눈물 고인 눈으로 장난스럽게 되물었다.

{오라버니한텐 과분할 정도로 예쁘고 사랑스러운 조카를 맡겨 줘서 고맙다는 거죠?}

"물론. 고마워서 어쩔 줄을 모르겠어."

{고마우면 앞으로도 우리 아리아한테 잘해요, 알았죠?}

"잘하고 있으니 걱정 말고 너나 잘 지내라."

변경백은 달아오른 눈가를 문지르며 퉁명스레 대꾸했다. 글로리아가 새침한 투로 말했다.

{절 왜 걱정해요. 저는 신께서 직접 선택하신 신의 권속인걸요. 천국에 사는 천사라고요.}

"……이제 보니 우리 남매 중에서 네가 제일 대단한 존재가 되었구나. 세상에, 우리 막내가 천사라니."

변경백이 피식 웃었다. 글로리아 역시 작게 웃고는 말을 이었다.

{그러고 보니 오라버니 아들 에리히, 그 애 정말 대단하던데요? 제가 하늘에서 지켜보며 축복할 테니 에리히도 걱정하지 마세요.}

"……!"

{물론 에리히나 아리아 말고도 우리 가족들…… 모두 계속 제가 지

켜볼 거예요. 그러니 다들 잘 살아야 돼요, 알겠죠?}

"글로리아……."

변경백의 눈시울이 다시금 달아오르자 글로리아는 재빨리 레베카를 돌아보았다.

{레베카 언니.}

"……."

{언니가 늦은 거 아니에요.}

"……!"

{제가 보냈던 편지에 언니가 아무리 빨리 대응했어도 달라지는 건 없었을 거예요. 그러니까 언니 잘못이 아니에요. 저를 구할 수도 있지 않았을까 하는 후회는 더 이상 하지 마세요.}

레베카의 얼굴이 새빨개졌다. 그녀는 손으로 입을 틀어막고 울지 않으려는 것처럼 가쁘게 숨을 들이켰다.

"그, 글로리아. 나는……."

{이젠 그런 거 좀 잊어버리고 마음 편히 지내요, 네?}

글로리아가 미소를 지었다.

{그리고 언니, 늘 아리아를 잘 챙겨 줘서 고마워요. 줄곧 하늘에서 보고 있었어요.}

"맙소사, 글로리아……."

결국 레베카마저 울음을 터뜨렸다.

글로리아는 마지막으로 셀리아나를 보았다.

{셀리아나.}

"……네, 글로리아."

{아리아의 엄마가 되어 주셔서 고마워요.}

"제가 뭘 한 게 있나요. 아리아는 알아서······."

{아뇨, 정말 많은 걸 해 주셨어요. 정말로요.}

모두에게 인사를 한 글로리아는 감싸 안고 있던 대마법사를 향해 허리를 숙였다.

{아버지.}

"······."

{저는 이제 정말 행복하니까, 아버지도 행복하게 오래오래 사셔야 해요.}

"······."

{오래오래 사시면서 아리아 잘 사는 것도 지켜봐 주시고요, 아셨죠?}

미소 지은 딸은 늙은 아버지의 뺨에 입을 맞춘 뒤, 빛이 되어 사라졌다.

"아, 아······."

대마법사는 말이 되지 못한 신음을 흘리며 허공을 더듬었다. 그 힘없고 주름진 손을 매끈하고 보드라운 손이 단단히 부여잡았다. 글로리아의 강림을 유지하느라 줄곧 눈을 감고 있던 아리아드네의 손이었다.

"할아버지."

아리아드네는 그를 부르고는, 시선을 맞추다가 그의 품에 안겨들었다. 그리고 작게 속삭였다.

"엄마가 사랑한다고 전해 달래요."

"······!"

대마법사는 이제 끌어안을 수 없는 딸 대신 아직 안을 수 있는 손녀를 안고 하염없이 눈물을 흘렸다.

그로부터 얼마 후. 아리아드네는 행복에 도달하기 위한 두 번째 일을 시작했다.

"이 사람이에요."

악셀이 정중하게 고개를 숙였다.

"악셀 발렌타인이라고 합니다."

그가 겉으로만 태연하지, 있는 대로 긴장해서 기절하기 직전인 상태라는 걸 아는 건 아리아드네뿐이었다.

미리 얘기를 들었던 셀리아나와 레베카는 평온했다. 한바탕 난리를 치려다 셀리아나 선에서 이미 정리된 에른스트 위버는 못마땅한 얼굴로 악셀을 훑어보기만 했다.

전혀 들은 바가 없었던 대마법사는 귀를 한 차례 후비고는 떨리는 손으로 악셀을 가리키며 말했다.

"아가, 할아비가 늙어서 잘못 들은 것 같은데…… 이게 뭐라고?"

"할아버지, 이거라니요. 사람한테."

아리아드네는 대마법사에게 눈을 흘기고는 덧붙였다.

"악셀 이미 아시잖아요? 은거울 미궁에서도 보셨고, 승전 기원 연회에서도 보셨고, 개선식에서도 보셨고."

"보기야 봤는데, 그래서 이게 네 뭐라고? 이 할아비가 노망이 나서 잘못 들은 거 맞지?"

"잘못 들으신 거 아니에요. 저랑 결혼할 사람 맞아요."

아리아드네는 작게 한숨을 쉬고는 잘 꾸며진 카드를 꺼내 대마법사에게 건넸다.

"이건 무슨."

"청첩장이요. 할아버지께 제일 먼저 드리는 거예요."

아리아드네는 악셀과의 결혼을 허락받으러 온 게 아니었다. 그녀는 무슨 일이 있어도 악셀과의 결혼을 포기할 생각이 없었고, 엘디어에서 결혼식 준비를 이미 하고 있었으니까.

그러니 이건 사실상 통보였다.

대마법사는 새파랗게 질렸다.

"안 돼!"

"네?"

"아가, 너는 결혼하기엔 너무 일러! 이 할아비는 절대, 절대, 죽어도 허락 못 한다!"

고함을 지르는 대마법사는 공포에 질려 있었다.

그 공포가 어디에서 비롯되었는지 잘 아는 아리아드네는 담담하게 답했다.

"엄마가 허락하셨어요."

"……뭐?"

"제가 이야기했던 '구원자'가 바로 이 사람이거든요."

대마법사의 입이 다물렸다. 그는 믿기지 않는다는 눈으로 악셀을 위아래로 훑어보더니 의심스럽게 물었다.

"이놈이?"

"네."

"……."

대마법사는 악셀을 쳐다보며 한참 말이 없었다. 악셀은 식은땀을 흘리며 날카로운 노인의 시선을 견뎠다.

'……차라리 대마법사의 거울상과 다시 싸우는 게 낫겠군.'

아리아드네의 사람들에게 받아들여지기 위한 노력은 계속해 왔다. 하지만 이건 지금까지 중에서도 가장 고난도였다.

그녀의 가족들에게 결혼을 통해 가족으로 받아들여져야 한다고? 솔직히 이 상황 자체가 현실감이 별로 안 들었다. 이번 생 이전까지 아리아드네에겐 실질적으로 가족이라 할 사람조차 없었기 때문에 더 낯설었다.

'결혼이라니. 정말로?'

악셀은 무수히 회귀하며 아리아드네와 연인으로 오랜 시간을 보냈지만, 그녀와 결혼한 적은 한 번도 없었다. 감히 엄두도 내지 못했다. 근원이라는 끔찍한 괴물에게서 태어난 자신이 어떻게 감히 아리아드네처럼 고귀한 사람과 결혼한단 말인가.

하지만 그런 그에게 언젠가 아리아드네가, 대미궁을 닫고 나서 그들이 어떤 삶을 살게 될지 상상하게 만들었기에. 부부가 되고, 아이를 낳고, 가족을 이루는 것을 꿈꾸게 만들어 주었기에.

그래서 감히 상상을 하게 되긴 했다.

'그런데 그 상상이 정말 현실이 된다고?'

회귀한 기억을 되찾기 전의 악셀은 아리아드네와 결혼하게 될 미래의 잡놈을 죽이고 싶어 했었다. 그런데 정신 차려 보니 그 잡놈이 자신이다.

따라서 자신은 죽일 놈이었다.

'객관적으로…… 나는 아리아드네에 비하면 너무 모자라지 않은가.'

그렇다고 포기할 거냐고 하면, 또 그럴 생각은 죽어도 없지만.

'나는 아리아가 선택한 사람이고, 그녀의 것이니까.'

아리아드네가 그를 선택해 준 순간부터, 그의 손을 잡고 내 곁에서 살라고 말한 순간부터, 그는 그녀를 포기할 수도 누군가에게 양보할 수도 없었다.

악셀 발렌타인은 아리아드네 엘디어의 곁에서, 그녀와 함께, 그녀를 위해 평생을 살아갈 것이다.

그러니까 결혼하는 게 맞긴 했다. 당연한 결과였고 믿기지 않을 정도로 행복한 결과였다.

문제는 오로지 그 자신에게 있었다.

'정말 내가 이래도 되는 건가?'

불행과 전투에 익숙해진 탓에 느끼는 불안감. 결혼해서 행복하게 산다는, 평범하고 일상적이며 안온한 삶이 자신에게 주어질 리 없다는 의심.

지금껏 그의 인생에 그런 건 없었고, 찰나 있었더라도 물거품처럼 사라지며 절망으로 뒤덮이곤 했었기에 도저히 순수하게 기뻐할 수가 없는 것이다.

대마법사가 너 같은 놈이 감히 누구와 결혼하려 드냐고 화를 내면 납득해 버릴 것 같았다. 악셀은 대미궁에 처음 들어갈 때보다 배는 공포에 질린 상태로 대마법사의 반응을 기다렸다.

아리아드네는 그의 상태를 대강 짐작하고 있었다. 그래서 더 급하게 결혼식을 준비한 것이기도 했다. 그녀는 대마법사 앞에서 식은땀을 흘리고 있는 악셀을 보며 생각했다.

'일단 도장 찍고 식을 올려서 누구도 부정할 수 없는 관계로 박아 놓고 나면 차츰 나아질 거야.'

백지 계약서를 받아 들고 나서야 안심했던 어린 시절의 자신이 떠올랐다. 이전 생들과 달리 새로 시작한 이번 생에서 아리아드네는 최초로 사랑받는 어린 시절을 보냈다. 행복해지는 법을 익혔다.

악셀이 기나긴 시간을 견디며 재시작한 덕분에 얻은 훨씬 더 행복한 삶. 정작 그는 무수한 회귀를 겪으면서도 한 번도 평온한 삶을 누리지 못했는데.

'마지막 회귀였던 이번에도…… 어린 시절에 제대로 돌봐 주지 못했어.'

그러니 이번에야말로 그에게도 그녀가 느꼈던 행복을 전해 주고 싶었다.

'악셀에게 평온하고 안정적인 생활을 누리게 해 주고 싶어. 행복에 익숙해질 수 있게.'

그래서 나온 결론이 하루라도 빨리 결혼, 얼른 결혼, 지금 당장 결혼이었다.

그녀는 결혼식을 위해 통각 치료까지 뒤로 미뤘다. 치료를 시작하면 최소 1년은 요양해야 하니까.

'누구도 방해해선 안 돼. 아무리 할아버지라도.'

아리아드네는 마음을 다지며 대마법사의 반응을 기다렸다.

대마법사는 악셀 발렌타인이 아리아드네의 구원자라는 말이 의미하는 바를 다시 생각하고 있었다.

아리아드네는 글로리아와 관련된 이야기는 자세히 했지만, 이전 생들에 대한 이야기는 대강 얼버무렸다. 하지만 대마법사는 그 행간을 읽지 못할 정도로 어리석지 않았다.

아리아드네가 프란츠의 손에 죽을 때까지 대마법사 자신이 아무것도 모르고 살았던 생이 수없이 있었을 것이다. 그 생애들과 달리 아리아드네를 어린 시절부터 키울 수 있었던 이 생을 있게 만든 것이 저 '구원자'다.

그러니 따지고 보면 악셀 발렌타인은 아리아의 구원자일 뿐만 아니라 대마법사의 은인이기도 했다.

'……결국 저놈도 우리 아리아한테 구원받은 거니, 일방적으로 빚진 관계는 아니겠지만.'

대마법사는 굳건한 결심으로 타오르는 손녀와 표정은 덤덤해도 눈동자에 지진을 일으키고 있는 덩치 큰 놈을 번갈아 보았다. 정말 그 '구원자'라면 도저히 반대할 수 없는데, 뭔가 못 미덥다.

'이놈이 그렇게 오랜 시간 동안 절박하게 아리아를 위해 노력했다고?'

이렇게 있는 대로 긴장해서 툭 치면 와르르 무너질 것 같은 놈이?

너무 잘생긴 것도 프란츠 새끼가 떠올라 불안했다. 그렇다고 못생겼으면 훨씬 더 마음에 안 들었겠지만. 사실 그냥 숨만 쉬어도 못마땅할 것 같긴 했다.

'마음 같아선 저놈을 머리끝부터 발끝까지 탈탈 털어 보고, 아리아한테 얼마나 진심인지 한계까지 굴리면서 확인해 보고 싶긴 한데.'

불퉁하게 악셀을 노려보던 대마법사는 결국 한숨을 내쉬며 고개를 돌렸다.

"글로리아가 저놈을 허락했다고?"

"네, 엄마는……."

"그럼 되었다. 글로리아가 허락할 정도면 누구보다 네게 잘할 사람일 것 아니냐. 그리고……."

노인은 가만히 손녀의 머리를 쓰다듬었다.

"이번에는 잘 사는지 계속 지켜볼 테니."

"할아버지……."

대마법사는 아리아드네를 품에 안고는 그녀가 보지 못하는 사이 악셀에게 눈을 부라렸다. 그러곤 손가락을 들어 제 눈과 악셀을 번갈아 가리키고는 목을 따는 시늉을 했다. 지켜보고 있을 테니 목 따이기 싫으면 잘하라는 뜻이었다.

"……!"

악셀은 살기에 반사적으로 반응하려다 간신히 멈추고는 다급히 고개를 끄덕였다. 그제야 눈에 힘을 푼 대마법사가 온화하게 말했다.

"결혼식에 꼭 가마."

위버에서 돌아온 뒤, 아리아드네는 '구원자들'에게도 청첩장을 보냈다. 루드빅 블레이르는 이제 첫 삽을 뜨는 단계인 도시에서 그녀의 편지를 받았다.

그는 개선식 이후 제게 주어진 옛 제국의 땅 중에서 가장 먼저 정화된 곳에 터를 잡았다. 고향을 잃은 각국의 유민들, 옛 제국민들, 마물들이 사라지는 바람에 하루아침에 밥벌이를 잃은 용병과 토벌대들을 모으고 '블레이르'라는 도시를 세웠다.

블레이르 가문의 영지이자 훗날 왕국의 수도가 될 도시였다. 그는 그곳에서 체계를 정비하며 건국을 준비하는 중이었다.

"바로 결혼하시는군."

그는 우울하게 청첩장을 보았다. 신성한 깃털까지 담근 귀한 술을 실컷 들이켜던 날 마음 정리를 하긴 했지만, 씁쓸한 기분이 드는 건 어쩔 수 없는 일이었다.

"그래도, 뭐……"

루드빅은 임시로 머무는 막사 밖으로 한창 공사 중인 성을 흘깃 보았다. 미래의 왕국민들이 바쁘게 돌아다니는 것이 보였다. 붉은 눈의 버려진 왕자가 아닌, 구원자이자 영웅이며 건국왕이 될 '루드빅'을 보고 모인 사람들.

그를 믿고 모인 이들은 계속 그에게 주목하고, 무슨 일만 있으면 그를 찾았다. 선망과 신뢰의 눈으로 그를 보며 스스로를 블레이르 소속이라고 말하기 시작했다.

루드빅은 그런 제 사람들을 위해 아주 기쁘게 노력하는 중이었다.

"……사랑은 못 이뤘어도 평생 매진할 꿈을 얻었으니까."

인생 최고로 행복한 나날을 보내고 있었다. 사랑했던 공작님과 마음에 안 드는 놈의 결혼을 진심으로 축하해 줄 수 있을 만큼.

루드빅은 빙그레 웃고 편지를 챙겼다.

"축하해 드리러 가야지. 선물은 뭘 준비하면 좋으려나."

공작님이 앞으로 많이 행복해졌으면 좋겠다. 악셀 발렌타인 놈은 그보다는 조금 덜 행복하면 좋겠고.

'그러고 보니 공작님 결혼식이면 손님이 쟁쟁할 텐데 이참에 인맥을 좀 더 늘려야겠군. 블레이르에 투자할 사람도 더 찾아보고.'

손님 중에서 그를 버렸던 듀리도트 왕실의 사절과 만나게 되면 그것도 제법 흥미진진할 것 같았다.

루드빅은 휘파람을 불며 결혼식 참석을 위한 여행을 준비했다.

뤼르 이나민은 정신없이 바빴다. 훗날 옛 제국의 땅에 세워질 학술 도시의 근간이 될 장학 재단을 아리아드네에 의해 떠맡은 탓이었다.

생전 처음 해 보는 일이었으나 성전으로 인해 생겨난 무수한 고아 들을 위한 일이었다. 그처럼, 그의 동생들처럼, 검은 잔을 받은 자들 의 음모에 휘말렸던 피해자들. 그중에는 저주받은 땅에서 구했던 에 이든 남매와 소피아도 있었다.

뤼르가 수호하는 성녀는 그에게 그런 이들을 도울 수 있는 방법과 수단을 마련해 주었다. 뤼르로서는 빠져들 수밖에 없는 일이었다. 동 기 부여가 확실한 덕에 그는 빠르게 적응했고, 전문가들의 도움을 받 아 재단의 기틀을 잡았다.

한때 죽기 위해 대미궁으로 향하려 했고 복수할 수만 있다면 다른 건 아무래도 상관없다 여겼던 신관은 목표를 달성한 후의 허탈감에 빠질 새도 없이 일에 치여 살게 되었다.

바쁘고 힘든데 하루하루가 뿌듯했다.

뤼르는 고아원의 놀이터에서 아이들이 뛰노는 소리를 들으며 저도 모르게 미소 짓다가, 새로운 보고서 무더기와 함께 아리아드네의 편 지를 받았다.

그는 청첩장을 읽자마자 자리에서 벌떡 일어났다. 그 서슬에 쓸데 없이 큰 날개가 쌓여 있던 보고서 더미를 쳤다. 종이가 깃털과 함께 흩날렸다.

"으아악! 이사장님! 날개 좀 조심하시라니까요!"

함께 일에 치여 살던 비서가 흩날리는 서류들을 보며 절규했다.

"미, 미안합니다."

급히 사과한 뤼르는 비서와 함께 보고서를 정리하고, 늘 준비해 두는 빗자루로 떨어진 깃털을 쓸어 가르시아 상단에서 설치해 놓은 통에 담았다.

상단 사람들이 깃털을 버리지 말고 저기다 모아 달라고 해서 모으고는 있는데 이걸 대체 어디다 쓰려는지는 잘 모르겠다.

'뭔가 계약서를 받긴 했는데.'

아리아드네의 이모라는 가르시아 상단주가 직접 찾아와서 기념품 사업이 어쩌고 수익 배분이 저쩌고 하길래 잘 모르겠으니 알아서 하고 수익은 그냥 재단 예산에다 보태 달라고 했다.

'성녀님께서 부담하고 계신 예산에 조금이라도 도움이 될 수 있으면 좋겠어.'

후일 첫 정산이 이루어지면 어마어마한 금액에 기겁하게 될 예정이었으나 지금의 뤼르는 그런 미래를 상상조차 하지 못했다.

뒷정리를 다 끝내고 시급한 일들을 전부 처리하고 나서 그는 차분히 휴가 신청서를 작성했다.

작성해서 들고 가니 대체 왜 이걸 이사장님이 자신에게 허가받는지 모르겠다는 담당 직원의 괴상한 표정을 목도하긴 했지만, 어쨌든 뤼르 이나민은 정식으로 휴가를 받았다.

'성녀님께서 결혼하신다는 건…… 드디어 그분을 치료할 수 있게 되었다는 뜻이다.'

뤼르는 위버의 주치의였던 제일린과 꾸준히 편지를 주고받고 있었다. 그들은 아리아드네의 결혼식이 끝나자마자 함께 그녀의 치료를 시작할 작정이었다. 아리아드네가 무슨 핑계를 대고 무슨 일을 벌이든 더는 그녀의 무통각 증상을 내버려 둘 수 없었다.

시술 기간은 열흘에서 2주 정도였으나 경과를 지켜보는 시간까지 포함해서 휴가는 넉넉하게 잡았다. 휴가가 끝난 뒤에도 정기적으로 아리아드네를 찾아가 검진하고 감시할 것이다. 안 그러면 지나치게 성실한 그의 성녀님이 몸만 쉬면 되는 거 아니냐며 뭔가 또 일을 벌이실 것 같아서.

'엘이시여, 이 미천한 종이 이번에야말로 성녀님을 무사히 치료한 뒤 공기 좋은 별장 같은 곳에 가둘 수 있도록 도와주소서.'

뤼르 이나민은 짧게 기도를 마친 후 출발했다.

에리히 위버와 베로니카 브란테는 대륙 마법사 연맹 본부가 있는 도시의 고급 여관에서 아리아드네의 편지를 받았다. 그들은 에리히가 마법사 연맹에 대여해 주기로 한 땅의 마탑 건설 문제와 베로니카 몫의 땅 처리 문제 때문에 이곳에서 장기 투숙 중이었다.

"아니, 진짜 바로 결혼한다고? 이렇게 빨리? 통각 치료보다도 먼저? 해골 애 미쳤어?"

기겁하는 에리히의 옆에서 베로니카가 작게 한숨을 내쉬었다.

"이러실 것…… 같더라니."

"뭐? 넌 짐작했단 말이야? 대체 뭘 보고?"

"치료, 오래 걸리니까…… 아가씨께서 불안해하실 것, 같았어."

"걔가 불안해한다니? 왜?"

은발의 마법사는 이해할 수 없다는 듯 고개를 갸웃했다. 흑발의 정령 기사가 어깨를 으쓱였다.

"그동안…… 너무 많이 힘드셨잖아."

"응?"

"쉬는 거에…… 익숙하지 않으시고. 악셀 걔도, 아가씨보다 더하면 더했지…… 덜하진 않을 테니까. 걔는 긴장을 풀고 사는 법도, 모를걸."

"뭔 소리야?"

"익숙하지 않은 생활이, 변화가, 시작되기 전에…… 확실히 해 두고 싶으신 거야. 안심할 수 있게, 마음을 놓으려면, 필요한 게 결혼식인 거고…… 모르겠어?"

"모르겠는데. 좀 알아듣게 말해."

에리히가 미간을 찌푸린 채 대꾸하자 베로니카가 빙긋 웃었다.

"내가 너한테 맨날 하던 말을…… 너한테 들으니까, 기분이 이상하네."

"야! 네가 너무 뜬구름 잡는 얘기만 하니까 그런 거잖아!"

"그래서…… 내 잘못이라고?"

베로니카가 가늘게 뜬 눈으로 바라보았다. 에리히는 화들짝 놀라 미친 듯이 고개를 저었다.

"아니! 절대 아니야! 누가 네 잘못이래? 내가 성격이 급하고 눈치가 없어서 못 알아듣는 게 문제지!"

"음……."

"니카, 너도 나 이런 쪽으론 슬라임만도 못한 거 알잖아. 그, 그러니까 내 말은 조금만 더 쉽게 설명해 달라는 뜻이었거든? 근데 내가 또 습관적으로 허세를 부린 거야. 미안해……."

"흐음……."

"……화난 거 아니지?"

삼중영창과 이카로스, 대미궁 내에서 만든 아이템 등을 정리하여 발표함으로써 마법사 연맹을 뒤집어 놓은 세기의 천재 마법사가 실수로 주인 손을 할퀸 고양이처럼 은근히 눈치를 살폈다.

'귀엽네.'

베로니카는 가만히 그런 그를 보다가 다가가서 쪽, 하고 입술을 눌렀다 뗐다.

"어, 어?"

고작 뽀뽀인데 에리히는 순식간에 새빨개져선 허둥거렸다.

"뭐, 뭐야 갑자기!"

"네가…… 귀여워 보여서."

"……야, 귀엽다는 건 이럴 때 쓰는 표현이 아니거든?"

"싫어?"

"아니, 멋지다든가 잘생겼다든가 하는 더 좋은 표현이 있잖아. 왜 하필 귀여워야."

베로니카는 투덜거리는 마법사를 보며 생각했다.

'좋으면서……. 부끄러우니까 괜히 투덜거리네.'

술 마시고 솔직해지면 더 귀엽긴 한데, 지금 저러는 것도 꽤 귀여웠다. 반응이 재밌기도 하고.

'역시 좋아.'

그녀는 나름 다정하게 그의 이름을 불렀다.

"에리히."

"왜!"

"우리도 할래?"

"……."

에리히의 표정이 멍해졌다. 그는 벌겋게 달아오른 얼굴로 베로니카를 바라보더니 그녀의 목덜미쯤에 시선을 둔 채 마른침을 꿀꺽 삼켰다.

그가 더듬더듬 중얼거렸다.

"하자고? 대, 대낮부터? 나, 난 좋긴 한데, 그랬다간 저녁 약속에 못 나갈 것 같……."

"응……?"

베로니카는 고개를 기울이며 말을 이었다.

"그거 말고…… 우리도 얼른 결혼하자는, 거였는데."

"……어?"

"하고 싶었어?"

"아, 아, 아니! 아니야! 나도 결혼 얘기였어! 나도! 해골 결혼식 보고 나면, 우, 우리도 얼른 결혼하자고!"

에리히가 의자에 앉은 채 뒤로 물러나며 횡설수설 고함을 질러 댔다. 베로니카는 그런 그를 물끄러미 바라보며 생각했다.

볼 거 다 본 사이에 뭘 저렇게 수줍어하는 걸까.

'그래서 귀여운 거긴 해…….'

그녀는 깊게 생각하는 것을 귀찮아하고, 돌려 말하거나 굳이 참을 이유가 없는 일을 참는 것도 좋아하지 않았다.

그래서 바로 자리에서 일어나 에리히가 앉은 의자의 팔걸이를 양손으로 짚었다. 그러곤 민망해 죽으려 하는 은발의 마법사를 지그시 내려다보며 말했다.

"에리히. 갑자기…… 내가 하고 싶어졌는데."

"……어, 어?"

"진짜 할래?"

에리히는 얼이 빠진 채 그녀를 올려다보았다. 그를 내려다보는 졸린 듯 나른한 눈매며 웃느라 살짝 올라간 입술이 아주…….

'얘는 왜 이렇게 갈수록 사람을 홀리는 거야? 미쳐 버리겠네.'

이런 유혹을 거절할 수 있을 리가 없다. 그는 이를 갈며 베로니카의 허리를 끌어안고 제게로 당겼다.

"네가 하자고 한 거다? 후회하지 마, 니카."

"마법사가 기사한테 뭐라는 거야…… 너나, 후회하지 마."

"야, 너 마법사가 어떻게 성장하는 족속인지 까먹었나 본데."

그가 입꼬리를 올리며 속삭였다.

"이제부터 베로니카 브란테에 대한 내 연구 성과를 보여 줄게."

악셀 발렌타인은 지난 많은 생들처럼 황금뿔 기사단장 직위를 맡기로 했다.

그로 인해 기존 기사단장이었던 벨바렛 릭투스는 부단장으로 직위가 내려갔지만, 별달리 불만이 없었다. 새로 단장이 될 사람이 대미궁을 닫고 돌아온 '구원자'이자 주군의 반려니까. 그렇게 결혼식 이전에 기사단장 임명식이 먼저 치러졌다.

아리아드네는 기사단장 정복 차림의 악셀이 집무실에 들어오는 것을 멍하니 바라보았다. 금실로 장식된 검은 제복, 붉은색 볼드릭 벨트, 사슴의 머리가 새겨진 황금 문장.

"아리아? 왜 그러십니까?"

"……그냥, 옛날로 돌아간 기분이 들어서."

그녀의 말에 악셀이 멈칫하더니 성큼 책상 앞으로 다가왔다.

"옛날이라면."

책상 너머로 허리를 숙인 그가 그녀의 양 뺨을 감싸 쥐었다. 정중하고 부드러웠던 입술은 닿자마자 탐욕스럽게 변해 그녀의 입술을 머금었다가 아쉬운 듯 떨어졌다.

"이렇게, 여기서 저를 유혹하셨을 때 말입니까?"

붉은 눈이 코앞에서 휘어졌다. 그게 언제였는지 기억난다. 아리아드네는 달아오른 숨을 삼키며 투정하듯 말했다.

"유혹하지 마, 악셀. 할 일이 산더미란 말이야."

"먼저 말을 꺼낸 건 주군이십니다만."

"왜 바로 그 일을 떠올리는 거야? 다른 일도 얼마든지 있는데."

"……아마도 그때 우리가 결혼에 관한 얘기를 처음 했기 때문일 겁니다."

악셀이 먼 과거를 되돌아보듯 허공에 시선을 두었다. 아리아드네도 그때의 일을 떠올렸다.

"결혼? 네가? 누구와?"

"……누구긴 누구야. 당연히 너지."

그녀와의 결혼은 상상도 못 할 일이라는 듯 굴면서 자기 말고 다른 남자에게서 아이를 보라던 빌어먹을 악셀 발렌타인을.

"......"

그녀는 결혼식 전에 끝내 놓으려고 들여다보고 있던 서류를 확 덮어 버리고 벌떡 일어났다.

악셀은 그때 아리아드네와 나란히 침대에 누워 나눴던 이야기를 떠올리고 있었다.

"우리는 결혼할 거야. 이 성에서, 많은 사람들의 축하를 받으면서."
"우린 잘할 수 있을 거야. 좀 서툴러도, 실수가 있어도…… 서로 사랑하니까."
"우리 그렇게 행복해지자, 악셀."

근원이 낳은 괴물에 불과한 자신을 인간으로 만들어 주던 다정하고 찬란한 말들. 이루어지지 않아도, 상상하는 것만으로도 달콤하던 미래가 코앞에 와 있었다.

'정말 이래도 되나?'

이렇게 행복해져도 되나?

끌어안는 순간 그녀가 가루가 되어 사라져 버리는 건 아닐까? 방심하는 순간 어디선가 마왕이 비웃는 소리가 들려오는 건 아닐까? 안심하고 손을 뻗었다가 피가 튀어 오르는 건 아닐까?

머리로는 아니라는 걸 알면서도 어쩔 수 없는 공포와 불안이 피어오르려던 찰나. 어느새 일어나 다가온 아리아드네가 발돋움하여 그의 목에 팔을 걸었다.

"악셀."

"네, 주군."

악셀은 그녀가 잡기 편하도록 반사적으로 몸을 낮추었다.

"내가 둘만 있을 때는 주군보다 연인인 쪽이 좋다고 했었잖아."

가볍게 타박한 아리아드네가 푸른 눈동자로 그를 올려다보았다.

"악셀, 너 지금 불안하지?"

"……!"

"이래도 되나 싶고, 느슨해지는 게 불안하고, 뭔가 일이 터질 것 같아 무섭고…… 그렇지?"

"……티가 납니까?"

"우리가 같이 보낸 세월이 얼만데 내가 모를 것 같아?"

"죄송합니다."

"왜 사과를 해."

짧게 혀를 찬 그녀가 그와 이마를 꾹 맞댔다. 푸른 눈이 휘어진다.

"아무런 일도 없을 거야, 악셀. 우린 무사히 결혼할 거고, 이제 행복해질 일만 남았어."

"……."

"그리고 만에 하나 앞으로 어떤 문제가 생기더라도…… 우리에겐 어렵지 않을걸. 안 그래? 우리가 어떻게 이 삶을, 이 결말을 얻어 냈는데."

"……아리아."

"그러니까 안심해, 응?"

그를 보며 짓는 그녀의 미소 속에서 악셀은 새로운 사실을 깨달았다.

"아리아."

아리아드네가 그의 심정을 알아차렸듯이, 무수히 많은 시간 동안 사랑하고 함께했던 사람이기에 알아볼 수 있는 것.

"당신도…… 불안하신 거군요."

"응?"

아리아드네가 의아하게 눈을 깜박였다. 악셀은 제 머리를 후려갈기고 싶은 기분으로 자신을 안심시키려 애쓰는 연인을 응시했다.

그녀는 무리하고 있었다. 엘디어 공작의 결혼은 아주 큰 행사다. 심지어 대미궁의 영웅이자 대신전이 신의 계시를 받아 직접 선포한 '구원자들'끼리의 결혼이 아닌가. 그런 큰일을 이렇게 급하게 추진하고 있는데 무리가 아닐 리 없다.

게다가 아리아드네는 그 일만 하고 있는 게 아니다. 통각 치료 전에 처리해 두겠다는 일념으로 그녀는 다양한 일들을 한 번에 진행하고 있었다.

루드빅의 건국 문제를 외교적으로 돕고, 엘디어 장학 재단에 인재와 자원을 파견하고, 플루토스 신전 건축을 계획하고, 대신전의 순례단 운영과 오염 지역 정화 사업에 자문까지.

각국이 내걸었던 다양한 대미궁 정복 보수를 받아 내고 정리해서 동료들에게 배분한 것도 그녀였다.

더해서 엘디어 영지 내의 오염 지역과 사라진 미궁 뒤처리, 일자리를 잃은 마물 관련 산업 종사자와 원재료를 잃은 아이템 관련 산업 문제 해결, 각종 이권 다툼과 피해 보상.

그 와중에 가이드 없이 쓰는 정령술의 안정성을 점검하고 앞으로 어떤 방식으로 정령술을 사용할지 고민하는 한편, 치료 후 요양 기간 동안 대미궁에서 썼던 정령술 관련 서적을 집필할 계획까지.

'……새삼 말도 안 되는 업무량이군.'

단장직 인수인계와 근원의 영토가 될 땅의 청사진을 구상하는 것 외에는 할 일이 없는 악셀과 달리 아리아드네는 일이 너무 많았다.

'젠장.'

왜 자신만 불안하다고 생각한 걸까. 왜 그녀는 아무렇지도 않을 거라 여겼을까.

그녀가 어둠 속에서도 등불처럼 빛나는 사람이라서? 그에 비해 너무 대단한 사람이라서? 그녀가 전혀 힘들지 않아 보여서?

'나란 놈은…… 정말 한심해.'

아리아드네 또한 무수히 그의 죽음을 보았다. 그녀는 그가 그녀 앞에서 자살하는 꼴도 보았다. 수없이 넘어지고 절망하며 간신히 이 삶을 얻어 냈다.

그녀라고 어둠이 두렵지 않겠는가? 아픔을 느끼지 못한다고 해서 상처가 존재하지 않겠는가?

자신은 그녀가 숨기려던 눈물까지 끌어내어 받아 내는 사람이 되려던 것 아니었나. 그녀의 칼이자 안식처가 되기로 결심하지 않았던가.

그런데 정작 제 불안에 휩싸여 아리아드네가 힘든 것을 눈치채지 못하고 있었다니. 그녀는 그를 안심시켜 주려 애쓰고 있는데.

'그래서 이렇게 급하게 결혼식을 추진하신 거였어.'

그녀가 통각 치료를 자꾸만 미루는 이유도 알 것 같다. 치료를 시작하고 나면 무력해지니까. 긴 시간 동안 아무것도 하지 못하고 요양해야 하니까.

그녀는 무력해진 채로 시간을 보내는 게 두려워서 그 전에 할 수 있는 걸 최대한 다 하고 안전장치를 만들어 둘 작정으로 이렇게 무리하는 거였다.

'내가 지탱해 줘도 모자랄 판에 지탱받고만 있었다니.'

악셀은 자괴감에 빠지려다 말고 이를 악물었다.

'그래, 언제는 내가 완벽했던가. 나는 늘 부족했으니 계속 노력하는

수밖에 없다.'

"악셀? 내가 불안해한다니, 그게 무슨 소리야? 난⋯⋯."

아리아드네가 당황한 듯 변명하려 했으나 악셀은 그녀의 말을 끊으며 물었다.

"그럼 대체 왜 이렇게 급하게, 무리해 가며 일을 하시는 겁니까?"

"무리하는 거 아니야. 시급한 일만 하고 있는걸."

"그 일들이 정말 시급한 일입니까?"

악셀은 아리아드네가 쌓아 둔 서류 뭉치를 눈짓하며 말을 이었다.

"지금 주군께서 진행하고 계시는 일들 대부분이 당면한 문제라기보다 장기적인 프로젝트 아닙니까?"

"장기적인 거니까 최대한 빨리 시작해 둬야지. 그래야 안심이 되잖아."

"그래야 안심이 된다는 건 결국 지금은 불안하시다는 뜻이잖습니까."

"⋯⋯말꼬리 잡지 마, 악셀. 난 괜찮다니까? 그렇게 고생해서 얻어 낸 행복한 결말이 코앞인데 힘들 게 뭐 있어."

한숨과 함께 나온 그녀의 말에 악셀은 미간을 모았다.

역시 아리아드네도 그와 같았다. 그들의 '끝없이 반복되던 이야기'는 이미 끝났는데도 아직도 결말을 얻어 내지 못한 듯이 굴고 있다.

이제 쉬어도 되는데. 좀 더 느슨해져도 되는데. 그녀에겐 느긋한 행복과 평화를 누릴 자격이 있는데.

악셀은 아리아드네가 그를 보며 했던 생각과 거의 똑같은 생각을 하며 그녀를 바라보다가 대뜸 그녀를 안아 들었다.

"어?"

"오늘 일은 끝나셨습니다, 아리아. 쉬러 가시지요."

"갑자기 무슨 소리야. 끝나긴 뭘 끝나! 신전 건축 진행 상황 보고서 검토를 마무리해야……."

"그런 건 내일 하셔도 세상 안 망합니다."

단호히 말한 그가 집무실의 문으로 다가갔다. 그리고 아리아드네를 한 팔로 고쳐 안더니 손으로 문을 열었다.

"당신은 좀 쉬셔야 합니다."

"난 충분히 쉬어 가며 일하고 있어!"

"그 말씀 다른 사람들에게도 꼭 해 보십시오. 반응이 가관일 겁니다. 당신 주치의는 기가 막혀 쓰러질지도 모르겠군요."

악셀은 그녀를 막무가내로 안아 든 채 성큼성큼 걸음을 옮겼다. 복도를 오가던 사용인들은 그들의 모습에 깜짝 놀랐지만, 곧 어딘지 모르게 흐뭇한 미소를 지으며 자리를 비켜 주었다.

심지어 중간에 마주친 비서 사이먼 덴트는 마침 잘되었다는 표정으로 말했다.

"발렌타인 경, 이참에 공작님 좀 쉬게 해 주십시오. 자꾸만 과로하시는데 저는 월급과 보너스로 입이 막혀서 못 말리겠습니다."

"들으셨습니까, 주군?"

"아, 사이먼! 대신전에서 온 토양 정화용 엘릭서 발주 문건 말인데, 재고가 부족할 것 같아서……."

"하나도 안 들으셨군요."

아리아드네가 마침 생각났다는 듯 하는 말에 악셀이 대놓고 혀를 차더니 그녀의 턱을 잡았다.

"흡!"

짧은 입맞춤으로 그녀의 말문을 막아 버린 그가 입술을 떼자마자 사이먼을 불렀다.

"사이먼."

갑작스러운 애정 행각에 예의 바르게 시선을 피했던 비서가 부름을 듣고 고개를 돌려 그를 보았다.

"주군께서 급하게 처리하셔야 할 일이 있나?"

"당분간은 없습니다."

냉큼 대답한 사이먼이 안경을 추켜올리며 덧붙였다.

"공작님, 발주 문건은 제가 확인하고 이자벨과 논의하여 처리하겠습니다. 참, 지시하셨던 엘릭서의 오염 치료 외의 효능들에 대한 검증도 무사히 끝났습니다. 그러니 제발 좀 푹 쉬십시오. 다들 걱정하고 있습니다."

"이번엔 들으셨겠지요, 주군?"

아리아드네가 무어라 반박하기도 전에 악셀은 빠르게 걸음을 옮겼다. 사이먼은 아리아드네의 일정표에 휴가라고 표시하고는 가벼운 걸음으로 다른 이들에게 알리러 갔다.

악셀은 침실에 도착해서야 비로소 아리아드네를 내려 주었다. 아리아드네는 어이가 없다는 듯 그를 올려다보았다.

"갑자기 왜 이래?"

"반성하고 노력 중입니다."

"뭐?"

"당신의 상태를 제대로 파악하지도 못하고 의지하려고만 했으니 반성하고 노력해야지요."

덤덤히 대답한 악셀이 침실에 딸린 욕실의 문을 열더니 정령수를 꺼냈다. 불꽃 늑대와 얼음 고래가 조그마한 모습으로 튀어나와 능숙하게 협력하며 욕조에 따뜻한 물을 채우는 광경이 펼쳐졌다.

아리아드네는 어쩐지 해탈한 듯한 표정의 정령수들과 그들이 벌이고 있는 기행을 얼이 빠져서 바라보았다.

"지, 지금 뭐, 뭘 하는 거야?"

"목욕 준비를 했습니다."

"아니, 그걸 묻는 게 아니라……."

"주군, 아니, 아리아."

악셀은 데운 물의 온도를 확인하고 정령수를 거두더니 그녀에게로 성큼성큼 다가왔다.

"저는 루드빅 블레이르처럼 말주변이 좋거나, 베로니카 브란테처럼 감이 좋지도 않고, 뤼르 이나민처럼 당신의 상태를 바로바로 알아채고 치료할 수 있는 것도 아니고, 에리히 위버처럼 당신을 도울 만한 탁월한 발상을 떠올리지도 못합니다."

"……."

아리아드네는 잠시 말문이 막혔다. 동료의 장점을 열거하며 자신의 부족함을 말하는 악셀이라니. 이번 생의 악셀이 이렇게 바람직하게 성장한 것은 잘 알고 있었지만, 기억을 되찾고 나니 안 그랬던 세월이 너무 길어서 새삼 당황스럽다.

그녀가 당황한 사이 악셀은 태연히 말을 이었다.

"그래서 이게 지금의 제 최선입니다."

"어……?"

"씻겨 드리겠습니다."

"무, 뭐?"

"마사지를 조금 해 드릴 테니 편히 주무십시오."

말을 하며 기사단 정복 재킷을 벗고 셔츠 차림이 된 그가 아리아드네를 다시 홱 안아 들었다.

"자, 잠깐만, 악셀? 씻겨 준다니?"

"제가 씻겨 드리는 게 처음도 아니시잖습니까. 기억 안 나십니까?"

"어, 어?"

그랬었나? 아리아드네는 빙글빙글 도는 머리로 기억을 뒤져 보았다. 쌓아 온 기억이 너무 많아 이럴 땐 큰 문제였다.

그사이 악셀은 순식간에 그녀의 옷을 벗기고는 욕조 안에 내려놓았다.

"……!"

아리아드네는 기가 막힌다는 표정이 되어 물속에서 몸을 감싸고 그를 올려다보았다.

"왜 이렇게 손이 빨라?"

"경험이 많잖습니까."

아리아드네는 그의 말 앞에 생략된 표현을 바로 알아들었다.

'그러니까, 쟤가 내 옷을 벗겨 본 경험이…… 그만 생각하자.'

그녀는 상기된 채로 물에 턱 끝까지 담갔다. 그러면서 볼멘소리를 늘어놓았다.

"네가 씻겨 준 건 진짜 기억 안 나. 그런 일을 기억 못 할 리가 없는데."

"생각해 보니 기억 못 하시는 게 당연하군요."

"응?"

"무리하다 쓰러져서 혼미한 상태였으니까. 정말이지, 너는 그 시절

이나 지금이나……."

살짝 이를 갈며 중얼거린 악셀이 셔츠 소매를 걷었다.

"돼, 됐어. 지금은 정신도 멀쩡한데! 내가 씻을게!"

화들짝 놀란 아리아드네가 그를 말렸지만 악셀은 듣지 않았다.

"그냥 눈 감고 쉬십시오. 그대로 잠드셔도 됩니다."

그리고 얼마 지나지 않아 그녀는 따뜻한 물속에서 꾸벅꾸벅 졸게
되었다.

손 닿는 곳마다 노곤히 풀어지는 느낌이었다. 악셀에게서 튀어나와
욕조에 닿아 있는 겁화의 꼬리 덕에 물이 전혀 식지 않아서 더욱 그
랬다. 그녀 자신은 몰랐으나 피로가 많이 쌓인 탓도 있었다.

'근데 얘 대체 왜 이렇게 마사지를 잘해……?'

반쯤 졸면서 의문을 품던 그녀는 곧 과거의 기억들 속에서 답을 찾
아냈다.

'아…… 예전 내 몸 상태가 지금보다도 안 좋아서…… 악셀이 이런
걸 배웠었지…….'

그녀가 16살일 때로 회귀하던 시절에는 누적된 실험으로 몸 상태가
누더기나 다름없었다.

초기의 악셀은 그러거나 말거나 그녀를 마법사의 오두막집에 데려
다 놓고 방치했지만, 그녀를 직접 훈련시키기로 결심한 뒤로는 의사나
신관을 불러다 정기적으로 치료를 했다.

그리고 연인이 된 뒤로는 마비된 신경이나 감각에 좋다는 마사지
방법까지 직접 익혀서 그녀에게 틈날 때마다 해 주곤 했다.

이번 생의 악셀이 과거를 모르는 상태로도 그녀의 통각 마비를 알
게 되자마자 마사지를 배운 것처럼.

'맞아, 자주 이랬었지. 이렇게 목욕까지 하면서 받는 건 처음이지만…… 어쨌든 오랜만이네.'

살짝 거칠어서 기분 좋은 그의 손이 그녀의 손가락과 손바닥, 손목, 팔까지 능숙하게 주물렀다.

'……진짜 이대로 잠들어 버릴 것 같아.'

아리아드네는 자꾸만 감기는 눈으로 그녀의 왼손을 붙잡고 있는 악셀을 바라보았다. 부서지기 쉬운 설탕 공예품을 만지는 것처럼 극도로 신중한 그의 얼굴이 보였다. 집중한 탓에 모아진 미간과 내리깐 속눈썹을 보고 있자니 속이 간질간질하다.

그러다가 열기와 습기로 인해 그의 몸에 달라붙은 셔츠가 보였다.

'……!'

젖은 천 아래로 탄탄한 근육의 선이 고스란히 드러났다. 지나치게 자극적인 풍경이라 잠이 확 깼다.

아리아드네는 황급히 고개를 돌렸다가, 문득 억울한 건지 서운한 건지 모를 오묘한 기분이 들었다.

'나는 아예 다 벗고 있는데?'

악셀 쟤는 아무렇지도 않나? 기억 되찾기 전에는 무릎 위에 걸터앉기만 해도 무례해질 것 같다며 어쩔 줄 몰라 했었는데.

'이젠 너무 익숙해서?'

무어라 형언할 수 없는 감정이 들었다. 그녀는 몸을 완전히 돌려 악셀이 있는 쪽의 욕조 턱을 짚고 상체를 약간 일으켰다.

"악셀."

그 바람에 그녀의 손을 부러뜨릴 뻔한 악셀이 기겁하며 양손을 들더니 뒤로 물러났다.

"갑자기 움직이지 마십시오! 위험하잖습니까!"

그가 화를 내건 말건 아리아드네의 시선은 다른 곳에 가 박혔다. 저절로 시선이 갈 수밖에 없는 상태였다.

'아, 아무렇지도 않은 게 아니었구나.'

엄청나게 참고 있는 거였어.

기묘한 안도감과 영문 모를 뿌듯함이 차오르며 얼굴이 뜨거워졌다. 그녀는 물 온도만큼이나 더운 숨을 내뱉고는, 욕조 안에서 완전히 일어서려다 손이 미끄러지며 휘청거렸다.

"아리아!"

대경한 악셀이 재빨리 그녀를 붙잡아 안았다. 아리아드네는 그대로 그에게 기댄 채 숨을 골랐다.

'아.'

젖은 셔츠가 달라붙은 단단한 가슴팍이 느껴졌다. 그녀는 잠깐 악셀이 노리고 일부러 이러는 건가 하고 고민했다.

'아니지. 그럴 거면 이거보다 더했겠지.'

악셀은 그녀가 그의 몸에서 어떤 부분을 좋아하는지 아주 잘 알고 있었다.

'그러니까 진짜 나를 쉬게 해 주겠다고 이러고 있다는 건데.'

실제로 거의 성공할 뻔하기도 했다. 잠들기 직전까지 갔으니까. 그의 정성이 꽤 감동적이었다. 하지만.

'이미 잠이 다 깨 버렸는걸.'

아리아드네는 작게 한숨을 내쉬고는 악셀의 옷깃을 쥐었다.

"아, 아리아?"

악셀이 당황하여 그녀를 불렀다. 아리아드네는 그의 셔츠 단추를 풀며 그를 올려다보았다. 젖어 달라붙은 백금발 사이, 연한 분홍빛으로 상기된 그녀의 얼굴이 미소 지었다.

"또 참고 있지, 악셀?"

그녀가 나지막하게 속삭였다. 악셀은 그대로 끊어질 뻔한 이성의 끈을 간신히 붙들었다.

"아리아, 쉬, 쉬셔야."

아리아드네는 그런 그의 발악을 아주 간단히 제압했다.

"다행이야. 네가 참고 있는 게 아니었으면 서운할 뻔했거든."

"……그 말씀은."

벌어진 셔츠 사이로 흰 손이 스며들었다. 악셀은 더 이상 참지 못했다.

목욕을 세 번이나 한 뒤에야 그들은 욕실에서 나올 수 있었다.

악셀은 아리아드네의 머리를 말려 준 뒤 그녀를 품에 안고 침대에 누웠다. 아리아드네가 그의 품 안에서 늘어지며 작게 하품을 했다.

"이젠 진짜 피곤하네……."

"죄송합니다……. 얼른 주무십시오."

"뭐가 죄송해. 내가 먼저 시작했는데."

"쉬시도록 노력하겠다고 해 놓고서……."

"많이 노력했잖아. 이 정도에서 멈춘 것만 봐도."

아리아드네는 웃으며 대답하고는 그의 가슴팍에 기댔다.

"그리고…… 지금 정말 쉬는 기분이야. 이러고 있으니까 좋다."

"겨우 이런 걸로 만족하시다니."

악셀이 한숨을 내쉬는 것이 감촉으로 느껴졌다.

'겨우라니. 이렇게 편안하고 안심이 되는 게 얼마나 소중한 일인데.'

아리아드네는 제 머리를 받친 팔과, 온몸을 폭 감싸 주는 높은 체온과, 맞닿은 곳에서 전해지는 심장박동을 느끼며 눈을 감았다.

안온하다.

문득 악셀이 손을 움직여 조심스럽게 그녀의 머리를 쓸어 넘기더니 그녀의 이마에 가볍게 입술을 누르고, 눈가에도 입술을 누른 뒤, 다시 꽉 안았다.

말이 아닌 몸짓으로 들려오는 고백.

당신이 너무나 소중합니다. 당신을 사랑합니다.

깊은 안정감이 든다. 아리아드네는 자신이 정말로 불안해하고 있었다는 것을 그제야 깨달았다.

'아, 사실 나는 이미…… 결말에 도달해 있었구나.'

아늑한 행복이라는 결말에.

입꼬리가 살며시 올라간다. 아리아드네는 눈을 감은 채로 입을 열었다.

"악셀."

"예, 아리아."

"전에 개선식에서 얘기했던 거…… 대정령이 될 근원의 이름…… 지어 달라고 했었잖아."

잠에 취해 조그맣고 느릿느릿 새어 나오는 그녀의 목소리가 세상 무엇보다 사랑스럽다. 악셀은 녹아내릴 듯한 눈으로 품속의 아리아드네를 내려다보며 속삭였다.

"좋은 생각이 나셨습니까?"

"둥지를 넣어서 짓는 게 어때⋯⋯? 지금 꼭, 둥지에 파묻힌 것 같아서⋯⋯. 네 품이⋯⋯."

목소리가 점점 작아지더니 아리아드네는 말을 끝맺지 못하고 그대로 잠들었다. 악셀은 고른 숨을 내쉬는 그녀의 머리카락을 쓸어 넘기며 미소 지었다.

"둥지라⋯⋯ 그러면 등불의 둥지라고 하는 편이 좋겠군요."

당신은 등불 같은 사람이고, 저는 당신의 둥지가 되고 싶으므로.

〈등불의 둥지〉

현존하는 대정령들 중 유일하게 인간이 만들어 낸 대정령.

- 영토

: 등불의 둥지의 영토는 아름다우면서도 위험한데, 대부분 영토의 허공을 가득 수놓고 있는 하얀 불꽃들 때문이다. 이 흰 불덩어리들은 '등불'이라 불린다. 이 현상의 원인과 특징은 별도로 후술한다.

: 영토의 중앙에 있는 용암 호수 속에는 흰 불꽃이 태양처럼 타오르는 장엄한 탑이 있다. 이 탑은 인공 건축물임에도 불구하고 대정령의 영토에 속한다.

: 영토의 남쪽에는 작은 숲이 있는데, '등불의 둥지'는 이 숲속에 인간이 발을 들이는 것을 허용하지 않는다.

- 유래

: 이 대정령의 탄생에는 크레타 제국의 멸망과 대미궁의 출현이 깊게 연

관되어 있다.

: 인간의 악의가 낳은 괴물이 누구보다 인간을 사랑하는 대정령이 된 배경을 알기 위해서는 '구원자들'의 중심이었던 '승리의 정령사' 아리아드네 엘디어와, 그녀의 반려인 '겁화의 기사' 악셀 발렌타인의……

누군가의 발소리가 들렸다. 플루토스는 쓰던 도감을 덮고 소리가 들려오는 곳으로 시선을 돌렸다.

벽을 가득 채운 거대한 유리창에서 햇살이 흠뻑 쏟아지는 도서관이었다. 발소리의 주인공은 책이 가득한 서가 사이에서 모습을 드러냈다.

"응?"

화사한 백금발에 붉은 눈을 한 예쁘장한 소녀였다. 나이는 12, 13살쯤 되었을까. 소녀는 제 또래로 보이는 긴 하얀 머리의 소년을 의아하게 바라보았다.

플루토스의 신전은 대부분 개방되어 있지만, 이곳은 '성서'가 보관된 곳이라 아무나 함부로 들어올 수 없었다.

그런데 여기 태연히 자리잡고 있는 저 남자앤 뭐지? 이곳에 굉장히 익숙해 보이는데.

'남자애…… 맞지?'

너무 예쁘게 생겼는데. 노란 리본으로 머리도 묶고 있고. 소녀는 갸웃거리며 물었다.

"넌 누구야?"

플루토스는 물끄러미 자신과 키가 비슷한 소녀를 바라보다가 등 뒤를 돌아보았다. 그의 뒤에는 '승리의 정령사' 아리아드네 엘디어의 거대한 초상화가 걸려 있었다.

플루토스는 그 초상화를 보고, 다시 소녀를 바라보았다. 소녀가 그런 그에게 어깨를 으쓱였다.

"우리 조상님이신데, 나랑 많이 닮았지? 엄마가 맨날 나한테 얼굴의 반의반 만큼이라도 아리아드네 님 좀 닮아 보라고 잔소리하시거든. 아니, 인류 역사를 바꿔 놓은 분을 나보고 대체 어떻게 닮으라는 거야? 말이 돼?"

푸념하는 소녀의 오른쪽 귓가에서 파란 보석 귀걸이가 달랑거렸다. 함부로 불의 정령을 끌어들이는 일을 방지하기 위해 붉은 눈들이 착용하는 귀걸이.

플루토스는 저 귀걸이를 설계한 마법사와 저 귀걸이를 생산하는 나라의 건국왕을 알고 있었다. '성서'를 통해 처음 강림했을 때 그들과 어울려 지냈으니까.

그리고 플루토스는 소녀가 조상이라 말하는 사람도 아주 잘 알고 있었다. 그를 이 세상에 처음으로 소환해 준 사람이자, 자신이 없어도 플루토스가 스스로 '성서'를 이용해서 인간들 사이에 어울릴 수 있도록 만들어 준 사람이니까.

그 시절 플루토스에게는 친한 사람들이 많았다. 모든 게 새로웠으며 많은 경험을 했다.

수백 년 전의 일이다.

이제 플루토스는 굳이 인간들과 어울리려 하지 않는다. 그들의 수명은 신인 그와 어울리기에는 너무 짧다. 게다가…… 명계의 신으로서, 친밀했던 인간의 유산과 기억을 정리하는 건 찬란하고도 서글픈 일이었기 때문에.

그들의 마지막을 마중하는 것도, 다음 시작을 배웅하는 것도.

후회하지는 않는다. 모두 소중한 추억이므로. 그럼에도 그런 경험을 거듭하고 싶지는 않았다.

그래서 플루토스는 이제 엘리시움에 강림하더라도 인간을 피해 다녔다. 사람들이 잘 경계하지 않는 아이의 모습으로 내려와 몰래 인간들을 구경하며 다니거나…….

오늘처럼, 자신의 신전 내에서 그가 가장 사랑했던 사람을 기리는 도서관에 틀어박혀 책을 쓰곤 했다.

먼 옛날에는 그녀의 아이와도 알고 지냈는데, 그 아이의 유산까지 정리한 뒤로는 그녀의 후손을 따로 찾아보지 않았다.

그러니까 굉장히 오랜만이었다. 아리아드네의 후손과 마주하는 것은.

플루토스가 말없이 바라보고만 있자 소녀가 눈썹을 모았다.

"왜 말을 안 해? 넌 누구냐니까?"

평소였다면 신기루처럼 사라지며 마주친 기억도 가져갔을 것이다. 하지만 너무나도 오랜만이었기에 플루토스는 충동적으로 입을 열었다.

"사서."

"응?"

"이 도서관의 사서야."

"어? 여기도 사서가 있었어? 근데 넌 사서라기엔 너무 어린 것 같은데……."

소녀가 의심스럽게 그를 훑어보다가 물었다.

"이름이 뭔데?"

플루토스는 작게 미소 짓고는 조용히 대답했다.

"파이."

오랜만에 꺼내 보는 이름이었다.

〈주인공의 구원자가 될 운명입니다〉 외전 完